De beslissing is het eerste deel in de serie *De geheimen van Lancaster County*.

Suzanne Woods Fisher

De beslissing

Roman

Vertaald door Geraldine Damstra

Postbus 13288, 3507 LG Utrecht
www.kok.nl

Oorspronkelijk verschenen onder de titel *The Choice* bij Revell, a division of Baker Publishing Group, P.O Box 6287, Grand Rapids, MI 49516-6287, USA

Vertaling Geraldine Damstra
Omslagillustratie Revell
Omslagontwerp Prins en Prins vormgevers
ISBN 978 90 8865 194 6
NUR 302

Voor mijn familie, van wie ik houd.

1

Carrie Weaver stopte een losse krul weg onder haar kapje terwijl ze naar de klokkentoren op de markt in Lancaster keek. De klok had al meer dan tien minuten geleden twee uur geslagen en een *Englisch* stel was met haar stiefzus Emma aan het marchanderen over de prijs van een kist aardbeien. De markt ging tenslotte sluiten omdat het weekend was, zei de man. 'Jullie mensen van Eenvoud zouden ook niet graag zien dat dit fruit verloren gaat, of wel soms? Morgen is het toch zondag?' Hij legde zijn handen op zijn ronde buik, keek Emma strak aan met een tevreden blik op zijn gezicht – dat zo rood en rijp was als een tomaat in de nazomer – en wachtte tot ze zou toegeven.

Dan kende deze *Englischer* met het rode hoofd Emma nog niet.

Carrie zag dat Emma verontwaardigd haar lippen tuitte en op de bekende vastberaden manier haar handen in haar zij zette, ze wist waar deze patstelling op zou uitdraaien. Emma verlaagde voor niemand de prijs van haar aardbeien, laat staan voor de een of andere *Englischer*, naar haar vaste overtuiging een verdorven en verloren ziel. Haar zus zou haar hakken in het zand zetten en net zo lang over de prijs van de aardbeien blijven kibbelen tot de zon onderging.

Carrie tilde het krat op en gaf het aan de man. '*Abgschlagge!*' Verkocht!

Terwijl Emma zich vliegensvlug omdraaide naar Carrie, maakten de man en zijn vrouw, opgetogen maar ook verrast, snel dat ze wegkwamen met de aardbeien. Ze hief haar armen in de lucht, de handpalmen naar buiten gedraaid. 'Ben je nu helemaal mal? Mijn aardbeien zijn twee keer die prijs waard! Wat denk je wel niet?'

'Ik denk: het is al na tweeën, de markt is afgelopen en het busje staat te wachten.' Carrie duwde de overgebleven kisten met rijpe rode aardbeien achter in de bestelbus van de ingehuurde chauffeur en sloeg de deur dicht, waarbij de nagel van haar duim klem kwam te zitten. Ze kromp ineen van de pijn, maar wist ze dat ze niet konden stoppen om ijs te halen. Er was geen moment te verliezen.

'*Dummel dich net!*' mompelde Emma terwijl Carrie het portier aan de passagierskant voor haar opendeed. Wat een haast! 'Je hebt de hele ochtend als een prairiehaas lopen rondspringen.'

Carrie stak haar arm uit, pakte haar broertje bij zijn schouder beet en trok hem achteruit terwijl hij aanstalten maakte om achter Emma in het busje te stappen. 'Ik moet nog even een boodschap doen en neem straks wel de bus naar huis. Andy gaat met me mee.'

Andy's ogen werden groot als schoteltjes, maar hij luisterde naar wat Carrie zei en sprong uit de bestelbus.

Emma draaide zich om in haar stoel. 'Wat voor boodschap?' vroeg ze, terwijl ze Carrie wantrouwend aankeek. 'Je weet dat je vader wil dat je naar huis komt voor een ontmoeting met Daniel Miller.'

Carrie slaakte een diepe zucht. *Die stille en serieuze Daniel Miller.* Hij en zijn vader Eli verbleven die zomer bij haar familie. Eli en haar vader maakten er geen geheim van dat ze hoopten dat zij en Daniel elkaar zouden vinden. Nou ja, het stond hun vrij te hopen wat ze wilden, maar Carrie had haar hart al aan iemand anders verpand. Dat was wederzijds en de gedachte daaraan gaf haar een warm gevoel.

'Daniel ziet er heel goed uit, Carrie,' zei Emma. 'Je vader hoopt dat jij er net zo over denkt als hij.'

'Als je vindt dat Daniel er zo goed uitziet, waarom ga jij dan niet naar de ontmoeting?' Carrie deed een stap achteruit om het portier van de bestelbus dicht te doen. Dat was gemeen om tegen Emma te zeggen en ze stak haar arm uit om haar zus ter verontschuldiging zachtjes in haar arm te knijpen. Vervolgens sloeg ze het portier dicht en de chauffeur vertrok. *Arme Emma, al bijna zevenentwintig en ontzettend bang dat ze een oude vrijster zou worden.* Carrie voelde een glimlach rond haar mond kriebelen maar drong die terug, terwijl ongevraagd het beeld van een groot stuk grond met daarop selderij in haar opkwam. Emma en haar moeder, Esther, kweekten selderij in de tuin bij hun huis, in de hoop dat Emma dit jaar wel aan de man zou raken.

Carrie schudde haar overpeinzingen van zich af, greep Andy's hand vast en haastte zich naar de bushalte. Ze wilde in het honkbalstadion van de Lancaster Barnstormers zijn voordat Solomon Riehl zou gaan werpen. Sol had gisteravond tegen haar gezegd dat hij misschien laatste werper zou zijn in de wedstrijd van vandaag, dus dan moest ze tegen de laatste slagbeurten op de tribune staan.

'Wat voor boodschap?' vroeg Andy aan Carrie.

Terwijl ze keek of de bus er al aankwam, hield ze haar handen boven haar ogen om ze te beschermen tegen de zon. 'Het is een verrassing voor je verjaardag.'

'Ik word pas in oktober negen.'

Carrie keek hem aan en woelde met haar hand door zijn haar. 'Zie het maar als een vervroegd verjaardagscadeau.' Ze wist dat ze er op zijn verjaardag niet zou zijn.

Terwijl Carrie en Andy in de bus stapten en tussen de *Englischers* gingen zitten, voelde ze het geluk door haar lichaam stromen. Het ontging haar volledig dat haar kloppende duim zo'n pijn deed. Ze werd helemaal in beslag genomen door de gesprekken die ze pas met Sol had gehad. Vorige week had hij haar, zoals afgesproken, rond middernacht gebeld vanuit de telefooncel tegenover de boerderij van zijn vader. In dat telefoongesprek had hij tegen haar gezegd dat hij uit de gemeenschap wilde stappen om zijn brood te gaan verdienen als honkballer. En ook dat hij haar aan zijn zijde wilde als zijn vrouw.

Al vanaf het allereerste moment dat Sol een bal in zijn hand had, was hij helemaal verslingerd aan honkbal. Hoewel het werd ontmoedigd op het schoolplein met elkaar de competitie aan te gaan, stak Sol met kop en schouders boven de rest uit. Hij kon een bal harder en verder werpen en beter plaatsen dan wie dan ook.

Een paar maanden geleden was er toevallig een honkbalscout langs de plek gereden waar de jeugd zich altijd verzamelde. Hij had zijn auto langs de kant van de weg gezet en gebiologeerd naar Sol staan kijken, die aan het werpen was. De scout had stilletjes zijn kaartje in Sols hand gedrukt en iets tegen hem gefluisterd.

Tijdens de rit naar huis in het rijtuigje, haalde Sol het kaartje uit zijn zak en liet het aan Carrie zien. 'Ze hebben volgende week een open selectiemiddag. Hij wil klokken hoe hard ik kan werpen. Hij zei dat hij in geen jaren iemand zo hard had zien werpen als ik.'

Geschokt draaide Carrie het kaartje om. 'Dat meen je niet. Sol, je kunt niet gaan kijken of je goed genoeg bent om van honkballen je beroep te maken. Je mag niet eens naar een wedstrijd gaan kijken! Dat weet je. Voor je het weet, staan de ouderlingen bij je ouders op de stoep.'

'Niet als ze het niet te weten komen,' grinnikte Sol schalks. Toen verstrakte zijn gezicht en verdween de glimlach. 'Ik ben al dat "moet niet" en "mag niet" meer dan zat. Je *mag niet* naar de film. Je *moet niet* naar de radio luisteren. Je *mag niet* fietsen. Je *mag geen* auto hebben.'

Carrie wierp van opzij een vluchtige blik op Sol. Het enige waar hij het de laatste tijd over had, was hoe verstikkend het voelde dat hij als Amish was geboren en grootgebracht. Eerst voelde ze zich er ongemakkelijk bij als hij dat zei. Maar ze was er inmiddels gewend aan geraakt en nam zijn geklaag niet al te serieus. Ze was er zeker van dat hij het niet echt zou aandurven zijn familie en de kerk in de steek te laten. Of haar. Hij zou haar nooit in de steek laten. Daar was ze van overtuigd. 'Dat je geen auto mag hebben, heeft je er niet van weerhouden. Ik begrijp nog steeds niet hoe het je gelukt is die roestbak die jij een auto noemt, zo lang voor je ouders verborgen te houden.'

Sol ontspande zich en er verscheen een grijns op zijn gezicht. 'Zes maanden al.' Hij mende het rijtuigje de berm in en keek Carrie aan, terwijl zijn hand de hare vastpakte. 'Het is *slechts* een selectiemiddag. Er zullen een heleboel andere jongens komen werpen, jongens die hun hele leven al aan het oefenen zijn voor een selectiemiddag. De kans is groot dat ik niet meer hoef langs te komen.' Hij legde zijn hand onder haar kin en tilde haar hoofd omhoog, zodat ze hem zou aankijken. 'Maar ik heb de beslissing genomen. Volgende week ga ik naar de selectiemiddag. Het wordt tijd dat ik eens ga proeven wat de wereld mij te bieden heeft. Daar is *rumschpringe* per slot van rekening voor bedoeld, of niet soms?' Hij boog zich naar haar toe, kuste haar heel voorzichtig op haar lippen en wreef zachtjes met zijn neus tegen de hare. Vervolgens klapte hij met de teugels om het paard aan te sporen door te lopen.

Terwijl het paard naar voren schoot, dacht Carrie na over Sols redenering. Was *rumschpringe* inderdaad bedoeld om allerlei wereldse zaken uit te proberen? Uit te proberen en vervolgens af te keuren, omdat ze niet aan de eisen voldeden? Of verlangde iemand alleen maar naar een ander leven dan een leven van Eenvoud omdat hij of zij eraan had geproefd? Haar vader zei altijd: '*Was mer net hawwe soll, hett mer's liebscht.*' Wat niet voor ons bedoeld is, begeren wij het meest.

Sol lachte toen ze hem vertelde wat haar vader altijd zei. Zijn reactie was dat zelfs hij ooit jong was geweest. Zoals Sol het zei, leek het zo eenvoudig. Zoals hij het zei, leek alles zo eenvoudig. Ze probeerde haar zorgen over Sols rusteloze karakter van zich af te zetten en dacht: *Bovendien wordt hij waarschijnlijk toch niet uitgekozen voor dat team. Hij voelt zich gewoon gewichtig.*

Een week later had Sol meegedaan aan de selectiemiddag van de Lancaster Barnstormers en had hij een jaarcontract aangeboden gekregen met de belofte van verlenging. De werpcoach was onder de indruk geweest van deze Amish knul, die snoeihard wierp. En toen Sol op die werpheuvel in het stadion stond, was hij verloren en klaar om te tekenen. Er was geen weg terug meer.

Carrie was de enige die wist van Sols honkbalcontract. Hij had het voor zijn vader verborgen gehouden en hem verteld dat hij in de bouw werkte voor een *Englisch* bedrijf. Dat was niet helemaal gelogen: hij werkte inderdaad 's ochtends op de bouw, maar na het middaguur klokte hij, met toestemming van de voorman, uit en haastte hij zich naar het stadion voor de training. Sol en Carrie wisten dat dit bedrog een keer zou uitkomen. Volgende week begon het nieuwe seizoen en vertrokken de Barnstormers voor de eerste van een serie van drie wedstrijden op Long Island. Het werd tijd dat hij zijn ouders vertelde hoe de vlag erbij hing. Sol ging weg en hij zei tegen Carrie dat hij wilde dat ze meeging.

'Maar hoe moet het dan met je ouders, Sol? En met mijn vader en Andy?' had Carrie hem gevraagd. Ze wist nog niet of ze het wel aan zou kunnen om van huis te zijn. Ze had net als Sol gemengde gevoelens over lid worden van de gemeenschap. Ze deden allebei heel hard hun best op dezelfde manier te geloven als hun ouders, maar tegelijkertijd trokken de wereld en zijn oneindige keuzemogelijkheden hen zo.

'We hebben onze knie nog niet gebogen, Carrie,' zei Sol tegen haar. 'Dat maakt een heel verschil. Ze zullen ons niet in de *Bann* doen. We kunnen nog steeds op bezoek gaan, brieven schrijven en bij hen gaan eten. Wees blij dat we nog niet gedoopt zijn. Geloof me, ze zullen het begrijpen. Zij zijn ook jong geweest.'

Na nog een paar gesprekken 's avonds laat met Sol dacht Carrie er net zo over als hij. Maar de volgende ochtend zag ze haar vader en Andy met elkaar praten en lachen en wist ze het weer niet meer. Hoe kon ze hun dit aandoen? Kon ze wel bij hen weg?

Zodra ze de gelegenheid had voor een gesprek onder vier ogen met Sol, zei ze tegen hem dat ze van gedachten was veranderd.

Hij luisterde geduldig naar haar en reageerde op haar zorgen die ze uitsprak, ook dat ze bang was dat God hen de rug zou toekeren. 'Als het niets wordt, kunnen we altijd terug in de kerk,' stelde hij haar gerust.

Sol kuste haar op haar wang en haar voorhoofd en streek zachtjes met zijn vinger over haar lippen. Toen zijn lippen de hare vonden, verdwenen al Carries bezwaren als sneeuw voor de zon.

Toch was Carrie er niet zo van overtuigd dat hun ouders het zouden begrijpen. Nog minder zelfs dat God het zou begrijpen. Maar over één ding had ze geen twijfels: dat ze wilde zijn waar Sol was. *Zo veel* hield ze van Sol.

Terwijl Sol Riehl zich op het inwerpveldje aan het opwarmen was, voelde hij zich intens tevreden. Zo'n gevoel had hij nog nooit gehad, in elk geval niet bij het uitmesten van de stallen en het ploegen van het veld. Moest je hem eens zien: een Amish jongen, regelrecht van de boerderij, nu werper van een profhonkbalteam. Wie had ooit zoiets gehoord? Het voelde als een droom waaruit hij niet durfde te ontwaken.

De achtervanger gaf Sol een seintje dat hij een paar keer moest werpen. 'Nou, Sol, aardige worp, mazzelaar,' zei hij tegen Sol en hij gaf hem een klap op zijn rug. Op hetzelfde moment riep de werpcoach de twee mannen van het inwerpveldje te komen. Sols ogen gleden langs de stoelen boven de dugout. Zat Carrie er al? Hij had haar verteld waar ze precies moest gaan zitten: recht achter de achtervanger. Daar had ze het beste zicht op de werpheuvel. Teleurgesteld fronste hij zijn wenkbrauwen: ze was er nog niet.

Toen hoorde Sol omroepen dat hij de laatste werper was. Hij hoopte dat Carrie ergens in het stadion was en dus de aankondiging zou horen. Hij probeerde, zonder succes overigens, niet te grijnzen en liep in een sukkeldrafje naar de werpheuvel voor zijn eerste slagbeurt.

Carrie en Andy ploften neer op de harde plastic stoelen in het stadion. Toen ze via de luidspreker de naam van Sol hoorde omroepen, slaakte Carrie een zucht van verlichting. Sol had haar verteld waar ze het beste kon gaan zitten, zodat hij haar vanaf de werpheuvel kon zien. Dat was een van de dingen die ze in hem waardeerde: hij regelde alles zo goed.

Ze zag hem in een sukkeldrafje naar de werpheuvel lopen en omhoogkijken, recht naar de plek waar zij zat. Hij zwaaide snel even naar haar en nog een keer toen hij zag dat Andy er ook zat. Daarna richtte hij zijn aandacht op de achtervanger en wierp een paar keer als warming-up.

Toen Andy zag dat de man op de werpheuvel Solomon Riehl was, flapte hij eruit: '*Ein Balleschpieler?*' Honkballer?

'Je kunt vader en tante Esther beter niet over dit verjaardagscadeau vertellen, Andy,' zei Carrie, terwijl ze hem een waarschuwende blik toewierp. 'En Emma ook niet.'

Andy knikte, waarmee hij het pact bezegelde, zijn blik strak gericht op het veld. 'Vader vindt het vast niet erg.' Een langzame grijns gleed over zijn gezicht. 'Maar tante Esther wel.'

Carrie lachte. 'Ja, tante Esther vindt het vast vreselijk.'

Terwijl ze toekeek hoe Sol zijn ballen wierp, was haar hart zo vol van hem, dat ze niet eens merkte dat de tranen over haar wangen stroomden. Ze wist dat het slecht was om zo trots te zijn, maar ze kon er niets aan doen. Hier in het honkbalstadion, beneden op het veld, stond Sol Riehl in een kraakhelder wit shirt met smalle rode streepjes te werpen voor een publiek van duizenden mensen. Haar Sol.

In het huis van de familie Weaver had iedereen het tijdens het avondeten alleen maar over Eli Millers aankoop van een appelboomgaard. Carrie was blij dat niemand vroeg waar zij en Andy de hele middag waren geweest.

Carries vader, Jacob Weaver, wist van een *Englische* buurman die een boomgaard had, dat hij ermee wilde stoppen omdat hij naar Florida wilde verhuizen. De boomgaard was nog niet te koop, maar Jacob en Eli hadden de hele dag met de buurman gesproken en onderhandeld. Toen ze uren later terugkwamen, was Eli de nieuwe eigenaar van een appelboomgaard van acht hectare. Jacob was zo blij dat hij zijn vriend had kunnen helpen, dat de vriendelijke man maar bleef lachen.

'Ik bof ontzettend met zo'n vriend als jij, Jacob,' zei Eli tegen hem, terwijl de grijns op zijn gezicht niet onderdeed voor die van Jacob.

'Gelukkig had je geld om land te kopen, Eli,' zei Esther, Jacobs vrouw, met samengeperste lippen.

Carrie zette zich schrap en hield haar ogen strak op haar bord gericht. Ze wist dat haar stiefmoeder het niet duldde als haar vader het middelpunt van de aandacht was.

'Deze boerderij was van mijn eerste echtgenoot. Jacob had geen rooie cent toen ik hem ontmoette. Geen rooie cent, maar wel twee kleine kinderen.' Tante Esther smeerde heel precies een broodje en zette er voorzichtig haar tanden in, terwijl een onaangename stilte als een deken over de eettafel viel.

'En toen, op een gezegende dag, kwam ik jou tegen, Esther,' zei Jacob met zachte stem en een twinkeling in zijn donkerbruine ogen, waardoor iedereen in de lach schoot. Zelfs Esther liet zich vermurwen. Hij was inmiddels allang gewend aan de scherpe tong van Esther en had zijn eigen manier om de lont uit het kruitvat te halen.

Carrie keek liefdevol naar haar vader. Ze had hem wel eens gevraagd waarom hij eigenlijk met Esther getrouwd was. 'Carrie, meisje,' had haar vader geantwoord, 'mensen hebben allerlei redenen om te trouwen.' Dat was niet echt een antwoord op haar vraag, maar ze meende wel te weten wat hij daarmee bedoelde.

Eli stond op en sloeg zijn handen ineen. 'Daniel, het is tijd om naar het busstation te gaan.' Eli was, net als zijn zoon, een man van weinig woorden en gaf Esther een kort knikje als dank voor haar gastvrijheid.

Daniel propte nog een laatste broodje in zijn mond en haastte zich achter zijn vader aan naar buiten, waar hij hem hielp het paard voor het rijtuigje te spannen. Eli was van plan vandaag nog voor zonsondergang met de bus terug te zijn in Ohio. Hij wilde de verkoop van zijn boerderij afronden, zijn landbouwwerktuigen bij opbod verkopen en zijn moeder Yonnie, die weduwe was, ophalen. Daniel zou bij de familie Weaver blijven om de verkoop van de boomgaard af te ronden.

Carrie begreep niet waarom Daniels vader zo'n haast had, maar ze hield zich niet zo bezig met de familie Miller. Haar gedachten waren bij Sol. En dat ze samen met hem zou vertrekken.

'En,' zei Emma tegen Carrie toen ze na het avondeten de keuken opruimden, 'ik hoorde Daniels vader tegen hem zeggen dat hij jou voor zich moest zien te winnen terwijl hij weg was.'

'Mij voor zich zien te winnen?' vroeg Carrie, terwijl ze een schaal afdroogde en in de kast zette. 'Misschien kan hij dat beter bij jou doen.'

'Ik ben te oud voor hem. Bovendien denk ik dat Daniel jou leuk vindt. Hij wierp tijdens het eten de hele tijd steelse blikken op jou.'

'Emma, alsjeblieft.' Carrie rolde met haar ogen. 'Hij is zo'n tobberd. Is het je nooit opgevallen dat hij nooit glimlacht of hardop lacht?'

Emma reikte Carrie nog een natte schaal aan en keek haar achterdochtig aan. 'Ik zou maar niet te veel hoop koesteren wat betreft die Solomon Riehl. Je weet hoe je vader over Sol denkt. Hij denkt dat Sol uit de kerk zal stappen.'

Carrie verstijfde geïrriteerd. 'Eén keer, Emma. Mijn vader heeft Sol één keer zonder hemd aan op het veld zien werken. Dat wil nog niet zeggen dat hij de kerk de rug toekeert.'

'Nou ja, mijn moeder zegt van wel.' Emma zette haar handen in haar zij. 'Ik heb haar tegen jouw vader horen zeggen dat Sol Riehl iemand is die met één voet in de wereld staat en met één voet in de kerk. Ze zei dat hij altijd zo verwend is, omdat hij de enige jongen is en alleen maar zusjes heeft. Ze zei dat zijn ouders nooit genoeg eisen aan...'

'Emma!' Carrie stak waarschuwend haar vinger op. '*Wer lauert an der Wand sei eegni Schand.*' Wie zijn oor te luisteren legt tegen de muur, hoort alleen maar wat anderen over hem te zeggen hebben.

Plotseling werd de keukendeur opengesmeten, waardoor hun gesprek werd verstoord. 'Carrie, alles staat klaar!' riep Andy.

Carrie gooide de theedoek naar Emma en haastte zich naar buiten om samen met Andy een spelletje hoefijzer gooien te doen voordat het donker werd.

Mattie Zook was de groentetuin aan het begieten toen ze de stemmen van Andy en Carrie in hun tuin hoorde. Ze liet de gieter vallen en rende de heuvel af, naar haar vriendin toe. Nu Carrie op de markt werkte, zag Mattie haar nauwelijks nog. Het kleine beetje vrije tijd dat Carrie had, ging de laatste tijd helemaal op aan Sol Riehl.

Alle jongens hadden een oogje op Carrie, maar ze deed of ze het niet zag of dat het haar niet kon schelen. Sol was de enige voor wie ze ooit belangstelling had getoond. Mattie wist wel waarom Carrie zo gewild was. Ze zag er zeer aantrekkelijk uit. Carrie had grote blauwe ogen, volle zwarte wimpers en een roomkleurige huid, een kuiltje in beide wangen en een paar volle lippen. En dat haar! *Goed dat de jongens dat niet ook konden zien*, dacht Mattie. Haar honingblonde krullen vielen als een waterval langs haar rug. Maar Carrie was niet alleen prachtig om te zien, ze was ook nog eens slim en aardig en een beetje mysterieus, alsof ze met haar gedachten ergens anders was. De jongens moesten flink hun best doen om haar aandacht te trekken. Als Mattie dat tegen haar zei, lachte Carrie en zei ze dat ze zich dat maar inbeeldde. Mattie hield van Carries lach. Die deed haar denken aan de kerkklokken die ze altijd hoorde luiden als ze in de stad was.

Toen Mattie bij de rozenstruiken langs de rand van het perceel van Esther Weaver kwam, minderde ze vaart om te voorkomen dat ze zich aan de doorns zou prikken. Zij en Carrie hadden de eerste zomer dat Carries vader met tante Esther getrouwd was en zij op de boerderij was komen wonen, een paadje door deze struiken heen gemaakt. Tante Esther was woedend, waar de meisjes heimelijk groot plezier om hadden.

Carrie gebaarde naar Mattie dat ze naar hen toe moest komen. 'Ik denk dat ik wel weet waarom je hier bent, Mattie!' riep ze luid lachend. 'Maar Daniel is er niet. Hij en papa zijn meneer Miller naar het busstation aan het brengen.'

Terwijl Mattie naar Carrie en Andy toe rende, vroeg ze zich af hoe Carrie op het idee kwam dat ze geïnteresseerd zou zijn in de gasten van de familie Weaver. Ze had Daniel Miller, net als de meeste andere meisjes, gezien tijdens het zingen op zondag. En hij was knap, dat kon ze niet ontkennen.

Maar Matties hart behoorde een andere man toe: Solomon Riehl. Ze was al zo lang ze zich kon herinneren verliefd op Sol. Zelfs nog voordat Carrie hem had ontmoet.

Toch zou Mattie dit nooit tegen haar zeggen. Daarvoor hield ze te veel van Carrie. Ze had geen idee wat de toekomst voor haar in petto had, maar ze vertrouwde erop dat haar liefde voor Sol van God gegeven was. En ze wist dat ze op God kon vertrouwen.

Tegen middernacht liep Carrie zachtjes op haar tenen de trap af en sloeg voorzichtig de krakende derde traptree over, want tante Esther had heel scherpe oren. Ze glipte door de keukendeur naar buiten en zodra ze bij de weg was, zette ze het op een hollen. Bij de telefooncel aangekomen, rukte ze de deur open en staarde ongeduldig naar de telefoon, in de vaste hoop dat deze zou gaan rinkelen.

Terwijl ze stond te wachten, trommelde ze met haar vingers en dreven haar gedachten terug naar het gesprek dat ze die avond met Mattie had gehad. Bijna had ze Mattie verteld over haar plannen om met Sol mee te gaan, maar ze had het toch niet gedaan. Het was niet goed Mattie op te zadelen met zo'n geheim. Maar de eigenlijke reden, dat wist ze ook wel, was dat ze het idee had dat Mattie het niet zou begrijpen. Mattie had zoiets… puurs, zoiets sereens. Zoals de orchideeën die werden verkocht op de markt. De orchideeenmevrouw had Carrie eens verteld dat ze de orchideeën in een kas hield, omdat ze zo kwetsbaar waren. Mattie leek dat ook. Zo kwetsbaar, dat Carrie het moeilijk vond met haar over haar verwarde gevoelens te praten.

De telefoon rinkelde, waardoor ze opschrok uit haar gepeins. Ze greep de hoorn en glimlachte toen ze Sols diepe stem hoorde.

'Heeft iemand nog gevraagd waar je vanmiddag was?' vroeg Sol.

'Nee,' antwoordde Carrie, nog steeds met een glimlach op haar gezicht. 'Vader en meneer Miller praatten zo druk over de aankoop van die boomgaarden, dat was het enige waar iedereen het over had.'

'Ik was verbaasd dat je Andy bij je had. Denk je dat dit wel verstandig was?'

'O, het was een verjaardagscadeautje voor hem. Hij zal het niet verklappen.' Carrie zweeg even. 'Ik zal er niet zijn als hij echt jarig is.' Haar hart sloeg een slag over.

Sol leek niet te merken dat haar stem trilde. 'Dan zeggen we het dus zondagmiddag tegen onze ouders, zoals we hadden afgesproken. Maandag ga ik met de teambus naar Long Island, maar jij kunt, zodra je kunt, met een Greyhoundbus komen. Ik had gedacht dat we de dag dat je aankomt, kunnen trouwen in New York. Hoe klinkt dat?'

Carrie antwoordde niet meteen. Ze keek even vluchtig over haar schouder naar de grote witte boerderij. Daarachter scheen de maan, waardoor er een blauwe gloed over het huis lag. De nacht was zo stil en vredig; in het huis en de schuur lagen alle mensen en dieren te slapen. Ergens kraste een uil, en nog een keer.

Haar oog viel op een donkere figuur op het hek tegenover de telefooncel en haar adem stokte in haar keel. Het was Daniel Miller en hij zat naar haar te kijken.

'Carrie?' vroeg Sol gespannen.

Ze richtte haar aandacht weer op de telefoon. 'Daniel is hier.'

'Die vent die bij jullie logeert? Wat wil hij?'

'Geen idee.'

'Ik kan me er wel iets bij voorstellen,' zei Sol snuivend. 'Die kerel was niet weg te slaan bij jou tijdens het laatste zingen op zondag.'

Carrie rolde met haar ogen. 'Sol, hij kende niemand anders.'

'Hij kende Emma en kwam niet eens bij haar in de buurt.'

Carrie glimlachte. Sol had een jaloerse karaktertrek. Daar zou ze geen genoegen in mogen scheppen, maar dat deed ze wel. 'Misschien kan ik hem vragen wat hij wil.'

'Carrie, je hebt mijn vraag nog niet beantwoord. Ben je van gedachten veranderd?'

Ze draaide zich om, zodat ze Daniels starende blik niet meer zag. 'Ik ben niet van gedachten veranderd.'

'*Ich liebe dich*,' zei hij.

Een warme gloed trok over haar gezicht. Ze had dat nog nooit gezegd, want zo zeiden mensen van Eenvoud dat niet. Maar Sol zei het wel vaak. Hij vond het prachtig dat de *Englischers* zich zo openlijk uitdrukten. '*Ich auch*,' fluisterde ze.

'Zeg maar tegen Daniel dat hij een ander meisje moet zoeken.'

Carrie wachtte totdat ze de klik hoorde die betekende dat Sol had opgehangen, daarna hing ze de hoorn terug op de haak. Ze draaide zich langzaam om en opende de deur van de telefooncel.

'Goeie avond.' Daniels diepe stem kwam als een schok in de fluisterstille nacht.

'Volgens mij zag ik je niet toen ik hiernaartoe kwam.' Ze trok de kraag van haar nachthemd strak rond haar nek. 'Waarom ben je zo laat nog op?'

Hij haalde zijn schouders op. 'Te warm om te slapen.' Hij sloeg zijn armen over elkaar. 'Jij?'

Ze wierp een vluchtige blik over haar schouder naar de telefooncel. 'Zakelijk telefoontje. Voor de markt. Die staan vroeg op.'

'Welwel. Dat is vroeg,' zei Daniel en hij klonk geamuseerd.

Carrie keek hem strak aan en Daniel keek strak terug. Ineens brandden haar wangen alsof ze te dicht bij een kachel had gestaan. Ze sloeg haar ogen neer, draaide zich snel om en maakte aanstalten om naar huis te gaan. 'Nou dan, goedenavond.'

'Vraag me af wat je stiefmoeder ervan vindt dat je midden in de nacht nog aan het telefoneren bent.'

Carrie verstarde. Ze wilde niet dat tante Esther wist dat ze 's nachts weg was om te telefoneren. Als zij zich ergens in vastbeet, moest er heel wat gebeuren voor ze los liet. Voor het eerst had ze het idee dat Daniel Miller misschien toch wel eens ergens over nadacht met dat stille hoofd van hem. Ze draaide zich om en keek hem aan. 'Ga je het haar vertellen?'

Hij lachte even. 'Ze doet me denken aan die beer die me ooit eens de boom injoeg. Ik weet nog niet zo zeker of ik het wel met die vrouw aan de stok wil hebben.' Met een paar passen liep Daniel naar haar toe en langs haar heen. 'Heb je nog meer zakelijke telefoontjes?'

In het maanlicht leek Daniel minder streng en gespannen, iets aardiger. Ze concludeerde dat Emma gelijk had, hij was een knappe verschijning. Vanavond had hij meer tegen haar gezegd dan de hele afgelopen week.

'Wacht. Ik loop mee,' zei ze en ze probeerde in gelijke pas te lopen met hem.

Toen het busje Carrie en Emma de volgende dag afzette na het werk, stonden Daniel en Andy bij het hek op hen te wachten. Andy's gezicht was rood en opgezet, want hij had gehuild.

'*Nau, was is letz, Andy?*' vroeg Carrie. Er moest iets verschrikkelijks zijn gebeurd, Andy huilde nooit.

'Papa,' snikte hij en hij snakte naar adem. 'Het is papa.' Hij stortte zich in Carries armen en begroef zijn gezicht tegen haar lichaam.

'*Was fehlt ihm?*' Carries hart bonsde.

Daniel vertelde dat haar vader een paard aan het beslaan was en dat het paard hem had getrapt.

'Hij is toch wel naar het ziekenhuis gebracht?' vroeg Carrie. Haar pols en haar ademhaling versnelden.

Daniel schudde zijn hoofd. 'Hij ligt op de bank in de keuken.' Hij kwam een stap dichter bij Carrie staan.

'We moeten hem naar het ziekenhuis brengen. Mijn vader heeft hemofilie. Hij lijdt aan bloederziekte en moet een infuus met factor IX krijgen.' Daniel streek met zijn hand door Andy's haar. '*Alles ist ganz gut, Andy.*' Alles zou in orde komen. Carrie sloeg haar ogen op naar Daniel. 'Heb je de ambulance gebeld?'

Daniel keek even vluchtig naar het huis. 'Carrie...'

Emma hapte naar lucht toen ze begreep wat Daniel niet durfde zeggen. '*Ach, nee! Ach, nee! Er is dot, zwahr? Ach, liebe Mamm!*' Was hij echt overleden? Ze rende naar het huis.

Carrie hoorde Emma schreeuwen, maar Daniels woorden tolden en buitelden door haar hoofd als een stelletje boerenzwaluwen door de schuur. Ze zag Emma het huis binnengaan en hoorde haar om haar moeder roepen. Andy had zijn greep om haar middel verstevigd, zijn kleine lichaam was uitgeput door zijn heftige snikken. Carrie nam Daniels bezorgde blik in zich op en ineens drong de volle betekenis van wat Emma had gezegd tot haar door. De paniek sloeg haar om het hart; ze kreeg het zo benauwd dat ze dacht dat haar hart opgehouden was met kloppen. *Nee, dit moet een vergissing zijn.*

'Hij kreeg een trap tegen zijn hoofd. Het was te laat...'

'*Du bischt letz*,' viel ze Daniel in de rede, haar stem klonk onnatuurlijk kalm. Hij moest het mis hebben.

Daniel wreef met zijn hand over zijn voorhoofd. Even later tilde hij zijn hoofd op. 'Tegen de tijd dat je stiefmoeder hem vond, was het al te laat...'

'Mijn stiefmoeder heeft hem gevonden?' Carries handen vlogen naar haar gezicht. 'Zij heeft verzuimd de ambulance te bellen, is het niet?' Ze begon te beven. 'Mijn stiefmoeder meende altijd dat hij geen infuus nodig had. Ze vond ze te duur en dacht dat het niet nodig was.' Ze snakte naar adem. 'Zij heeft het geld, weet je. Deze boerderij, die is van haar. Ze liet niet na mijn vader daaraan te helpen herinneren.'

Daniel kwam nog een paar passen dichterbij.

'De vorige keer toen papa gewond was,' zei Carrie in één adem door, 'toen zei ze tegen hem dat hij geen infuus nodig had. Het duurde maanden voordat hij weer beter was. Het bloed verzamelde zich in zijn gewrichten en daardoor had hij vreselijke pijn. Maar als hij ooit gewond zou raken aan zijn hoofd, dan had hij pas echt een probleem, omdat het bloed zich dan zou verzamelen in zijn hersens. Dat zei de dokter. Ik heb het hem horen zeggen. Tante Esther wist het.' Carrie stond nu duidelijk te trillen op haar benen. 'Ze *wist* het.'

Carrie keek Daniel aan, in de hoop dat hij zou toegeven dat het niet waar was, een misplaatste grap. Dat haar vader in de keuken op haar en Andy zat te wachten. Maar het verdriet in Daniels ogen was zo groot, dat ze wist dat het wel waar was.

Mijn vader is dood. Hij is dood! Een zachte kreet van ontzetting ontsnapte uit haar keel.

Daniel kwam bij hen staan en sloeg zijn armen om het tweetal – de door verdriet overmande vrouw en het snikkende jongetje – en drukte hen stevig tegen zich aan.

2

Jacob Weavers lichaam werd gebalsemd door de *Englische* begrafenisondernemer en de volgende dag teruggebracht naar de boerderij, zodat de mensen afscheid konden nemen. Carrie, haar stiefmoeder, Emma en Andy ontvingen de hele middag vrienden en buren die kwamen condoleren. Het was een kletsnatte dag, uit de grijze lucht stroomde – geheel in overeenstemming met Carries sombere, bezorgde gemoed – de regen naar beneden.

Carrie was bezorgd over haar broertje. Andy was stil en bleef de hele tijd dicht bij haar. Ze wist niet hoe ze hem kon helpen. Je vader verliezen was al heel verdrietig, maar toen tante Esther gisteravond zo woedend tegen hem uitviel, wist ze niet of hij ooit nog weer dezelfde zou worden. Er was geen balsem voor deze wond.

Het begon ermee dat Andy te laat was voor het avondeten, hij was de tijd vergeten. Het feit dat Andy steeds zo afwezig was, irriteerde tante Esther en gisteravond zei ze tegen hem dat het zijn schuld was dat zijn vader dood was.

'Je vader had tegen je gezegd dat je meteen na het rapen van de eieren in het kippenhok naar de schuur moest komen,' zei haar stiefmoeder, terwijl ze met haar vinger in zijn richting wees. 'Als je naar je vader had geluisterd in plaats van meteen afgeleid te zijn, zoals altijd, dan zou hij nu nog leven. Je *wist* dat hij hemofilie had. Elke minuut telde.'

Carrie ontplofte bij deze beschuldiging. 'Hoe komt u erbij? Hij is nog maar een kind! Mijn vader zou het niet goedvinden dat u dit zegt, u moet zich schamen!' Ze schudde met haar vuist en haar kin trilde van woede. 'Het kan u niets schelen! Het heeft u nooit iets kunnen schelen!'

Esther keek Carrie strak aan, even was het stil, toen draaide ze zich abrupt om en liep de keuken uit.

Carrie ging snel naar Andy toe en sloeg haar armen om hem heen. Ze schrompelde ineen van verdriet en huilde zachtjes. 'Andy, Andy, luister niet naar haar. Het was papa's tijd. God heeft dat besloten, niet jij. En tante Esther ook niet.' Carrie tilde Andy op haar schoot en drukte hem dicht tegen zich aan.

Het verbaasde Carrie dat ze dit zomaar over God zei, het klonk zo natuurlijk, alsof het recht uit haar hart kwam. Haar vader zou het zo kunnen hebben gezegd en die gedachte lokte weer een nieuwe golf van verdriet uit.

Toen Sol samen met zijn familie de laatste eer kwam bewijzen, drukte hij Carrie snel een briefje in de handen, waarin hij haar vroeg naar de schuur te komen. Zodra hij langs de kist van Jacob Weaver was gelopen en diens vrouw Esther de hand had geschud, haastte hij zich naar de schuur en wachtte tot Carrie zou komen. Hij wist dat ze moest wachten tot er een geschikt moment was; niemand mocht ook maar het idee hebben dat ze verkering hadden. Tegen de stal van het paard leunend bedacht hij dat het eigenlijk vreemd was dat ze allebei heel voorzichtig om de strikte eisen van de kerk heen draaiden. Over twee dagen al hoefden ze zich er geen zorgen meer over te maken.

De zware schuurdeur gleed rammelend open. Carrie liet haar ogen even aan het duister wennen en kwam toen naar hem toe gerend.

'Het spijt me heel erg van je vader,' mompelde hij terwijl hij haar in zijn armen nam. Ze stonden een hele tijd zwijgend tegen elkaar aan.

Met haar hoofd nog weggestopt onder Sols kin, verbrak Carrie de stilte. 'Ik had er al moeten zijn. We waren laat thuis van de markt. Als ik er was geweest, had ik hem naar het ziekenhuis kunnen laten brengen. Ze heeft niet eens de moeite genomen een ambulance te bellen.'

'Het was gewoon een ongeluk, Carrie,' zei Sol, terwijl hij zijn vinger onder haar kin legde en haar hoofd optilde, zodat ze hem aankeek. 'Je kunt veel over je stiefmoeder zeggen, maar niet dat ze wreed is.' Hij wist hoeveel Carrie van haar vader hield. Dat was een van de redenen waarom hij voor hun doop weg wilde. Hij wilde niet dat haar vader geen contact meer met Carrie mocht hebben.

'Een hoofdwond veronachtzamen als iemand hemofilie heeft, is wreed.'

'De verwondingen van een trap tegen je hoofd genezen niet zomaar, of je nu hemofilie hebt of niet.'

'Maar ze heeft hem niet eens de kans gegeven.'

'O, Carrie, wees eerlijk. Ik begreep uit het verhaal dat het sowieso te laat was, ongeacht het feit door wie hij is gevonden.'

Ze slaakte een diepe zucht, alsof haar argument geen hout meer sneed. 'Misschien heb je wel gelijk. Toen tante Esther bij papa kwam, was hij al buiten bewustzijn.'

Sol trok haar stevig tegen zich aan. 'De dingen gaan nu eenmaal zoals ze moeten gaan, Carrie.'

Ze maakte zich los uit zijn armen en keek hem verward aan.

'Wat?'

'Ik heb er nog eens over nagedacht. Ik weet hoe moeilijk het was om je vader gedag te zeggen…'

Ze tilde haar hoofd op. 'Wat bedoel je daarmee?'

'Misschien is het wel gewoon een teken. Dat het nu het juiste moment is dat we gaan.'

'God gaf ons een teken dat we moesten gaan door mijn vader te laten sterven?'

Sol legde zijn handen op haar schouders, maar ze schudde ze van zich af en deinsde achteruit. Dit ging niet zoals hij had gehoopt. Hij besloot van onderwerp te veranderen. 'Ik heb gisteren vier strikes gegooid en een loper uitgegooid op het tweede honk. Weet je hoe ze me nu al noemen? De "Riehl Deal".'

Haar ogen werden groot van verbazing, het was alsof hij haar met deze opmerking een flinke klap had verkocht. 'Sol, ik kan niet weggaan zonder Andy. Ik laat hem niet bij haar achter.'

'Je kunt niet de rest van je leven de verantwoordelijkheid op je nemen voor Andy.'

'Misschien niet. Maar totdat hij groot is, ben ik wel verantwoordelijk voor hem. Ik ben de enige familie die hij heeft. We hebben niemand anders, Sol.'

Sol voelde dat hij een stevige knoop in zijn maag kreeg. 'Carrie,' zei hij, zorgvuldig zoekend naar woorden, 'we moeten de feiten onder ogen zien. We moeten praktisch zijn. Ik kan niet voor een vrouw zorgen *en* een kleine jongen. Vooral niet een met hemofilie. Andy moet op de boerderij blijven, bij de mensen bij wie hij hoort. Zij kunnen hem helpen de doktersrekeningen te betalen. Ik kan dat niet.'

'Dat weet ik,' zei Carrie. 'Maar het kan ook anders.'

Geïrriteerd stak Sol zijn handen in de lucht. 'Hoe dan?'

Ze keek hem aan alsof het zo klaar was als een klontje. 'Je kunt ook blijven.'

Nadat Sol en zijn familie waren vertrokken, liep Carrie terug naar het huis, lichamelijk en emotioneel zo uitgeput dat ze eigenlijk niets meer voelde. Ze wist zeker dat Sol alles nog eens zou overdenken en het dan met haar eens zou zijn. Het schokte haar dat hij maar bleef doorpraten over weggaan. Waarom begreep hij het niet? In de kerk blijven was de beste optie. De enige optie.

Toen de hele familie Riehl maandag op de begrafenis van haar vader was, maar Sol niet, probeerde Carrie niet in paniek te raken. Ze dacht terug aan het moment in de schuur dat hij haar kuste, voordat hij naar buiten glipte om zich bij zijn familie te voegen, en toen wist ze het. Het was een afscheidskus geweest. Toen wilde ze het voor zichzelf niet toegeven, maar nu wist ze het. *Er hat sei verlosse.* Hij was weg, zonder haar.

Carrie had nooit kunnen denken dat haar hart in slechts één week twee keer zou breken.

Een maand na haar vaders begrafenis had Carrie het gevoel dat ze haar stiefmoeder wel kon vermoorden. Tante Esther had ontdekt dat Andy het hek niet op slot had gedaan, waarna de schapen de weg af waren gelopen, de akkers van de buren in. Het had haar de hele middag gekost om ze weer bijeen te drijven. Nadien had ze een twijg van de wilg getrokken en Andy een pak voor zijn broek gegeven.

Toen Carrie terugkwam van de markt en Andy's blauwe plekken zag, was het net of iemand een lucifer bij de petroleum hield, zo heftig was haar uitbarsting. Ze beende naar de schuur om het paard voor het rijtuigje te spannen en Andy naar het ziekenhuis te brengen. Ze greep het hoofdstel en haastte zich naar de stal, waar ze met trillende handen het bit onhandig in de mond van het paard duwde. '*Es dutt mir leed*,' fluisterde ze verontschuldigend tegen het paard, terwijl ze probeerde haar emoties weer onder controle te krijgen.

Later in het ziekenhuis zat Carrie naast Andy's bed op de eerstehulpafdeling, waar hij via een infuus factor IX kreeg toegediend om zijn bloed te laten stollen. Andy keek gebiologeerd naar de televisie aan de muur, zijn mond open van verbazing. Carrie glimlachte toen ze het zag. Het was een stijf glimlachje, maar het voelde goed.

Terwijl Andy zo door de televisie in beslag werd genomen, voelde Carrie zich rusteloos. Op een van de stoelen lag een krant. Ze pakte hem, sloeg automatisch de pagina met de sportberichten op – zoals ze ook deed als ze op de markt aan het werk was – en keek of er nieuws was over Sol. Vorige week nog stond erin dat hij nu bij elke wedstrijd laatste werper was.

Bij het omslaan van de pagina leek haar hart stil te staan. Er stond een foto van Sol, waarop hij de overwinning vierde, zijn arm om een meisje heen geslagen. Een *Englisch* meisje. Een pijnlijk gevoel van verlangen doorboorde ineens haar hart. Carrie staarde zo lang naar de foto, dat ze niet in de gaten had dat Daniel in de deuropening stond. Totdat hij zijn keel schraapte. Geschrokken liet Carrie de krant vallen.

'Hoorde het van Andy,' zei hij en hij trok een stoel bij naast het bed.

Carrie raapte de krant bij elkaar en propte hem in de prullenmand. Daniel had een merkwaardige manier om ineens vanuit het niets te verschijnen. Maar het kon haar niets schelen. Daniel was er heel goed in er alleen maar te zijn.

Een paar uur later werd Andy uit het ziekenhuis ontslagen en namen Daniel en Carrie hem mee naar huis. Carrie installeerde haar broertje in bed en las hem voor totdat hij in slaap viel. Tante Esther was al naar bed, stelde Carrie opgelucht vast. Ze was opstandig en boos om wat haar stiefmoeder haar broertje had aangedaan. Ze liep naar buiten, de veranda voor het huis op, om naar de sterren te kijken. Hopelijk lukte het haar een uitloper van de Melkweg te vinden. Haar vader vond sterren kijken altijd heel leuk. Het zien van Gods handwerk aan het firmament verschafte hem altijd zo veel troost, zei hij. Carrie miste hem ontzettend, ze wenste dat ze maar een beetje van haar vaders geloof had. Vooral nu.

De keukendeur ging krakend open. 'Weer een middernachtelijk telefoontje?' vroeg Daniel. Hij hield de deur open, alsof hij wachtte tot ze hem zou vragen buiten te komen.

'Nee,' antwoordde Carrie. 'Ik verwacht geen telefoontje, van niemand.' Nu niet en nooit meer, realiseerde ze zich.

Daniel deed de deur achter zich dicht en kwam naast haar staan, sloeg zijn armen over elkaar, keek strak naar de lucht, maar zei geen woord.

'Wanneer verwacht je je vader terug?' vroeg Carrie, daarmee de stilte doorbrekend.

'Wanneer verwacht ik hem? Of wat verwacht hij van mij?'

Carrie keek hem even vluchtig aan, ze begreep niet wat hij daarmee bedoelde.

'Hij komt vrijdag.' Daniel schraapte zijn keel. 'Maar dan verwacht hij wel dat ik je gevraagd heb of je met me wilt trouwen.' Zijn blik bleef strak op de sterren gericht.

Carries ogen werden groot van verbazing. Ze opende haar mond, maar er kwamen geen woorden uit. Ineens schoot het beeld van Sol met zijn arm om dat meisje haar ongevraagd te binnen. Ze wilde Sol even hard raken als hij haar had geraakt. Wat zou hem harder kunnen raken dan de wetenschap dat ze getrouwd was? Zonder erover na te denken, flapte ze eruit: 'Ik neem wel Andy mee.'

Daniel knikte.

Allerlei gedachten schoten door Carries hoofd. 'Ik ben

van de zomer begonnen met het dooponderricht.'

Mattie had Carrie overgehaald er samen naartoe te gaan. Uiteindelijk had Carrie ermee ingestemd, in de hoop dat Sol zou horen dat ze gedoopt zou worden. Ze wist dat zijn moeder hem elke week schreef. Sol had gelijk gehad over dat ene: hij was niet in de *Bann*. Zijn ouders waren diep teleurgesteld in hem, maar ze bleven hopen dat hij zijn wilde haren zou verliezen en terug zou komen naar huis.

Nou, Carrie ging niet op hem zitten wachten. Wat haar betrof, had hij voor het honkballen gekozen en niets zou daar ooit verandering in brengen. 'Over een paar weken word ik gedoopt. Dan wil ik graag snel daarna trouwen.' Ze keek even vluchtig in de richting van haar stiefmoeders slaapkamerraam. 'Als het kan meteen.'

Daniel knikte nog eens.

Carrie haalde diep adem. 'Ik moet wel eerlijk zijn. Ik houd niet van je.'

Daniel glimlachte, het was een trage, bevrijdende glimlach. 'Dat maakt de zaak alleen maar eenvoudiger,' was het enige wat hij zei, terwijl hij op de balustrade van de veranda leunde en strak naar de maanloze lucht keek.

Carrie keek een tijdlang naar zijn profiel dat zich aftekende tegen de avondhemel, en probeerde hem te begrijpen. Ze had het idee dat dit nooit zou lukken. 'Ik weet niet hoe het in Ohio gaat, maar hier moet je er eerst met de diaken over praten, die weer met mij zal praten. Over het trouwen, bedoel ik. Hij fungeert als bemiddelaar.'

Daniel kwam overeind, draaide zich om naar haar en keek haar recht in de ogen. Hij stak zijn hand uit. 'Afgesproken?'

Carries ogen keken naar zijn grote geopende hand en ze schudde die, waarmee de overeenkomst was bezegeld.

Niet lang na het bezoek van de diaken vond het huwelijk van Carrie en Daniel plaats. Terwijl Carrie de bovenkant van haar blauwe trouwjurk dichtknoopte, had ze het gevoel dat ze ging flauwvallen, omdat ze klem zat tussen haar voornemen en een gevoel van spijt. Ze vroeg zich af hoe Daniel zich nu voelde, of hij er net zo beroerd aan toe was als zij.

Ze zette de organza gebedsmuts over haar knotje en maakte aanstalten de koordjes onder haar kin vast te binden. Dat voelde alsof haar wereld ineens heel klein werd en ze niet genoeg lucht kreeg. Heel even maar, terwijl ze aan het knerpende grind hoorde dat de rijtuigjes met de gasten arriveerden, overwoog ze te vluchten. En te proberen Sol te vinden.

Maar toen dacht ze aan haar vader. En aan Andy.

Een gevoel van verdriet welde in haar op, zo heftig, dat ze het gevoel had te zullen barsten. Haar gedachten buitelden over elkaar heen en het duurde niet lang of ze was weer helemaal vervuld van Sol. Haar verdriet maakte plaats voor kille woede, waardoor ze haar vastberadenheid hervond. Carrie bond de muts vast en streek de kreukels in haar schort glad. Ze was net van plan de trap af te lopen, toen er zachtjes op de deur werd geklopt. Ze haalde diep adem en opende de deur. Daar stond Yonnie, Daniels oma.

Oma's met vriendelijke rimpels omlijste ogen keken Carrie onderzoekend aan. Toen gleed er een tevreden glimlach over haar gezicht, warm als een zomerdag. 'Zo. Vandaag is het je trouwdag,' zei ze met haar zachte, beverige stem, want ze was al oud.

Ze had een pakketje in haar armen, verpakt in dun papier. Het zag er nogal zwaar uit. Carrie nam het pakketje van oma aan en hielp haar in een stoel.

'Maak maar open,' zei oma.

Carrie vouwde voorzichtig het papier open en zag dat het een quilt was.

'Dat heet een *Crazy Quilt.*' Oma sprak langzaam en aarzelend, haar stem klonk ijl als een sliert rook. 'Misschien was het toepasselijker om een *double wedding ring* mee te nemen, maar om de een of andere reden dacht ik dat deze beter was.'

Carrie keek haar van opzij even vluchtig aan. Ze vocht tegen een opkomend schuldgevoel, omdat ze zich realiseerde dat oma ervan uitging dat ze van Daniel hield.

Oma wees op een paar blauwe driehoeken. 'Ik heb oude lapjes van kleren van Daniel gebruikt. Van toen hij nog een jochie was.'

Carries hoofd schoot omhoog. 'Hebt u deze quilt helemaal zelf gemaakt?'

'Ja.' De koordjes van haar organza *kapp* dansten op en neer terwijl ze knikte. Het klonk niet trots, meer als een mededeling.

'U kunt goed quilten, oma. Hij is prachtig.' Carrie legde de quilt op het bed, de plek waar zij en Daniel hun eerste nacht als man en vrouw zouden doorbrengen. Haar laatste paar nachten in het huis van haar stiefmoeder, dacht ze opgelucht. Gisteravond had ze gehoord dat Esthers oudste dochter en haar man hierheen zouden verhuizen om de boerderij over te nemen. Toen twijfelde ze er niet meer aan dat ze de juiste keuze had gemaakt. In elk geval voor Andy.

Oma's *Crazy Quilt* was prachtig. Diep paars en groen, afgewisseld met helder turquoise. Het patroon stak fel af tegen de witte muren en het eenvoudige meubilair. Het benam Carrie de adem, hetzelfde gevoel dat ze elk jaar had nadat de eerste sneeuw was gevallen.

'De waarheid gebiedt me te zeggen dat sommige mensen een *Crazy Quilt* niet zo mooi vinden,' zei oma, terwijl ze met haar verweerde hand over de kleine lapjes stof streek. 'Omdat hij meestal wordt gemaakt van restjes stof. Maar om de een of andere reden vind ik hem wel heel mooi. En Daniel ook.' Ze zweeg even om adem te halen.

'Dank u wel, oma. Ik zal er heel zuinig op zijn.' Carries leven nu had wel iets weg van een *Crazy Quilt*, het zou nog wel even duren voordat de stukjes samen een patroon zouden vormen. Zou dat ooit gebeuren?

Carrie keek nog een laatste keer in de spiegel, haalde diep adem en liep achter oma aan de trap af om Daniel Miller te trouwen.

Al het meubilair was uit de voorkamer gehaald, zodat de mensen konden zitten tijdens de trouwerij. De traditionele vazen met selderij waren rond het huis neergezet en de dames van de kerk hadden een enorme hoeveelheid eten klaargemaakt. Terwijl Carrie naast Daniel voor de bisschop stond, veranderde haar naam voorgoed van Carrie Weaver in Carrie Miller.

De trouwerij duurde de hele middag en avond. Meer dan driehonderd mensen kregen twee maaltijden voorgeschoteld. Emma vond een trouwerij altijd geweldig, dacht Carrie, terwijl ze toekeek hoe Emma zich als een bij over een bloemenveld van de ene tafel naar de andere bewoog.

Carrie en Daniel zaten tijdens het eten in de *Eck*, de hoektafel die gereserveerd was voor bruidegom en bruid. Ze vond haar schoolvrienden maar kinderachtig en dom, vergeleken met Daniel. Een groot aantal van hen was nog niet gedoopt, zat nog midden in hun *rumschpringe* en proefde nog van de verleidingen die de wereld te bieden had, voordat voorgoed afstand moest worden gedaan van de wereldse geneugten. Iedereen behalve Mattie, realiseerde Carrie zich. Mattie zat met Andy te praten. Ze leek de *rumschpringe* niet nodig te hebben om erachter te komen wie ze was. Carries vriendin wist het al sinds haar geboorte. Ze was als een kerkgezang tijdens de huwelijksplechtigheid, dat altijd op dezelfde, veilige manier werd gezongen.

Later die avond, nadat het laatste rijtuigje van de oprijlaan was vertrokken en het laatste bord was afgewassen en weggezet, ging Carrie naar boven om zich klaar te maken voor de nacht. Ze voelde zich beverig, alsof ze van tante Esthers zoete rabarberwijn had genipt. Het leek alsof ze een knoop in haar maag had. Vanaf het ogenblik dat ze ermee had ingestemd Daniel te trouwen, was dit het moment dat ze had gevreesd. Ze liet in gedachten alle redenen waarom ze met Daniel was getrouwd, de revue passeren: dat zij en Andy een dak boven het hoofd moesten hebben, dat haar vader Daniel had goedgekeurd en hoopte dat ze zouden trouwen. Diep in haar hart wist ze dat dit de juiste beslissing was. Maar ze had jaren gedroomd over de dag waarop ze zou trouwen en de man die dan bij haar op de deur zou kloppen, was Solomon Riehl.

Carrie staarde uit het raam naar de dunne streep van de nieuwe maan. Nog geen tel later klopte Daniel op de deur. Carrie schraapte haar keel. 'K-kom binnen,' zei ze.

Daniel kwam binnen en deed met zijn hand op de deurknop de deur achter zich dicht. Hij bleef even staan en keek haar met een ondoorgrondelijke blik aan. Ze vroeg zich af of hij, hoewel hij aan de andere kant van de kamer stond, merkte dat ze beefde. Hij leek bij zichzelf te overleggen wat te doen. Toen was het moment voorbij. Daniel liep naar het bed en pakte een kussen en oma's quilt. Terwijl hij de quilt op de grond uitspreidde, zei hij: 'Het kan nog wel even wachten. Ik slaap hier.'

Carrie wist niet wat ze moest zeggen. 'Daniel, ik wil een

goede vrouw voor je zijn,' zei ze ten slotte en hief dapper haar kin omhoog.

Hij knikte. 'We kunnen wachten. Tot je er klaar voor bent.' Hij trok zijn vest en hemd uit en hing ze aan een houten haak aan de muur. Toen trok hij – even vanzelfsprekend, alsof hij dat elke avond deed en zij niet in de kamer was – zijn schoenen en zijn broek uit, ging in zijn lange onderbroek op de vloer liggen en trok de quilt over zich heen. 'Trusten,' zei hij.

Enorm opgelucht bleef Carrie met gekruiste armen bij het raam staan. Ze luisterde naar Daniels ademhaling, die op een gegeven moment regelmatig werd, het teken dat hij sliep. Eigenlijk wist ze maar heel weinig over deze Daniel Miller, de man met wie ze was getrouwd. Ze wist niet eens hoe oud hij was, wanneer hij jarig was, wat hij het liefst at of hoe en wanneer zijn moeder was gestorven. Ze had niet eens geweten dat hij zo aardig was.

3

Een paar dagen na de trouwerij van Carrie en Daniel kwam er vroeg in de ochtend een groepje mannen naar het perceel dat de familie Miller onlangs had gekocht, om aan het huis te werken. Er was veel te doen; modern gemak moest ongedaan worden gemaakt, zodat ze erin konden wonen. Ze sloten de elektriciteit af, haalden de telefoontoestellen van de muur, sleepten een wasmachine en een elektrische droger naar buiten en haalden de schermen voor de ramen vandaan.

Halverwege de ochtend liep Carrie naar buiten om wat frisse lucht te happen. Ze spreidde een paar oude quilts over een paar restanten multiplex op de zaagbokken, zodat die tijdelijk als tafel konden dienen. Daarna zette ze een paar schalen koolsalade, bonensalade en appelmoes klaar die zij en Emma vorige zomer hadden ingemaakt. Ze zag dat er een grote kei op het grasveld lag, heerlijk in het zonnetje, en ging er even op zitten om uit te rusten.

Carrie leunde achterover op haar ellebogen, dankbaar voor de warmte van de zon op haar gezicht. Ze keek op naar het grote huis, de witte potdekselplanken en de groene luiken met uitgezaagde dennenboompjes, de stenen fundering waarop het huis stond. Het was mooier dan de eenvoudige Amish huizen waar ze aan gewend was. Een mooi huis, dat zeker, maar zou het ooit haar thuis worden? Zou ze ooit tevreden kunnen zijn met het leven waarvoor ze had gekozen? Ze voelde zich zo vreemd, verdrietig en eenzaam, en ze miste het leven dat ze had gedacht te zullen krijgen.

Plotseling draaide er een kleine, rode auto met open dak de ronde oprijlaan op en parkeerde bij de voordeur. Er sprong een jonge vrouw uit, die in zichzelf praatte. Ze had iets als een zwarte wasknijper aan haar oor hangen. De vrouw zag Carrie niet en haastte zich naar de deur. Ze drukte op de deurbel, keek op haar horloge en drukte nog eens op de bel.

Carrie sloeg de vreemde jonge vrouw, geamuseerd door haar groeiende irritatie, een tijdje gade. Ze had lang, zacht en glanzend rood haar, bijeengehouden door een donkere haarband om haar hoofd. Haar witte shirt zat strak om haar lichaam en zo'n kort rokje en zulke lange benen had Carrie nog nooit gezien. Ze liep op zulke hoge hakken, dat Carrie zich afvroeg hoe het haar lukte niet te vallen.

Uiteindelijk draaide de vreemde vrouw zich ongeduldig om, speurde de tuin af en zag toen Carrie. 'Mevrouw? O, mevrouw?' Ze zwaaide. 'Uw deurbel doet het niet.'

'Nee, dat zou goed kunnen.' Carrie stond op, klopte haar schort af en liep terug naar de tafel om deze verder te dekken voor het middageten.

'Is dit huis van u?' vroeg ze, terwijl ze zich naar Carrie haastte.

Carrie keek op naar het grote huis. 'Ja, denk het wel.'

De jonge vrouw keek haar opgelucht aan. 'Mooi zo! Mijn naam is Veronica McCall. Dit is mijn kaartje.'

De vrouw was erg knap, vond Carrie. Ze had een roomwitte huid, regelmatige trekken, maar die groene ogen van haar... die waren zo ijskoud als de schittering van een bevroren meertje dat het winterzonlicht reflecteerde.

Carrie pakte het kaartje aan, las wat erop stond en liet het in de zak van haar schort glijden. 'Goedendag, Veronica McCall.' Ze gaf haar een knikje en zette op elke plek een beker neer.

De jonge vrouw trippelde achter Carrie aan. 'En u bent...?'

'Ik ben Carrie Miller.' Het klonk vreemd om achter haar naam Miller te zeggen.

'Nou, Carrie, als je me een paar minuutjes van je tijd gunt, wil ik graag even met je praten over de verkoop van dit huis en deze grond.'

Carrie legde op elke plek een vork en zette er een bord neer. 'Dank je, Veronica, maar ze zijn niet te koop.'

Veronica McCall liet zich er niet zo gauw van afbrengen. 'Ik garandeer je dat je er winst op maakt.'

Carrie glimlachte en schudde haar hoofd. Ze was de servetten vergeten, dus draaide ze zich om en wilde terug naar de keuken. Juist op dat moment kwam Davy Zook, Matties broer, met een metalen kast naar buiten gerend.

Veronica staarde hem aan terwijl hij het ding in de wagen gooide. 'Is dat een magnetron?'

'Wil je hem hebben?' vroeg Carrie haar. 'Wij mogen hem niet gebruiken.'

Veronica keek verbaasd.

'Je mag alles hebben wat in die wagen ligt, Veronica.'

Veronica's ogen waren strak gericht op de inhoud van de wagen: een elektrische oven, twee raamairco's, een elektrische verwarming, een paar wandlampen. 'Gaan jullie verhuizen? Of komen jullie hier wonen?'

'Wonen. We zijn het huis aan het opknappen. Nog even en dan halen ze de muren binnen neer, zodat we genoeg ruimte hebben voor onze zondagse bijeenkomsten.' Carrie moest lachen om de verwarring op haar gezicht. 'Ben je nieuw hier in dit district, Veronica?'

Veronica bewoog haar hoofd, alsof ze probeerde zich te herinneren waarom ze hier was. 'Ja. Ik ben net vanuit San Francisco hiernaartoe verhuisd.'

'Een aardbevingsgebied.'

'Ja, oké, maar ik heb liever elke dag een aardbeving dan dat weerlichten en die onweersbuien hier.' Met gefronste wenkbrauwen zocht ze de lucht af naar dreigende onweerswolken.

'Er is een groot geloof voor nodig om in een aardbevingsgebied te gaan wonen, ik zou het niet kunnen,' zei Carrie. Ineens glimlachte ze. Ze probeerde een naam te verzinnen voor haar nieuwe huis, maar had nog niet definitief gekozen. Geloof. Misschien moest dat wel in de naam. Of iets met 'blindelings geloof'. Zo voelde het precies. Alsof ze een heel groot geloof nodig had. Een blindelings geloof.

Veronica McCall lachte. 'Ik hoop dat we vriendinnen kunnen worden, Carrie.'

Carrie meende een glimp oprechtheid achter die kille, glinsterende groene ogen te zien. Maar misschien ook niet.

'In elk geval, zoals je op mijn kaartje kunt zien...'

Carrie tikte even met haar hand op de zak van haar schort.

'... zit ik in de zakelijke ontwikkeling voor het bedrijf waar ik werk. We zijn geïnteresseerd in de aankoop van grond, zodat we een golfbaan kunnen aanleggen. Grond vinden in deze buurt is bijna onmogelijk. Die van jullie ligt ideaal.' Ze zweeg even en keek naar de evenwijdige rijen bomen in de boomgaard.

'Door de glooiende hellingen blijft de vorstschade aan de appels tot een minimum beperkt,' zei Carrie. Dat had ze haar vader tegen Daniels vader horen zeggen.

Veronica negeerde deze opmerking. 'Het huis zou kunnen worden omgebouwd tot een clubhuis en die boel daar,' ze maakte een vegend gebaar met haar hand, 'kan tegen de vlakte, zodat er ruimte is om te parkeren. Echt, het is perfect. Met een beetje geluk is er ook geen dubbele fairway nodig.' Ze draaide zich om naar Carrie. 'De veiligheid kan een probleem zijn met een dubbele fairway, weet je.'

Carrie begreep niets van wat Veronica zei, dus zweeg ze.

'Natuurlijk moeten dat oude koetshuis en die schuur weg. Er zijn zo veel oude gammele schuren in dit gebied.' Veronica klakte afkeurend met haar tong.

'Wij mensen van Eenvoud zeggen altijd: een boerderij zonder schuur is geen boerderij,' zei Carrie.

Veronica opende haar mond om iets te zeggen, maar deed hem met een klap weer dicht en keek Carrie met een schuin oog verbaasd aan.

'De Amish bouwen eerst een schuur. Loopt de boerderij goed, dan bouwen ze een stevig huis. Voor de Amish is een schuur belangrijker dan een huis.'

Veronica schudde die gedachte van zich af en vervolgde haar slimme verkooppraatje. 'Dit perceel ligt mooi dicht bij Honor Mansion, de reden waarom ik eigenlijk hier ben.' Ze draaide zich snel om en keek Carrie aan. 'Het bedrijf waarvoor ik werk, Bonnatt's Development Company, heeft dit recent aangekocht. We willen dat als eerste grootscheeps gaan renoveren. Je weet wel, een kuurbad in de open lucht, tennisbanen en bovendien een golfbaan.' Ze lachte met een stralende glimlach een prachtige rij witte tanden bloot. 'Dus, Carrie, hoeveel zou je ervoor willen hebben?'

Carrie bewonderde de vasthoudendheid van deze vrouw, maar ze had werk te doen. 'Dank je wel, maar zoals ik al zei: het huis en de grond zijn niet te koop.'

Veronica slaakte een zucht. 'Is er nog iemand anders met wie ik kan praten?'

'Je kunt met mijn schoonvader Eli Miller praten. Hij komt net uit de schuur.' Haar schoonvader, Daniel en een paar andere mannen kwamen uit de schuur naar hen toe gelopen. Ze hadden bekeken waar de hoefsmederij moest komen, die ze als nevenactiviteit wilden opstarten. Appels alleen waren niet genoeg om de rekeningen te betalen.

'Wie van de mannen is het?' vroeg Veronica. 'Ze zien er

allemaal hetzelfde uit! Een blauw hemd, een zwarte broek met bretels, een strohoed…'

'Hij is de man met de baard. Alleen getrouwde mannen dragen een baard. De vrijgezellen zijn gladgeschoren.' Daniels kaaklijn vertoonde een stoppelbaard van een paar dagen.

Veronica tuurde naar de mannen. 'Die man met dat hoefijzer rond zijn kin?'

'Dat is Eli.'

'De baard vervangt dus de trouwring?'

Deze opmerking ontlokte Carrie bijna een glimlach. Ze knikte.

'Dank je, Carrie!' riep Veronica, terwijl ze zich naar Eli haastte.

Carrie kon het niet helpen dat ze moest grijnzen toen ze zag hoe snel haar schoonvader Veronica afpoeierde. Terwijl ze wegzoefde in haar autootje, keken ze haar allemaal na. Haar rode haar wapperde als een vlag in de wind.

'*Englisch*,' mompelde Eli hoofdschuddend, terwijl hij langs Carrie naar het huis liep.

Carrie en Daniel verhuisden eind van de week met hulp van de buren naar de boerderij bij de appelboomgaard. Aangezien Carrie en Daniel in september waren getrouwd en hun appels moesten worden geoogst en verkocht, sloegen ze de trouwbezoekjes aan hun familie over.

Carrie wist dat Andy het niet leuk vond om naar school te gaan, maar begreep niet waarom hij na de eerste paar weken opgelucht leek als hij 's ochtends het huis kon verlaten. 'Weet je zeker dat je niet ziek bent?' vroeg ze hem, terwijl ze met haar koele hand aan zijn voorhoofd voelde.

'Neuh,' zei hij en hij trok zijn hoofd terug. 'Maar misschien moet je nog maar een brownie voor me inpakken. Ik heb steeds zo'n honger.'

'Maar gisteren heb ik er twee voor je ingepakt. Hoe kun je dan nog honger hebben?' vroeg Carrie met gefronste wenkbrauwen. 'En trek je schoenen aan. Je mag niet op je blote voeten lopen. Nooit, hoor je, nooit. Dat weet je. Het risico dat je een wond krijgt, is te groot.'

Andy zuchtte vermoeid, maar boog voorover om zijn sokken en schoenen aan te trekken. Daniel nipte van zijn koffie en liet even licht verstoord zijn ogen op Andy rusten.

Carrie pakte nog een derde brownie in, gaf Andy zijn lunchmandje en deed de deur voor hem open. 'Je moet gaan, Andy! Je komt te laat!' Andy stak zijn hoofd buiten de deur, keek voordat hij de veranda op stapte eerst naar links en toen naar rechts, zette het vervolgens op een rennen en vloog de oprijlaan af.

Carrie leunde tegen de deurpost en keek Andy een tijdje verbaasd na. Terwijl ze de deur dichtdeed, veegde Daniel zijn mond af met zijn servet en stond op. Hij pakte zijn strohoed van de haak aan de muur en liep langs haar.

'Waar ga je naartoe, Daniel?' vroeg ze. 'Naar de boomgaard? Moet ik tegen je vader zeggen dat hij je daar kan vinden?'

Daniel was al bijna buiten, keek over zijn schouder en schudde 'nee'. Vervolgens sprong hij op een blauwe step die tegen het huis stond en stepte achter Andy aan.

Carrie draaide zich om naar oma en haalde geërgerd haar schouders op. 'Waarom meer zeggen dan nodig is?'

Oma glimlachte en boog zich weer over haar werk. Ze strooide suikerglazuur over de kaneelbroodjes die net uit de oven kwamen. 'Daniel zegt niet veel, omdat hij het druk heeft met luisteren. Hij hoort wat anderen niet horen, hij luistert beter dan dat hij praat.'

Carrie keek haar verward aan.

'Diep in zijn hart voelt hij wat er wordt bedoeld.'

Solomon Riehl kreeg de brief van zijn moeder pas toen hij na een tournee van de Barnstormers door Maryland, New York en New Jersey terugkwam in Lancaster. Alle post voor de spelers van het team was vastgehouden in het stadion. Sol kreeg inmiddels zo veel post van fans, dat hij het handschrift van zijn moeder eerst helemaal niet had herkend, totdat hij halverwege de stapel brieven was. Hij las de brief, en nog eens. Een duidelijk gevoel van angst schoot van zijn keel naar zijn maag, dat plotselinge gevoel van paniek wanneer je je realiseert dat er iets heel erg fout is gegaan en dat het te laat is om daar nog iets aan te veranderen.

'Van wie is die brief, Amish knul?' vroeg Pete, een van de verrevelders. 'Aan je gezicht te zien, heb je zojuist de bons gekregen,' riep hij bulderend van de lach.

Sol keek naar Pete, maar zag hem niet echt. Hij nam de brief van zijn moeder mee, liep snel de kleedkamer uit en rende naar zijn auto. De sleutels trilden in zijn hand, terwijl hij probeerde het portier te ontgrendelen. Carrie had zijn auto 'Rusty' genoemd, omdat het zo'n roestbak was.

Carrie, dacht hij, *hoe heb je dit kunnen doen? Hoe heb je met iemand anders kunnen trouwen?*

Sol deed het portier achter zich dicht, liet zich diep in de stoel zakken en huilde als een klein kind.

De volgende paar dagen bracht Daniel Andy met de step naar school en haalde hem 's middags ook weer op als de school uitging. Op een ochtend passeerde Emma hen met haar rijtuigje toen ze op weg was naar Carrie om haar te helpen appels te schillen en op rekken te laten drogen, zodat ze er *schnitz* van konden maken.

'Morgen, Carrie.'

Op de een of andere manier was Emma in staat om een simpele groet zorgelijk te laten klinken, dacht Carrie, terwijl ze Emma's bonnet ondersteboven aan de haak aan de muur hing, naast die van haar en oma. Het leken net drie zwarte kolenkitten. Emma verkeerde meestentijds in een staat die grensde aan paniek.

'Je weet toch waarom Daniel dat doet, of niet?' vroeg Emma.

Carries haren gingen rechtovereind staan, geïrriteerd als ze was door Emma's bemoeizucht. 'Natuurlijk weet ik dat.' Hoewel de waarheid was dat ze geen idee had waarom, maar ze was blij dat Daniel zich om Andy bekommerde. Andy had een man nodig als voorbeeld. Dat was in elk geval de reden die Carrie haar stiefmoeder had opgegeven toen ze haar meldde dat ze Andy zou meenemen en hij voortaan bij haar zou wonen. Carrie dacht dat tante Esther opgelucht zou zijn, maar haar reactie was juist een kille woede. Ze had tijdens de huwelijksvoltrekking nauwelijks tegen Carrie gesproken en was sindsdien nog niet één keer bij haar op bezoek geweest. Haar stiefmoeder was altijd wel boos om iets, wist Carrie. Lang geleden had ze al geleerd dat de enige manier om met haar om te gaan, was door haar te trotseren, maar haar stiefmoeder koesterde haar wrok met evenveel liefde en zorg als haar rozen.

Emma trok een stoel bij om te gaan zitten en kon haast niet wachten om het nieuws te vertellen. 'Nou, ik heb gehoord dat jullie nieuwe *Englische* buurjongens Andy's lunchmandje onderweg naar school afpakken. Ze wachten hem aan het einde van de oprijlaan op.'

Carrie keek door het keukenraam naar buiten. 'Wie heeft je dat verteld?'

'Ik heb het gehoord op een quiltbijeenkomst op de boerderij van de familie Stoltzfus. Je had erbij aanwezig moeten zijn, Carrie. En Daniels oma ook. Daar hoor je nog eens wat.'

Carrie fronste haar wenkbrauwen. Ze was nog helemaal niet in de stemming voor een leuke bijeenkomst, voor al die vragen over hoe het was om getrouwd te zijn. 'Nou, hoe is die Daniel nou? Wat voor soort man is hij?' zouden haar vriendinnen goedbedoeld vragen. Carrie stelde zichzelf deze vragen ook. Ze was er helemaal niet zeker van dat ze Daniel nu beter kende dan een paar weken geleden.

'Waarom zouden die jongens Andy zijn lunch afpakken?'

'Nou,' vervolgde Emma zonder adem te halen haar verhaal, terwijl haar wangen rood werden van plezier, 'ze zijn te weten gekomen dat hij hemofilie heeft en hebben tegen hem gezegd dat ze hem wilden zien bloeden. Ze dagen hem uit om met hen te vechten, zodat hij gewond raakt en gaat bloeden.'

Carrie gooide haar theedoek weg en rende de oprijlaan af. Toen ze bij de weg was, kwam Daniel er net aan.

'Emma heeft het me verteld!' zei ze buiten adem, terwijl ze naar hem toeliep. 'Dat de jongens Andy pesten.'

Daniel keek even vluchtig naar de buurjongens, die stenen naar een van de boomtoppen aan het gooien waren om er zo een vogelnest uit te laten vallen. De moedervogel vloog angstig in de buurt rond.

Carrie zag hen ook. Ze keek hen fronsend aan, maar zei tegen Daniel: 'Je kunt hem niet de rest van zijn leven naar school brengen en ook weer ophalen. Ik kan beter met hun ouders gaan praten, zodat ze begrijpen hoe ernstig het is als je hemofilie hebt.' Andy was klein van stuk, had dezelfde bouw als zijn vader en leek veel jonger dan hij in werkelijkheid was. Ze maakte zich zorgen om hem. Ze maakte zich voortdurend zorgen over hem.

Daniel trok waarschuwend zijn wenkbrauwen op. 'En hem belachelijk maken door zo veel ophef?'

'Ik maak geen ophef,' antwoordde ze verontwaardigd.

Daniel keek naar de jongens. 'Zodra het weer kouder wordt, zullen ze geen zin meer hebben hem nog zo vroeg op te wachten.' Daniel zette een voet op de step. 'Ga je mee?'

Carrie zuchtte en sprong achter hem op de step voor een lift.

'Moeder, u moet geen toetje eten als ontbijt,' zei Eli zachtjes toen hij op een ochtend uit de schuur naar binnen kwam.

Oma Yonnie zat aan de keukentafel een stuk taart te eten. 'Ik zie het zo: als de dag fout afloopt, heb ik in elk geval mijn toetje gehad.'

'Een prima gedachte!' zei Andy, terwijl hij de trap afdenderde.

Eli keek naar zijn moeder en schudde zijn hoofd. Terwijl hij ging zitten, gaf Carrie hem een kop koffie. 'Ziet u nu, moeder? U hebt een slechte invloed op die jongen. Carrie, ik reken op jou. Laat haar niet wegkomen met deze onzin.'

Carrie glimlachte om het plaagstootje, maar ze wist dat Daniels vader niet alleen wat betreft het toezicht op oma op haar rekende. Hij hoopte dat Carrie zijn zoon kon bevrijden van zijn last. Er leek een onzichtbare wolk van verdriet om Daniel heen te hangen. Ze wist nog niet welk verdriet dat was, maar had vaag het idee dat het te maken had met Abel, zijn neef. Die was als een broer geweest voor Daniel, totdat hij tijdens zijn *rumschpringe* zijn familie had verlaten. Er kwam van tijd tot tijd een brief van Abel en dan zag ze dat Daniel hem stilletjes in zijn zak stopte. Hij vertelde nooit wat erin stond. Maar vervolgens waren Daniel en zijn vader de rest van de dag heel stil, nog stiller dan anders.

Carrie had allerlei vragen over deze Abel, of hij jonger was dan Daniel of ouder en waar hij nu was. Maar het was aan Daniel om haar dat te vertellen en hij was niet iemand die dat uit zichzelf deed. Daniel en zijn vader spraken nauwelijks over Abel en oma ook niet. Het leek alsof hij niet meer bestond, in de *Bann* was, hoewel dat niet kon kloppen. Carrie wist dat Abel niet gedoopt was, dan kon hij dus ook niet in de *Bann* zijn. Oma had zich dat eens laten ontglippen. Carrie probeerde soms meer van oma te weten te komen, bijvoorbeeld waar Abel nu was, maar dan zag ze dat oma's gedachten wegdreven naar een andere tijd en plaats. Ze gaf nooit antwoord. Oma was een Miller, dat was duidelijk.

Carrie wilde een thuis voor zichzelf en een toekomst voor haar broer. In ruil daarvoor zat ze opgescheept met de verborgen geheimen en pijn van de familie Miller.

Midden in de nacht werd Carrie wakker en ze ging naar beneden, naar buiten de veranda op om naar de sterren te kijken. Een paar minuten later kwam Daniel bij haar staan. Hij sloeg een quilt om haar schouders.

Daniel sliep altijd heel vast. Hij viel bijna meteen in slaap. Ze maakte dat op uit zijn manier van ademhalen. Maar hij leek het altijd te merken als zij de kamer verliet. Misschien had het te maken met zijn manier van luisteren, dacht ze. Hij leek zelfs in zijn slaap alles te horen.

'Ik had een nachtmerrie,' zei ze, in de hoop dat hij even zou blijven. 'Andy was gevallen en had hulp nodig, maar ik kon niet bij hem komen. Het leek alsof ik vastzat in drijfzand. Hij bleef maar om me roepen en ik kon maar niet dichterbij komen.'

'Het was maar een droom,' zei hij.

Carrie trok de quilt stevig om haar schouders. 'Als er ooit iets met Andy gebeurt...' Haar stem stierf weg.

'Er zal niets gebeuren.' Daniel leunde op de balustrade van de veranda en keek omhoog naar de sterren.

Een kerkuil vloog zo laag over, dat ze zijn vleugels hoorden klapwieken.

'De gevleugelde tijger,' zei Daniel, terwijl hij de uil nakeek toen deze in de boomtoppen verdween.

Carrie tilde haar hoofd op en keek Daniel aan. 'Zo noemde mijn vader de uil ook! Hij vliegt zo stil als een nachtvlinder en mist zelden zijn prooi.' Ze moest even lachen. 'Tante Esther corrigeerde hem altijd en zei dan dat het gewoon vliegende muizenvallen waren.'

'Je mist hem,' zei hij zachtjes en zijn stem klonk vlak. Het was slechts een constatering.

'Ik mis hem inderdaad. Zo veel, dat ik soms...' Ze haalde haar schouders op en perste haar lippen op elkaar.

Daniel knikte, alsof hij het begreep.

'Mattie vertelde dat de hele schepping bedoeld is om ons eraan te herinneren dat God dichtbij is. Ze zei dat God dichterbij is dan onze eigen adem.' Carrie draaide zich half om, zodat ze Daniel kon aankijken. 'Denk je dat ze gelijk heeft?'

Ze zag iets flitsen in zijn ogen, de echo van een verlangen, een verdriet. 'Dat moet je niet aan mij vragen.' Hij liep naar de deur en deed hem open. 'Blijf niet te lang op. Het wordt weer vroeg dag.'

Terwijl ze zich weer omdraaide om naar de sterren te kijken, dacht ze: *Soms is proberen te praten met Daniel hetzelfde als pompen uit een lege put.*

Op een middag ging Carrie naar de stad om een paar boodschappen te doen. Toen ze laat in de middag terugkwam op de boerderij, kwam Daniel de schuur uit om haar uit het rijtuigje te helpen.

'Het spijt me dat ik zo laat ben. Ik ga meteen aan het eten beginnen,' zei ze tegen hem, terwijl hij Old-Timer uit zijn tuig losmaakte.

Carrie haastte zich naar de keuken, waar oma bij het fornuis in een saus stond te roeren. 'O, dank u wel, oma!' Ze hing haar bonnet aan de haak en maakte haar cape los. Ineens bedacht ze dat ze een paar pakjes achter in het rijtuigje had laten liggen en haastte zich naar de schuur om ze op te halen.

Bij de half geopende schuurdeur aangekomen, zag ze dat Andy een zak haver naar Daniel sleepte en intussen met hem praatte.

'Hij was een Amish, maar is nu honkballer,' hoorde ze haar broertje zeggen.

Daniel draaide zich half om. 'Die honkballer? Die man waar iedereen het over heeft?'

'Yep. Dat is 'em.' Andy hield een *Englische* krant omhoog en wees naar de kop over de Lancaster Barnstormers, over het werpen van Sol.

Carrie had de krant gevonden op een bank in de stad, naast de paal waar ze Old-Timers teugels aan had vastgebonden. Ze had hem opgeraapt. Toen ze bijna thuis was, was ze een stille straat ingedraaid, had het rijtuigje in de berm gezet om het artikel over Sol te lezen. Ze las het nog eens en realiseerde zich ineens hoe laat het was. Daardoor was ze zo laat thuis en moest toen nog aan het eten beginnen. Carrie sloeg haar handen voor haar gezicht. Hoe had ze zo onvoorzichtig kunnen zijn door de krant in het rijtuigje te laten liggen?

Andy hield de zak open, zodat Daniel een paar scheppen haver in Old-Timers emmer kon gooien. 'Solomon Riehl ging met Carrie, maar meteen nadat mijn vader overleed, verdween hij. Daarom is ze met jou getrouwd.'

Carrie duwde de schuurdeur open en liep naar binnen. 'Andy!' zei ze scherp.

Geschrokken duwde Andy de zak met haver omver.

'*Geh zu Oma im Haus.*'

Andy keek verbaasd en sprakeloos naar Carrie, verrast door de scherpe toon in haar stem. Daarna haastte hij zich, zonder iets te vragen of achterom te kijken, langs haar naar de keuken.

Daniel ging verder met het vullen van de emmer met haver, alsof er niets gebeurd was. Carrie raapte de krant op en vouwde hem dicht. Ze wist niet wat ze moest zeggen. Misschien hoefde ze helemaal niets te zeggen. Ze draaide zich om en wilde weglopen, maar bleef staan toen ze Daniel hoorde vragen: 'Solomon Riehl was dus de man die jou midden in de nacht belde?'

Carrie draaide zich snel om naar Daniel, die nog steeds met zijn rug naar haar toe stond. 'Ja.'

Daniel zette de emmer neer en draaide zich om, zodat hij Carrie kon aankijken. 'Is het zoals Andy vertelde?'

Om Daniels starende blik te ontwijken, keek Carrie zenuwachtig naar beneden naar haar handen. 'Ja,' antwoordde ze zachtjes.

Daniel zei niets, hij wachtte gewoon tot ze verder zou gaan.

'Sol wilde voor de Barnstormers spelen en hij wilde ook dat ik met hem meeging. We hadden plannen gemaakt om te vertrekken. Die week dat mijn vader stierf, zouden we gaan trouwen. Maar... toen veranderde alles. Ik kon Andy niet alleen achterlaten.' Ze sloeg haar ogen neer en keek naar de met hooi bezaaide vloer. 'Sol ging toch. Die nacht dat Andy op de eerstehulpafdeling lag, nadat tante Esther hem met een twijg bont en blauw had geslagen, wist ik dat ik Andy bij haar vandaan moest halen. Toen jij me vroeg om met je te trouwen, leek dat... een kans.' Ze keek op om te zien hoe hij daarop reageerde, maar aan zijn gezicht viel niets af te lezen. 'Ik heb je verteld dat ik niet van je hield. Ik heb nooit geprobeerd je een valse voorstelling van zaken te geven.'

Daniel keek even vluchtig door het schuurraam naar buiten. 'Maar je hebt niet verteld dat je van iemand anders hield.'

De stilte die tussen hen in hing voelde als een stenen muur. Uiteindelijk vroeg Carrie zachtjes: 'Daniel, waarom ben je met me getrouwd?'

Hij bleef even roerloos staan, maar zei niets. Ze kende hem inmiddels lang genoeg om te weten wat hij dacht. Ten slotte kwam hij een paar stappen in haar richting en tilde zachtjes haar hoofd op, zodat ze hem zou aankijken. Ze stonden heel dicht bij elkaar, dicht genoeg om het hart van de ander te voelen kloppen.

'Om dezelfde reden als jij, Carrie. Ik probeer te vergeten.'

Daniel liep met een paar grote passen langs haar heen de schuur uit, de boomgaard in en kwam pas thuis toen het allang donker was.

4

Toen Sol na de training op maandag vanaf de werpheuvel op een sukkeldrafje kwam binnenlopen, gaf de werpcoach hem een klap op zijn rug. 'Je hebt vandaag meer dan 150 kilometer per uur geklokt! Zo hard heb je nog nooit gegooid!' Hij barstte bijna van trots. 'Ik weet niet wat je vanochtend hebt gegeten, maar zorg dat het zo blijft, Sol.'

Sol knikte en liep door naar de kleedkamer om te douchen. Terwijl hij zijn honkbalkleding uittrok, feliciteerden de andere mannen van het team hem. 'Je voelt je waarschijnlijk net een opgepompte luchtballon na zo'n ervaring,' zei Rody, de achtervanger.

Sol haalde zijn schouders op. 'Gewoon een goede dag, denk ik.' Maar hij wist wel waarom. Elke keer als hij zich klaarmaakte om te werpen, schoot het beeld van Carrie in de armen van een andere man door zijn hoofd. Hij stelde zich voor dat de handschoen van de vanger het gezicht van de man was – hij kon zich nauwelijks herinneren hoe Daniel Miller eruitzag – en wierp de bal dan zo hard hij kon.

'We gaan met een paar jongens een biertje drinken.' Omdat hij zag dat Sol aarzelde, gooide Rody een natte handdoek naar hem. 'Schiet op. Ik betaal.'

Sol sloeg het deurtje van zijn kastje dicht. 'Oké. Geef me tien minuten om te douchen.'

Veronica McCall kwam elke week langs om aan Carrie te vragen of ze het huis en de grond al wilde verkopen. Elke keer zei Carrie nee. Vandaag was Emma er om Carrie te helpen appelmoes te wecken. Veronica rook de versgezette koffie en schonk zichzelf een beker in.

Terwijl ze dat deed, keek ze even vluchtig door het keukenraam naar buiten. 'Zien al die Amish mannen er net zo uit als hij?'

'Wie?' vroeg Carrie, terwijl ze de appels schilde en in een grote pan gooide.

'Hij. Hij is wel een mooie knul.' Ze wees uit het raam naar buiten. 'Hij kan zo op de voorkant van de GQ.' Ze draaide zich om naar Emma om uit te leggen wat ze bedoelde. 'De *Gentleman's Quarterly*. Dat is een tijdschrift met elke maand een knappe vent op de voorkant.'

Carrie legde haar aardappelschilmes neer, veegde haar handen af aan haar schort en keek door het raam naar buiten om te zien wie Veronica bedoelde. 'Kijk nou, dat is Daniel!'

'Wie?' vroeg Veronica.

'Carries *echtgenoot*,' zei Emma en ze fronste een wenkbrauw.

'Mijn kleinzoon,' voegde oma er met de nodige trots in haar stem aan toe. Ze zat aan de keukentafel appels te schillen voor een appeltaart. Ze deed dat op zo'n manier, dat er een lange schil overbleef... Andy was daar zeer van onder de indruk.

Veronica haalde haar schouders op. 'Die echtgenoot van jou is een schatje, Carrie. Hij kon wel een mannelijk model zijn.' Ze zagen Daniel een baal hooi van de wagen tillen en in een kruiwagen gooien. 'Die spieren in zijn armen lijken wel kabels.'

Carrie keek Veronica aan alsof ze een andere taal sprak.

Emma wees met haar schilmesje in Veronica's richting. 'De

man van een andere vrouw begeren is zondig.'

Veronica draaide zich om naar Emma en keek haar steels aan. 'Er is niets verkeerds aan het bewonderen van de schepping.' Ze keek even vluchtig op haar horloge. 'Ik moet gaan.' Ze pakte een stukje appel uit Emma's schaal met geschilde appelen en zweefde door de deur naar buiten.

'Carrie, we moeten die vrouw in het oog houden,' zei Emma afkeurend, terwijl ze haar aandacht weer op de appels richtte. '*Englischers* zijn niet zoals de Amish.'

'En de Amish zijn niet zoals de *Englischers*, Emma,' zei oma. 'Mijn Daniel kijkt niet steeds naar andere vrouwen.'

Carrie stond bij het keukenraam en zag dat Veronica naar Daniel toeliep. Die lachte, ze vroeg zich af wat Veronica tegen hem zei. Voordat ze zich weer omdraaide, zag ze toevallig dat Veronica gelijk had. Zijn armen leken inderdaad net dikke kabels.

Mattie had Carrie gevraagd haar te helpen een nieuwe jurk te naaien. Nadat ze in de stad stof hadden gekocht, gingen ze terug naar Carries huis om een van haar patronen te gebruiken. Terwijl Carrie boven naarstig op zoek was naar de patronen, zette Mattie koffie in de keuken. Ze schepte de koffie uit het blik in het filter en snoof het aroma op. Daarna vulde ze de koffiepot met water en dreven haar gedachten richting Carrie. Ze was bezorgd over haar vriendin, omdat ze voelde dat Carrie diep gewond was en de wond niet wilde helen.

Mattie wist dat het verlies van haar vader Carrie heel zwaar viel. Maar wat ze niet begreep, was waarom Carrie zo snel na haar vaders dood met Daniel getrouwd was. En waarom het haar schijnbaar niets deed dat Sol weg was gegaan. Misschien, dacht Mattie, was het omdat Carries vader Daniel voor haar had uitgekozen. Terwijl Mattie wachtte totdat de koffie klaar was, keek ze door het keukenraam naar buiten en zag ze dat Daniel en zijn vader Old-Timer uit het tuig spanden van het rijtuigje waarmee zij en Carrie naar de stad waren geweest.

Daniel was zeer galant tegen Carrie, zag Mattie wel. Hij tilde haar uit het rijtuigje alsof ze van fijn porselein was. Hij ging pas aan de keukentafel zitten als Carrie zat. Hij zag er echt goed uit, dacht ze, terwijl ze keek hoe hij het paard naar de schuur bracht. Grote man, brede schouders, een prachtige kop met haar en prachtige blauwe ogen met een paar donkere wenkbrauwen. Daniel had een nog net zichtbaar kuiltje in zijn kin. Een beginnende blonde baard langs zijn kaaklijn. Mattie veronderstelde dat hij er net zo uitzag als zijn vader Eli vroeger: slank, gespierd en bezorgd. Daniel was bijna net zo knap als Sol.

Terwijl Mattie het kastje opende om de koffiebekers te pakken, kwam Daniel de keuken binnen. '*Wu is sie?*' vroeg hij korzelig.

'Carrie is boven.' Net toen Mattie hem wilde vragen of hij koffie wilde, kwam Carrie met een doos patronen in haar armen naar beneden.

'*Was is letz?*' vroeg Carrie toen ze zag hoe Daniel keek.

Hij kwakte een *Englische* krant op de keukentafel, opengeslagen op de sportpagina en met een grote kop: 'Amish Sol werpt een *no-hitter.*' Hij keek Carrie strak en met gefronste wenkbrauwen aan. Carrie hield haar blik op de krant gericht.

De stilte in de keuken was om te snijden. 'Die is van mij,' flapte Mattie er ten slotte uit. 'Die heb ik in de stad gekocht.'

Zowel Daniel als Carrie draaiden met een ruk hun hoofd om, hun ogen groot van verbazing.

'Ik las die kop en wilde zien wat er over Sol in de krant stond,' zei Mattie. Terwijl Daniel en Carrie haar maar bleven aanstaren, voelde ze haar mond steeds droger worden. 'Ik houd van Sol. Dat zal altijd zo blijven, wat hij ook heeft gedaan. Op een dag komt hij terug. Dat weet ik zeker.' Matties ogen schoten vol met tranen. Ze keek even vluchtig van opzij naar Carrie en zag verdriet in haar ogen.

Ineens begreep Mattie het.

Zonder verder een woord te zeggen, zette Mattie de koffiebekers op het aanrecht en verliet stilletjes het huis. Ze was bijna bij de straat toen ze Daniel haar naam hoorde roepen en naar haar toe zag rennen.

'Hier,' zei hij en hij gaf haar de krant.

Later die avond trok Carrie haar nachthemd aan en haalde ze de spelden uit haar haar, waarna ze een lange vlecht maakte van de losse strengen. Ze schoof haar bed in en spiedde over de rand naar Daniel, die languit op de grond lag. 'Slaap je al?'

Hij draaide zich op zijn zij, zijn gezicht naar het raam. 'Bijna.'

'Daniel...'

'Wat Mattie zei, was niet waar.' Hij rolde op zijn rug, zijn ogen keken naar het plafond. 'Alleen heb ik geen idee welk deel van het verhaal niet waar was.'

Carrie had de hele middag hetzelfde gedacht. Mattie had *gelogen*! Carrie was degene die de krant had gekocht. Maar loog Mattie ook over het feit dat ze van Sol hield? Carrie was daar niet zo zeker van. Ze stompte het kussen in vorm en legde haar hoofd erop.

'Ik heb soms het idee dat er drie mensen in dit huwelijk zitten,' zei Daniel zachtjes.

Carrie werd boos. 'Niet waar.' Ze keek hem over de rand van het bed aan. 'Het zijn er *vier*.'

De woorden waren eruit voordat ze er überhaupt over had nagedacht. Ze vermoedde het slechts. Ze was er tot dat moment niet zo zeker van geweest dat de last die Daniel droeg iets met een vrouw te maken had. 'Het... het spijt me,' zei ze toen ze aan zijn ogen zag hoeveel pijn die opmerking hem deed, alsof ze hem had geslagen. 'Dat had ik niet moeten...'

'Het geeft niet,' zei hij, op een toon die haar raakte omdat hij zo vriendelijk was. 'Ik ga een eindje wandelen.'

Daniel griste zijn hemd, broek en schoenen bij elkaar en ging naar beneden. Carrie hoorde de keukendeur achter hem dichtgaan.

De volgende morgen deed Mattie snel de karweitjes die ze moest doen, zodat ze naar Carrie kon. Ze moest het gesprek van gisteren rechtzetten. Ze voelde zich beschaamd omdat ze eruit had geflapt dat ze van Sol hield. Dat was een geheim dat ze heel wat jaartjes zo goed had weten te bewaren, eigenlijk vanaf het moment dat ze hem voor het eerst had gezien. Net toen ze het rijtuigje de oprijlaan op stuurde, kwam Daniel de schuur uit. Hij hield zijn pas in toen hij haar zag en wachtte tot ze het rijtuigje tot stilstand had gebracht.

'Morgen, Daniel,' zei ze verlegen. 'Is Carrie binnen?'

Hij schudde zijn hoofd. 'De was aan het ophangen.' Daniel knikte met zijn hoofd in de richting van de drooglijn, waar Carrie de was aan het ophangen was. Hij pakte de teugels van haar aan en hielp haar uit het rijtuigje, waarna hij haar paard aan de paal vastbond.

Toen Carrie Mattie aan zag komen lopen, legde ze de natte hemden terug in de mand en ging in de zon op de grote steen zitten. Ze gaf met haar hand zacht een klopje op de steen, een stilzwijgende uitnodiging aan Mattie om bij haar te komen zitten. 'Het is een warme nazomer, de was is vast heel snel droog.' Er stond een zacht briesje, waardoor de kleren aan de lijn zachtjes wapperden in de wind. Oma's verbleekte lavendelkleurige zondagse jurk, die vlak naast haar hing, verspreidde een flauwe geur van waszeep.

Mattie knikte, maar ging met gebogen hoofd naast Carrie zitten.

Carrie leunde achterover op haar ellebogen. 'Ik vind deze tijd van het jaar altijd geweldig. Het zomerse werk is bijna gedaan. Het is warm, maar niet heet. Een korte periode van rust, voordat het winter wordt.'

Mattie knikte nogmaals, zei niets en had het gevoel dat ze een brok in haar keel had.

Zachtjes vroeg Carrie: 'Mattie, waarom heb je gelogen?'

Mattie sloeg haar handen voor haar gezicht. 'Het schoot er gewoon uit. Ik schaam me zo. Ik voel me verschrikkelijk! Maar ik zag dat Daniel boos was over de krant.'

Carrie zag hoe de wind draaide en de witte lakens deed opbollen, als zeilen op een schip. 'Het was lief van je, dat je op die manier voor me opkwam.'

'Ik had niet mogen liegen. Dat was verkeerd van me. Maar Carrie, we zijn immers vriendinnen.' Ze zei het op een manier alsof dat alles verklaarde: haar loyaliteit, haar compassie, haar devotie.

'Ik verdien het niet zo'n vriendin te hebben.'

Mattie wuifde die opmerking weg. 'Je verdient veel meer dan dat, Carrie. Ik ken niemand die zo sterk is als jij. Ik weet hoe moeilijk je het de laatste tijd hebt gehad.'

Carrie wendde haar blik af, maar Mattie zag tranen in haar ogen glinsteren. Ze zag Daniel, met zijn armen over elkaar over zijn zwarte leren schort, bij de schuur staan luisteren naar een buurman die net een van zijn paarden had gebracht om te laten beslaan. 'Hij is een goede man, die Daniel.'

Carries blik volgde die van Mattie. 'Waarom heb je me nooit verteld over je gevoelens voor Sol?'

Mattie boog zich naar beneden, pakte een hemd uit de mand, schudde het twee keer uit en kwam weer overeind om het aan de lijn te hangen. Dat deed ze bewust om zichzelf de tijd te geven zorgvuldig te antwoorden. 'Ik kon niets doen aan mijn gevoelens voor Sol. Zolang ik me kan herinneren, houd ik van hem. Maar je weet wat voor flirt hij is. Je weet dat hij het met alle meisjes aanlegde, elke zondag na het zingen nam hij een ander meisje mee naar huis.' Bijna alle meisjes, behalve haar, dacht Mattie, maar ze zweeg en pakte nog een hemd. De realiteit was dat Sol het grootste deel van de tijd die ze in hetzelfde stadje hadden gewoond, geen idee had gehad van haar bestaan. Ze was zo stil, zo alledaags, ze trok nauwelijks de aandacht.

Mattie keek over de waslijn naar Carrie. 'Maar toen bracht hij jou steeds naar huis na het zingen op zondag en je leek het niet in de gaten te hebben.' Ze staarde naar de wasknijper in haar hand. 'Ik kon het je gewoon niet vertellen, Carrie. Het ging niet. Wij doen dat niet.'

Carrie knikte. Jongelui die met elkaar gingen, probeerden koste wat het kost niet al te opvallend met elkaar te flirten. 'Je kunt heel goed een geheim bewaren, Mattie. Ik had nooit gedacht dat je gevoelens voor Sol zo sterk waren. Nooit.'

Mattie glimlachte verlegen naar haar.

'Je was vast een beetje jaloers op mij.'

'Nee, Carrie. Nooit.' Mattie meende dat oprecht. Ze zou zichzelf nooit toestaan jaloers te zijn. 'Dat moet je geloven.'

Carrie griste het laatste stuk wasgoed uit de mand en hing het aan de lijn. 'Mattie, je bent te goed voor Solomon Riehl. Hij heeft geen *Demut*, kent geen bescheidenheid. Hij komt niet terug in de kerk.'

'Zeg dat niet,' zei Mattie scherp. Ze sloeg haar ogen neer. 'Er is altijd hulp voor iedereen.'

Carrie tilde haar hoofd op en keek haar vriendin aan.'Het is maar helemaal de vraag of hij wel hulp wil.' Ze pakte de lege wasmand op en zette hem tegen haar heup.'Mattie, mag ik je één advies geven? Verwacht niets van Solomon Riehl. Dan word je ook niet teleurgesteld.'

Zondag voelde altijd anders dan de andere dagen. Het was een aparte dag. Carrie vond de kerkdienst altijd heerlijk. Als kind al voelde ze dan een stille opwinding. De prediking en het zingen begonnen al vroeg in de ochtend en duurden drie uur. Ter afsluiting was er een gemeenschappelijke maaltijd, verzorgd door de vrouwen.

Ze keek het mannengedeelte van de kamer in en zag Daniels vader stijf rechtop zitten, zijn gezicht stond somber. Naast hem zat Daniel. Zijn blik schoot naar het plafond, alsof hij niet wilde dat iemand zag dat hij naar haar keek. Carrie glimlachte bij de gedachte dat hij naar haar keek. Naast Daniel zat Andy, hij keek boos en nukkig.

Andy had hard zijn best gedaan om voor zijn negende verjaardag het *Lob Lied* uit zijn hoofd te leren, het loflied dat bij elke kerkdienst van de Amish werd gezongen. Hij wilde heel graag tijdens de dienst bij de grote jongens zitten, maar de traditie gebood een Amish jongen te wachten totdat hij negen was. Andy was binnenkort jarig en was vastbesloten er nu bij te horen. Voor het ontbijt die ochtend had hij de coupletten nog een keer opgezegd. Toen hij niet wist hoe het laatste ging, legde hij zijn handen op zijn wangen. 'O, Carrie, laat me alsjeblieft bij de grote jongens zitten. Iedereen weet dat ik bijna negen ben. Ze zullen me maar een jochie vinden.'

Carrie schudde met haar hoofd van nee. 'Pas als je er klaar voor bent.'

'Kom op!' smeekte Andy. Hij was bijna in tranen. 'Papa zou me wel laten gaan!'

'Ga naar boven en maak je klaar,' zei Carrie tegen hem. 'We moeten over een paar minuten weg, anders komen we te laat.'

Andy rende de trap op en botste bijna tegen Daniel aan, die net de trap afkwam. Daniels ogen ontmoetten even die van Carrie, daarna sloeg hij zijn ogen neer. 'Is het zo belangrijk dat hij dat lied kent?'

Ontmoedigd draaide Carrie zich om naar het aanrecht om de ontbijtvaat af te maken. 'Ik probeer alles zo normaal mogelijk voor hem te laten verlopen. Te doen wat mijn vader zou willen dat ik deed wat betreft hem.' Ze waste een bord. 'Bovendien houdt de bisschop Andy in de gaten.'

'Schuif de schuld niet op de bisschop,' zei Daniel, terwijl hij zijn hoed en mantel van de haak pakte. 'Je maakt je zorgen om tante Esther. Zij is degene die Andy in de gaten houdt.' Hij legde zijn hand op de klink van de keukendeur. 'Het leven is niet normaal voor een jongen die verdriet heeft om zijn vader.'

Carrie keek door het keukenraam Daniel na, die naar de schuur liep, en dacht na over wat hij had gezegd. Zo veel had hij nog nooit achter elkaar gezegd. Toch verbaasde het haar dat Daniel slechts één zomer bij hen had doorgebracht en toch beter leek te weten hoe haar familie in elkaar zat dan zijzelf. Hij had gelijk. En Andy ook. Het zou haar vader niets hebben kunnen schelen of hij het lied kende of niet. Ze maakte zich zorgen over haar stiefmoeder. Tante Esther stelde harde eisen aan iedereen, vooral de kinderen van haar tweede man.

Carrie gooide de theedoek neer, meer in verwarring dan ooit tevoren. Ze was er nog niet klaar voor om een kind op te voeden, maar wel in die rol geduwd toen haar vader overleed. Zo voelde het ongetwijfeld als je probeerde een inktvis in bed te stoppen. Er staken altijd wel een paar armen onder de dekens vandaan.

Het centrale thema van de preek van de bisschop die ochtend was de zondige aard van de mens. Zijn boodschap kwam goed aan. Iedereen sloot die ochtend af met een gevoel dat hij of zij een zondig mens was. Na de dienst werden de banken opzij geschoven en de tafels neergezet, waarna de vrouwen een lunch van broodjes met soep opdienden. Carrie bracht samen met een paar andere jonge vrouwen het eten naar de mannen. Toen de mannen klaar waren met eten, was het de beurt van de vrouwen en kinderen. Na het opruimen zaten de volwassenen meestal in groepjes bij elkaar om te praten, terwijl de kinderen speelden of een middagslaapje deden.

Vandaag was iedereen echter nogal stil, de stemming ingetogen. Eli verzamelde de familie in het rijtuigje voor een stille rit naar huis. Daniel ging rechts van zijn vader zitten, pakte de teugels en klakte met zijn tong, waarna het paard het op een drafje zette. Carrie en oma zaten op het achterbankje, Andy tussen hen in. Voor het gevoel duurde het ritje naar huis ontzettend lang en het hielp ook niet echt dat iedereen zo krap zat. Uiteindelijk doorbrak oma het stilzwijgen. 'Ik denk dat de bisschop te weinig vezels krijgt. Misschien moet ik hem wat van mijn speciale pruimenthee geven. Dat is beter voor de doorspoeling.'

Eli draaide zich om, keek haar aan en gaf haar een reprimande: 'Moeder! U hebt het wel over de bisschop! Een door God uitverkoren man!'

'Die man is oud, Mozes is er niets bij,' fluisterde oma binnensmonds.

Carrie schoot in de lach maar boog snel haar hoofd. Ze vermeed het Andy aan te kijken. Ze wist dat ze het goede voorbeeld moest geven, maar soms miste ze het dat ze niet gewoon zijn zus kon zijn, samen met hem kon lachen om een grap, zoals ze vroeger deden.

Toen Carrie later die dag net Hope gevoerd had en de koe naar haar stal bracht, hoorde ze Daniel en zijn vader de schuur binnenkomen. Door een spleet tussen de planken zag ze Daniel verslagen op een baal hooi zitten, handen op de knieën, kin op de borst.

Eli liep naar hem toe en legde zijn hand op zijn schouder. 'Je hebt de kans om hier een nieuw leven te beginnen, een nieuwe start te maken met Carrie. Ik weet dat ze goed voor je zal zijn. Ze is een sterke vrouw.'

Carrie dook naar beneden tegen de houten muur van Hopes stal, de mannen hadden haar niet gezien. Ze voelde zich net nieuwsgierige Emma, omdat ze het gesprek afluisterde van twee mensen die dachten dat ze alleen waren. Hun stemmen klonken echter zo serieus, dat ze besloot dat het beter was hen niet te onderbreken.

Daniel keek op en zei: 'Hebt u niet gehoord wat de bisschop vandaag zei? De hemel is doof voor de roep van een zondaar.' Hij stond op, liep naar de schuurdeur en daar aangekomen draaide hij zich om naar zijn vader. 'Er bestaat niet zoiets als een frisse start. Ons verleden laat ons niet los.'

Hij liep door de deur naar buiten en Eli ging zitten op de baal hooi waar Daniel had gezeten. Carries hart brak bijna toen ze zag dat hij begon te beven, zijn hoofd in zijn handen legde en begon te huilen. Zachtjes glipte ze door de deur naar buiten, zodat hij alleen kon zijn.

De volgende ochtend sloeg het weer om en werd het koud.

Carrie bracht koffie naar Daniel, die bij de schuur was. Ze keek even toe bij wat hij aan het doen was. Geconcentreerd joeg hij met de blaasbalg het vuur aan, vervolgens pakte hij met de tang een hoefijzer en gooide dat in de brandende kolen. Hij keek op toen hij Carrie zag en knikte kort bij het zien van het warme drinken dat ze bij zich had. Ze keek toe hoe hij het gloeiend hete hoefijzer uit het vuur haalde en in een bak met water gooide, gevolgd door een luid gesis en een enorme wolk stoom.

'De bisschop vindt het nodig ons er zo nu en dan aan te herinneren dat we geneigd zijn tot zonde, Daniel.'

Daniel legde de tang neer en nam de beker koffie van haar aan.

'Meestal is hij niet zo streng. Eigenlijk is hij best aardig. En de voorgangers zijn ook niet streng. De diaken is helemaal niet streng.' Ze leunde tegen de werkbank. 'Mattie zei gisteren dat de bisschop de laatste tijd misschien te vaak uit het Oude Testament leest en niet genoeg uit het Nieuwe.' Ze pakte een stuk gereedschap op en bekeek het aandachtig. 'Zij zegt dat in het Nieuwe Testament staat, dat wij schoongewassen zullen worden van onze zonden.'

Daniel nam een slok van zijn koffie, maar bleef haar aankijken.

'We zullen nog witter zijn dan sneeuw, zegt Mattie. Ik weet niet precies waar dat in de Bijbel staat, maar Mattie heeft het wat dat soort dingen betreft meestal bij het rechte eind. Als ze als man geboren was, had de Heere haar uitverkoren en was ze op een goede dag voorganger geworden. Dat weet ik zeker. Matties grootvader was bisschop. Hij heette Caleb Zook. Een van de beste bisschoppen ooit. Iedereen mocht Caleb Zook heel graag. Zelfs tante Esther. Een paar jaar terug is hij gestorven.' Daarop volgde een pijnlijke stilte. Carrie legde het gereedschap terug, draaide zich om en wilde weggaan, toen ze hem haar naam hoorde noemen.

'Carrie?' vroeg hij.

Ze draaide zich snel om en keek hem aan. Daniels ogen ontmoetten die van haar, diepblauw en groot van verbazing. In zijn ogen zag ze wat zijn hart bewoog, het was vol hoop en verdriet. Ze zag ook dat zijn verdriet een uitweg zocht, zodat hij ervan bevrijd zou zijn. Maar hij aarzelde en toen was het moment voorbij, als een wolk die voor de zon schoof en haar leek op te slokken.

Het enige wat hij zei, was: '*Denki.*' Hij boog zijn hoofd lichtjes naar de beker koffie in zijn hand.

'*Bitte.*'

Het was een begin, hoopte ze.

Op een middag reed Mattie op haar step over de weg toen ze iets vreemds in een boom zag bewegen. Ze reed ernaartoe om te kijken wat het was. Meteen toen ze het lichtblonde hoofd zag, wist ze het. Ze stapte af en liep naar de boom. 'Andy Weaver! Wat ben je daar aan het doen?'

Met grote ogen van de schrik keek Andy naar beneden. 'Ik probeer de jonge vogeltjes te voeren. Die stomme *Englische* jongens hebben de moeder gedood en nu hebben ze vreselijke honger.' Hij stak een hand in zijn zak en haalde er een handvol wriemelende wormen uit. 'Ik heb wat eten bij elkaar gescharreld. Zie je?' Een van de wormen viel uit zijn hand en landde op Matties hoofd.

Ze gilde en veegde hem weg. 'Andy, je moet niet zo hoog klimmen! Dan val je!'

'Neuh. Ik ben er bijna.' Terwijl hij het zei, sloeg hij één been om de tak boven zijn hoofd. Er klonk een luide *krak* en de tak brak. Andy viel boven op Mattie, die naar adem lag te snakken.

'O, Andy, alles in orde?' vroeg Mattie zodra ze het duizelige gevoel in haar hoofd kwijt was. Ze probeerde op te staan, maar hij lag als een pannenkoek over haar heen. 'Zeg iets!'

'Volgens mij ga ik dood,' zei hij. Terwijl hij van haar afrolde, stak hij zijn arm omhoog. Zijn pols zag eruit als een gebroken takje.

'O, nee!' riep Mattie; ze kwam overeind en keek naar zijn pols. 'Dat wordt nog een keer een bezoek aan de eerste hulp.'

Andy glimlachte flauwtjes. 'Ze hebben daar in elk geval wel televisie.'

Het lukte Mattie Andy op de step naar het huis van Carrie te brengen, maar het ging wel langzaam en heel onhandig. Terwijl ze het paard voor het rijtuigje spande om Andy naar het ziekenhuis te brengen, schreef Carrie een briefje voor Daniel, dat ze op de keukentafel legde.

Nadat de röntgenfoto's ontwikkeld waren, lag Andy op een bed helemaal in de hoek van de eerste hulp, dicht bij de televisie, te wachten. Carrie had net een tekenfilm opgezet toen de dokter binnenkwam en op Andy's bed ging zitten.

'Hé, Popeye!' zei hij, nadat hij eerst even vluchtig had gekeken wat Andy aan het kijken was. '*I yam what I yam*,' zei hij met een komische stem.

Andy keek op naar hem, met grote ogen van verbazing omdat de dokter heel anders deed dan normaal.

De dokter pakte Andy's status, las de aantekeningen en tuurde naar de röntgenfoto, die voor een lichtbak hing. 'Ik ben dokter Zimmerman. Ik ben bezig met mijn coassistentschap hier in Stoney Ridge.' Hij glimlachte naar Carrie en Mattie. 'Zo, Andy, jij hebt dus je pols gebroken en lijdt aan hemofilie. Voor de zekerheid geven we je zo meteen factor IX.' Hij keek naar Carrie en Mattie. 'Wie van jullie heeft zijn val gebroken?'

'Zij,' antwoordde Carrie en wees naar Mattie. 'Zij heeft er een neus voor om op het juiste moment op de juiste plaats te zijn.'

Matties wangen gloeiden van zo veel lof. 'Ik ga even naar het restaurant om iets te eten voor Andy te halen.'

Dokter Zimmerman gaf de verpleegster instructies hoe ze het infuus met factor IX bij Andy moest instellen en opende de kast om de daarvoor benodigde spullen te pakken. 'Eens zien of ik nog weet wat ze me tijdens mijn studie medicijnen hebben geleerd.' Hij keek naar de spullen alsof hij ze nog nooit eerder had gezien.

'U bent dus nieuw als dokter?' vroeg Andy enigszins bezorgd.

'Nou, één dag je diploma hebben lijkt me wel genoeg, of niet soms?' vroeg dokter Zimmerman, terwijl zijn ogen glinsterden van de pret. Andy's ogen werden groot als schoteltjes, waarop dokter Zimmerman in lachen uitbarstte om zijn eigen grap. Hij haalde het gaas uit de folie. 'Welke kleur wil je?' vroeg hij Andy. 'Met neongroen zullen de kinderen op school denken dat je een superheld bent.'

'Wit,' viel Carrie hem in de rede.

Andy zuchtte.

De dokter keek Carrie vragend aan.

'Wij houden niet van opzichtig en schreeuwerig,' zei ze. 'We willen niets wat de aandacht trekt.'

'Wat is er verkeerd aan om de aandacht op jezelf te richten?' vroeg de dokter.

Carrie fronste een wenkbrauw. 'Wat is daar goed aan?'

De dokter haalde zijn schouders op. 'Goed punt.' Hij draaide zich om naar Andy. 'Ik zou ook voor wit kiezen.' En fluisterend: 'Dan kun je de kinderen vertellen dat het echt lepra is.'

'Wat is lepra?' vroeg Andy.

'Dat is een zeer besmettelijke ziekte die je huid wegvreet,' antwoordde de dokter, terwijl hij de pleisterkalk mengde die over het gaas ging. 'Ziet er nogal onsmakelijk uit. Zeer effectief als je je vrienden misselijk wilt maken.'

Andy keek hem gefascineerd aan en fleurde aanzienlijk op door dat nieuws.

Na een uur wachten in de wachtkamer was Solomon Riehl net toegelaten tot de eerste hulp. Zijn schouder klopte en hij wist niet zeker wat er aan de hand was. Hij had er al een paar weken last van, maar normaal gesproken verminderde aspirine de pijn. Vandaag niet. Hij wilde het niet tegen de trainer van het team zeggen; als hij dat deed, zou er een aantekening van worden gemaakt in zijn staat van dienst. Daardoor zou de werpcoach kunnen denken dat er een probleem was. De coach was heel voorzichtig. Sol moest nog een paar weken zien door te komen, daarna kon hij zijn schouder een lange periode rust geven. Hij hoopte dat hij een injectie met cortison of iets dergelijks kon krijgen, zoals de andere mannen van het team.

Helemaal aan de andere kant van de kamer, nog voorbij de zusterspost, viel zijn oog op een Amish vrouw. Hij legde zijn spullen op het bed en keek nog eens beter om te zien of hij haar misschien kende. Hij kende de meeste Amish in Stoney Ridge. De vrouw stond met haar rug naar hem toe, haar gezicht naar de deur. De dokter had de manchet om de bloeddruk te meten om zijn eigen hoofd vastgemaakt en pompte hem op, waarna de jongen op het bed begon te giechelen en vervolgens hard moest lachen. Sols hart begon sneller te slaan. Hij kende die lach. Die was van Andy. En als dat Andy was, dan was die Amish vrouw Carrie. Sinds zijn vertrek had hij haar niet meer gezien. Hij had nog elke dag last van wat hij haar had aangedaan.

Sol zag dat de dokter Andy een high five gaf voordat hij de kamer verliet. De verpleegster legde het infuus aan bij Andy. Sol nam aan dat het spul dat hem werd toegediend tegen hemofilie was. Toen de verpleegster weg was, sprong Sol van het bed en griste zijn jack mee. Op dat moment kwam er een Amish man binnen met zijn hoed in de hand. Hij bleef bij de deur staan, zocht met zijn ogen de kamer af en liet ze uiteindelijk rusten op Carrie. Met een paar ferme stappen was de man bij haar en hij ging dicht bij haar staan. Ze boog zich voorover om hem iets te vertellen. Sol deinsde achteruit, alsof hij zich gebrand had aan een hete kachel.

Na een poosje zag Sol de man door de deur de kamer uitlopen, de hal in, en besloot hem achterna te gaan. Hij glipte de gang in en zag de deuren van het restaurant heen en weer zwaaien, totdat ze stil bleven staan en de deur dicht was. Sol keek door het raampje in de deur naar binnen: de man stond voor de koffieautomaat en gooide er muntjes in.

Sol duwde de deur van het restaurant open. 'Ze drinkt haar koffie graag zwart,' zei hij, terwijl hij naar de man toeliep.

Daniel keek Sol verbaasd aan.

'Carrie,' zei Sol. 'Ze drinkt hem zwart, omdat haar vader zijn koffie altijd zo dronk.'

Ineens lichtten Daniels ogen op en herkende hij de man. 'Solomon Riehl,' stelde hij zakelijk vast.

'Inderdaad,' zei Sol. 'En jij bent Daniel Miller.'

Sol en Daniel namen even de tijd om elkaar op te nemen.

Daniel draaide zich weer om naar de koffieautomaat en

drukte op de knoppen voor melk en suiker. Toen het bekertje vol was, draaide hij zich om en wilde weglopen.

Sol ging voor hem staan. 'Ze houdt van mij, weet je. Dat zal ze altijd blijven doen.'

Daniel draaide de koffiebeker in zijn hand en keek hoe de bruine koffie en witte melk zich met elkaar vermengden.

'Ik was een tijdje terug in Ohio, om een wedstrijd te spelen.' Sol keek goed of Daniel daar überhaupt op reageerde, maar hij kon het net zo goed over het weer hebben. Van Daniels gezicht viel niets af te lezen. 'Daar kwam ik een paar Amish tegen die naar me kwamen kijken. Ik neem aan dat ze over me hadden gehoord.'

Daniel tilde zijn hoofd op en keek Sol recht in de ogen.

'Ze vertelden me een interessant verhaal over jou en je neef. Waarom je uit Ohio bent weggegaan.'

Daniel fronste zijn wenkbrauwen.

'Ik vroeg me af wat Carrie daarover weet. Over jou, bedoel ik.'

Sol meende in een flits iets in Daniels ogen te zien, maar het was al weg.

Daniel hield de koffiebeker omhoog. 'Ze drinkt hem graag met melk en suiker, omdat haar moeder haar koffie zo dronk.' Hij opende de deur en wilde weggaan, maar zei nog even snel over zijn schouder: 'Mijn Carrie wacht op mij.'

Sol bleef even staan en zag de deuren steeds minder hard heen en weer zwaaien, totdat ze uiteindelijk dicht waren. Het was heel gebruikelijk bij de Amish dat ze naar elkaar verwezen als 'mijn' of 'onze'; zo gaven ze aan wie bij wie hoorde. Maar zo had Daniel het niet bedoeld, dacht Sol. Daniel Miller had 'mijn Carrie' gezegd om daarmee aan te geven dat ze van hem was.

Achter hem klonk de zachte, rustige stem van een jonge vrouw. 'Hallo, Solomon.'

Sol draaide zich snel om, zodat hij kon zien wie er tegen hem sprak. Daar stond, met een glimlach van oor tot oor op haar gezicht, de kleine Mattie Zook.

Op de terugweg naar huis stopte Daniel het rijtuigje bij de boom waar Andy in was geklommen voordat hij eruit viel. Andy had hem gesmeekt de vogeltjes te redden en het nestje mee naar huis te nemen.

Daniel klom slingerend de boom in en gluurde in het nest. 'Dat zijn sperwers!'

'Nou en?' riep Andy.

Daniel keek naar beneden. 'Dat zijn roofvogels. Ze stelen de eieren van andere vogels. En jagen ook op kleine dieren.'

'Je zei dat elk schepsel hier is met een bepaalde reden, Daniel,' riep Andy terug. 'Dat heb je zelf gezegd.'

Daniel zuchtte overdreven. 'Dat heb ik inderdaad gezegd.'

'Die vogeltjes hebben onze hulp nodig!'

Daniel maakte het nest los van de kromme tak. Hij nam het onder zijn arm en klom slingerend weer naar beneden. Er zaten drie jonge vogeltjes in het nest, ze waren al bijna dood, hapten naar lucht en bewogen nauwelijks nog. Andy deed met zijn goede hand een greep in zijn zak en haalde tevoorschijn wat er nog over was van de wormen die hij die ochtend had gevangen. Hij legde het nest in zijn schoot en probeerde stukjes worm in de snavels van de vogeltjes te duwen.

'Ze moeten drinken,' zei Daniel.

'Misschien heeft oma een oogdruppelaar in haar medicijnkast,' zei Carrie. 'Daar kun je het mee proberen.' Maar het feit dat de vogeltjes er zo slecht aan toe waren, baarde haar zorgen. Andy had nog maar net enigszins geaccepteerd dat zijn vader er niet meer was, voor zover dat mogelijk was, dacht ze. Ze had niet het idee dat ze zich ooit nog zo zou voelen als toen haar vader nog niet dood was. De pijn was niet meer zo schrijnend als een paar maanden terug, hoewel ze er toch nog regelmatig door verrast werd. Gisteren nog, toen ze een lijst vond die haar vader met de hand had geschreven. De tranen stroomden over haar wangen. Toch was het verdriet meestal niet meer zo nadrukkelijk aanwezig.

Maar echt gelukkig was ze ook niet.

Andy zorgde heel goed voor de vogeltjes en de volgende middag was de situatie totaal anders. Ze waren zeer duidelijk aanwezig en stelden nogal wat eisen. Ze stonken ook. Carrie stond erop dat het nest van de warme keuken naar de schuur verhuisde. Andy was het daar niet mee eens, dan zouden ze vast en zeker doodvriezen.

'Ze zitten daar prima, Andy,' zei Carrie geruststellend. 'Het is daar veilig.' Ze wees naar de schuur. 'Huppekee.'

Net toen Andy met het nest de schuur inliep, kwam Mattie door de keukendeur naar binnen. Ze had een doos bij zich, gewikkeld in warme sjaals. Mattie zette de doos op de keukentafel en wikkelde de sjaals eraf. In de doos zaten vijf crèmekleurige eieren. 'Die zijn van de Canadese gans. Mijn vader had een partij hout besteld om de vijver opnieuw te beschoeien. Ze moeten nog ongeveer een maand in de broedstoof. Ik dacht, dan heeft hij iets anders om voor te zorgen als de sperwerjonkies het niet halen.'

Mattie pakte de eieren weer in om ze warm te houden.

Daniel nam de doos van haar aan om hem naar de schuur te brengen. Hij keek haar ernstig aan en zei: 'Je hebt een goed hart, Mattie Zook.'

5

Het was nog maar ongeveer een jaar geleden, realiseerde Carrie zich, dat ze op een prachtige herfstdag als vandaag – fris en koud, de bladeren aan de bomen in allerlei schakeringen tussen rood en geel – samen met haar vader haar laatste partij zoete cider had gemaakt. Ze had goed gekeken hoe hij het sap van verschillende soorten appels mengde en zo zijn zoete cider maakte. Haar vader was zeer precies wat zijn cider betrof.

'De mensen rekenen op mijn cider, Carrie. Die moet hen door de lange winter heen helpen, dus we moeten ervoor zorgen dat hij precies goed is.'

Samen hadden ze een aantal melanges gemaakt en daarna hadden ze besloten welke de beste was. 'In een gallon cider zitten 36 appels, niet meer en niet minder,' had hij gezegd, waarna hij er precies 36 had uitgeteld.

Toen ze eraan terugdacht, voelde ze een rilling over haar rug lopen. Ze borg de herinnering aan dit perfecte moment, deze perfecte dag, veilig op in haar hart.

Daniel had de mooiste appels van de oogst van dit jaar aan een verpakkingsbedrijf verkocht. Carrie besloot de overgebleven appels te gebruiken om opnieuw haar vaders cider te maken. Daniel had in het koetshuis een oude ciderpers gevonden en die voor haar schoongemaakt. Ze had de hele week geprobeerd de smaak van haar vaders cider – een beetje zoetzuur – te benaderen. Carrie had niet het idee dat de smaak van haar cider die van haar vaders cider naar de kroon stak – haar appelsoorten waren anders dan de zijne – maar de buren vonden dat hij er erg op leek. Ze vertelde Emma, de juiste persoon, zondagochtend in de kerk dat ze haar vaders cider aan het maken was en op maandagochtend stonden de buren met lege plastic melkflessen van een gallon in de rij bij de boerderij.

Een van de eerste klanten was Annie Zook, een schoolvriendin van Carrie die met een neef van Mattie getrouwd was en een tweeling verwachtte.

'Die meid loopt op alledag,' zei Emma en ze zwaaide naar Annie, terwijl ze wegreed in het rijtuigje. Emma was die dag gekomen om haar te helpen, had ze gezegd, maar ze had de hele tijd gepraat met de buren die op bezoek kwamen. Ze gluurde even nieuwsgierig naar Carries platte buik. 'Ik denk dat we binnen niet al te lange tijd ook van jullie bericht zullen krijgen, of niet?' Ze fronste haar wenkbrauwen. 'Mama zei wel dat je misschien op je eigen moeder lijkt, die had moeite kinderen te krijgen. Ze zei dat je moeder een mager en ziekelijk ding was. Ze zei dat je moeder draagster was van hemofilie en daarom was het twee keer raak: je vader hemofilie en Andy hemofilie. Ze vroeg zich af of jij ook problemen had.'

Carrie verstijfde, maar was niet verbaasd. Mensen van Eenvoud zeiden altijd: elk voorjaar een kind. 'Als je moeder zo veel over mij weet,' zei ze tegen Emma, 'waarom vraag je het haar dan niet gewoon?'

Haar stiefmoeder sprak tegenwoordig nauwelijks nog tegen Carrie, behalve als ze iets op te merken had over Andy's tekortkomingen. Gisteren had ze Andy in de kerk bij zijn kraag gevat, als een jas aan een haak, en tegen Carrie gezegd dat zijn haar geknipt moest worden.

Emma plantte haar handen in haar zij. 'Je hoeft niet zo verontwaardigd te doen. Ik dacht alleen dat je...'

'De kaneelbroodjes branden aan, Emma,' viel Daniel haar in de rede, terwijl hij langs de vrouwen naar de schuur liep.

'O, nee! Ik heb een halfuur geleden al tegen oma gezegd dat ze ze eruit moest halen...' Emma haastte zich zo snel naar de keuken dat het leek alsof ze door een zwerm wespen achterna werd gezeten.

Carrie draaide zich om naar Daniel. 'Oma heeft de broodjes een tijdje terug al uit de oven gehaald.'

Daniel had lachrimpeltjes rond zijn ogen. '*Ach? Ich bin letz.*' Hij stopte snel het laatste stukje kaneelbrood dat hij achter zijn zwarte leren schort had verstopt, in zijn mond. Een glimlach gleed over zijn lippen, zo snel en zo nauwelijks merkbaar, dat Carrie meende het zich te hebben ingebeeld.

Met Kerst legde de winter voor het eerst dat jaar een sneeuwdeken over Stoney Ridge. Daniel maakte Andy al voor het ochtendgloren wakker om hem te laten zien hoe het maanlicht prachtige schaduwen op de witte aarde wierp. Daarna gingen ze met z'n tweetjes naar de schuur om de beesten te voeren. Andy rende de schuur uit en slaakte een ijzige kreet, die de lucht deed trillen. Carrie haastte zich naar beneden, omdat ze dacht dat er iets verschrikkelijks was gebeurd.

Integendeel, het was juist iets heel moois.

Daniel had Andy verrast met een pony, Strawberry, en een eigen karretje. Toen Carrie zag hoe Andy keek terwijl hij de voskleurige pony in de stal aaide, vulden haar ogen zich met tranen.

'Och, Carrie, het stelt niet zo veel voor,' zei Daniel, maar hij keek tevreden. 'Zo kan hij tenminste naar school en ook weer terug.'

De familie Zook had Carrie en de familie uitgenodigd

om samen het kerstmaal te gebruiken, dus later die dag maakte Eli het rijtuigje klaar. Carrie vond het leuk om naar Mattie te gaan, maar ze maakte zich zorgen dat het weer zou omslaan. Het was een donkere en koude dag en de sneeuw hoopte zich op. Carrie betuttelde oma, die in het rijtuigje zat, en sloeg dekens om haar heen die ze gewarmd had op de keukenkachel. Daniel wilde Andy leren hoe hij Strawberry moest mennen, dus zij volgden achter hen in het karretje. Carrie gluurde naar hen door de achterruit van haar schoonvaders rijtuigje. Daniel hield zijn armen om Andy heen, om hem uit de wind te houden, maar ook om hem te helpen controle te houden over de teugels. Andy's hoed was afgewaaid, zijn jas was open, zijn rode wangen leken gebarsten door de wind. Maar de blik van puur plezier op zijn gezicht verwarmde Carries hart als een zomerdag.

In januari stormde het twee keer hard, net hard genoeg om de boel interessant te houden, zei Eli, zonder dat het leven te zwaar werd. Halverwege de maand waren de luchten blauw, maar een korte periode van hevige kou en vorst zorgde ervoor dat de grond hard bevroren was, waarop Eli en Daniel besloten dat het de juiste tijd was om de boomgaard te snoeien. Als het te warm werd, veranderde de papperige sneeuw in modder en zouden ze er veel langer over doen.

Halverwege de ochtend en halverwege de middag bracht Carrie warm drinken en iets te eten naar Daniel en zijn vader in de boomgaard, zodat ze er weer even tegen konden. Terwijl ze de laatste hectare appelbomen snoeiden, viel het haar op dat haar schoonvader zeer regelmatig even moest stoppen. Hij had moeite met ademhalen, alsof hij op de top van een berg zat en niet genoeg lucht kreeg. Ze meende dat het gewoon zwaar voor hem was om steeds de helling op te klimmen en weer af te dalen en intussen een paar zware zagen mee te slepen, maar zag dat Daniel zich zorgen maakte.

Op een dag voelde Eli zich tijdens de lunch zo moe, dat hij besloot eventjes op zijn kamer uit te rusten. Nadat Daniel gezien had hoe zijn vader langzaam de trap op klom, vroeg hij aan Carrie of ze wist of er een cardioloog in de stad zat, maar ze kende alleen de hematologen.

'Heeft je vader problemen met zijn hart?' vroeg Carrie.

Daniel antwoordde niet meteen, daarom vertelde oma het haar. 'Grote problemen. Hij heeft een slecht hart. De dokter moest hem opensnijden. De dokter zei dat het net was alsof... alsof hij een lekkende sproeier moest repareren.'

Daniel rolde met zijn ogen. 'Een operatie om een hartklep te repareren.'

'Ik zal eens navragen of iemand een cardioloog kent die hij kan aanbevelen,' zei Carrie.

'De dokter kan het niet repareren,' zei oma verdrietig. 'Hij heeft gewoon een gebroken hart.'

Langzaam, als een vaantje in de wind, draaide Daniel zich om en keek haar strak aan. Alle zorgen van deze wereld en alle pijn stonden in zijn droevige blauwe ogen te lezen.

'O, Daniel, ik wilde je niet...' Oma's handen schoten naar haar mond, alsof ze de woordenstroom wilde stoppen.

Hij liet zijn hoofd zakken en tilde het weer op. Toen hij zich omdraaide naar Carrie, stonden zijn ogen weer kalm. Ze had nog nooit de uitdrukking op iemands gezicht zo snel zien veranderen.

'Zeg tegen mijn vader dat ik in de werkplaats op hem wacht,' zei hij tegen haar, terwijl hij zijn hoed met de brede rand van de haak aan de muur plukte en weer naar buiten ging.

Carrie vroeg zich af wat er zojuist tussen oma en Daniel

was gezegd. Of niet gezegd, wat Daniels manier leek te zijn. Ze deed de keukendeur dicht en keek hem na. Ze kwam niet door die man heen, al gebruikte ze een moker.

Ineens kletterde oma's vork op de vloer. Ze sloeg haar handen tegen elkaar en fluisterde: '*Gottes Wille. Gottes Wille.*'

Nog geen seconde later klonk er luid gestommel boven hun hoofd, gevolgd door een angstaanjagende stilte.

Carrie rende naar de keukendeur en riep Daniel. Hij was bijna bij de schuur, maar draaide zich snel om en rende naar het huis, bijna alsof hij verwacht had dat Carrie hem zou roepen. Hij stormde de keuken binnen, vloog met twee treden tegelijk de trap op en gooide de deur van zijn vaders slaapkamer open. Tegen de tijd dat Carrie bij hen was, had Daniel zijn vader in zijn armen en wiegde hem. Hij keek verslagen en riep: 'Papa! Papa!' Eli's mond bewoog zachtjes, als een vis die op het droge lag. Hij hield met zijn handen stevig zijn hemd vast, hij had veel pijn. Toen werd hij stil.

Daniel keek ontzet op naar Carrie. '*Er is nimmi am scharfe.*' Hij was er niet meer.

Carrie was blij dat Andy niet thuis was toen Daniels vader stierf. Ze bedacht dat ze hem van school zou halen, zodat ze hem kon voorbereiden op de aanblik van het dode lichaam van Eli, dat in de voorkamer opgebaard lag.

Ze pakte haar bonnet van de haak, maar Daniel hield haar tegen. 'Ik ga wel. Ik heb behoefte aan frisse lucht.'

Carries hart voelde zwaar toen ze Daniel de oprijlaan af zag lopen, zijn handen gebald in zijn zakken, zijn hoofd omlaag. Hij leek zo eenzaam. Hoe dieper de gevoelens die ze steeds meer voor hem kreeg, hoe meer hij zich terugtrok in zichzelf. Ze wist niet hoe ze hem kon helpen.

Daniel was nog maar net uit het zicht verdwenen of Veronica McCall arriveerde. Ze bonsde op de voordeur alsof Carrie doof was. Carrie opende de deur en Veronica perste zich langs haar heen naar binnen. Haar blik viel op een stapel quilts van oma en ze hapte naar adem. Ze rende naar de quilts en trok er een paar tussenuit om ze te bewonderen.

'Dit zijn meesterwerken! Geweldig! Ze zouden in een museum moeten hangen!' Veronica schudde er een paar open, alsof het beddenlakens waren. 'Heb jij die gemaakt, Carrie?'

'Nee. Daniels grootmoeder heeft ze gemaakt. 'Ze is boven en ligt te rusten...'

'Nou, ga dan maar gauw naar boven en maak haar wakker! Ik wil haar een voorstel doen.'

'Dit is geen goed moment voor een bezoek...'

'Carrie, ik wil deze quilts voor het hotel als dat opengaat! Zeg maar wat je ervoor wilt hebben!'

Carrie zuchtte. 'Ze zijn niet te koop. Oma maakt de quilts voor familiegebruik. Er zijn andere mensen in Stoney Ridge die wel quilts willen verkopen.'

'Dat weet ik. Ik heb een beetje rondgekeken. Maar die zijn niet zoals deze. Ik heb nog nooit zulke mooie quilts gezien.' Veronica zette haar handen in haar zij, ze hief haar hoofd omhoog en keek Carrie aan. 'Je onderhandelt wel hard voor een Amish vrouw.'

'Maar ik *probeer* helemaal niet te onderhandelen.'

'*Iedereen* heeft zijn prijs, Carrie. Iedereen is te koop. Zelfs jij.'

Carrie verloor haar geduld. 'Zo doen *wij* het niet,' zei ze flink, in de hoop zo een einde te maken aan de discussie.

Veronica's ogen werden ineens zo groot als schoteltjes. Ze zag het dode lichaam van Eli achter Carrie op de tafel liggen.

'Eh, eh,' hakkelde Veronica, ze wist ineens niet meer wat ze moest zeggen en dat kwam zelden voor. 'Misschien is dit inderdaad niet het meest geschikte moment voor een bezoek.' Ze gaf Carrie haar kaartje. 'Bel me later maar.'

Carrie had niet meer de energie om uit te leggen dat ze geen telefoon hadden en dat ze dus niet zou bellen. Maar ze vroeg haar wel één gunst: of ze naar de boerderij van tante Esther wilde rijden en haar en Emma wilde vertellen dat Eli was gestorven. Ze probeerde uit te leggen hoe ze bij de boerderij kwam, gaf een aantal herkenningspunten, zoals de Amish deden als ze iemand de weg wilden wijzen. Maar Veronica werd ongeduldig, tikte met haar voet op de grond en fronste haar wenkbrauwen. Ze wilde meer specifieke informatie: straatnamen en huisnummers.

Mattie verscheen in de opening van de deur, op de een of andere manier voelde ze dat haar hulp nodig was. Ze luisterde even naar wat er werd gezegd en zag dat Veronica steeds gefrustreerder werd. 'De Heere zal je ernaartoe brengen,' zei ze ten slotte, terwijl ze Veronica naar buiten, richting haar auto duwde.

In de weken na de dood van zijn vader werd Daniel nog stiller. Carrie trof hem op de meest vreemde momenten diep in gedachten verzonken aan, mijlenver weg, zoals die keer dat hij op de trap in schuur naar de hooizolder stond, de hooivork in zijn hand, starend in de verte. Of die keer dat hij naast zijn paard Schtarm stond, het tuig vasthield en met zijn hoofd voorover gebogen tegen de grote nek van de ruin stond. Hoe dan ook, hij leek in een wereld te leven waarin ze hem niet kon bereiken.

Half maart werd Carrie een keer 's nachts wakker. Iets klopte niet. Daniels bed was leeg. Ze hoorde Hope loeien in de schuur, zo te horen had ze veel pijn. De pink – Andy kreeg haar van zijn vader toen hij acht werd – was niet zomaar een beest voor hen. Ze hoorde bij de familie. Hope was hun eerste koe toen ze hier op de boerderij kwamen wonen. *Ik reken op haar en zij op mij*, dacht Carrie, terwijl ze snel een paar warme kleren aantrok, een omslagdoek omsloeg en zich naar de schuur haastte.

Carrie schoof de schuurdeur open en zag dat Daniel bij Hope in de stal was.

Hij keek op naar haar, verbaasd. 'Hoe kun je haar horen als het zo hard waait?'

Carrie haalde haar schouders op, maar hield haar ogen strak op Hope gericht. Ze had problemen. Tussen haar achterbenen stak een hoefje naar buiten. Carrie pakte snel de dunne ketting die aan de muur hing.

'Nee. Laat mij maar,' zei Daniel en hij pakte de ketting uit haar hand.

Hij stak een hand met handschoen in Hope en sloeg de ketting om het hoefje heen. Vervolgens kreeg Hope een wee, waardoor Daniels arm er bijna af werd geknepen. Zijn gezicht vertrok van de pijn, bijna net zo erg als die van Hope. Carries adem stokte in haar keel.

Toen de wee gezakt was, vroeg hij haar de ketting op spanning te houden terwijl hij zachtjes trok.

'Voorzichtig, Daniel, voorzichtig.'

Carrie spande de ketting, Daniel trok, Hope perste en loeide. Zachtjes gleed het kalfje door het geboortekanaal. Daniel gebaarde dat Carrie naast hem moest komen staan. Hij duwde voorzichtig haar handen het geboortekanaal in, onder het warme, slanke lijfje van het kalf.

'Jij doet de bevalling,' zei hij.

Dus begon Carrie te trekken, en nog eens. Heel zachtjes gleed het kalf naar buiten. Eerst de hoefjes, daarna de schouders. Toen de hals. Voordat ze het wist, kwam er een witte miniatuurkop tevoorschijn. Daarna gleed het hele lichaam naar buiten, alsof het van de glijbaan schoot. Carrie viel neer op de met hooi bedekte vloer van de stal, het kalf half op haar schoot, half op de vloer.

'Een vrouwtje!' zei Carrie opgelucht. Was het een mannetje geweest, dan hadden ze het aan een boer moeten verkopen die stieren opfokt.

Daniel en Carrie keken verwonderd toe hoe het witte snuitje zich ontplooide, nieste en voor het eerst inademde. Hope draaide zich om en likte met haar ruwe tong de natte krullen van haar kalf. Dit stimuleerde het kalf te proberen op eigen poten te staan, waarna het naar haar moeder wankelde. Hun neuzen raakten elkaar in een eerste ontmoeting. Vervolgens drukte het kalf haar neus tegen Hopes uier om te drinken, terwijl die doorging met het schoonlikken van haar net geboren kalf.

Het was het stille moment van een nieuwe dag, de aarde leek haar adem in te houden, heel langzaam ging de duisternis over in licht. 'De kringloop van het leven, opnieuw voltooid,' zei Carrie zachtjes.

Hope zwaaide haar zware hoofd in Carries richting. Ze keek Carrie met haar grote ogen liefdevol aan en knipperde met haar lange witte wimpers, alsof ze instemde met deze conclusie.

Carrie lachte en stak haar arm door die van Daniel. 'Het is een teken, Daniel. Alles komt goed.'

'Denk je?'

'Ja. Ik weet het zeker,' antwoordde ze, maar dat klonk overtuigder dan ze zich voelde.

Daniel glimlachte flauwtjes naar haar. Ze keken elkaar aan, deelden dezelfde gedachte en fragiele hoop. Hij boog voorzichtig voorover en kuste haar, zijn lippen raakten zachtjes die van haar. Vervolgens sloeg hij zijn arm rond haar middel en trok haar tegen zich aan. Hij duwde zijn lippen op die van haar, alsof zijn kus haar moest vertellen wat hij met woorden niet kon.

Die eerste kus van Daniel deed Carrie terugdenken aan de laatste kus die Sol haar had gegeven. Ze waren zo verschillend. De één het begin, de ander het einde van iets.

Toen Carrie terugdacht aan de geboorte van het kalfje van Hope en de manier waarop Daniel haar had vastgehouden, alsof hij aan het verdrinken was en zij hem een lang touw toewierp om hem aan land te trekken, nam ze een beslissing.

Of ze er nu klaar voor was of niet, het werd tijd dat Daniel van die koude vloer af kwam. Hij had nooit geklaagd, maar ze wist dat hij de kans met beide handen zou aangrijpen als ze hem zou uitnodigen bij haar in bed te slapen. Ze had meer dan eens, als ze zich klaarmaakte om naar bed te gaan en haar haren kamde, gezien hoe hevig hij naar haar verlangde. Pas nog had ze zelfs haar fatsoen opzij gezet en er met Mattie over gesproken. Haar antwoord had Carrie geschokt. 'Daniel is een man, geen heilige. Waar wacht je op?' had Mattie tegen haar gezegd. Het klonk zo wereldwijs.

Waar wachtte Carrie eigenlijk nog op?

Niet op de liefde. Ze was ervaren genoeg om te weten dat ze nooit voor Daniel zou voelen wat ze voor Sol had gevoeld. Ze was niet met Daniel getrouwd vanuit een kalverliefde. Toch raakte ze steeds meer op hem gesteld en op zijn rustige, kalme manier van doen. Ze waardeerde zijn geduld met haar broertje, zijn liefdevolle omgang met zijn oma en zijn hoffelijkheid en zorgzaamheid jegens haar.

Waar wachtte ze dan nog op?

Nadat ze daar nog eens goed over had nagedacht, realiseerde ze zich dat ze wachtte op het gevoel dat ze Daniel kende, echt kende. Carrie dacht terug aan de tijd dat haar vader en moeder aan de keukentafel zaten en met elkaar praatten als zij naar bed was. Ze had gehoopt dat in haar eigen huwelijk te vinden, dat soort nabijheid. Eigenlijk verlangde ze naar *Bund*. Intimiteit. Verbondenheid.

Maar soms dacht ze dat Daniel het nooit zover zou laten komen dat ze hem beter leerde kennen dan ze hem nu kende. Hij leek zo gesloten, zo op zichzelf. Hij zei zelden meer dan een paar woorden tegelijk... en zelfs op zijn zinnen leek hij te bezuinigen.

Later die middag gingen Daniel en Andy naar de voederwinkel in de stad om wat eten te kopen voor de jonge sperwers. Oma besloot op het laatste moment mee te gaan. Carrie deed wat heet water in lege plastic melkflessen zodat oma het niet koud kreeg en dekte haar in het rijtuigje toe met een paar extra dekens.

Nadat ze waren vertrokken, liep Carrie naar de schuur om te kijken hoe het met Hope en het kalfje ging. Ze ging op het melkkrukje naast Hope zitten om haar voor de eerste keer te melken. Die eerste melk, de biest, ging in een fles, waarmee het kalf werd gevoerd.

Ze wreef Hope over het kuiltje tussen haar oren. 'Dank je wel, meisje.'

Hope likte en snoof en keek haar met haar grote ogen tevreden aan. Terwijl Carrie zich voorover boog om de emmer te pakken, hoorde ze de schuurdeur openglijden en vulde de ruimte zich met het middagzonlicht. Carrie keek op om te zien wie het was, maar de zon, die achter de schuurdeur een prachtige, felle gloed verspreidde, verblindde haar, zodat ze alleen maar een zwart silhouet zag.

'Hallo, Carrie,' zei een mannenstem.

Bij het horen van die diepe stem begon Carries hart zo luid te kloppen, dat ze zeker wist dat Solomon Riehl het hoorde.

'Ik wilde je niet laten schrikken,' zei Sol en hij liep een paar passen de stal in. 'Ik wil gewoon even met je praten, onder vier ogen.'

Toen haar ogen aan het licht gewend waren, zag ze dat Sol veranderd was. Hij had kort, opgeknipt haar, zoals de meeste *Englische* mannen. Hij zag er wat ouder uit, vermoeid ook. Hij had donkere kringen onder zijn ogen, alsof hij niet genoeg slaap had gehad.

'Er valt niets te bepraten.' Het klonk scherp, dat kwam door het oude verdriet dat nog steeds aan haar knaagde.

'Carrie,' zei hij, terwijl hij naar haar toe liep, 'wat ik heb gedaan, was fout.'

Hij stond nu zo dicht bij haar, dat ze hem kon ruiken. Zijn geur was vertrouwd, ooit vond ze dat hij heerlijk rook. Ze deed een stap terug en stootte daarbij bijna de melkemmer omver.

'Ik moest proberen of het iets met het honkballen zou worden. Toen je vader zo onverwachts stierf en jij niet meer met me mee wilde, raakte ik in paniek. Ik had nooit zonder jou moeten weggaan. Ik had nooit moeten weggaan zonder je te vertellen dat ik ging. Dat ik terug zou komen voor jou.'

Hij glimlachte naar haar, maar ze glimlachte niet terug. Ze sloeg haar armen over elkaar en wendde haar hoofd af, om zijn starende blik te ontwijken. Carrie was bang dat als ze hem aankeek, ze naar hem toe getrokken zou worden en hem niet zou kunnen weerstaan. Ze had een brok in haar keel, die bestond uit een wirwar van flarden boosheid en verdriet, en wist niet of ze er wel een paar woorden langs kon krijgen.

Sol kwam nog een stap dichterbij. 'Maar waarom ben je met hem getrouwd?' vroeg hij fluisterend. 'Waarom heb je niet op mij gewacht? Je wist dat ik van je hield. Je wist dat ik naar je terug zou komen.'

Carrie tilde haar hoofd een klein eindje omhoog. Een gevoel van opstandigheid schoot door haar lichaam. 'Ik had geen enkele reden om aan te nemen dat je terug zou komen.'

Hij legde zijn handen op haar armen. 'Carrie, we kunnen nog steeds samen zijn. Het is nog niet te laat. En je kunt Andy meenemen. Ik zal voor jullie allebei zorgen.'

Carrie schudde zijn handen van haar armen. 'Ik ben gedoopt in de kerk. En ik ben… ik ben getrouwd.'

Even haalde hij lichtjes zijn schouders op, maar zijn ogen bleven op de grond gericht. 'Mensen stappen eruit. Er zijn genoeg mensen die uit de kerk stappen.'

Dat meent hij niet, dacht ze. Hij kon niet zo ver zijn afgedwaald, dat hij dacht dat zij uit de kerk zou stappen. 'Jij hebt jouw keuze gemaakt, Sol. Ik de mijne.'

'Maar dat zeg ik toch, Carrie. Ik heb een fout gemaakt.' Hij pakte haar handen en verstrengelde zijn vingers met de hare, zoals hij vroeger ook altijd deed. 'Het hoeft geen ramp te zijn.'

'Het *is* geen ramp. Maar mijn besluit staat vast.'

'Je bent alleen maar met hem getrouwd om mij te treiteren.'

Carrie schoot in de lach. 'Je hebt geen idee waarom ik met Daniel ben getrouwd.'

Sol liet haar handen los. 'Carrie, je kent hem niet echt.'

'Jij wel, dan?'

'Ik weet dingen die jij niet weet. Hij is niet eerlijk tegen je geweest. Er is iets in zijn verleden…'

Ze maakte een afwerend gebaar om hem het zwijgen op te leggen.

'Carrie, luister naar me.'

'Nee. Op mijn vaders begrafenis ben ik gestopt met naar jou te luisteren.' Woedend zette ze een stap in zijn richting. 'Je wilt weten waarom ik met Daniel getrouwd ben?' vroeg ze met trillende stem. 'Omdat hij beschikbaar was.'

En jij niet, echode het onuitgesproken door de schuur.

Ze pakte de melkemmer. 'En als je vandaag een wedstrijd had moeten spelen, was je niet hier geweest.'

Sol belette haar de doorgang. 'Ik ben hier vandaag voor jou. Ik ben altijd van je blijven houden. Altijd. Ik heb er elke dag spijt van gehad dat ik je in de steek heb gelaten. Het was het stomste wat ik ooit heb gedaan. Ik ben hier om het goed te maken. Carrie, jij bent belangrijker voor mij dan het honkballen. Het betekent *niets* zonder jou aan mijn zij.'

Ze liep om hem heen en wilde de schuur uitlopen, maar hij belette haar opnieuw de doorgang.

'Lees dan in elk geval dit. Dan weet je iets meer. Over hem.' Hij duwde haar een stuk papier in haar handen.

Carrie liep de schuur uit en rende weg, ook al klotste de melk en spatte hij om haar heen, zodat Sol niet zou zien dat de tranen over haar wangen stroomden.

Carrie zei tijdens het avondeten niets tegen Daniel, maar toen ze klaar waren en zij de vaat had gedaan, ging ze naar de schuur om hem te zoeken. Daniel ging altijd voor het avondgebed nog even een laatste keer bij de dieren kijken.

Toen de schuurdeur opengleed, keek Daniel vanuit een van de paardenstallen vluchtig in haar richting. Hij had de emmer met water gevuld, maar zette hem neer toen hij haar zag. Hij deed de deur van de stal dicht, schoof de knip erop en kwam naar haar toe gelopen, haar vragend aankijkend.

Carrie gaf hem het stuk papier dat Sol haar had gegeven. 'Het gaat over je neef Abel, Daniel. Ik weet dat hij een brand veroorzaakt heeft en dat daar een paar mensen bij zijn omgekomen. Ik weet dat hij in de gevangenis zit.'

Daniel vouwde het papier open en las snel wat er stond.

Zachtjes vroeg ze: 'Was zij het meisje waar je van hield, Daniel? Is zij de reden dat je zo'n zware last draagt?'

Daniel gaf geen antwoord.

'Het doet pijn, dat je het gevoel had dat je dit geheim moest houden in plaats van het mij te vertellen. Ik had het begrepen.'

Hij sloot zijn ogen en leek naar woorden te zoeken. Toen tilde hij zijn hoofd omhoog en zei zachtjes: 'De twee vrouwen die bij die brand de dood vonden, waren Katie Yoder en mijn moeder.' Hij keek langs haar heen, door de openstaande schuurdeur naar buiten. 'Katie en ik zouden gaan trouwen.'

'Dat heb ik…'

Daniel stak zijn hand op en legde haar daarmee het zwijgen op. 'Er was nog een tweede brand. Daarbij werden twee mensen gedood.' Hij haalde diep adem. 'Een man en…' zijn stem brak, '… en een kind.'

'Daniel…'

'Abel heeft die branden waarbij zij werden gedood, niet veroorzaakt, Carrie.' Daniel hield het papier omhoog, een kopie van een krantenbericht. 'Dit artikel wekt die schijn, maar de waarheid is dat Abel het niet heeft gedaan. Ik heb die branden veroorzaakt. Ik heb het gedaan.' Fluisterend: 'Abel ging in mijn plaats de gevangenis in. Maar ik ben verantwoordelijk voor die branden. Voor de doden. Ik alleen.'

Ze voelde zich totaal verward, alsof er een wollen omslagdoek om haar hoofd zat en ze hem niet goed had verstaan. Toen het besef tot Carrie door begon te dringen, overviel haar een lichte paniek. Ineens voelde ze dat deze man bij wie ze veilig dacht te zijn, helemaal niet veilig was. Ze kende Daniel niet echt. En ze wist ook niet waartoe hij in staat was.

Carrie wist wat haar te doen stond. Ze moest blijven. Ze moest Daniel zo ver zien te krijgen dat hij haar het hele verhaal vertelde.

In plaats daarvan draaide ze zich om en vluchtte weg.

Pas uren later kwam Carrie thuis. Terwijl ze het trapje naar de keuken opliep, wachtte oma haar op bij de deur.

'Wat doet u nog zo laat op?' vroeg Carrie, terwijl ze haar omslagdoek aan de houten haak hing.

'We maakten ons zorgen om je,' zei oma.

'Dat spijt me. Ik was bij Mattie.' Carrie had alles aan Mattie verteld, over Sol die was komen opdagen en het artikel in de krant, wat Daniel had gezegd. Mattie had aandachtig geluisterd en toen tegen Carrie gezegd dat ze zich niet van alles in het hoofd moest halen zonder dat ze de feiten kende. Ze had tegen haar gezegd dat ze naar huis moest gaan en Daniel moest *vragen* naar de branden, hem het voordeel van de twijfel moest gunnen en erop moest vertrouwen dat wat ze over hem wist, waar was.

Oma keek naar grootvaders klok. 'Is Daniel nog in de schuur?'

'Nee. Ligt hij niet te slapen?'

Oma's hoofd schoot omhoog. 'Nee! Hij is ongeveer een uur geleden jou gaan zoeken. Hij heeft Schtarm meegenomen omdat Old-Timer een zeer been heeft.'

'Schtarm? Heeft hij Schtarm voor het rijtuigje gezet?' Daniel had tijdens een veiling de afgelopen herfst Schtarm gekocht, een jong renpaard dat niet goed liep op het parcours. Hij was er nog niet klaar voor om voor het rijtuigje gespannen te worden en zo schichtig, dat Carrie twijfelde of hij ooit wel een goed tuigpaard zou worden, maar Daniel had vertrouwen in hem. Ze keek vluchtig door het keukenraam naar buiten. 'Ik ben niet over de weg gekomen. Ik ben binnendoor gegaan, door de boomgaard. We moeten elkaar gemist hebben.'

Ineens sloeg oma haar handen ineen en riep: '*Gottes willes. Gottes willes.*'

Nog geen minuut later galoppeerde Schtarm de oprijlaan op. Glijdend kwam hij bij de schuur tot stilstand. Carrie rende naar buiten en zag dat hij helemaal onder het schuim zat en de teugels langs zijn zij hingen. Hij keek wild uit zijn ogen. Het kostte haar moeite dicht bij hem te komen. Ze sprak kalmerend tegen hem en het lukte haar een van de teugels te pakken te krijgen. Precies op datzelfde moment draaide er een politiewagen de oprijlaan op. Op de achterbank zat Mattie. Ze opende het portier, rende naar Carrie toe en sloeg haar armen om haar heen. Een fractie van een seconde dacht Carrie dat Mattie net zo uitzinnig en wild was geworden als Schtarm. Ze keek over Matties schouder naar de politiewagen, in de verwachting dat Daniel aan de andere kant zou uitstappen. In plaats daarvan stapte er een man in uniform uit. Hij liep naar Carrie en Mattie toe en bleef een paar passen van hen verwijderd staan.

'Ik ben hoofdcommissaris Beamer. Bent u de vrouw van Daniel Miller?'

Carrie keek de politieman verbaasd aan. Waarom was deze man hier? Mattie liet Carrie los. 'O, Carrie! Er is een ongeluk gebeurd. Het rijtuigje. Een auto.'

'Rustig maar, Mattie. Haal diep adem en vertel me wat er is gebeurd.'

'Daniel wilde met zijn rijtuigje linksaf bij mij de oprijlaan opdraaien, maar werd ingehaald door een auto.'

Carrie haalde diep adem en kneep haar ogen dicht. Bij een aanrijding tussen een rijtuigje en een auto verloor het rijtuigje het altijd. Ze keek even vluchtig naar Schtarm, dankbaar dat hij niet gewond was geraakt.

'U moet met mij meekomen, mevrouw Miller,' zei commissaris Beamer.

'Waar is Daniel?' Carrie wierp een blik op de politiewagen. 'Zit hij in de auto?'

'Nee, Carrie,' antwoordde Mattie, terwijl haar stem brak. 'Daar is hij niet.' Ze begon te huilen.

Carrie keek van Mattie naar de commissaris. Ze hield haar hoofd iets schuin en probeerde te begrijpen wat Mattie bedoelde. Haar hersenen wilden niet meewerken. Ze was heel vroeg opgestaan omdat Hopes kalfje werd geboren, toen kwam Sol op bezoek en toen had ze het ontdekt over Daniel en zijn neef Abel. Ze voelde zich ineens doodmoe van deze lange dag.

Mattie pakte Carrie bij haar schouders vast, zodat ze haar wel moest aankijken. 'Hij is dood, Carrie. Daniel werd uit het rijtuigje geslingerd en was op slag dood.'

Carrie probeerde zich te concentreren op Matties bewegende mond, maar kon niet geloven dat wat Mattie zei, waar was. *Arme Mattie. Ze ziet er zo ongerust uit.* Carrie had het gevoel dat ze koorts kreeg, ze voelde zich helemaal trillen, zweten en koud worden van binnen. Ze wankelde op haar benen en vergat steeds adem te halen. *Ik moet blijven ademhalen. Dat moet.* Alles om haar heen begon te draaien, daarna werd het wazig voor haar ogen en vloeiden alle beelden in elkaar over. Ze kon zich niet herinneren dat ze viel, maar het volgende wat ze hoorde, was de diepe stem van commissaris Beamer boven haar hoofd.

'Ze is flauwgevallen. Heeft iemand een deken?'

6

De dagen daarna putte Carrie troost uit de eeuwenoude rituelen en tradities rond de begrafenis van een familielid, die een houvast boden voor haar kolkende emoties. De dag voordat Daniel werd begraven, werd de wagen met de banken afgeleverd door twee mannen. Ze hielpen al het meubilair van beneden in de schuur te zetten. Daarna plaatsten ze de banken in het lege huis. De hele dag kwamen er buren langs, die schalen met eten meebrachten voor de gezamenlijke maaltijd na de begrafenis.

Zolang Carrie druk bezig was, slaagde ze erin haar zorgen en verdriet weg te duwen en goed na te blijven denken. Net als toen haar vader stierf en Sol vertrok, ging de zon gewoon op en weer onder, kwamen de dagen en gingen ze weer, werd er gewoon gewassen en gekookt en moest de tuin gewoon worden verzorgd. Je kon niet elk moment stilstaan bij je verdriet.

De dag na het ongeluk bracht de begrafenisondernemer Daniels gebalsemde lichaam naar de boerderij voor de condoleance. De tranen stroomden over haar wangen, oma hield de *Crazy Quilt* die ze Carrie als trouwcadeau had gegeven in haar armen.

'Vind je het erg, Carrie?' vroeg ze haar, toen ze zich over Daniels lichaam had gebogen, zoals ze zich nog maar een paar weken terug ook over het lichaam van haar zoon Eli had gebogen. 'Ik weet dat het gebruikelijk is dat hij in een witte quilt begraven wordt, maar ik wil hem in de quilt wikkelen die hij het mooist vond.'

'Maar natuurlijk,' zei Carrie. 'Ik denk dat hij het een troostende gedachte zou vinden dat hij in de quilt gewikkeld wordt die u voor hem hebt gemaakt.' Ze voelde zich verdoofd, moe tot op het bot en maakte zich zorgen.

De politie had haar meegenomen naar het stadsmortuarium om Daniels lichaam te identificeren. Mattie was ook meegegaan. Het was al bijna ochtend toen ze terug waren op de boerderij. Toen Andy wakker werd, vertelde Carrie hem over het ongeluk. Wat haar het meest zorgen baarde, was dat Andy niet huilde. Hij werd stil en trok zich terug in zichzelf, net als het vlammetje van een kaars vlak voordat het uitdooft. Andy zat de hele dag in de schuur te spelen met de jonge sperwers en ontweek de gestage stroom buren die het nieuws hadden gehoord en kwamen condoleren.

Aan het einde van de dag draaide er een auto de oprijlaan op. Mattie stapte van de achterbank, maar de andere mensen, duidelijk *Englischers*, bleven in de auto zitten. Carrie ving Mattie op bij de keukendeur.

'Carrie, het meisje dat Daniels rijtuigje heeft aangereden, zit in de auto,' zei Mattie. 'Ze is samen met haar moeder. Ze wil je vragen of je haar wilt vergeven.'

Carrie klampte zich vast aan de deurpost, alsof ze die nodig had om op de been te blijven. 'O, Mattie, dat kan ik niet. Ik kan het gewoon niet.'

'Jawel, je kunt het wel,' zei Mattie resoluut maar vriendelijk. 'Het is Grace Patterson. Ze is nog maar zeventien en werkt parttime op Honor Mansion. Ze heeft er behoefte aan dat je haar vergeeft. Je moet haar vergeving schenken, het is voor je eigen bestwil.'

Carrie sloot even haar ogen, alsof ze zich zo kon beschermen tegen alle pijn van het verlies, en vroeg zachtjes: 'En wat als ik helemaal geen zin heb om haar te vergeven?'

Mattie fluisterde zachtjes: 'Als je het wilt, kun je iemand vergeven.' Ze pakte Carrie bij de hand en bracht haar naar de auto.

Een oudere vrouw stapte als eerste uit de auto, haar gezicht stond ernstig en ze keek verdrietig. Daarna stapte het meisje uit. Carrie moest zichzelf dwingen om haar aan te kijken. Ze was nog zo jong. Ze had dikke ogen van het huilen. Haar gezicht was rood en vlekkerig. Carrie kende dat soort verdriet en wanhoop; ze had het gevoeld toen haar vader stierf.

Zonder erbij na te denken spreidde ze haar armen wijd open. Het meisje keek Carrie aan alsof ze niet kon geloven wat die haar schonk. Vervolgens vloog ze Carrie in de armen en begon hevig te snikken.

Toen Carrie 's avonds eindelijk naar boven ging, zag ze dat oma in plaats van de *Crazy Quilt* een andere quilt op haar bed had gelegd. De koude maartse wind waaide langs de vensterbanken naar binnen en ze rilde van de kou toen ze zich uitkleedde. Ondanks het feit dat ze twee paar wollen sokken aanhad en een trui over haar nachthemd, werd ze niet warm. Toen ze onder de dekens gleed, had ze het gevoel nog nooit zo eenzaam te zijn geweest als vanavond. Nooit eerder hadden er in zo'n korte tijd zo veel veranderingen in haar leven plaatsgevonden. Het voelde alsof ze uit haar oude leven was gestapt, een ander leven in. Haar laatste gedachte voordat ze in slaap viel, was: *Nu ben ik weduwe.*

De dag van Daniels begrafenis was een stralende dag, maar de wind was nog erg koud. Langs de rand van het graf stonden vier mannen die aarde op het deksel van Daniels kist schepten. Carrie hoorde alleen maar dat geluid: *woesj-plof... woesj-plof.* Er vlogen geen vliegtuigen over, er reden geen auto's langs en er kresen geen Vlaamse gaaien, er was alleen stil verdriet. Een koude bries blies de koordjes van haar gebedsmuts voor haar gezicht. Waarschijnlijk kromp ze ineen terwijl de aarde op de dennenhouten kist viel, want Mattie stak stilzwijgend een arm door die van haar, alsof ze wilde zeggen: 'Je bent niet alleen.'

Weer thuis na de begrafenis vroeg Emma aan Carrie, terwijl ze de keuken opruimden: 'Wil je dat ik blijf? Ik kan mama ook vragen of ze blijft.'

Carrie schudde haar hoofd. Ze was niet in de stemming voor nog meer advies van haar stiefmoeder. De enige troost die ze Carrie had geboden, was: 'Mensen moeten niet al te veel treuren, dat is een aanklacht tegen de Heere.'

De hele dag lang had tante Esther tegen Carrie duidelijke zinspelingen gemaakt op John Graber, de kleinzoon van de bisschop. Een paar jaar geleden had ze besloten dat hij met Carrie moest trouwen en hem vaak uitgenodigd voor het avondeten of familiebijeenkomsten. Carrie was niet in hem geïnteresseerd; ze vond John Graber maar een vreemde man.

Carrie had nu genoeg andere dingen om zich zorgen over te maken. Sinds het overlijden van Daniels vader was het haar taak om de rekeningen te betalen. De aanslag voor de tweede termijn van de onroerendezaakbelasting, nog op naam van Eli, lag op Daniels bureau, maar ze had geen geld om hem te betalen.

Nog maar twee weken geleden had ze Daniel de aanslag laten zien, nadat ze hulp van de kerk hadden geaccepteerd om de rekening van Andy's laatste bezoek aan de eerste hulp te betalen. Carrie had aangeboden weer op de markt te gaan werken, maar Daniel had dat geweigerd en gezegd dat er iemand moest zijn die voor oma zorgde. De oude vrouw had laatst een keer haar evenwicht verloren en was gevallen. Ze was niet gewond geraakt, maar had niet zelf overeind kunnen komen. Daniel had tegen Carrie gezegd dat ze zich geen zorgen hoefde te maken, dat hij de aanslag zou betalen door extra smidswerk te doen.

Maar dat kon nu niet meer.

De diaken – een aardige man met een lachend gezicht, blozend als een glanzende appel, en een bulderende lach, die zijn buik deed schudden – bracht een vervangend rijtuigje dat Carrie kon gebruiken, omdat er van het hare na het ongeluk niets meer over was. Hij vroeg ook of hij Daniels smeedgereedschap van haar kon kopen. De man beweerde dat hij het nodig had, bood haar drie keer wat het waard was en weigerde minder te betalen. Toch kwam het bedrag dat ze ervoor kreeg nog niet in de buurt van het totaal van de belastingaanslag. En het was niet alleen deze belastingaanslag waar ze zich zorgen om maakte, er zou er nog één komen, en nog één. Zou ze ooit in staat zijn de eindjes aan elkaar te knopen? Deze zorgen waren allemaal nieuw voor haar, ze had nog nooit dit soort zorgen gehad.

Nadat Emma en tante Esther vertrokken waren, maakte Carrie zich klaar om naar bed te gaan, ze was doodmoe. Andy en oma lagen al te slapen. Terwijl ze voorover boog om de gaslamp in de woonkamer uit te draaien, viel in het flikkerlicht haar oog op de stapel quilts van oma. Ze legde haar hand op een van de quilts en bekeek opnieuw bewonderend de gelijkmatige rijen smalle steekjes, de banden van gelijke breedte, de felle kleuren geel, paars en diepblauw die oma zo vakkundig tot een prachtig geheel had verwerkt.

Carries hart bonkte luid in haar borstkas. Ze moest er de volgende ochtend met oma over praten, maar misschien had ze een manier om de boomgaard te kunnen behouden. In elk geval voor de nabije toekomst.

'Ik vind het helemaal niet erg,' zei oma toen Carrie haar de volgende ochtend het idee voorlegde om een van de quilts aan Veronica McCall te verkopen. 'Ik heb die quilts gemaakt voor familiegebruik. Zo kunnen ze ons ook van dienst zijn.' Oma liep naar de stapel quilts toe, trok er een paar uit en spreidde die uit op de keukentafel. Ze probeerde te besluiten welke ze zouden verkopen.

Carrie keek naar oma en haar hart deed zeer. Ze wist dat deze quilts haar levensverhaal vertelden.

Oma trok een rood met gele quilt uit de stapel, die ze *Ray of Light* noemde, omdat het patroon veel weg had van een bundel lichtstralen. 'Denk je dat dat meisje met dat rode haar deze mooi vindt? Ik vind haar nogal opzichtig.'

Carrie knikte. 'Ik denk dat deze perfect is, oma.'

Zodra de lucht weer blauw werd, nadat het hevig had geregend, spande Carrie Old-Timer voor het rijtuigje. Tijdens de rit scheen de zon op haar gezicht, waardoor ze zich een beetje kon ontspannen. Intussen bereidde ze zich voor op haar bezoek aan Honor Mansion. Ze bond Old-Timer vast aan een paal bij het hotel, streelde zijn hoofd en streek met haar hand langs zijn zere been. Hij leek prima in orde vandaag. Het rijtuigje leek absoluut niet thuis te horen op het parkeerterrein, waarop allemaal vrachtwagens en trucks van de bouwvakkers stonden. En Veronica McCalls rode autootje. Ze pakte de quilt, die oma goed had ingepakt in papier, en klopte schuchter op de deur van het hotel.

Toen de deur openging, haalde Carrie scherp adem. Op

de drempel stond Grace Patterson en ze keek minstens even geschokt als Carrie.

'Hallo, Grace,' zei Carrie. Een verrassend gevoel van genegenheid vervulde Carrie terwijl ze Grace aankeek. Ze nam het meisje in zich op. Grace had kort piekhaar in een vreemde kleur en dikke zwarte lijnen rond haar ogen. Maar ze was niet zo woest als ze eruitzag, dacht Carrie. Ze wist niet zo veel over dit meisje, maar vond wel dat Grace er breekbaar uitzag.

Graces ogen werden groot van verbazing. 'Kwam je voor mij?'

'Nee. Ik ben hier voor Veronica McCall.' Carrie keek omhoog. 'Is jouw haar... ben je met die kleur geboren?'

Grace streek met haar hand door haar haar. 'O, nee! Ik heb het geverfd. De kleur heet *Manic Panic Red*.'

'Nou ja, het is inderdaad... fleurig.' Ze probeerde positief te klinken. 'Dank je wel dat je kwam condoleren bij mijn man. Ik weet dat het moeilijk was. Bedank je moeder ook maar.'

'Mevrouw Gingerich? Zij is niet mijn moeder. Ze is mijn pleegmoeder. Eigenlijk meer een soort pleegoma. Ze is nogal ouderwets.' Grace kwam naar buiten de veranda op en sloot de deur achter zich. 'Maar ze is cool. Ik bedoel: de televisieprogramma's die ze kijkt, zijn vreselijk, maar voor de rest is ze wel oké.'

Carrie begreep niet wat Grace bedoelde. Haar antwoord was een stilzwijgen.

'En ze eet raar spul. Ze koopt alleen biologische producten, eet geen gluten en... wat zijn gluten eigenlijk? Ik heb geen idee, maar dat is het enige waar iedereen nog over praat.'

Carrie keek Grace een ogenblik gefascineerd aan, terwijl de laatste haar monoloog voortzette. Ze had iets oprechts, ze was lief en charmant.

'Het klinkt misschien maf,' zei Grace terwijl ze met haar ogen rolde, 'maar ik dacht dat de Amish met geweren op me af zouden komen en me zouden afmaken.' Ze schudde haar hoofd. 'Maar iedereen was zo aardig.'

'De mensen van de gemeenschap waartoe ik behoor?' vroeg Carrie verbaasd. 'Dacht je dat die je zouden doden?'

'Ja. Ik woon het grootste deel van mijn leven in het district Lancaster, maar weet hoegenaamd niets over de Amish.'

Carrie glimlachte. 'Datzelfde geldt ook voor ons, wij weten heel weinig van de *Englischers*.'

'Eh, ik moet dus over een paar maanden voor de rechter komen. Om te bekijken of... ik misschien in staat van beschuldiging word gesteld...' Ze keek uit over de straat en haar stem stierf weg.

Carrie voelde even iets van spijt. Grace was nog zo jong, om dan al zo'n verstikkende last te moeten dragen. 'Misschien kan ik op de een of andere manier helpen. Ik kan de jury een brief schrijven waarin ik hen vraag genade te tonen.'

Grace draaide met een ruk haar hoofd in Carries richting en keek haar verbaasd aan. 'Zou je dat willen? Wil je dat echt voor mij doen?' Ze sloeg haar armen stijf over elkaar en tranen sprongen in haar ogen. 'Maar waarom? Het is mijn schuld dat jouw man... dood is. Dat verdien ik niet. Ik verdien geen genade.'

Om de een of andere reden moest Carrie aan Mattie denken. Ze wist precies wat Mattie zou zeggen en zei dat ook: 'Niemand van ons verdient dat, Grace.'

Grace liep door de hal naar het kantoor van Veronica McCall en weer de trap op. Voordat Carrie op de deur klopte, zag ze zichzelf heel even in een spiegel in de hal. Ze had sinds ze uit het huis van haar stiefmoeder vertrokken was, niet meer in een spiegel gekeken. Ze liep er aarzelend naartoe, onzeker over wat ze moest denken van hetgeen ze zag. Daar stond een vrouw, niet erg groot en een beetje te dun, in een zwarte ochtendjurk met schort en cape. Ze had rode wangen, want het was een koude voorjaarsdag. Wat haar het meest verbaasde, was dat ze er niet meer uitzag als een meisje. Ze vond zichzelf nauwelijks oud genoeg om getrouwd te zijn, laat staan weduwe.

Maar aan haar ogen was te zien dat ze jong was. Ze keken een beetje angstig, als een konijn dat in fel lamplicht kijkt.

Veronica zat als een razende op een computer te typen en keek verbaasd op toen Carrie op de deur klopte, alsof ze niet zeker was wie ze voor zich had. 'Carrie? Kom binnen, ga zitten.' Ze haalde een paar kranten van een stoel en gebaarde haar te gaan zitten. 'Luister, als je hier bent gekomen voor Grace, dan kan ik je verzekeren dat Honor Mansion niet aansprakelijk kan worden gesteld voor het ongeluk. Ten eerste werkt ze hier alleen parttime en ten tweede had ze geen dienst en was ze van het terrein vertrokken...'

'Nee.' Carrie maakte een wuivend gebaar met haar hand om Veronica tot zwijgen te manen. 'Nee. Ik ben niet gekomen om... daarover te praten.'

Een brede glimlach gleed over Veronica's gezicht. 'Je bent dus bereid te verkopen.'

'Niet het huis en de grond.' Carrie legde de quilt op het bureau en vouwde voorzichtig het papier open. 'Maar een quilt.'

Veronica leunde achterover in haar stoel. 'Hij is prachtig.' Ze spreidde hem uit en bekeek hem van alle kanten. 'Hij lijkt handgemaakt.'

'Dat klopt. Zelfs de lapjes zijn met de hand aan elkaar

genaaid, niet met een naaimachine. Het heeft oma heel veel uren gekost om hem te maken.'

Veronica's wenkbrauwen schoten omhoog. 'Hoeveel?' vroeg ze, terwijl ze Carrie met toegeknepen ogen aankeek.

Carrie haalde diep adem. Ze was niet gewend om te onderhandelen, maar had goed nagedacht over de prijs. 'Duizend dollar.'

'Vijfhonderd,' kaatste Veronica terug. Ze glimlachte, maar haar ogen waren nog steeds koud.

Ze vindt dit leuk, dacht Carrie. 'Duizend dollar.'

'Er zijn genoeg andere quilts te koop.'

'Dat klopt. Er zijn genoeg mensen in het district Lancaster die hele mooie quilts maken. Maar niemand zo goed als oma.' *Dat weet Veronica.*

Een van de dunne wenkbrauwen ging omhoog. 'Je bent een harde onderhandelaarster.'

'Ik onderhandel niet, Veronica. Dat heb ik je al eens eerder gezegd. Daar doen wij niet aan. Duizend dollar is een eerlijke prijs voor deze quilt.'

'Zevenhonderdvijftig.'

Carrie maakte aanstalten om de quilt weer in te pakken. Ze had geen idee hoe het verder liep, maar was niet bereid minder te accepteren voor oma's handwerk.

'Al goed! Al goed,' zei Veronica lachend. Ze haalde een chequeboek uit haar bureaula.

'Vind je het erg om contant te betalen?' vroeg Carrie haar. 'Ik heb geen bankrekening.' Dat was een van de dingen die nog op Carries takenlijstje stonden, onder het kopje 'dingen die nog moeten worden uitgezocht nu ik weduwe ben'.

Veronica's ogen vernauwden zich tot spleetjes, alsof ze dacht dat Carrie haar niet vertrouwde. Ze liep een ogenblik de kamer uit en kwam terug met contant geld, dat ze in Carries hand uittelde.

Terwijl Carrie opstond om weg te gaan, zei Veronica met een zelfvoldane glimlach: 'Prettig zaken met je te doen. Ik was ook wel bereid geweest vijftienhonderd te betalen.'

'Maar duizend dollar is een eerlijke prijs.'

'Ach, in oorlog en liefde is alles geoorloofd.'

Carrie gaf haar een kort knikje en vroeg zich af waarom deze *Englische* vrouw zo in raadselen sprak. Haar blik gleed naar de computer op Veronica's bureau. 'Gebruik je hem vaak?'

'O, ja.' Veronica knikte zelfverzekerd. 'Ik ben een kei op de computer.'

'Iemand vertelde me dat het net een bibliotheek is.' Sol had dat eens tegen haar gezegd. Hij was gek op de computer. Hij ging altijd naar een koffieshop waar hij ook kon internetten. Hij had geprobeerd het haar ook te leren, maar ze had zich een week lang schuldig gevoeld en haar vader nauwelijks in de ogen durven kijken. Ze wist dat haar vader het internet beschouwde als de poort naar het kwaad, net als de televisie. Het was een van die dingen waarover ze in gewetensnood was geraakt, omdat ze door de ogen van Sol ook het goede in deze wereldse zaken zag.

'Natuurlijk! Ik kan van alles googelen.'

Carrie wist niet wat ze moest zeggen. Het klonk alsof Veronica probeerde hun dialect te spreken. 'Kun je van alles *ferhoodlen*?'

'Nee! Googelen. Google is een zoekmachine.' Veronica zag de verwarde blik in Carries ogen en maakte een wuivend gebaar met haar handen. 'Laat maar. Wil je dat ik iets voor je opzoek?'

Carrie wist niet helemaal zeker of het wel goed was wat ze deed, maar door Daniels ontijdige dood misten er nog wel een paar stukjes in het verhaal. Ze had het gevoel dat ze moest weten wat de waarheid was over die branden in

Ohio, en dat oma haar die niet kon of wilde vertellen. Gisteren nog had Carrie geprobeerd het haar recht op de vrouw af te vragen, maar oma was wit weggetrokken, gaan trillen en toen naar boven gegaan om te gaan liggen. 'Ik wil graag wat informatie over twee branden in het district Holmes in Ohio, waarbij een paar jaar geleden twee vrouwen, een man en zijn zoon zijn omgekomen.'

Ze gaf Veronica de paar details die ze zich kon herinneren van het krantenberichtje dat Sol haar had gegeven. Veronica ramde op de toetsen van de computer, staarde lange tijd naar het scherm, stelde nog een paar vragen en drukte op nog een paar toetsen.

Ineens gaf ze een gil. 'Voilà! Gevonden.' Ze glimlachte tevreden naar Carrie. 'Ik weet alles te vinden.' Ze drukte op een knop en een ander apparaat spuugde een vel papier uit. 'Dit is wat je zoekt, Carrie.' Ze boog voorover, griste het vel papier uit de printer en gaf het aan Carrie.

Carrie vouwde het snel op, zodat Veronica het niet kon lezen. Daarna bedankte ze haar en vertrok met het geld voor de quilt en de informatie over Abel Miller. Net toen ze de deur dichtdeed, hoorde ze de printer nog een tweede keer lopen. Carries hart bonkte in haar keel. *Veronica maakt toch zeker geen kopie voor zichzelf? Nee, natuurlijk niet. Waarom zou ze die moeite doen?*

Ongeveer halverwege de terugweg zette Carrie Old-Timer langs de kant van de weg en las wat er op het papier stond. Het was een krantenartikel met een korrelige foto van Abel Miller. De kop boven het artikel luidde: 'Amish man veroordeeld tot geld- en gevangenisstraf'.

Abel Miller (21) is vandaag veroordeeld tot een gevangenisstraf van drie jaar en een geldstraf van $ 250.000. Hij bekende twee keer schuldig te zijn aan nalatigheid, de dood tot gevolg heb-

bend. Het bedrijf van Miller leverde petroleum aan lokale Amish boeren. Vorig jaar november was er benzine in de containers terechtgekomen, waardoor er in twee Amish woningen explosies plaatsvonden, waarbij twee vrouwen – Lena Miller (48), een familielid van de beklaagde, en Katie Yoder (19) – de dood vonden en tevens Elam Lapp (32) en zijn zevenjarige zoontje Benjamin Lapp. Tegen het advies van zijn raadsman in weigerde Miller in hoger beroep te gaan.

Carrie zuchtte. Het verhaal riep meer vragen op dan het beantwoordde. Ze las het nog eens en staarde langdurig naar de foto van Abel Miller. In haar hart had ze medelijden met deze Abel. Hoe vernederend voor een Amish man dat er een foto van hem wordt genomen en op deze manier wordt afgedrukt. Voor het eerst leek Abel reëel voor haar. Niet slechts een schimmige figuur uit de familie Miller, maar een man van vlees en bloed.

Ze vroeg zich af waarom Abel de gevangenis in was gegaan en niet Daniel. Belangrijker nog: waarom had Daniel hem laten gaan?

Carrie vouwde het papier voorzichtig op en stopte het in de zak van haar schort. Ze wilde niet dat oma het zou vinden, dat zou alleen nog maar meer pijn doen. Oma ging dapper door, maar Carrie wist dat ze heel veel verdriet had om Eli en Daniel.

Op een avond liep Carrie door de boeken die Eli altijd had bijgehouden om te zien wat voor soort uitgaven ze kon verwachten. Ze wist dat er rekeningen voor voer en propaangas aankwamen en binnen een paar maanden een nieuwe belastingaanslag. Ze wist dat ze nog een paar quilts moesten verkopen om de uitgaven te kunnen betalen tot de oogst binnen was, maar het deed haar pijn om het oma te vragen.

Carrie deed haar best de boerderij draaiende te houden. Toch was duidelijk zichtbaar dat het de twee vrouwen en de jongen moeite kostte. De boerderij zag er niet meer zo puik uit als toen Eli en Daniel er nog waren. Om de paar dagen kwam er een aardige buur langs om te helpen met een paar karweitjes, maar die had ook een eigen gezin en boerderij om voor te zorgen. Gelukkig had Daniel in januari de bomen gesnoeid en begin maart de bijenkorven teruggeplaatst in de boomgaard, maar haar groentetuin – met groenten die ze in de zomer wilde inmaken of langs de weg in een kraampje wilde verkopen – zag er verwaarloosd uit.

Terwijl Carrie de boeken sloot, voelde ze zich ineens heel moe. Ze was bang voor de toekomst en vervolgens bezorgd omdat ze bang was. Ze legde haar hoofd in haar handen en kneep haar ogen dicht.

Oma kwam achter haar staan, legde haar handen op haar schouders en zei: 'Probeer je geen zorgen te maken. De Heere verhoort ons gebed.'

Carrie gaf oma een zacht klopje op haar handen en zei dat ze natuurlijk gelijk had. Maar diep in haar hart had ze het gevoel dat Daniel ook wel eens gelijk zou kunnen hebben. Dat Hij misschien geen gehoor gaf.

Toen Carrie Andy welterusten ging zeggen, vroeg hij haar of ze de boerderij zouden verliezen.

'Waarom denk je dat?' vroeg ze.

'Ik hoorde jou en oma praten. Ik zag je op een stuk papier een paar rekensommen maken.' Hij kroop onder de quilt. 'Misschien moet ik van school af en thuisblijven. Ik kan wel wat doen. Ik kan ook geld verdienen door karweitjes bij anderen te doen.'

Carrie glimlachte naar hem en woelde met haar hand

door zijn haar. 'Jij moet op school blijven en daar zo goed mogelijk je best te doen. Op een dag is deze boomgaard van jou. Dan moet je heel goed kunnen rekenen.' Ze streek hem door zijn haar.

'Ik weet al genoeg. Meer dan die juf van mij. Als ze op het bord schrijft, lubberen haar armen!' Hij tilde een van zijn magere armen op en kneep erin, in een poging zijn juf na te doen.

Carrie probeerde hem streng aan te kijken, maar in plaats daarvan gleed er een brede glimlach over haar gezicht. 'Zo is het wel genoeg. Zoals ik al zei, jij doet jouw deel door goed je best te doen op school. Het is mijn taak om te bedenken hoe we de eindjes aan elkaar kunnen knopen.' Ze boog zich voorover en draaide de gaslamp uit. 'Trusten, broertje.'

'Trusten, Carrie.'

Voordat ze de deur dichtdeed, vroeg ze nog: 'Word je nog steeds lastiggevallen door die *Englische* jongens?'

'Neuh.'

'Dan had Daniel toch gelijk, toen. Hij zei dat ze er geen lol meer in zouden hebben.'

Andy zei niets. Hij rolde zich alleen maar op zijn andere zij.

'Andy, mis jij Daniel?'

'Neuh.'

Carrie leunde tegen de deurpost en keek even naar haar broertje. Ze maakte zich zorgen om hem, haar Andy. Ze wist zeker dat hij verdriet had en vroeg zich af hoe Daniels dood echt voor hem voelde. Tijdens de condoleance en de begrafenis had hij geen enkele emotie getoond. Hij toonde sowieso weinig emoties, realiseerde ze zich, behalve wat betrof de verzorging van de jonge sperwers en Matties ganzen die inmiddels uit het ei waren gekomen.

Die donzige jonge gansjes leken net een stel gele bolletjes katoen die achter Andy aanliepen alsof hij hun moeder was. Het was ongelofelijk, zo snel als ze groeiden; ze waren binnen een paar weken even groot als een leghorn. Carrie en Andy hadden in de schuur een tijdelijke kooi voor hen gemaakt. Ze was blij dat de gansjes niet dood waren gegaan. Het maakte haar verdrietig dat Andy zo gevoelloos was geworden voor de dood, hij was nog maar negen.

Eerlijk gezegd wist ze niet zo goed wat ze moest vinden van het feit dat Daniel dood was. Ze duwde eventuele gedachten aan hem opzij voordat ze zich niet meer uit haar hoofd lieten verdrijven. Net als die aan Sol, overigens.

De training was al aan de gang. Sol dacht dat hij nog wel iets harder zou kunnen werpen, omdat hij de hele winter in het krachthonk in het stadion met gewichten had getraind. De manager had hem zelfs aan de andere spelers ten voorbeeld gesteld.

'Als de rest van jullie net zo hard zou werken als deze jongen hier,' had hij tijdens de teambijeenkomst gezegd, terwijl hij Sol een schouderklopje gaf, 'maken jullie misschien kans om in de All-Star herfstklassieker te staan.'

Zoals de manager het zei, leek het een hint dat Sol kans maakte een van de werpers te worden in het All-Star-team. De gedachte alleen al maakte Sol nog vastberadener om nog harder te werpen. Het lag nu allemaal zo dicht onder handbereik – zijn droom dat hij iemand zou worden – dat hij zichzelf al min of meer in het tenue van de All-Stars naar de werpheuvel zag lopen, in Newark, Camden of Long Island, of waar de wedstrijden ook zouden worden gehouden.

Het enige wat nog aan zijn geluk ontbrak, was dat er iemand zou zijn om naar hem te kijken.

Toen dacht hij er nog eens over na. Nu Daniel Miller er niet meer was – hij schaamde zich om het toe te geven, maar toen hij het nieuws van zijn moeder hoorde, was hij helemaal in de wolken – kregen hij en Carrie een tweede kans. Misschien kon ze in de herfst naar de All-Star-wedstrijd komen kijken.

Op een late namiddag liep Veronica McCall het woonhuis van Carries boerderij binnen. 'Hallo? Hallo? Is er iemand?' riep ze. Ineens zag ze Carrie bij het achterste raam in de woonkamer zitten, waar ze de zoom van Andy's broek aan het uitleggen was. 'Daar zit je! Ik wist dat er iemand thuis zou zijn.' Ze knipperde met haar ogen. 'Waarom is het hierbinnen altijd zo donker?'

'Wij maken gebruik van het zonlicht. En het is een bewolkte dag.' Carrie legde de broek neer en stond op om haar gast te begroeten. 'Is er iets?' Ze had het idee dat Veronica vandaag gespannener was dan gebruikelijk.

'Er zit een foutje in deze quilt van oma.' Veronica gooide de quilt op de keukentafel en zocht waar het zat. 'Hier! Hier zit het! Zie je het?' Ze wees naar een van de hoeken waar een ander lapje in was genaaid, waardoor het patroon verstoord was.

'Ja, ik zie het,' antwoordde Carrie kalm.

'Ze moet het repareren.'

'Nee. Dat lapje zit daar met een reden.'

Veronica keek Carrie aan alsof ze een dom kind was. 'Ik wil geen quilt met een fout lapje. Ze zal het moeten repareren.'

Carrie aaide zachtjes met haar hand over de rood met gele quilt. 'Oma's quilts hebben altijd een teken van nederigheid.'

'Een wat?'

'Een teken van onvolmaaktheid. De mens is niet volmaakt en we willen ook niet hovaardig zijn en proberen het te worden. Daarom zit er in de meeste Amish quilts met opzet een fout.'

'In alle?'

'Niet allemaal, denk ik.' Carrie vouwde de quilt voorzichtig op. Het deed haar nog steeds pijn dat ze oma's quilt had moeten verkopen.

'Nou ja, dat is... interessant, denk ik.' Veronica tikte met haar vinger tegen haar kin. 'Hmm... misschien kan ik dat wel gebruiken. Ik zou mogelijke kopers zelfs kunnen wijzen op dat foute lapje, om te bewijzen dat hij niet machinaal is gemaakt... o, dit zou wel eens heel goed van pas kunnen komen!' Ze klapte verrukt in haar handen. 'Dan kan ik er vast ook meer voor vragen.' Ze griste de quilt uit Carries armen en maakte aanstalten om te vertrekken. Daarbij liep ze bijna Andy omver, die net uit school kwam. 'Toedeloe!' riep ze en ze sloeg de keukendeur achter zich dicht.

Een uurtje later zat Andy aan de keukentafel iets te eten, terwijl Carrie het avondeten klaarmaakte. Ineens zag hij door het raam buiten iets en rende naar de deur. Hij riep over zijn schouder: 'Even bij mijn vogeltjes kijken!' In plaats van dat hij, als altijd, meteen naar de schuur liep, glipte hij de hoek om, naar achter in de groentetuin, uit het zicht. Carrie zag een jonge Amish vrouw het pad naar de keukendeur oplopen. Toen ze bij het huis was, zag Carrie dat het Andy's juffrouw was, Rebecca King.

Ze zette theewater op, terwijl Rebecca haar cape uitdeed en haar bonnet afzette. 'Wat een leuke verrassing, Rebecca! En het is nog wel zo'n koude voorjaarsdag.' Carrie pakte twee theebekers uit de kast en goot er uit de ketel heet water in. 'Het mag nu wel eens een beetje warmer weer worden.'

Rebecca's ronde wangen waren rood van de kou. Ze vouwde haar handen rond de beker om ze te warmen. 'Ik wilde dat ik kon zeggen dat ik achterlig op schema, Carrie, maar...' Ze wierp een vluchtige blik op oma, die in de andere kamer zat te quilten.

'Iets met Andy?' vroeg Carrie recht op de vrouw af. 'Hij veroorzaakt toch geen problemen, of wel soms?' Ze kreeg een wee gevoel in haar maag, alsof er iets vreselijks aan zat te komen.

'Nee, zo zou ik het niet noemen,' antwoordde Rebecca. Ze nam een slok thee. 'Weet je, hij gaat niet naar school. Sinds... jouw Daniel is overleden... is hij niet meer op school geweest.'

'Maar dat is al weken!' zei Carrie geschokt. 'Waar is hij al die tijd dan geweest?'

'Dat weet ik niet. Het enige wat ik weet, is dat hij tegen de kinderen heeft gezegd dat hij heel erg ziek was. Hij zei dat het heel erg besmettelijk was. Ik kan me niet precies meer herinneren welke ziekte het was.'

Carrie keek naar buiten naar de schuur. 'Lepra, misschien?'

'Ja! Dat was het!' Ineens keek ze bezorgd. 'Heeft hij dat echt?'

Carrie schudde langzaam haar hoofd.

'Dat dacht ik ook niet.' Rebecca dronk haar thee op en pakte haar cape en bonnet. 'Ik ga maar eens op huis aan. Jij praat met Andy, dat hij weer naar school gaat?'

'Ja. Morgen is hij weer op school,' antwoordde Carrie, terwijl ze met Rebecca naar de deur liep. 'Daar kun je op rekenen.'

De daaropvolgende weken, tot het einde van het trimester, reed Carrie elke ochtend naast Andy op de step mee naar school. Ze wachtte zelfs met weggaan tot Rebecca de bel had geluid en ze wist dat hij in het schoolgebouw was, dat uit één ruimte bestond. Het lukte Carrie niet Andy zover te krijgen dat hij vertelde waar hij al die tijd had uitgehangen. Bij Blue Lake Pond waarschijnlijk, vogeltjes kijken. Nadat Daniel hem een keer had meegenomen, keek hij liever naar de natuur dan naar Rebecca's flubberarmen die voor het zwarte schoolbord heen en weer dansten. Maar wat Carrie nog het meest zorgen baarde, was dat Andy zo gemakkelijk leugens vertelde. Hij bleef volhouden dat hij niet had gelogen, maar weigerde uit zichzelf te vertellen wat er was gebeurd.

'En dat verhaal over die lepra?' vroeg Carrie, één wenkbrauw gefronst. 'Het gips is er al maanden af.'

'Nou, de dokter zei dat het lepra *leek*,' zei hij ernstig. 'En mijn huid zag er vreselijk uit toen het gips er afging. Helemaal wit en gerimpeld.'

Ze probeerde hem duidelijk te maken dat niet de waarheid vertellen *hetzelfde* was als onwaarheid spreken, dat leugens ontstonden uit een zaadje van onwaarheid, dat heel snel uitgroeide tot stevige ranken, een oerwoud van bedrog. Ze wist dat het niet veel indruk maakte. Wat hij eigenlijk nodig had, was zijn vader. Daar kon ze niets aan veranderen, maar ze kon er wel voor zorgen dat hij het schooljaar afmaakte, of hij dat nu leuk vond of niet.

7

Het voorjaar ging langzaam voorbij en het werd zomer. De appelbloesem in Carries boomgaard verwelkte en viel van de bomen. Wat bleef, was de belofte van een oogst die de komende herfst kon worden binnengehaald.

Op een middag in augustus reed Carrie, terwijl de zon in haar nek brandde, met de vrachtkar naar het kraampje dat de familie Stoltzfus langs de weg had staan. Ze leverde er tomaten af, die daar werden verkocht. Haar bezoekje aan Ada Stoltzfus liep nogal uit, want de babbelzieke vrouw raakte maar niet uitgepraat. Carrie deed snel nog een paar boodschappen in de stad, maar was later terug op de boerderij dan ze had gewild. Donkere, onheilspellende wolken waren voor de zon geschoven, de lucht was dreigend, de voorbode van een plensbui, en de wind joeg door de bomen. Een zomerstorm was op komst en ze wilde zo snel mogelijk thuis zijn.

Toen de vrachtkar de overdekte brug op ratelde, bleef Old-Timer ineens stokstijf staan. Carrie klapte met de teugels, maar hij verroerde zich niet. De brug werd gerepareerd en er stond een afzetting met knipperlichten, zodat de mensen niet te dicht langs het materieel zouden rijden. Ze stapte uit de wagen en probeerde Old-Timer aan de leidsels mee te nemen, maar het paard weigerde ook maar een stap voorwaarts te zetten. Het was bang voor de felle lichtflitsen die door de lucht schoten en vreemde schaduwen op de brug wierpen.

‘Ouwe dwaas,’ zei ze tegen Old-Timer. ‘Wat nu?’

Vanuit het niets hoorde Carrie een jongemannenstem. ‘Als u me vertrouwt, mevrouw, dan denk ik dat ik u kan helpen.’ De man sprak vriendelijk en beleefd, met een zachte stem.

Ze keek vlug achterom om te zien waar de man stond. Ze kon in het donker niet zien hoe hij eruitzag, maar ontwaarde wel zijn gestalte. Daaruit concludeerde ze dat hij een *Englischer* was. De vreemdeling zei tegen Carrie dat ze weer op de wagen moest gaan zitten. Hij trok zijn jas uit, legde die over Old-Timers hoofd en praatte zachtjes tegen hem. Old-Timer zette aarzelend een stap voorwaarts, nog één, en liep uiteindelijk de brug over. De vreemdeling haalde zijn jas weer van Old-Timers hoofd en aaide het paard zachtjes over zijn hoofd.

‘Ziet u wel?’ zei hij met een grijns. ‘Zo simpel is het.’

‘Bedankt voor uw hulp,’ zei ze. ‘Als u wilt kunt u met me meerijden. Er is slecht weer op komst.’ Ze keek omhoog naar de donkere zwarte lucht.

‘Ik zoek het huis van de familie Miller,’ zei hij.

Carrie voelde een glimlach rond haar mondhoeken. ‘Miller is een veel voorkomende naam bij de Amish. Enig idee welke familie Miller?’

‘Ik zoek het huis van Daniel Miller. Is vorig jaar vanuit Ohio hiernaartoe verhuisd. Zijn vader heette Eli.’

Terwijl ze de man een ogenblik aanstaarde, klapte haar mond dicht. Haar hart bonkte zo luid, dat ze het kon horen kloppen. Nu herkende ze de man uit het artikel dat Veronica McCall voor haar had geprint.

Het is Abel Miller.

Carrie was niet verbaasd dat oma leek te weten dat Abel zou komen – oma had een fijne antenne voor dit soort dingen. Ze stond buiten op de trap naar de keuken toen de wagen de oprijlaan opreed. Abel sprong van de wagen en rende naar haar toe, sloot haar in zijn armen en drukte haar voorzichtig tegen zich aan. Bij beiden stroomden de tranen over de wangen. Carrie vond het zeer aandoenlijk om te zien. Het gaf een goed gevoel oma gelukkig te zien. Soms verbaasde het haar dat ze gewoon doorging, ondanks al het verdriet van de laatste jaren. Het leek net alsof ze al haar verdriet in haar quilts stopte, daarom gebruikte ze waarschijnlijk zulke indrukwekkende, felle kleuren. Carrie liet de twee alleen en liep naar binnen om het eten klaar te maken.

Tijdens de rit naar huis had Abel Carrie verteld dat hij een brief had gekregen waarin stond dat Daniel was overleden. Hij zei niet van wie en Carrie vroeg er ook niet naar. Abel zei dat hij het moeilijk vond te accepteren dat zijn neef dood was. En zijn oom. 'Ik wilde naar oma toe, zo snel als ik kon,' zei hij. 'Zij is de enige die ik nog heb.'

Oma straalde toen ze bij Carrie in de keuken kwam. 'Abel spant Old-Timer uit en gaat hem zo borstelen.' Ze glimlachte. 'Een goede Amish man zorgt eerst voor het paard dat voor het rijtuig staat.'

Terwijl ze de wortels schilde die ze die avond zouden eten, wierp Carrie van opzij een vluchtige blik op oma. Was Abel wel een Amish? Hij droeg *Englische* kleren, hij had opgeknipt haar. Misschien droeg hij de kleren die hij kreeg toen hij uit de gevangenis kwam, veronderstelde Carrie. Maar wat haar ook verbaasde: oma sprak Engels met hem, geen *Deitsch*.

Tegen de tijd dat Abel uit de schuur naar binnen kwam, stond het eten in de oven.

'Ik heb water in de emmers van de paarden gedaan en ze allemaal wat hooi gegeven. Maar je koe ziet eruit alsof ze op springen staat. Als je me een melkemmer geeft, ontferm ik me wel over haar,' zei hij.

Abel Miller wist hoe hij met paarden moest omgaan, stelde Carrie vast en ze probeerde alles wat ze over hem wist op een rijtje te zetten. Misschien kon hij ook wel smidswerk doen.

'Bedankt,' zei Carrie, 'maar mijn broertje komt zo thuis en dat is zijn taak.'

Alsof hij een seintje had gekregen, kwam Andy door de deur naar binnen gerend. Hij zette zijn hoed af, deed een greep in de koekjespot, maar bleef stokstijf staan toen hij Abel zag.

'Andy,' vroeg Carrie terwijl ze zijn hand uit de koekjespot trok, 'waar zat je? Je zou het onkruid in de tuin wieden. We gaan zo eten. Hope moet eerst nog gemolken worden.' Ze pakte hem bij zijn schouders en duwde hem naar Abel toe. 'Dit is Daniels neef Abel. Hij is gekomen om ons te bezoeken.'

Andy bekeek Abel van top tot teen. '*Ich gleich sei Guck net,*' zei hij vol afkeuring.

Carrie kneep hem waarschuwend in zijn schouders. '*Andy! Was in der Welt is letz?*' Ze draaide zich om naar Abel. '*Kannst du Pennsilfaanisch Deitsch schwetze?*'

Abel haalde zijn schouders op. 'Ik ben het een beetje verleerd.'

Carrie keek weer naar Andy. 'Praat Engels.'

Andy keek haar met gefronste wenkbrauwen aan. 'Ik bedoelde alleen maar: "Je lijkt niet op Daniel".' De frons op zijn jongensgezicht zag er komisch uit.

De plooien in Abels mondhoeken werden dieper, hij probeerde niet te glimlachen, maar leek wel geamuseerd. Carrie wist niet of hij begreep wat ze zeiden of dat hij hen alleen maar vermakelijk vond.

‘Misschien niet. Maar hij is ook mijn kleinzoon, Andy,’ zei oma verrassend resoluut. Ze had nog steeds een glimlach op haar gezicht, al sinds Abel er was.

Andy haalde zijn schouders op, griste de schone melkemmer van de bank en rende de deur uit om Hope te melken, die in de schuur ongemakkelijk stond te loeien.

Terwijl Abel zich opfriste, zette Carrie de schaal met gestoofd rundvlees, wortelen en doperwten op de tafel en gaf het brood aan oma om het te snijden. Meteen toen Andy terug was, gingen ze aan tafel. Ze sloten hun ogen en bogen hun hoofd voor een stil gebed. Abel spreidde zijn handen met de handpalmen naar boven, alsof hij iets zou ontvangen. Hij hield zijn ogen wijd open en begon hardop te bidden.

‘Vader, dank U dat U al mijn gebeden vandaag hebt verhoord. Dat U mij veilig naar oma, Carrie en Andy hebt gebracht. Help ons elke dag meer op U te vertrouwen. Dat bidden wij in Jezus’ naam, amen.’

De hoofden van oma, Andy en Carrie schoten verbaasd omhoog. Carrie was ontsteld over Abels vrijpostige manier van bidden, alsof God Zelf naast hem zat. Abel was grootgebracht als een Amish, dacht Carrie, hij moest weten hoe het er bij hen aan toeging. Waarom had hij hardop gebeden?

Abel pakte de broodmand, liet hem rondgaan, pakte het botermes en sneed een plakje af. ‘Mmm, lekker!’ zei hij, nadat hij een hapje had genomen. ‘Het eten in de nor was heel anders.’

Carrie schrok zo van deze botte opmerking, dat haar vork uit haar vingers gleed en op de vloer viel.

Abel had het niet in de gaten. Hij stelde een heleboel vragen over de boerderij: hoeveel hectare ze hadden, welke soorten appelbomen, wat voor bijgebouwen, wat voor vee – op dit moment maar weinig, overigens.

'Hope heeft net haar eerste kalfje gekregen, Lulu,' zei Carrie, terwijl ze het brood en de boter aan Andy doorgaf. 'Hebben we eindelijk verse melk. Tot een paar maanden geleden moest ik melk kopen bij de familie Stoltzfus, van de boerderij hier schuin tegenover.

'Je hebt je koe Hope genoemd?' vroeg hij, terwijl hij haar lachend aankeek.

'Carrie heeft haar Hope genoemd omdat ze haar hoop op haar heeft gevestigd,' zei oma. 'Carrie geeft dingen graag betekenis door hun naam. Het kalfje heet Halleluja omdat we zo blij zijn dat het er is.'

Abel grinnikte. 'Klinkt logisch.'

'We geven een kalfje altijd een naam die begint met dezelfde letter als de naam van de moeder.' Andy zei het op een toon alsof hij stevig de leiding had over deze boerderij. 'Zo deed mijn vader het en zo doen wij het.'

Carrie keek Andy nieuwsgierig aan en vroeg zich af wat er door het hoofd van de jongen ging. Het was de eerste keer dat hij een klein beetje interesse voor Abel toonde, het klonk bijna als een beschuldiging.

Abel knikte onverstoorbaar naar hem. 'Lijkt me een ordelijk systeem.'

'Hoe lang heb je in de gevangenis gezeten?' vroeg Andy ijskoud en met toegeknepen ogen.

'Ongeveer anderhalf jaar.'

Andy's ogen gleden van boven naar onder over Abels armen. 'Tatoeages?'

'Andy!' wees Carrie hem terecht en ze keek hem fronsend aan. Abel lachte alleen maar en schudde zijn hoofd, waarna hij Carrie verder bestookte met vragen over de boerderij en het land eromheen.

Terwijl Carrie Abels vragen beantwoordde, verbaasde het haar dat ze zo veel over de boomgaard wist. Ze moest meer van de gesprekken tussen Daniel en zijn vader hebben opgepikt dan ze zelf wist. 'We hebben maar acht hectare, maar de bomen zijn nogal dicht op elkaar geplant. Ongeveer honderd bomen op een halve hectare, misschien een paar meer of minder. We hebben een kleine hectare Northern Spy, een kleine hectare Rusty Coar, een kleine hectare Newtown Pippin, ruim een hectare Smokehouse, ruim een hectare Golden Russet, twee hectare Honey Cider en ruim een hectare Pumpkin Sweet.'

'Die soorten ken ik niet,' zei Abel.

'Ze komen uit de mid-Atlantische staten,' vertelde Carrie. 'Van de appels die niet aan de allerhoogste kwaliteitseisen voldoen, maken we cider.'

Abel keek verbaasd. 'De allerhoogste kwaliteitseisen?'

'Eetkwaliteit,' antwoordde Carrie. 'Knapperig om in te bijten en er mooi uitziend. Die verkopen we aan een verpakkingsbedrijf, we krijgen er een beste prijs voor.'

'Carrie is beroemd om haar cider,' zei oma. 'Sommige mensen zeggen dat het de beste cider is van het district.'

'Het recept was van mijn vader,' zei Andy, zonder Abel aan te kijken. 'We gebruiken vijf soorten appels.'

'Klopt,' zei Carrie met een stralend gezicht. 'We noemen hem "Jacobs Cider" en kunnen hem niet aangesleept krijgen. Als we de cider persen, staan de mensen al voor dag en dauw met hun eigen lege melkflessen in de rij.'

'Scheelt hun een kwart dollar als ze hun eigen kan meenemen,' zei Andy op een toon die gezag uitstraalde.

Abel boog zijn hoofd en keek aandachtig naar hen, terwijl zij praatten. 'Nou, jullie klinken allemaal alsof jullie heel veel verstand hebben van appels.'

'Er valt nog heel veel te leren over het beheer van een appelboomgaard,' zei Carrie, meer tegen zichzelf dan tegen Abel.

'Daarom ga ik niet meer naar school,' zei Andy. 'Ik blijf thuis en zorg voor onze appels.'

Carrie stak waarschuwend haar vinger naar hem op. 'Dat doe jij niet.'

Oma draaide zich om naar Andy en zei: 'God heeft onze gebeden verhoord, Andy. Onze Abel is teruggekomen om ons te helpen.' Ze strekte haar arm uit over de tafel en kneep Abel in zijn hand.

Abel leek even van zijn stuk gebracht, alsof hij iets anders had bedacht, maar daarna verdween de verbaasde blik van zijn gezicht. 'Ik heb heerlijk gegeten.'

Heel even maar had Carrie het vage idee dat hij iets verborg. Maar misschien ook niet. Wat wist ze eigenlijk helemaal van deze *Englischer*? Ze kende hem nog maar een paar uur.

Na het eten verraste Abel Carrie door de borden naar het aanrecht te brengen en op te stapelen voor de afwas. Ze had haar vader, Daniel of zijn vader nog nooit een bord zien aanraken, behalve als ze ervan aten.

'Ik heb heel wat afgewassen in de nor,' zei hij, terwijl hij zeep in het hete water klopte. Hij glimlachte toen hij zag hoe ze keek bij het woord 'nor'. 'Nogal dom om net te doen alsof het niet is gebeurd, vind je ook niet? Ik heb daar de laatste zeventien maanden, dertien dagen en twee uur – ongeveer – doorgebracht.' In een van zijn wangen zat een kuiltje, waardoor hij nogal scheef glimlachte, alsof hij grinnikte om een geheime grap. 'Ik zat niet helemaal op het rechte spoor.'

'Vind je het niet erg om erover te praten?' vroeg Carrie, terwijl ze een nat bord afdroogde.

'In het geheel niet.' Hij gaf haar nog een bord om af te drogen. 'Feitelijk heb ik in de gevangenis de Heere Jezus leren kennen. En alles overwegende, beschouw ik dat als een geschenk.'

Toen hij dat zei, liet Carrie bijna het bord vallen. Ze wierp een verstolen blik op oma, die haar schommelstoel halverwege een schommelbeweging stopzette en voorover leunde, alsof ze niet helemaal goed had gehoord wat hij gezegd had. Zelfs Andy, die zo veel koekjes in zijn mond had gepropt dat zijn wangen er bol van stonden, kreeg ogen groot als schoteltjes.

Abel lachte naar hen. 'Oké, dames, kijk niet zo verbaasd. Ik vertel jullie de waarheid van het Evangelie. Ik heb in een cel in de gevangenis God gevonden. Ik ben ontzettend dankbaar dat Hij de muur was waarachter ik kon schuilen.' Hij grinnikte naar Carrie en oma. 'Klinkt een beetje als een countryliedje, vinden jullie ook niet?'

Carrie vond Abel Miller maar een vreemde vent.

Abel stond erop dat hij in de schuur sliep en niet in het woonhuis. De storm was bijna voorbij, de lucht was weer fris en rook zoet. Abel droeg een lantaarn, die het pad voor Carrie uit verlichtte. Toen ze bijna uitgleed, stond hij erop dat hij haar bij haar elleboog zou vasthouden, zodat ze niet zou vallen. In haar armen droeg ze een stapel met oma's quilts, daarbovenop lag een kussen voor hem.

'Ik was vergeten hoe donker het op het platteland kan zijn,' zei hij, terwijl hij naar de lucht keek. Die was een en al wolken. Het enige beetje licht dat nog te zien was, was het smalle streepje van de maan.

Carrie toonde hem de werkplaats, achter in de schuur, en het veldbed waar hij op kon slapen. Daarna liet ze hem zien hoe hij de houtkachel aan de praat kreeg. Een van de paarden hinnikte in zijn stal.

'Dat is Schtarm, die zegt "hallo",' zei ze, terwijl ze Abel het kussen gaf.

'Jullie hebben hem Storm genoemd?' vroeg Abel.

Carrie knikte. 'Daniel heeft hem zo genoemd. Die naam past bij hem. Hij is een renpaard en Daniel heeft hem gekocht op een veiling. Hij is nogal temperamentvol. Ik kan hem niet aan, maar Daniel was hem aan het africhten, zodat hij voor het rijtuigje kon, toen hij...' Ze wist niet goed hoe ze het moest zeggen. Een ongeluk kreeg? Voordat hij stierf? Ze wees naar de stal van het andere paard. 'Ik gebruik Old-Timer voor het rijtuigje. Hij is oud, heel oud. Soms denk: als hij nog langzamer gaat, gaan we achteruit. In elk geval gaat hij er niet vandoor. Dat kun je van Schtarm niet bepaald zeggen.'

Abel glimlachte. 'Daniel had een goed oog voor paarden.' Hij nam de quilts uit haar armen. 'De mensen in Ohio vroegen hem altijd of hij meeging naar de paardenveiling, gewoon omdat ze zijn mening wilden weten.'

Carrie vroeg zich af welke kunstjes die mensen hadden gebruikt om Daniel zover te krijgen dat hij zei wat hij dacht. 'In de laatste stal staat Strawberry. Daniel heeft haar vorig jaar met Kerst voor Andy gekocht, en ook een ponykar.' Ze legde een paar lakens op het veldbed en stopte de hoeken in. 'Andy heeft niet meer met haar gereden sinds... Daniel er niet meer is.'

Abel draaide zijn hoofd langzaam om en keek Carrie een tijdlang strak aan.

'Morgen neem ik je mee naar de plek waar ze – Daniel en zijn vader – begraven liggen.' Ze huiverde toen er dicht bij het huis, als nawee van de storm, ineens een donderslag weerklonk. 'Ik hoop dat de bliksem niet in het huis inslaat of in de schuur.'

'Ik zag dat je bliksemafleiders op het huis hebt,' zei Abel. 'Maar niet op de schuur?'

'Erfenis van de *Englische* eigenaar. Hij had geen vee in deze oude schuur en daarom geen bliksemafleiders op dit dak.

We hebben ze nog niet van het huis gehaald. Te druk gehad met…'

Met begrafenissen, dacht Carrie. Ze veranderde van onderwerp. 'Weet je zeker dat het zo goed is?' vroeg ze en ze keek rond in de ruimte. 'Het is maar een werkplaats.'

'Een belangrijke verbetering ten opzichte van mijn vorige omgeving,' zei hij met die scheve grijns van hem. Iets in zijn glimlach van hem maakte dat ze wel terug moest glimlachen.

Carrie keek even naar Abel terwijl hij op zijn knie wat aanmaakhoutjes brak en die op het vuur legde dat hij had aangestoken. Ze had nooit gezien dat Daniel en hij familie waren. Als je een man mooi mocht noemen, dan zou die omschrijving op Daniel van toepassing zijn. Abel was niet zo fijngebouwd en knap als Daniel, maar hij bewoog zich met een zelfvertrouwen en zekerheid waar het Daniel aan had ontbroken. Abel had iets woests over zich, zoals die bokser die ze een keer in de ring had zien staan tijdens een uitje naar de stad. En toch, Abels ogen – zacht en warm als gesmolten chocolade – logenstraften zijn woeste uiterlijk. Ze verraadden hoe hij werkelijk was.

Abel wierp een vluchtige blik op Carrie, zich bewust van het feit dat ze hem naar waarde probeerde te schatten. 'Dank je wel, Carrie. Ik vind het fijn eindelijk Daniels vrouw te hebben ontmoet.'

De manier waarop hij het zei, gaf haar een vreemd gevoel. Het leek alsof hij meer over haar wist dan hij wilde laten blijken. Zij op haar beurt wist niets over hem. Ze was al bijna buiten toen hij vroeg: 'Carrie, wat is je plan?'

Carrie draaide zich om haar as. 'Wat bedoel je?'

'Ik vroeg me af of je overwogen hebt terug te gaan naar je eigen familie?'

Ze stapte uit de schaduw in het licht. '*Dit* is mijn thuis. Het mijne en dat van Andy. *Dat* is mijn enige plan.' Ze trok haar wenkbrauwen op. Ineens wist ze waarom hij zo vreemd had gekeken toen oma tijdens het avondeten had gezegd dat hij het antwoord was op hun gebeden. Hij was niet van plan te blijven. 'En jij dan, Abel Miller? Wat is jouw plan?'

Er was even sprake van een patstelling en ze keken elkaar aan. Toen weerlichtte het en volgde er meteen een donderslag achteraan.

'Ik breng je terug naar het huis,' zei hij. 'Ik wil niet dat je uitglijdt en jezelf bezeert.'

Hij had keurig haar vraag omzeild, stelde ze vast.

Later, nadat ze de gaslamp naast haar bed had uitgedraaid, gluurde Carrie door haar slaapkamerraam naar het zachte maanlicht boven de appelboomgaard. Ze zag het zachte schijnsel van lantaarnlicht door de stalraampjes naar buiten vallen. Het gaf haar een vreemd geruststellend gevoel.

In het bleke ochtendgloren werd Carrie wakker, half in de veronderstelling dat Abel wel weg zou zijn. Maar ze zag dat hij op was, de schuur in en uit liep alsof hij al uren wakker was. Toen ze naar de schuur liep, zag ze dat hij de stallen van de koeien en paarden had uitgemest, hen had gevoerd, de verse eieren in het eiermandje had gedaan en Hope had gemolken.

'*Denki, Abel*,' zei ze toen ze hem aantrof, terwijl hij de werkplaats schoonveegde. Ze gaf hem een beker hete koffie.

Hij pakte de beker dankbaar aan en nam een slok. 'Waarvoor?' Hij leek oprecht verbaasd.

'Voor je hulp.'

Weer die vreemde blik in Abels ogen, net als gisteravond. Andy keek ook altijd zo als ze hem betrapte met zijn hand in de koekjespot.

'Ik moet *jou* bedanken,' zei hij. 'Ik heb in geen jaren zo goed geslapen. Was bijna vergeten hoe het was om in slaap te vallen bij het geluid van nachtvogels in plaats van dichtslaande celdeuren. Of mijn ogen dicht te doen in een donkere ruimte. In een cel is het nooit helemaal donker. De lichten op de gang blijven aan, zodat de cipiers hun rondes kunnen lopen.'

Carries ogen werden groot van verbazing. Wat moest ze daarop zeggen?

Na het ontbijt zei ze tegen Abel dat ze met hem naar de begraafplaats wilde als ze de was had opgehangen. Hij gaf haar een kort knikje en ging naar buiten, naar de schuur. Even later trof ze hem in de schuur met Schtarms rechterhoef opgetild op zijn dijbeen. Hij krabde vuil en mest eruit met een hoevenkrabber. Zodra hij haar zag, kwam hij overeind.

'Dit paard is een schoonheid.'

Ze liep links om het paard heen en gaf Schtarm zachte klopjes op zijn fluwelen neus. 'Zeker, maar ik kan hem niet aan,' zei ze. 'Ik heb erover gedacht hem te verkopen. Hij is nogal temperamentvol.'

'Meestal is er een reden als een paard zo zenuwachtig is. Hij weet gewoon niet hoe hij moet zeggen waar hij last van heeft,' zei Abel, terwijl hij zachtjes met zijn hand over Schtarms glanzende geelbruine achterlijf aaide. 'Daarom misdraagt hij zich. Maar eigenlijk wil hij alleen maar worden gehoord.'

Hij keerde zijn blik van haar af en pakte een roskam om Schtarm te borstelen. Hij liet hem over zijn nek en schoft glijden. De manier waarop Abel het paard aanraakte, bezorgde Carrie rillingen. Zo liefdevol en teder. 'Kun je ook smeden?'

Abel moest even hard lachen. 'Nee, mevrouw. Ik ben geen

paardenpedicure. Dat liet ik graag over aan Daniel en oom Eli. Ik kom liever niet te dicht bij het achterste van een paard.' Hij maakte het haltertouw los van de paal en bracht Schtarm terug naar zijn stal.

Het kostte Abel geen moeite Old-Timer voor het rijtuigje te spannen, zag Carrie. Hij volgde hetzelfde patroon als alle mensen van Eenvoud deden, alsof hij het zijn hele leven al zo deed. Hij hielp haar in het rijtuigje, nam zonder het te vragen de leidsels en hield ze losjes in zijn handen. De lucht was helderblauw, schoongewassen door de regen van gisteravond. Grote dikke wolken joegen elkaar na door de lucht. Abel wees naar de diverse boerderijen waar ze onderweg langskwamen en vroeg bij elk daarvan naar de bewoners.

Op de begraafplaats was Abel minder opgewekt, alsof er een wolk voor de zon was geschoven. Toen Carrie hem de graven had laten zien, liet ze hem alleen en liep ze naar de kleine grafsteen van haar vader. Die was hetzelfde als alle andere – een teken van nederigheid. Carrie stond eventjes bij het graf van haar vader en dacht aan vroeger. Daarna liep ze terug naar het rijtuigje om daar te wachten en los te komen van haar verdriet. De stem van haar stiefmoeder echode door haar hoofd: 'Te veel treuren is een aanklacht tegen de Heere.' Maar het was zo moeilijk, zo moeilijk om de ondoorgrondelijke wil van God te accepteren.

Carrie keek vanuit het rijtuigje naar Abel. Hij zat op de vochtige grond tussen het graf van zijn oom Eli en dat van Daniel. Hij streelde met een van zijn handen zachtjes over de ronde stenen, zoals hij ook de welving van Schtarms hals had gestreeld. Ze zag zijn lippen bewegen, alsof hij tegen hen praatte. Na een hele poos zo gezeten te hebben, veegde hij eerst met beide handen over zijn gezicht en daarna over zijn broek. De knieën van zijn broek waren nat geworden door de vochtige grond, waardoor er donkere vlekken op zaten.

Hij leek enigszins van zijn stuk, maar ook opgelucht, toen hij in het rijtuigje klom.

'Ik ben zo blij dat twee meter onder de grond niet het einde is van alles,' zei hij. 'Hun zielen zijn bij de Heere Jezus.'

'Dat hopen we,' zei Carrie vanuit een automatisme.

Hij ging verzitten op het bankje in het rijtuigje en keek haar aan. 'In de Bijbel staat: "Maar wij hebben goeden moed, en hebben meer behagen om uit het lichaam uit te wonen, en bij den Heere in te wonen." 2 Korinthe 5:8.'

Carrie wilde niet met hem redetwisten. Hij kende zijn Bijbel beter dan zij de hare, dat zag ze wel. Gisteravond had hij een aantal verzen gespuid alsof hij de hele Bijbel uit zijn hoofd kende. Bovendien had ze nog een andere brandende vraag. Misschien was het wel heel prematuur, maar Carrie had het gevoel dat ze het moest vragen, vooral omdat ze het idee had dat hij niet zou blijven.

Ze klapte met de teugels, zodat het paard ging lopen. Met haar ogen strak op Old-Timers ritmisch bewegende achterlijf gericht, zei ze: 'Ik moet je iets vragen. Over Daniel.'

'Vraag me wat je wilt,' zei Abel, terwijl hij haar vragend aankeek, met licht scheefgedraaid hoofd.

'Daniel vertelde dat hij die branden heeft veroorzaakt.'

Abel zuchtte licht, alsof het niet de eerste keer was dat hij dit verhaal hoorde. 'Heeft hij jou dat verteld? Dat hij ze heeft veroorzaakt?'

Carrie knikte. 'Hij zei dat hij er verantwoordelijk voor was.' Ze richtte haar blik weer op de teugels. 'Ik begrijp niet waarom... hoe... hij deed nooit een vlieg kwaad.'

'Ken je het hele verhaal over wat er in Ohio gebeurd is?'

Ze schudde haar hoofd, haar hart bonkte zo luid, dat ze zeker wist dat hij het kon horen.

Abel zei even niets, het leek alsof hij zijn gedachten op een rijtje aan het zetten was. Hij boog zich voorover en nam de teugels van haar over, waarna hij Old-Timer langs de kant van de weg zette. Hij ging verzitten op het bankje en keek haar aan. 'Een paar jaar geleden startte Daniel een bedrijfje waarmee hij petroleum aan de Amish verkocht. Ik hielp hem als oom Eli mij niet nodig had op het veld. De meeste Amish woonden langs onverharde wegen en het was makkelijker voor ons om met paard en wagen te bezorgen dan met de vrachtwagen. We bouwden los van de gewone schuur een schuur om de vaten schoon en droog in op te slaan. Uit de buurt van alles wat de vaten kon vervuilen. Het enige wat we in de schuur hadden, was een telefoon om de orders aan te nemen. In oom Eli's district mochten de mensen wel een telefoon hebben voor zaken, zolang die maar niet in huis was.'

Carrie knikte. In haar district gold hetzelfde.

'Je kent Katie?' vroeg hij.

Carrie knikte nog eens, hoewel ze eigenlijk alleen haar naam kende.

'Een week voordat Daniel en Kate zouden trouwen,' vervolgde Abel zijn verhaal, 'raakten de vaten vervuild met benzine. Petroleum en benzine gaan niet samen.' Hij keek even vluchtig naar een veld hoog opgeschoten graan, waar de geelbruine halmen ruisten in de wind. 'We weten nog steeds niet hoe het is gebeurd. Ze waren brandschoon binnengekomen, er zat geen spoortje benzine in. Daniel tekende voor ontvangst en bracht ze naar de schuur. Later die dag bracht hij de bestellingen rond. Die avond vonden er in twee huizen explosies plaats. Lena, Daniels moeder, was toevallig bij Katie om voorbereidingen te treffen voor de bruiloft, toen de petroleum werd aangestoken. Die ontplofte en ze was op slag dood. Katie was vreselijk verbrand en overleed de volgende dag. Een man en zijn zoon werden ook gedood.' Hij zweeg even, alsof de woorden bleven steken in zijn keel. 'We weten gewoon niet *hoe* het kwam.'

De lucht was inmiddels dik en zwaar, alsof er storm op komst was, hoewel er geen wolken waren. Tranen prikten in Carries ogen; ze hield haar ogen op haar handen gericht, die gevouwen in haar schoot lagen. Terwijl hij het verhaal vertelde, wist ze dat het waar was. Diep in haar hart wist ze dat Daniel nooit iemand kwaad kon hebben gedaan. Terwijl de waarheid tot haar doordrong, werden alle restjes twijfel over Daniel die ze mogelijk nog had, weggerukt. Meteen daarna werd ze overvallen door een overweldigend verdriet. Er viel een traan op haar schoot, nog één, en nog één. Ze veegde ze meteen met de rug van haar hand weg en hoopte dat Abel het niet zag.

Carrie zag vanuit haar ooghoek zijn borst bewegen terwijl hij diep ademhaalde. 'De politie leidde het spoor terug naar de schuur. Ze vonden minieme sporen benzine op een van de planken. Omdat het Daniels zaak was, werd hij aansprakelijk gesteld, ook al was het een ongeluk en zouden de Amish families hem nooit laten vervolgen. Hij was niettemin nalatig geweest. De rechter legde hem een overdreven hoge boete op en een nog veel overdrevener gevangenisstraf. Hij wilde een voorbeeld stellen, omdat er eerder problemen waren geweest met bedrijven die brandstof leverden. Hij wist dat de straf de krantenkoppen zou halen en hij wist dat de Amish nooit in beroep zouden gaan. Maar het kon de rechter niet schelen wie er de gevangenis in zou gaan, dus vertelde ik hem dat het mijn schuld was. Voordat ik het wist, zat ik voor lange tijd in de federale gevangenis. Zodra ik voorwaardelijk vrij was, gaf de ambtenaar die daarover ging mij toestemming om de staat te verlaten, als ik me maar steeds bij hem meldde.'

Hij draaide zich om naar Carrie. 'Ik denk, om je eerste vraag te beantwoorden, dat Daniel zich verantwoordelijk *voelde*, maar hij heeft die ongelukken niet *veroorzaakt*. We zullen nooit weten wat er is gebeurd, maar Daniel was onschuldig. Dat weet ik zeker.' Hij glimlachte vriendelijk naar haar. 'Het is goed dat je het vroeg, Carrie. Je verdient het de waarheid te weten. In de Bijbel staat dat de waarheid ons zal vrijmaken.'

Nou ja, nu kende ze de waarheid, maar het gaf haar geen bevrijd gevoel. Ze voelde alleen maar heel veel spijt. Ze streek haar schort glad, alsof ze probeerde het verdriet weg te duwen. 'Het lijkt me dat je ruim een jaar van je leven verloren hebt.'

'O, nee.' Abel keek Carrie recht in haar gezicht. 'Nee, dat heb ik niet. Ik heb het leven gekregen.'

Voordat Carrie ook maar kon bedenken wat hij daarmee bedoelde, stoof een rode cabriolet hun rijtuigje voorbij. Old-Timer schrok en trok het rijtuigje van de weg.

'Lieve help,' zei ze zonder erbij na te denken. 'We kunnen beter naar huis gaan. *Gschwind*.' Snel. Ze nam de teugels weer over van Abel en dreef het paard aan.

Toen ze thuiskwamen, stond Veronica McCalls rode auto bij de voordeur geparkeerd.

Abel leek geamuseerd. 'Van wie is die auto?'

'Een vrouw die op Honor Mansion werkt, een eindje verderop langs de weg. Ze blijft me maar lastigvallen, omdat ze het huis en de boomgaard wil kopen.'

Abel keek Carrie scherp aan. Daarna sprong hij op de grond en hielp haar uit het rijtuigje. 'Ga jij maar naar binnen. Ik zet het span weg.'

Carrie ging naar binnen en trof daar oma aan, die quilts uitspreidde op de keukentafel, terwijl Veronica McCall er de exemplaren uitzocht waar ze in geïnteresseerd was.

'Hallo,' groette Carrie en ze deed haar cape af en maakte de bandjes van haar bonnet los.

Veronica draaide zich vlug om op haar hoge hakken. 'Carrie! Waar was je? Onze binnenhuisarchitect ging uit zijn dak toen hij de quilt zag die jij mij gebracht had. He-le-maal uit zijn dak! Nu wil hij in alle kamers op Honor Mansion quilts van oma!' Ze draaide zich weer om naar de quilts en raapte ze bij elkaar om er een stapel van te maken. 'Hij gebruikt ze in elke kamer als blikvanger.'

Carrie keek naar oma's gezicht en vroeg zich af wat zij van het plan vond. 'We komen er wel op terug bij jou, Veronica.'

Precies op dat moment kwam Abel door de keukendeur naar binnen.

'Veronica, dit is Abel Miler,' zei Carrie snel, in de hoop Veronica's aandacht af te leiden van oma's quilts. Veronica keek even vluchtig naar hem en toen nog eens goed. Het deed Carrie denken aan de manier waarop Veronica keek toen ze voor het eerst oma's quilts zag. En hoe ze altijd keek als ze het had over Carries huis en boomgaard. Als een jager die haar prooi had gevonden.

Carrie keek naar Abel. Hij stond Veronica McCall aan te gapen, alsof hij nog nooit eerder een vrouw had gezien.

8

De volgende middag trofVeronica McCall Carrie aan in de groentetuin, waar ze komkommers aan het plukken was. 'Joehoe, Carrie! Ik moet Abel spreken. Waar is hij?'

Carrie wees naar de schuur. 'Achterin. Daar is de ruimte waar hij verblijft.'

'Dank je!' riep Veronica, waarna ze zich omdraaide op haar hoge hakken en zich naar de schuur haastte.

Carrie vroeg zich af wat Veronica van Abel wilde. Even later hoorde ze de motor van de auto starten. Ze kwam overeind van een komkommerbed en zag nog net dat Veronica wegreed. Abel zat in de stoel haast haar.

Het schemerde al toen ze terugkwamen. Carrie stond aan het aanrecht in de keuken groente te snijden voor de stoofpot. Ze zag dat Abel uit de auto stapte en Veronica hem een grote gele envelop aanreikte, alsof hij die vergat. Voordat hij hem aannam, keek hij van opzij even vluchtig naar het huis. Carrie meende heel eventjes weer die ongemakkelijke blik in zijn ogen te zien. Toen duwde hij de envelop onder zijn arm en liep naar de schuur.

Tijdens het avondeten praatte Abel wel en vroeg hij af en toe iets, maar hij gaf niet uit zichzelf een uitleg over zijn uitstapje. Het verbaasde Carrie nog steeds dat er gepraat werd aan tafel. Het grootste deel van haar dag was gehuld in stilte; zelfs tijdens het eten was het stil. Zo was het in elk geval altijd gegaan toen ze nog bij haar stiefmoeder aan tafel zat en ook bij Daniel en zijn vader. Maar Carrie vond Abels verhalen leuk. Vanavond vertelde hij over de vrienden die hij had gemaakt in de gevangenis, mannen met vreemde namen als 'Five' en 'Steelhead'. Andy, zag Carrie, probeerde zo ongeïnteresseerd mogelijk te kijken. Maar zodra ze klaar waren met eten en ieder voor zich in stilte had gebeden, stormde hij van tafel. Dat deed hij al vanaf de eerste dag dat Abel er was. Carrie vond dat Abel een goede voorganger zou zijn; hij leek er een beetje een gewoonte van te maken Bijbelteksten in het gesprek in te lassen waar hij kon, en dat was nogal vaak.

Terwijl ze de borden van de tafel ruimde, vroeg Carrie: 'Waarom hebben zijn ouders hem "Steelhead" genoemd?'

Hoofdschuddend antwoordde Abel: 'Hij werd bij een nogal knullige overval neergeschoten en kreeg een stalen plaat in zijn hoofd.'

Haar ogen werden groot als schoteltjes. Zelfs Andy keek zeer verbaasd. 'O, hij had geen geweer,' zei Abel. 'Steelhead doet nog geen vlieg kwaad. Het was het geweer van de eigenaar van de winkel. Het ging per ongeluk af toen Steelhead nieste tijdens de overval.'

Andy hield zijn hoofd scheef. 'En Five?'

'Five moest de gevangenis in omdat hij zijn handjes niet thuis kon houden.' Abel wriemelde met zijn vingers in de lucht.

Andy en Carrie keken elkaar verbaasd aan.

'Winkeldiefstal,' zei Abel. Toen hij zag dat ze nog niet begrepen wat hij bedoelde, voegde hij eraan toe: 'Hij stal spullen uit winkels.' Abel leunde achterover in zijn stoel en vouwde zijn handen achter zijn hoofd. 'Dat zijn nog eens twee figuren die ik zal missen.'

Na het eten kwam Abel bij hen in de woonkamer zitten. Oma had besloten dat Abel een quilt moest hebben, dus ze legde allerlei stukjes stof uit op het kartonnen werkblad. Ze vroeg Abel welke kleuren hij mooi vond en welke patronen en vormen. Abel beantwoordde geduldig al haar vragen en hielp haar zo aan het uiteindelijke idee voor de quilt.

'Als je trouwt,' zei oma, 'maak ik er nog één voor je. Voor je bruid.'

Abel lachte. 'Begin er nog maar niet aan, oma. Ik heb geen haast om verliefd te worden.'

Oma wierp hem een veelbetekenende blik toe. 'Misschien heeft de liefde wel haast om jou te vinden.'

Het beeld van Veronica McCall schoot steeds door Carries hoofd.

Toen de klok negen sloeg, pakte Carrie, als altijd, haar vaders Bijbel en knielde neer om een hoofdstuk te lezen.

'Carrie, vind je het erg als ik lees?' vroeg Abel.

'Nee, helemaal niet.' Eigenlijk vond ze het wel fijn. Ze hield de Bijbel in haar handen en dacht terug aan al die momenten in haar jeugd dat ze in de woonkamer geknield had gezeten en naar haar vaders stem had geluisterd, die voorlas uit de Schrift. De zoete herinnering stond even stevig in haar hart gegrift als het Woord van God in de oude en versleten leren Bijbel.

Ze gaf Abel de Bijbel, maar hij schudde zijn hoofd en haalde een boekje uit zijn broekzak.

Hij sloeg het boekje open, leunde achterover in zijn stoel en begon te lezen: '"Heer, U kent mij, U doorgrondt mij, U weet het als ik zit of sta, U doorziet van verre mijn gedachten. Ga ik op weg of rust ik uit, U merkt het op, met al mijn wegen bent U vertrouwd. Geen woord ligt op mijn tong, of U Heer, kent het ten volle. U omsluit mij, van achter en van voren..."'

'Abel,' zei Carrie. 'We moeten nu uit de Bijbel gaan lezen.'

'Maar dat doe ik. Dit is uit Psalm 139. Geschreven door David.'

Ze keek hem fronsend aan. 'Dat is gewoon Engels.'

'Het is de nieuwste vertaling. Uit die Bijbel las ik elke dag in de gevangenis...'

Carrie verstijfde. 'Het lijkt me niet juist dat je op die manier tegen de Heere God spreekt.' Ze keek naar oma voor ruggensteun, maar die was knikkebollend in slaap gevallen, zoals altijd als ze 's avonds uit de Bijbel lazen. Ze keek even vlug naar Andy, maar die was weer stilletjes met zijn puzzel aan de slag gegaan toen zij en Abel met elkaar in discussie gingen.

Abel tilde zijn hoofd op en keek Carrie oprecht verbaasd aan. 'Hoe?'

'Alsof... nou ja, alsof... Hij een van die vrienden met die vreemde namen is, uit de gevangenis, weet je wel.'

Abel sloeg het boek dicht en glimlachte. 'Maar in de Bijbel staat dat we zo tegen God mogen praten.'

Abels gepraat over God maakte dat Carrie onrustig heen en weer schoof op haar stoel. Ze wist dat haar vader altijd trouw las wat er in de Bijbel stond, maar hij stopte niet om na te denken over wat hij las of om vragen te stellen, bij zichzelf of aan anderen, over wat hij las. En hij zou nooit tegen God hebben gepraat alsof Hij... een... vismaatje was. Dat was *grossfiehlich*. Zelfvoldaan en hovaardig.

Carrie zei tegen Andy dat hij naar bed moest gaan en liep achter hem aan naar boven, om er zeker van te zijn dat hij ook inderdaad ging. Gisteravond was ze erachter gekomen, dat hij naar zijn raam was gekropen, op de overkapping van de veranda was gaan zitten en daar met Daniels verrekijker de lucht had afgezocht op zoek naar nachtvogels. Terwijl ze Andy welterusten zei, hoorde ze beneden een zacht geroezemoes van stemmen, van Abel en oma. Ze wachtte tot ze oma de trap op hoorde lopen, krakend en voorzichtig, als altijd. Carrie veronderstelde dat Abel naar de schuur was en dat ze dus veilig naar beneden kon. Maar toen ze beneden kwam, zat hij nog aan de keukentafel. Ze maakte aanstalten om snel weer naar boven te gaan, maar hij hoorde haar voetstappen op de trap, stond op en wachtte tot ze beneden was.

'Ik wilde ons gesprek nog even afmaken,' zei Abel.

Een gevoel van ongemak viel als een deken over haar heen. 'Ik moet naar bed. Het is morgen weer vroeg dag.' Ze liep naar de woonkamer om de gaslamp uit te draaien.

'Carrie, ik weet hoe het er bij de Amish aan toegaat.'

Ze deed nog een lamp uit, draaide zich toen snel om en keek hem in de schaars verlichte kamer recht in het gezicht aan. 'Waarom handel je er dan niet naar?'

'Omdat ik hardop bid? Of uit een *Englische* Bijbel lees? Of alle twee?'

Carrie knikte, maar eigenlijk stoorde de manier waarop Abel bad haar nog het meest. Hij praatte tegen God alsof Hij daar boven in de hemel aantekeningen maakte, zodat Hij niet zou vergeten wat Abel wenste. Ze wist dat God deed wat Hem goeddacht, ongeacht de smeekbedes van wie dan ook.

'Ik heb het afgelopen jaar meer over God geleerd dan toen oom Eli er nog was. Wij hebben wat God betreft een heleboel niet geleerd.'

'Zoals?'

'Bijvoorbeeld dat er een verschil is tussen geloven en een relatie hebben met God. Het staat er allemaal in,' zei hij, terwijl hij op zijn Bijbel tikte.

'Christus is niet gekomen om een relatie met ons te onderhouden, maar om onzentwil,' zei Carrie. 'Dat hoor ik de bisschoppen en voorgangers al heel mijn leven vertellen.'

'Misschien kwam Hij wel voor allebei,' zei Abel zachtjes.

Carrie had geen idee wat ze daarop moest zeggen. Ze had daar nog nooit over nagedacht. Ze had altijd gewoon aangenomen wat haar vader, de kerk en daarna Sol haar hadden verteld. Hoe vaker ze in Abels buurt verkeerde, hoe ongemakkelijker ze zich voelde. Ze sloeg verdedigend haar armen over elkaar. 'Je bent dus niet van plan om lid te worden van de kerk? Verlaat je het geloof waarin je bent opgegroeid?'

Abel keek ongemakkelijk. Hij liep naar de keukentafel, ging zitten en bood haar een stoel aan. Aarzelend ging ze ook zitten. Hij sloeg zijn handen in elkaar.

'Carrie, mijn geloof is van mij. Dat wil ik niet kwijt. Het maakt alleen niet uit naar welke kerk ik ga.' Hij keek naar zijn gevouwen handen. 'Ik weet alleen niet of ik Amish kan doen.'

'Je doet niet Amish. Je leeft Amish. Je *bent* Amish.' Terwijl ze het zei, voelde ze haar eigen hypocrisie aan haar knagen. Ze zat hier Abel de les te lezen alsof ze zelf nooit twijfels had over de vraag of ze haar knie zou buigen. Nog maar een jaar geleden was ze bereid geweest het allemaal op te geven voor Sol. 'Doe je de keukenlamp uit?' vroeg ze hem en ze wachtte tot hij haar goedenacht knikte. Daarna liep ze de trap op naar boven.

Fluisterend verontschuldigde ze zich bij God dat ze zo hovaardig was geweest. Ze hoopte ook dat God er begrip voor had dat Abel Miller uit de kerk wilde stappen en het haar niet kwalijk zou nemen dat ze hem mee naar huis had genomen. Haar stiefmoeder zou dat wel doen, als ze het wist.

Carrie huiverde en hoopte dat ze dat zo lang mogelijk kon uitstellen.

Later die week kwam Mattie bij Carrie langs met stof voor oma. Volgende week woensdag was er een quiltbijeenkomst bij Mattie thuis en oma had aangeboden te helpen vierkante lapjes van de stof te knippen. De gewatteerde dekens zouden naar opvanghuizen voor daklozen in Philadelphia gaan.

Mattie zette de doos op de tafel en haalde er *The Budget* uit, de krant van de Amish, en gaf hem aan oma. 'Alstublieft. Zoals beloofd. Mama zei dat ze hem uit had en dat u hem mag hebben.'

Oma was dolgelukkig. Ze vond *The Budget* een geweldige krant. Ze kon urenlang de brieven lezen die vanuit het hele land werden ingestuurd. Oma ging in haar lievelingsstoel zitten, lekker in het zonnetje, en spreidde de krant uit over het quiltraam voor haar. Ze las altijd eerst de overlijdensberichten.

'Waarom vindt u de overlijdensberichten zo mooi?' vroeg Mattie, terwijl ze toekeek hoe oma de pagina doornam.

'Om er zeker van te zijn dat ik nog niet dood ben.'

Glimlachend liep Mattie naar Carrie in de keuken, die daar potten en deksels aan het uitkoken was om ze te vullen met zwartebessenjam. 'Het is heet en dan ook nog dat hete werk! Wat kan ik voor je doen?'

Carrie wees naar de doos op de tafel. 'Die potten moeten eerst uitgewassen, voordat ik ze kan steriliseren.'

Mattie waste haar handen en rolde haar mouwen op. 'Als ik *The Budget* lees, kijk ik altijd eerst naar wie er getrouwd zijn. Daarna kijk ik wie er bij wie op bezoek is geweest.' Ze pakte de potten uit de dozen en zette ze in de wasbak om af te wassen. 'En jij dan, Carrie? Kijk jij niet naar wie er getrouwd zijn?'

Carrie haalde de hete potten uit het kokende water en zette ze voorzichtig op het aanrecht. 'Dat deed ik wel altijd. Maar nu niet meer.' Ze schepte de dikke, hete, klonterige paarse brij in de potten en deed er een metalen deksel op.

'O, het duurt niet lang, dan ben je weer getrouwd. Weet

je nog toen we meisjes waren? Als we een bijna uitgebloeide paardenbloem omhoog hielden en drie keer bliezen, vertelde het aantal zaadjes dat er nog aanzat hoeveel kinderen we zouden krijgen.' Mattie glimlachte en spoelde de met schuim bedekte potten af, waarna ze ze aan Carrie gaf om ze te steriliseren.

Carrie gaf eerst geen antwoord. 'Ik wil niet nog een keer trouwen.' Ze zette de potten die Mattie had afgewassen in een grote pan kokend water. De zweetdruppels stroomden langs haar hals.

Mattie keek op naar haar vriendin. 'Dat meen je niet. Ik dacht...'

'Je dacht: *misschien denkt ze wel na over Sol*?' vroeg Carrie. 'Dat doe ik niet.' Het klonk chagrijniger dan ze bedoelde. Ze had bedacht dat Mattie zich misschien zorgen zou maken als Sol weer langskwam nu Daniel er niet meer was. Carrie had in geen maanden iets van Sol gehoord. Eigenlijk vond ze dat prima. Ze wist misschien niet wat ze van Daniel vond, maar wel van Sol: *zannich*! Ze was boos op hem!

'Heb ik dat dan gezegd?' Mattie gaf Carrie twee potten. 'Ik dacht alleen maar dat je wel weer zou willen trouwen. Dat is alles.'

De zachte, verwijtende blik in Matties ogen deed Carrie pijn. Ze richtte haar blik op de gevulde potten. 'Het enige wat ik wil, is op een goede dag deze appelboomgaard overdoen aan Andy. Als ik hem dan tenminste nog heb.'

Mattie tilde haar hoofd op. 'Heb je geldproblemen?'

Carrie aarzelde even en luisterde of ze een plopgeluid hoorde, ten teken dat het deksel luchtdicht op de pot zat. 'Zorgen niet echt. Nog niet.' Ze had Veronica McCalls aanbod om oma's quilts te kopen geweigerd. Ze kon oma er gewoon niet nog dieper in betrekken. Ze wist zeker dat er een andere manier moest zijn om de rekeningen te betalen.

‘Kun je tante Esther niet om hulp vragen?’

Carrie huiverde. Haar stiefmoeder had haar nooit volledig vergeven dat ze erop stond dat Andy bij haar kwam wonen. ‘Haar oplossing zou zijn dat we weer bij haar intrekken.’

‘Je kunt met de diaken praten. Hij kan je helpen.’

‘Dat weet ik. Als het moet, doe ik dat.’ Ze veegde het aanrecht schoon met een schone vaatdoek. ‘Op het ogenblik gaat het prima. Het ziet ernaar uit dat dit een goed appeljaar wordt.’ Ze haalde de potten uit het water en zette ze neer. Mattie schepte met een lepel de jam in de schone potten en deed op elke pot een deksel. ‘Als je wens voor Andy is dat je de boomgaard kunt behouden, wat wens je dan voor jezelf?’

Carrie haalde onverschillig haar schouders op. ‘We krijgen niet alles wat we willen, Mattie.’

Mattie boog haar hoofd opzij om te horen of de deksels plopten. Toen dat zo was, glimlachte ze tevreden. ‘Nee, misschien niet, maar God belooft ons dat we ontvangen wat we nodig hebben.’

Een paar dagen later bakte Carrie kleine pannenkoekjes met appelstroop voor het ontbijt. Ze schonk net oma een beker koffie in toen Abel binnenkwam vanuit de schuur.

‘Mmmm! Dat ruikt heerlijk.’ Abel pakte een bord, prikte een paar dampende pannenkoekjes aan een vork, legde die op het bord en schepte er met een lepel appelstroop op.

‘Daniel vond Carries pannenkoekjes ook heerlijk,’ zei oma.

‘De enige keer dat ik ooit een glimlach van oor tot oor op zijn gezicht heb gezien,’ zei Carrie.

Voordat ze het wist, was het eruit. Ze perste haar lippen op elkaar, terwijl Abels hoofd omhoog schoot. Hij keek Carrie recht aan, maar zij hield haar ogen strak op haar bord gericht.

Het was al zo warm, dat Carrie naar de schuur ging om ervoor te zorgen dat de beesten genoeg water in hun drinkemmer hadden. Toen Abel haar hoorde, kwam hij de werkplaats binnen.

'Heb je even?' vroeg hij.

Ze goot het laatste beetje water in Lulu's emmer en kwam overeind. 'Nee. Ik heb een appelkruimeltaart in de oven staan.'

'Ik was een paar rotte planken van de schuur aan het trekken om ze te vervangen en nu heb ik een vervelende splinter in mijn hand.' Hij stak zijn hand op om het haar te laten zien.

'Kom eens bij het raam.'

Hij stak de hand met de splinter uit. Terwijl ze probeerde de splinter eruit te halen zonder hem te breken, zei hij: 'Die sperwers moeten worden vrijgelaten. Ze zijn bijna groot.' De sperwers zaten oorverdovend te krijsen in de kooi die Andy voor hen had gemaakt door een paardenstal te verbouwen.

Ze knikte.

'Het zijn wilde dieren. Die moet je niet in een schuur stoppen.'

'Dat heb ik ook al tegen Andy gezegd, maar hij wil er geen afstand van doen. Ik denk dat het zijn laatste link is met Daniel.'

Zacht en vriendelijk vroeg Abel: 'Carrie, was Daniel goed voor jou?'

Ze liet zijn hand vallen, alsof het een hete kool was. Abels ogen stonden ernstig, zijn blik was warm en belangstellend. Toch voelde ze zich ongemakkelijk, omdat hij haar dingen vroeg waar eerder nooit iemand naar had gevraagd. Soms kon ze niet geloven dat hij en Daniel familie van elkaar waren. Hij was de volslagen tegenpool van Daniel. Abel praatte graag. Waarschijnlijk had hij de stiltes opgevuld die Daniel had laten vallen, besloot ze, waarna ze haar aandacht weer op de splinter richtte en zijn vraag negeerde.

'Klaar,' zei ze. 'Je kunt er het beste een pleister op doen.' Ze draaide zich snel om.

Abel legde zijn hand op haar onderarm. 'Was hij goed voor jou, Carrie?'

Haar blik gleed naar de vogels in de stal, die haar met hun zwarte kraaloogjes aanstaarden.

Abel wachtte. En wachtte. De stilte in de schuur werd gespannen. Carrie wist dat hij van haar verwachtte dat ze al haar verdriet en zorgen die ze zo lang had opgespaard, zou uitstorten. Ze voelde de tranen achter haar ogen prikken, maar had geen idee waarom. Ze kon toch niet tegen hem zeggen dat de treurnis die ze voelde als ze aan Daniel dacht, voortkwam uit een schuldgevoel, niet uit verdriet?

Met haar blik nog steeds afgewend, antwoordde ze: 'Daniel was altijd goed voor mij. Heel, heel goed.'

Terwijl ze terugliep naar de boerderij, besefte ze dat ze de waarheid had gesproken. Daniel was goed voor haar geweest. Toch waren haar gevoelens voor Daniel nog steeds één grote warboel. Ze vond het vreselijk dat er een aantal zaken tussen hen waren blijven hangen. Ze had een diep schuldgevoel, dat haar achtervolgde zoals Daniels last hem had achtervolgd. Maar ze voelde zich vooral verdrietig omdat bepaalde dingen tussen hen niet waren uitgesproken.

De volgende dag kwam Veronica McCall naar Carries huis en liep meteen door de keuken in, zonder te kloppen. Ze deed de deur niet goed achter zich dicht, dus Carrie haastte zich langs haar heen om hem dicht te doen, voordat de broeierige warme lucht naar binnen kon komen.

'Waar is Abel?' vroeg Veronica.

'Ik hoorde dat hij planken op de achterkant van de schuur aan het vastspijkeren was,' antwoordde Carrie. 'Die schuur is zo oud, hij valt bijna uit elkaar.'

'Ik wilde hem vragen of hij wat timmerwerk voor ons kan doen op Honor Mansion. Een van de timmermannen wordt geopereerd aan een hernia of zijn nieren, of zoiets.'

Carrie tilde haar hoofd omhoog. 'Een hernia of zijn nieren?'

'Nou ja, er is iets mis met hem.' Veronica wuifde de gedachte weg. 'Hij is er dus een tijdje niet en het houten binnenwerk moet af. Ik dacht aan Abel. Alle Amish mannen kunnen toch timmeren?'

Carrie draaide zich om naar oma, die Veronica nieuwsgierig bekeek. 'Oma, kan Abel timmeren?'

'Jazeker,' antwoordde oma. 'En hij weet ook alles van elektriciteit. En motoren.'

'Is hij elektricien?' vroeg Veronica. 'Nog beter! Onze elektricien is al in geen drie dagen komen opdagen. Ze geven er allemaal steeds de brui aan. Perfect! Ik ga met hem praten.' Ze stoof door de deur naar buiten en deed alweer geen moeite hem achter zich dicht te doen. Hete, zware lucht stroomde naar binnen.

Als Veronica Abel inhuurde, dacht Carrie, dan bleef hij misschien wel en kon hij hen door de oogst heen helpen. Eén oogst maar, bad ze voorzichtig fluisterend tot God, als ze maar door die eerste oogst zonder Daniel heen kwam. Ze deed de deur dicht en draaide zich om naar oma. 'Wat kan Abel nog meer?'

'Hij is goed in het maken en repareren van dingen. Abel fikst alles.' Ze keek peinzend naar het plafond, alsof ze probeerde een herinnering van de plank te halen, zoals je een boek uit de boekenkast haalt. 'Ik weet bijna zeker dat hij ook wel een atoomonderzeeër kan bouwen als hij dat wil.'

Carrie keek oma met grote ogen aan, in een poging hoogte van haar te krijgen. 'Oma, wat weet u nu van atoomonderzeeërs?'

Oma glimlachte en de rimpels van haar gezicht vielen in hun natuurlijke plooien. 'Je moest eens weten wat ik allemaal weet.'

Carrie liep naar haar toe en ging naast haar zitten. 'Nou dan, wat denkt u dat Abel van plan is nu hij uit de gevangenis is?'

Oma nam haar quiltwerk op uit haar schoot. 'Hier blijven, natuurlijk, en ons helpen. Wij zijn zijn familie. Hij hoort hier.'

'Ik weet nog niet zo zeker of anderen zullen begrijpen dat een man die eruitziet als een *Englischer* en net uit de gevangenis komt, familie is.'

Oma hield haar blik op haar stukjes quiltstof gericht. 'Abel zit nog steeds in zijn *rumschpringe*.'

Carrie betwijfelde het. Abel leek een beetje te oud voor zijn wilde jaren. 'U denkt dus dat hij nog geen besluit heeft genomen of hij wel of geen lid wil worden van de kerk?'

'Inderdaad,' antwoordde oma, maar het klonk niet overtuigd. Ze concentreerde zich op een rij kleine steekjes.

'Oma, was Abel al zo...' ze zocht naarstig naar het juiste woord, '... gelovig voordat hij de gevangenis in ging?'

Oma moest even lachten. 'Och, nee.'

'Is hij dan veranderd?'

Ineens veranderde de uitdrukking op oma's gerimpelde gezicht in een van bezorgdheid. 'Zijn we dat niet allemaal?' Ze begon te neuriën, wat haar teken was dat ze niets meer te zeggen had.

Abel kwam die avond niet thuis eten. Hij was niet eens op tijd thuis voor het avondgebed. Carrie sliep al bijna toen ze een auto de oprijlaan op hoorde zoeven tot voor de schuur en vervolgens hoorde doorschuiven nadat er flink werd geremd. Ze stapte uit haar bed en keek door een hoekje van het raam naar buiten om te zien wie het was. Carrie zag in het volle maanlicht dat Veronica zich voorover boog en Abel vol op de mond zoende. Ze stapte snel bij het raam vandaan en sprong terug in bed. Wat schaamde ze zich dat ze hen bespioneerde, net als, nou ja, net als Emma. Maar één ding had ze wel gezien: Abel leek er geen bezwaar tegen te hebben dat Veronica hem zoende.

Een paar dagen later verscheen tegen etenstijd de kleinzoon van de bisschop, John Graber, bij de boerderij. Hij had een grote gerookte ham bij zich. 'Mijn moeder dacht dat jullie deze wel konden gebruiken,' zei hij onbeholpen als altijd.

'O ja. Hier kunnen we... weken van eten,' zei Carrie, terwijl ze de ham van hem aanpakte. Maanden zelfs.

Abel kwam uit de schuur de keuken binnenstormen. 'Hé, hallo!' zei hij. 'Ik zag net je rijtuigje voor het huis staan.' Hij stak zijn hand uit naar John Graber. 'Ik ben Abel, de kleinzoon van mevrouw Miller.'

John Graber keek naar Abels hand alsof hij niet wist wat hij ermee moest doen. Vervolgens keek hij volslagen verward van Abel naar Carrie. Maar ja, de raderen in Johns hoofd draaiden altijd heel langzaam.

'Dit is John, de kleinzoon van de bisschop,' zei Carrie, waarmee ze de stilte doorbrak.

John stond daar maar, slecht op zijn gemak en van zijn stuk. Het was een van de vele redenen waarom Carrie hem maar vreemd vond. Na de eerste begroeting wist hij totaal niet meer wat hij moest zeggen.

Abel, niet in het minst afgeschrikt door Johns gebrek aan woorden, praatte vrolijk door en nodigde hem uit te blijven eten. Carrie probeerde niet opgelucht te glimlachen toen John het aanbod afwees, zich abrupt omdraaide en vertrok. Ze kon zich maar al te goed voorstellen wat John tegen zijn opa zou zeggen, als hij hoorde hoe Abel bad. Alsof hij en de Almachtige elkaar bij de voornaam mochten noemen.

'Een andere keer dan, John!' riep Abel vrolijk door de keukendeur naar buiten.

Toen Abel de deur had dichtgedaan, keek Carrie hem fronsend aan.

'Wat? Wat heb ik gedaan?' vroeg hij haar.

'John Graber heeft een oogje op haar,' fluisterde oma. 'Ze wil hem niet aanmoedigen. Ze vindt hem een rare snijboon.'

'Hij is inderdaad een beetje vreemd.' Abel grijnsde naar Carrie. 'Misschien een beetje gebrek aan sociale vaardigheden.'

Terwijl Carrie Johns rijtuigje de weg op zag draaien, vroeg ze zich af hoe lang het nog zou duren voordat haar stiefmoeder zich zou melden. Ze haastte zich naar boven en trok een van de kisten open waar ze Daniels kleren in had opgeborgen. Ze had die aan iemand willen geven die ze goed kon gebruiken, maar was daar nog niet aan toegekomen. Ze haalde de hemden en broeken uit de kist en drukte ze dicht tegen zich aan, begroef haar gezicht in de kleren en snoof diep. Er zat nog iets in dat aan Daniel herinnerde: de onaangename geur van verbrand hout in combinatie met de zoete geur van hooi. Ze nam ze mee naar beneden en gaf ze aan Abel.

Hij trok zijn donkere wenkbrauwen op en keek Carrie verbaasd aan.

'Misschien kun je zolang je hier bent er wel uitzien als een man van Eenvoud,' zei ze tegen hem.

Abel fronste zijn voorhoofd, krabde aan zijn kin en liet toen één hand op het hemd van zijn dode neef vallen, die daar bleef liggen.

De volgende morgen na het ontbijt arriveerde Carries stiefmoeder in haar rijtuigje, met Emma en een grote koffer. 'Ik heb besloten dat je hulp nodig hebt,' zei ze tegen Carrie, terwijl ze achterdochtig naar Abel keek. 'Emma blijft een poosje.'

Abel droeg in elk geval kleren van Eenvoud, dacht Carrie. Daniel was veel langer geweest, dus de broekspijpen hingen rommelig rond zijn enkels, maar Abel kon doorgaan voor een Amish man.

Emma kloste de trap op en claimde een van de lege slaapkamers, terwijl Carrie koffie zette voor tante Esther en koek bracht die ze gisteren had gebakken. Haar stiefmoeder had zolang Carrie het zich kon herinneren een averechts effect op mensen. Abel bleef koffie drinken en deed zijn best om een gesprek met tante Esther aan te knopen, maar ze negeerde hem min of meer. Na korte tijd doofde het gesprek aan de keukentafel langzaam uit.

Tante Esther wuifde Carries aanbod voor een tweede kop koffie weg, ze haastte zich naar haar rijtuigje en vertrok. Carrie bleef nog even in de opening van de keukendeur staan.

Abel kwam achter haar staan en sloeg zijn armen over elkaar, terwijl hij toekeek hoe tante Esther met de teugels klapte om het paard in beweging te krijgen. 'Zo, dat is dus je stiefmoeder.'

'Ja' antwoordde Carrie. 'Ze is de moeder van Emma.'

'Wat is er met je eigen moeder gebeurd?'

'Mijn moeder stierf meteen na de geboorte van Andy. Mijn vader verhuisde naar Stoney Ridge, zodat we dichter bij het ziekenhuis zaten voor Andy. Toen vader met tante

Esther trouwde, ging hij haar land voor haar beheren.'

'O,' zei Abel. 'Je stiefmoeders inbreng in het huwelijk was dus de boerderij.'

De boerderij en haar vrome ik, dacht Carrie, maar ze zei het niet. In plaats daarvan knikte ze alleen maar.

Abel keek haar strak aan, alsof hij probeerde haar gedachten te lezen. 'Ze weet je op een bepaalde manier heel goed duidelijk te maken wat ze van je verwacht.'

Carries keek naar haar stiefmoeders rijtuigje, dat rechts de weg opdraaide. 'Het is bijna onmogelijk om aan Esther Weavers verwachtingen te voldoen.'

Die avond probeerde Carrie Emma's boze blik te vermijden terwijl Abel uit zijn Bijbel las, maar van binnen huilde ze. Toen hij klaar was, haastte ze zich naar boven om te kijken of alles goed was met Andy. Hij trapte tijdens zijn slaap altijd de dekens van zich af, dus dekte ze hem weer toe. Ze had net haar nachthemd aangetrokken, toen Emma op de deur klopte. Carrie zette zich schrap.

Emma liep naar binnen en wreef in haar handen. Ze ging op het bed zitten. 'Carrie, Abel kan beter niet uit die Bijbel lezen. Hij moet in onze taal zijn. Dat weet jij net zo goed als ik. En hij zou ook niet zo moeten bidden bij het eten. Als moeder het hoort...'

'Emma, we zijn hier niet bij jullie. Dit is mijn huis,' was Carries scherpe reactie. 'En het kan helemaal geen kwaad als je naar Abel luistert.' Het kwam er zo snel uit, dat ze zelf verbaasd was over haar eigen vrijpostigheid. Emma zei alleen maar wat Carrie een paar weken geleden, toen Abel er net was, zelf nog dacht.

Emma fronste bezorgd haar wenkbrauwen. Haar mond

vertrok tot een dun streepje, terwijl ze haar armen over elkaar sloeg.

'Ik heb liever niet dat je moeder weet hoe Abel uit de Bijbel leest.'

Emma liep naar de deur. 'Zo doen wij dat niet.'

'Ik ben nu een Miller.'

'Amish is Amish. Dat maakt geen verschil.' Emma deed de deur achter zich dicht.

Dat had Carrie ook altijd gedacht, maar nu was ze er niet meer zo zeker van.

Sol was verkozen tot 'werper van de maand augustus'. Op de dag van aankondiging schoot zijn portret voorbij op het grote scherm in het stadion en werd hij geïnterviewd door drie kranten. Eén daarvan was de *Philadelphia Inquirer.* Zijn honkbalcarrière ging van start, precies zoals hij had gepland.

Hij bewaarde in zijn appartement een exemplaar van alle kranten waarin iets over hem geschreven stond, hoewel er niemand was aan wie hij ze kon laten zien. Nog niet, in elk geval. Als het seizoen binnenkort voorbij was, hoopte hij dat er genoeg tijd verstreken was om weer eens bij Carrie langs te kunnen gaan. Hij wist zeker dat ze hem nu wel vergeven had en alles weer kon worden als voorheen. Zoals hij het had gepland.

Abel was er nu al meer dan een maand. De lange hete zomer ging snel voorbij en het einde van het groeiseizoen was bijna in zicht. De boomtakken in Carries boomgaard hingen vol dikke, rijpende appels.

Eind september joegen er op een middag donkere wolken door de lucht. Het waaide zo hard dat Carrie, hoewel ze nog niet droog waren, de lakens van de lijn haalde voordat het ging regenen. Terwijl ze het laatste laken ervan afhaalde, keek ze omhoog naar de lucht, waar de wolken zich oplosten in de regen. Ze had een vreemd voorgevoel. Dit zou wel eens een winterse storm kunnen worden. Tegen het einde van de dag begon het te regenen. Rond het avondeten ging de regen over in scherpe hagel.

'Goed dat onze buren vorige week voor de derde keer hebben gehooid,' zei Emma.

'Maar niet goed voor de appels,' zei Carrie zachtjes.

'Wat is er zo erg aan regen?' vroeg Abel, terwijl hij de boter pakte.

'Aan regen is niets verkeerd, maar het is zo koud, het kan ook gaan hagelen,' zei Carrie meer tegen zichzelf dan tegen hem. 'Met harde wind en hagel zouden er een heleboel appels van de bomen kunnen waaien en op de grond kunnen vallen.'

Midden in de nacht werd Carrie wakker, ze hoorde de hagel op het dak kletteren. Ze keek uit het raam naar buiten en kon haar ogen niet geloven. De hagelstenen waren zo groot als pingpongballen en ketsten af tegen de grond. 'O, God,' fluisterde ze. 'Help ons alstublieft.'

De volgende morgen scheen de zon helder en fel. Carrie kleedde zich snel aan en haastte zich naar de boomgaard. Andy hoorde haar gaan en kwam vlak achter haar aan. Abel was al buiten en draaide zich verbaasd om. Overal lagen helderrode appels als herfstbladeren op de grond. Carrie raapte er één op. Bij het zien van de butsen en inkervingen moest ze bijna huilen. Het grootste deel van de oogst was beschadigd.

Waarom, God? vroeg ze stilletjes. *Waarom haalt U mij steeds onderuit?*

Zonder een woord tegen Abel of Andy te zeggen, draaide ze zich om en liep terug naar het huis.

Ze was bijna bij de schuur toen ze Abel hoorde roepen: 'Cider!'

Carrie stond stil en draaide zich naar hem om.

Abel kwam met een gebutste appel in zijn hand naar haar toe gerend en liet hem haar zien. 'Andy zei dat jouw cider de beste is van het district.' Snel draaide hij zich om. 'Dat zei je toch, Andy?'

Andy knikte, maar begreep niet wat Abel bedoelde.

Carrie keek naar alle appels die op de grond lagen. 'Denk je dat we de oogst kunnen redden door er cider van te maken?' Een glimpje hoop verscheen in haar ogen, maar verdween ook meteen weer, omdat het plan niet uitvoerbaar leek. 'Ik heb maar één oude ciderpers.'

'Ik kan hem aansluiten op een benzinemotor, zodat het allemaal wat sneller gaat.'

Carrie schudde haar hoofd. 'Nee, dat kan niet. Er mag geen benzine bij voedsel in de buurt komen. Dat weet ik van toen ik nog op de markt werkte.'

Met gefronste wenkbrauwen keek Abel rond op de boerderij. Zijn ogen bleven rusten op het oude waterrad aan de schuur. Zijn gezicht klaarde op. 'Er is niets mis met het gebruik van waterkracht, toch?'

Carrie schudde langzaam haar hoofd. 'Maar dat oude waterrad is in geen jaren gebruikt.'

'Ik heb er pas nog naar gekeken. Er is niets kapot, we moeten er alleen flink hard tegenaan. En dankzij de storm van vannacht stroomt er genoeg water door de beek. Het zal niet zo moeilijk zijn om hem aan de praat te krijgen. Jij kunt de ciderpers schoonmaken en klaarzetten. Ik doe het waterrad: een paar riemen en riemschijven en het ding draait. Andy kan met Strawberry naar de familie Zook om te vragen of Matties broers tijd hebben om deze appels vandaag te rapen.' Hij draaide zich om naar Andy. 'Als je het niet erg vindt, hoef je vandaag niet naar school. Ik heb iemand nodig om me te helpen.'

Een brede grijns gleed over Andy's gezicht.

Carrie keek nog eens om zich heen naar alle appels. Misschien had Abel gelijk. Misschien lukte het. Waarom niet? Ze had niets te verliezen. 'Ik heb lege plastic melkflessen nodig.'

'Maak maar een lijst. Schrijf op wat je allemaal nodig hebt en wij zorgen ervoor dat het er vandaag komt.'

Ze keek hem aan, verbaasd en opgewonden bij het idee. '*Denki, Abel.*'

Tegen twaalven die middag kwam het waterrad langzaam krakend tot leven. Abel had een systeem van riemen en riemschijven gemaakt, waarmee de schroeven op de ciderpers konden worden aangedraaid. Terwijl de druk op de appelmassa werd opgeschroefd, liep er zoete, heldere cider uit. Alle acht jongens van de familie Zook en zelfs hun vader waren gekomen om te helpen de appels te rapen en in kratten te doen.

Carrie en Emma hadden de appels gewassen en kieperden ze net in de pers, de verschillende soorten in exact de juiste mix voor de beste smaak, toen Grace Patterson op haar fiets de oprijlaan op kwam rijden. Carrie veegde haar handen af aan een doek en zwaaide naar haar. Hoewel ze maar een paar jaar in leeftijd scheelden, voelde Carrie een moederlijk trekje in haar hart toen ze Grace zag. Het meisje had vandaag een lange golvende rok aan en een mannenhemd met opgerolde mouwen. Aan haar voeten droeg ze een paar legerlaarzen. Haar haar was nu blond, wit bijna. Als Carrie zo naar haar keek, leek het net alsof Grace niet helemaal zeker wist wie ze was. Daarom probeerde ze steeds een andere buitenkant uit, totdat ze op een dag tegen een bepaalde mode zou aanlopen die het beste bij haar paste.

Grace beet op haar lip. 'Ik ben gekomen om je iets te vragen.'

Carrie vulde een papieren beker met cider en gaf die aan Grace om te proberen. 'Vraag maar.'

Grace nam een slokje van de cider, waarna haar gezicht oplichtte. 'Dat smaakt naar *geld*! Alsof ik in een rijpe appel bijt.'

Carrie glimlachte. 'Het is het recept van mijn vader. Door de storm zijn de appels van de bomen gevallen. We moesten er wel cider van maken om de oogst nog te redden. Het verbaast me dat hij toch nog zo goed smaakt. Ik was bang dat de appels niet rijp genoeg zouden zijn, maar ze lijken zoet genoeg.' Ze wees naar de ciderpers. 'Dat oude ding is uit de jaren tachtig en doet het nog steeds.'

'Dat is oud, zeg.' Grace schonk nog een bekertje cider in. 'Mijn...' ze nam een slokje en wierp een blik in Emma's richting, 'mijn zaak komt dus voor en ik hoopte... dat je... misschien kunt komen. Om iets tegen de jury te zeggen.' Ze draaide de cider rond in het bekertje en keek naar de belletjes die zich bovenop vormden.

'Ik zal er zijn, Grace,' antwoordde Carrie zonder aarzeling. 'Ik heb al een brief geschreven.'

Graces ogen schoten omhoog naar die van haar. 'Heel erg bedankt,' zei ze bijna fluisterend. Ze dronk de cider op en keek om zich heen naar de gevulde flessen, terwijl Abel en Andy ze in de wagen hesen. 'Bederft de cider niet als hij niet wordt gekoeld?' vroeg ze aan Carrie. 'Tenzij je appelwijn maakt. Toen ik nog op school zat, deed iemand met wie ik biologie had dat. Het duurde ongeveer twee weken totdat hij was gegist.' Ze fronste haar wenkbrauwen. 'Toen kwam hij dronken op school en werd hij geschorst.'

'Sterke drank?' Emma snakte naar adem. 'Dat vindt mama nooit goed.'

Carrie zweeg plotsklaps en keek naar Abel, die minstens even verbaasd keek. 'O, nee!'

Abel blies met een flinke zucht de lucht uit zijn longen. 'Nee, we proberen geen appelwijn te maken.' Hij wreef over zijn kin. 'Misschien lukt het de flessen koel te houden in de beek.'

'Misschien kun je ze kwijt in de vriezers op Honor Mansion. De keuken staat verder leeg.' Grace slikte de laatste druppel door. 'Ik zal het Veronica vragen.'

'Dat is een geweldig idee,' zei Abel. 'Invriezen is nog beter dan koel houden.'

Grace frommelde het bekertje in elkaar en gaf het aan Carrie. Zacht fluisterend voegde ze er nog aan toe: 'Abel kan het beter aan Veronica vragen. Als hij het vraagt, zegt ze geen nee. Ze is helemaal verkikkerd op hem.'

Abel hoorde wat Grace zei en keek verschrikt op. Het meisje zwaaide naar hen en sprong op haar fiets om weer aan het werk te gaan.

'Kom mee, Abel,' zei Andy. Nadat hij een bekertje cider leeg had gedronken, sprong hij weer op de wagen. 'Ik ga met je mee om het die dame met dat rode haar en die korte rokjes te vragen.' Hij keek even vluchtig naar zijn zus. 'Ik bedoel, die dame met die rode auto.'

Carrie keek Andy fronsend aan. Ze maakte zich een beetje zorgen om hem.

Tegen de tijd dat ze terugkwamen, met Veronica's toestemming om de vriezers te gebruiken, had Carrie haar ciderfabriekje draaiende. Mattie had haar aangeboden de cider op de markt te verkopen, waar haar familie een marktkraam had.

'Misschien vindt je stiefmoeder het ook goed dat Emma het verkoopt,' zei ze tegen Carrie. 'Ik heb wel eens gezien dat ze daar zelf met Emma in een kraam stond.'

Emma had wel eens voor haar moeder op de markt gestaan als de zomeroogst heel groot was.

'Misschien,' zei Carrie, maar ze betwijfelde of Esther het goed vond.

De daaropvolgende paar dagen persten Carrie, Emma, Abel en Andy de cider. De familie Zook leende hun ciderpers uit, zodat de opbrengst kon worden verdubbeld, en het weer bleef koud, zodat de appels niet zacht werden. Onder de buren verspreidde zich het gerucht dat Carries cider dit jaar zelfs nog beter was dan vorig jaar en de hele week stopte er wel iemand bij de boerderij om een paar flessen te kopen.

Nadat ze zo veel tijd samen met Abel had doorgebracht, concludeerde Emma dat ze geen argwaan meer over hem hoefde te hebben. Andy liet ook zijn voortsluimerende vijandigheid jegens hem varen, vooral toen Abel hem vroeg of hij die week thuis wilde blijven van school. Carrie zag dat hij Abel probeerde na te doen, zoals hij altijd had geprobeerd haar vader na te doen en later Daniel. Ze hoefde bijna de hele week niet tegen hem te zeuren dat hij zijn karweitjes moest doen, zolang Abel bij hem in de buurt aan het werk was. Die aanblik zou Carries hart hebben moeten verlichten, maar in plaats daarvan voelde ze zich bedroefd. Ze wist bijna zeker dat Abel niet zou blijven. En dat betekende opnieuw een verlies voor Andy.

Vrijdag had Mattie alle flessen cider verkocht op de markt. Carrie vocht tegen haar tranen toen Mattie haar de grote hoeveelheid geld overhandigde. Mattie was zo vrij geweest Carries prijs voor de cider te verdubbelen. Toch verkocht ze alle flessen en de mensen vroegen om meer. De cider had meer opgebracht dan wanneer ze de appels van de allerbeste kwaliteit aan het verpakkingsbedrijf had verkocht.

Bij het ondergaan van de zon die avond trof Abel Carrie aan in de schuur, waar ze de ciderpersen aan het schoonmaken was. 'Mattie vertelde me dat ze meer klanten had dan cider.'

Carrie glimlachte. 'Dankzij jouw snelle oplossing, Abel.'

Hij wuifde haar compliment weg. 'Dat bedoelde ik niet. Ik bedoel dat we wel eens een gat in de markt konden hebben gevonden.'

'Misschien moeten we volgend jaar helemaal niet proberen de oogst aan het verpakkingsbedrijf te verkopen. Misschien kunnen we beter cider maken.'

'Ik heb het niet over volgend jaar. Er komen nu nog andere soorten op de markt. Die zouden we kunnen kopen en er cider van kunnen maken, dan verkopen we die weer in de kraam van de familie Zook op de markt. Ze staan daar tot Kerst.'

Nadat Carrie even had nagedacht over deze optie, zei ze: 'Ik weet niet of we veel zullen verdienen als we de appels inkopen.'

'Laat me even uitspreken. Mattie denkt dat ze zelfs een nog hogere prijs kan vragen.' Hij nam haar de lap uit handen en veegde de zijkanten van een van de persen schoon. 'Volgens mij hebben we een goed product. "Jacobs cider" is een succes.'

Ze kreeg een vreemd gevoel in haar maag, omdat hij 'wij' zei. 'Ik weet het niet. Dan hebben we zelf een vriezer nodig. We kunnen die van Veronica niet blijven gebruiken. Ze heeft al een paar keer tegen me gezegd dat ze erover denkt huur te gaan berekenen.' Carrie verzamelde de lappen in haar armen om ze mee te nemen naar het huis, zodat ze konden worden gewassen.

Abel knikte. 'Ik kan misschien wel ergens een gebruikte vriezer op de kop tikken en hem op een generator aansluiten.' Hij deed de schuurdeur voor haar open, wachtte tot ze over de drempel was gestapt en trok hem toen weer dicht.

Daar, voor haar, stond een wagen vol kratten met appels.

'Had ik je al verteld dat ik vandaag bij een kraampje bij een boer ben gestopt?' vroeg Abel met een brede grijns op zijn gezicht. 'Het zijn wel niet jouw oude rassen, maar ik heb vijf soorten appels voor jouw cider. De boer zei dat ze veel suiker bevatten en dat je er cider van kunt maken. Dat is toch goed, nietwaar?'

'Maar...' Carrie voelde ineens een lichte paniek toen ze bedacht hoeveel deze appels wel niet moesten kosten. De grote hoeveelheid geld in haar schort zou verdwijnen en daarmee de hoop dat ze de volgende termijn van de onroerendezaakbelasting kon betalen.

Alsof hij haar gedachten kon lezen, voegde Abel eraan toe: 'En ze kostten helemaal niets. Het zijn misvormde appels.' Hij hield een vreemd uitziende appel voor haar omhoog. 'De boer zei dat ze prima smaken, maar dat hij ze niet als eetappels kan verkopen.'

'Je hoefde niets te betalen?' vroeg Carrie.

'Nou ja, we hebben geruild. Hij zei tegen me dat hij een paar planken in zijn garage wilde hebben en ik zei tegen hem dat ik die appels nodig had. Een ruil met gesloten beurzen.'

Carrie sloeg haar omslagdoek stevig om zich heen en voelde zich zo dankbaar voor Abels hulp, dat ze bijna geen lucht kreeg. Misschien had oma gelijk. Misschien fikste hij wel alles.

'Ik denk dat ik weet welke naam er op mijn huis moet komen te staan,' zei ze met glinsterende ogen. '*Cider Mill Farm*.'

9

Na het voeren van de brutale leghorns deed Carrie net de deur van de kippenren op de klink, toen ze Andy in de schuur hoorde schreeuwen. Ze liet de emmer uit haar handen vallen en rende ernaartoe, om te kijken wat er was gebeurd.

Toen ze in de open deur verscheen, zag ze Andy voorovergebogen staan, alsof hij moest overgeven. Overal in de schuur lagen veren, snavels en bloedige resten vlees en botten. De sperwers hadden Matties ganzen aangevallen en gedood. Stokstijf van schrik nam Carrie het morbide schouwspel in zich op, ze had geen idee wat ze moest doen. Andy pakte een bezem en probeerde er de sperwers mee te slaan, maar ze waren te snel. Ze vlogen gewoon omhoog en gingen boven zijn hoofd op een van de dakspanten zitten, waarvandaan ze hem – slechts matig geïnteresseerd in zijn tirade – brutaal aanstaarden. Toen Andy uiteindelijk buiten adem raakte, gaf hij het op en gooide hij de bezem op de grond.

Abel was achter Carrie komen staan, hij had de commotie gehoord. 'Nee, laat me maar,' fluisterde hij tegen haar toen ze naar haar broertje toe wilde gaan. 'Ga jij maar terug naar het huis.' Hij liep naar Andy toe.

Carrie draaide zich om om weg te gaan, maar bleef toch staan en leunde tegen de deurpost. Andy zat omgedraaid in de andere richting en had niet door dat ze er nog was.

'De sperwers deden alleen maar waarvoor ze geschapen zijn, Andy,' zei Abel zachtjes. 'Het is hun natuur om op voedsel te jagen.'

Andy schopte tegen een baal hooi. 'Ik heb ze genoeg te eten gegeven! Waarom moesten ze mijn ganzen opeten? Waarom waren ze niet tevreden met wat ik hun gaf?'

'Op een dag zullen ze tevreden zijn. In de Bijbel staat een vers, waarin gezegd wordt dat de wolf bij een lam zal verblijven. Zo zal het er in de hemel aan toe gaan.'

Andy zonk neer op de vloer, leunde tegen een baal hooi en sloeg zijn armen om zijn knieën. 'Waarom gaat iedereen dood?' Abel leunde ook tegen de hooibaal, vlak naast Andy, maar niet te dichtbij. 'Het was mijn schuld.'

'Wat is er dan gebeurd?' vroeg Abel.

'Ik ben vergeten de deur van het ganzenhok goed dicht te doen.' Andy keek heel zielig en legde zijn hoofd op zijn knieën. 'Gisteravond. Ik was aan het kijken hoe een dikke spin haar web spon, een daas ving en inpakte om hem op te eten, en ben het gewoon glad vergeten.' Vervolgens mompelde hij iets wat Carrie niet kon verstaan.

'Wat bedoel je?' vroeg Abel, terwijl hij naast hem op zijn hurken ging zitten, zijn ogen strak op hem gericht.

Andy tilde zijn hoofd omhoog. 'Ik had over papa gedroomd en ging naar Carrie om haar wakker te maken. Ze was er niet, Daniel zei dat hij haar zou gaan halen.' Zijn stem brak. 'Als ik niet naar Carrie was gegaan, was hij nu niet dood.'

Abel dacht even na over wat Andy had gezegd. 'Het was gewoon een ongeluk, Andy. Luister naar me. Het was niet jouw schuld. *Niet jouw schuld*. Daniel zou niet willen dat jij je verantwoordelijk voelt. Het is gewoon gebeurd. We weten niet waarom zulke vreselijke dingen gebeuren.'

Carrie leunde met haar voorhoofd tegen de deurpost. Haar hart brak bij de gedachte dat Andy al die tijd zo'n zware last met zich mee had gedragen. Een last die eigenlijk alleen zij moest dragen.

'Net als met mijn vader. Het was mijn schuld dat mijn vader doodging. Tante Esther heeft dat gezegd. Zij zei dat als ik geen problemen heb, ik ze wel krijg. Alles wat ik doe, gaat fout.'

Abel zweeg even. Carrie had het idee dat hij zich realiseerde hoe belangrijk zijn antwoord was en snel even tot God bad voordat hij ging zeggen wat hij wilde zeggen.

'In een van de verzen in de Bijbel staat dat God de lengte van iemands dagen bepaalt. Hij weet wanneer het iemands tijd is om te sterven. De psalmist schreef dat God de dagen van ons leven al heeft toebereid, nog voordat we een dag hebben geleefd. Het maakt allemaal deel uit van Gods plan. De één sterft eerder dan de ander en dat is moeilijk, heel moeilijk te begrijpen, maar God heeft het zo gewild. Het is onze opdracht Hem daarin te vertrouwen.' Abel streek met zijn hand door Andy's haar. 'Jij bent *niet* verantwoordelijk voor de dood van Daniel of die van je vader. Dat verzeker ik je, Andy.'

Andy begon te huilen en snikte heftig, zijn lichaam schokte. Abel trok hem stevig tegen zijn borst en liet hem huilen. Carrie draaide zich om en rende naar het huis. Ze kon het niet aanzien dat Andy huilde. Het lukte haar maar net de stortvloed aan gevoelens in haar eigen hart in bedwang te houden.

Later zag Carrie Abel en Andy de bloederige vleeshoop uit de schuur in een grote zwarte zak naar buiten dragen en in de mesthoop begraven. Daarna namen ze de sperwers mee naar Blue Lake Pond om ze vrij te laten. Bij terugkomst leek Andy veel groter, dacht Carrie, alsof hij in die ene dag een jaar ouder was geworden. Toen hij naar boven ging, gooide Carrie een omslagdoek om haar schouders en liep naar buiten naar de schuur. Abel gaf net de paarden hooi. Hij gooide het laatste beetje in de stal en liep naar Carrie toe.

Ze zocht naar woorden, bemoedigende woorden, zoals de woorden die hij haar broertje had geschonken. Het enige dat ze kon bedenken, was: '*Denki*. Voor Andy.'

Hij gaf haar een kort knikje en pakte de bezem om het hooi dat op de grond gevallen was bij elkaar te vegen.

'Andy vindt het moeilijk tegen anderen te zeggen wat hem dwarszit. Kennelijk voelt hij zich veilig als hij met jou praat. Hij is op de leeftijd dat hij... nou ja, ik weet niet goed hoe ik... Andy het gevoel moet geven dat hij een man is.'

'Dat doe je heel goed.' Hij zei het zo zacht, terwijl hij bleef vegen, dat ze dacht dat ze het zich had ingebeeld. 'Toen ik hier net aankwam en die sperwers zag... nou ja, ik hield mijn adem in, omdat ik problemen verwachtte.' Abel stopte met vegen en ging rechtop staan. 'We weten nu in elk geval dat ze in staat zijn hun eigen voedsel bij elkaar te jagen.' Hij veegde de rest van het hooi in een van de stallen en zette de bezem tegen de muur. 'Ik was nogal verbaasd dat Daniel het goed vond dat Andy die sperwers hield. Daniel hield niet van roofvogels.' Hij keek Carrie vragend aan, alsof hij van haar verwachtte dat ze hem zou uitleggen waarom.

Hoe kon ze proberen uit te leggen wat Daniel bewogen had, als ze hem zelf niet kende? Na al de maanden die ze met hem samen was geweest, had ze nog steeds geen idee wie Daniel echt was. 'Om je de waarheid te vertellen, Abel, ik kende Daniel helemaal niet zo goed.'

Abel fronste zijn wenkbrauwen. 'Ik kan niet ontkennen dat zijn kaken even stijf op elkaar zaten als die van een beverval. Hij vond het heel moeilijk zijn gedachten en gevoelens te delen.'

En zijn geheimen, dacht Carrie.

'Dat wil zeggen: erover te praten.' Abel keek haar even vragend aan, boog toen zijn hoofd naar opzij en wees met één vinger in haar richting. 'Blijf hier. Ik ben zo terug.' Hij liep naar de werkplaats. Ze hoorde hem een la opentrekken, erin rommelen, met wat papieren schuiven en de la weer dichtdoen. Weer terug in de schuur overhandigde hij haar een bundel enveloppen, bij elkaar gebonden met een elastiekje. 'Dit zijn de brieven die Daniel me schreef toen ik in de gevangenis zat. Misschien helpen ze je hem beter te leren kennen.'

Ze aarzelde.

'Toe maar, Carrie,' zei Abel. 'Er valt niets te verbergen.'

Carrie haalde diep adem, ze aarzelde nog steeds.

Hij drukte de enveloppen in haar hand. 'Hij schrijft in een aantal brieven over jou.'

Later die avond nam Carrie de lamp mee naar boven naar bed en liet het elastiekje van de enveloppen glijden die Abel haar had gegeven. Ze keek naar de poststempels op Daniels brieven en sorteerde ze van de oudste datum naar de jongste. Ze vouwde de eerste brief open en las het met de pen geschreven bericht. Daniel had een net, hoekig handschrift – het schrift van iemand die jaren geleden keurig had leren schrijven en die vaardigheid nooit was verleerd.

5 april

Beste Abel,

Na zo'n lange en stevige winter als deze, kreeg ik een opgewekt en blij gevoel bij het zien van de eerste epauletspreeuw die teruggekeerd was. Ik hoorde het luidruchtige gakken van ganzen die noordwaarts vlogen en het lieflijke zingen van de sialia's, die hun nestkasten claimden. Allemaal tekenen dat het voorjaar eraan komt.

Ik ontving een brief van jou, waarin je me vertelde dat je het geloof hebt gevonden. Ik hoor de verandering in je stem, zelfs in

je brieven. Ik ben blij dat je vrede hebt gevonden. Ik wilde dat ik dat ook kon, Abel. Jij bent altijd een echte man geweest. Wat je ook deed, je deed het met heel je hart. Ik heb je daar altijd om bewonderd. En ik? Ik ben iemand die geen partij kiest. En nu is zelfs mijn geloof slapend.
Het lijkt erop dat we een bod hebben op de boerderij. Ervin Lapp, van de boerderij naast de buren aan de overkant, wil land kopen voor zijn jongste zoon. Hij heeft pa een fatsoenlijke prijs geboden, gezien de momenteel lage grondprijzen. Pa wil het geld gebruiken om naar Pennsylvania te verhuizen. Een oude vriend van hem, Jacob Weaver, heeft er bij hem op aangedrongen te komen en een nieuwe start te maken. Maar kan dat eigenlijk wel?

Groet, Daniel

Carries handen trilden terwijl ze de brief vasthield. Het leek of ze las wat er in Daniels hoofd en hart omging. Ze opende nog een brief met een poststempel van een paar weken later.

10 mei

Beste Abel,

Het heeft de laatste tijd onafgebroken gestortregend. Blij dat we de velden al hadden geploegd voordat ze in een grote modderpoel veranderden. Moest een paar dagen wachten voordat ik verder kon met het noordelijke veld, totdat vier gevlekte bobolinks hun jongen hadden uitgebroed.
Nou ja, het is gebeurd, Abel. Pa heeft zijn boerderij verkocht, met alle goede en slechte herinneringen. We gaan volgende week richting het zuiden, naar Pennsylvania. Daar logeren we bij Jacob Weaver en zijn gezin en gaan van daaruit op zoek naar een nieuwe boerderij plus land. Het zal ongetwijfeld een kleintje

worden, als we de gerechtelijke boete hebben betaald. Oma logeert bij nicht Miriam als wij weg zijn.
In je laatste brief vertelde je dat er een genade is die groter is dan al onze zonden bij elkaar. Hoe kun je daar zo zeker van zijn, Abel? Hoe kun je zeker weten dat we ooit in staat zullen zijn te voldoen aan Gods eisen voor een heilig leven?
Ik schrijf je zodra we bij de familie Weaver zijn en stuur je dan ook het adres.

Groet, Daniel

Carrie schoof het elastiek rond de rest van de brieven. Ze wist dat Abel het goed bedoelde door ze aan haar te geven, maar ze zorgden ervoor dat haar schuldgevoel over Daniels dood weer opborrelde. Het duurde lang voordat ze in slaap viel.

Een paar dagen later kondigde licht hoefgetrappel op het grind de komst aan van de bisschop en de diaken. Terwijl het rijtuigje stopte op de oprijlaan, wierp Carrie Emma een laatdunkende blik toe.

'Ik was het niet! Ik heb geen kik gegeven.'

Met haar handen stevig in haar zij vroeg Carrie: 'Ook niet tegen je moeder?'

Emma's lippen tuitten zich in een 'o'.

Carrie wist dat ze hier waren om te controleren wat dat met die raadselachtige Abel Miller was. Sommige zaken werden op een bepaalde manier afgehandeld, er waren ook bepaalde dagen en tijdstippen voor. Als een bepaalde zaak was aangebracht bij de kerkleiders, ging de diaken meestal eerst op bezoek. Dat op zich was geen zaak om je zorgen over te maken. De diaken was een zorgzame man. Als ze hem in de stad zag of bij zijn boerderij, zaten meestal twee of drie van zijn kleinzoons naast hem op de wagen of waren ze bij hem in de buurt terwijl hij aan het werk was. Zijn vrouw was kortgeleden gestorven en hij had besloten naar het *Grossdaadi Haus* te gaan, zodat zijn jongste zoon de boerderij kon overnemen. '*Alles hat seine Zeit*,' zei hij altijd.

Maar nu ze de bisschop uit het rijtuigje zag klimmen, was er wel reden voor zorg. Het was algemeen bekend dat de bisschop onder invloed stond van haar stiefmoeder Esther. Als tante Esther er één principe op nahield, was dat wel het naleven van de regels, de manier waarop de dingen altijd werden gedaan. Dat was haar levenspatroon. Als tante Esther de bisschop ervan had weten te overtuigen dat Abel een wereldse invloed had op Andy, zou hij erop aandringen dat Abel vertrok.

Carrie zag de diaken naar de schuur lopen om met Abel te praten, terwijl de bisschop naar binnen kwam en aan de keukentafel ging zitten. Carrie bracht hem koffie en een stuk zoete *shoofly pie*, terwijl Emma hem vertelde wie afgelopen zondag allemaal niet juist gekleed in de kerk zaten.

'Hebt u gezien dat Amos Fisher zijn roomkleurige hemd aanhad onder zijn jas?' vroeg Emma aan de bisschop. 'Hij dacht natuurlijk dat niemand zou zien dat het niet wit was, maar ik zag het meteen.' Ze staarde de bisschop aan met een blik alsof ze verwachtte dat hij net zo verontrust zou zijn als zij over dit ernstige incident. Dat was hij niet.

Carrie probeerde Emma steeds onder de tafel een schop te geven om haar te laten ophouden met haar geklets over hun vrienden en buren, maar Emma babbelde gewoon door. Ten slotte kwam de diaken de keuken binnen. Hij nam Carries aanbod van koffie en taart aan en ging tevreden aan de tafel zitten.

Terwijl Emma aan het aanrecht een stuk taart voor hem sneed, fluisterde Carrie tegen haar: 'Hé, Emma, waarom zeg je dit soort dingen? Amos Fisher had het die morgen waarschijnlijk gewoon druk en was het vergeten. Hij probeerde niet hovaardig te zijn.'

Emma reageerde gekwetst. 'Ik probeer de bisschop alleen maar te helpen. Hij is gewoon stekeblind.' Ze schonk de koffie in. 'Mama zegt altijd dat zij de ogen en oren van de kerk is.'

'Vooral de mond,' fluisterde oma, terwijl ze vanachter de dames een hand uitstak en nog een stuk taart pakte.

'Carrie,' zei de diaken, 'nu je weduwe bent… als je iets nodig hebt, als je zorgen hebt om het geld: de kerk is er om je te helpen. Daar collecteren we voor.'

Carrie gaf hem een stuk taart, stak haar hand uit en legde die op oma's gerimpelde hand. 'Dankzij oma hadden we genoeg geld om de aanslag voor de onroerendezaakbelasting te betalen.'

'En onze Abel heeft ons geholpen de appeloogst te redden door er cider van te maken,' voegde oma eraan toe.

'Nu we het er toch over hebben,' zei de bisschop. 'Ik begrijp dat Daniels broer er is.'

'Daniels neef,' zei Emma. 'Abel is een kleinzoon van oma.'

De bisschop knikte. 'Ik heb begrepen dat Abel Miller geen lid is van de kerk.'

'Abel zit in zijn *rumschpringe*,' zei oma.

De bisschop fronste verbaasd zijn dunne wenkbrauwen. 'Ik heb gehoord dat hij uit een *Englische* Bijbel leest. Een moderne. Je weet dat het niet onze gewoonte is om uit een moderne *Englische* Bijbel te lezen.'

Carrie wist dat hij alleen maar uitsprak wat hij geloofde.

'Welke andere *Englische* invloeden heeft Abel Miller eventueel nog meer op dit huishouden?' vroeg de bisschop. 'Hoe zit het met zijn invloed op Andy?'

Toen hij dat zei, wist Carrie zeker dat tante Esther hem die zorgen had aangepraat. Net toen ze bezwaar wilde maken, kwam Abel door de keukendeur naar binnen.

'Ik dacht: ik kom even binnen om de bisschop gedag te zeggen.' Abel gaf de bisschop een stevige hand en schudde die één keer, zoals de Amish doen, terwijl Carrie een kop koffie voor hem inschonk. Ze wilde dat ze hem op de een of andere manier had kunnen waarschuwen in de schuur te blijven.

De bisschop keek Abel onderzoekend aan. 'Je leest uit een moderne *Englische* Bijbel.' Het was geen vraag. 'De Bijbel verandert niet.'

Abel wierp een vluchtige blik op Carrie, die met haar hoofd in Emma's richting wees. 'Wel, ziet u, ik heb nooit Duits geleerd. Ik kwam bij mijn oom Eli in het gezin toen ik dertien was.'

De diaken sloeg zich verheugd op de knieën. 'Ziet u wel, bisschop Graber? Hij leest geen Duits! Natuurlijk!'

'Als hij de *Lutherse Bijbel* niet kan lezen, moet hij de *King James Bijbel* lezen,' zei de bisschop.

Abel gaf geen antwoord. Hij keek echter wel alsof het nooit bij hem was opgekomen die vertalingen te lezen, maar dat het hem speet dat hij niet zelf op dat idee was gekomen.

'Abel is al een tijdje weg bij de mensen van Eenvoud,' zei de diaken. 'Het duurt even voordat hij weer weet hoe het er bij ons aan toe gaat. We zullen bidden dat hij ervoor zal kiezen binnenkort te worden gedoopt.' De diaken glimlachte. 'En nu onze Daniel dood is, kan hij oma en Carrie prima helpen. Van God gezonden.' Hij stond op. 'Ik moet weer eens terug naar mijn koeien.' Hij leunde voorover naar de bisschop en voegde er zachtjes aan toe: '*Ich hav er gut ausgfrogt.*'

De bisschop knikte en stond op van zijn stoel. 'Goed dan, Abel Miller, we verwachten je zondag in de kerk te zien.'

Abel ging al een tijdje 's zondags naar een mennonitische kerk in de stad. Carrie had gedacht dat oma het een bezwaar zou vinden dat hij niet naar hun eigen kerkdienst ging, maar ze zei er nooit iets over tegen hem, dus Carrie ook niet.

Toen het rijtuigje van de diaken de weg op reed, draaide Abel zich om naar Carrie. 'Wat zei de diaken tegen de bisschop? In het *Deitsch*?'

'Dat hij je stevig had ondervraagd.'

'Dat dacht ik al,' zei Abel lachend. 'Het gesprek ging over paarden.'

Carrie durfde Emma de rest van de dag nauwelijks aan te kijken. Abel was onverstoorbaar. Hij deed net als altijd tegen Emma, was hartelijk en vriendelijk tegen haar en deelde plaagstootjes uit, zoals dat hij wel begreep dat ze van de regeltjes was. Maar die avond las hij wel gewoon hardop voor uit zijn moderne Bijbel.

De volgende ochtend schoof Carrie de zware deur van de schuur open en liep naar binnen. De zware geur van hooi en zoet graan was zo vertrouwd. Hope ging verliggen toen ze haar hoorde en draaide haar zware kop in Carries richting. Abel kwam binnen vanuit zijn werkplaats en gaf haar een kort knikje. Hij haalde de bijna lege wateremmer uit de ring aan de muur en nam hem mee naar buiten naar de waterslang.

Carrie stapte zijwaarts Schtarms stal in en deed nog een schep zoet graan in zijn voederbak. Hij boog net zijn gracieuze hoofd voorover naar de zoetgeurende havervlokken, toen Abel binnenkwam om Schtarms wateremmer te halen. Ze streelde de stevige hals van het paard en zei: 'Het spijt me dat Emma jou in diskrediet heeft gebracht.'

'Zijn je andere stiefzussen net als Emma?' vroeg hij met omhoog gekrulde mondhoeken.

'Nee. Emma is gewoon... Emma. Mijn favoriete stiefzusje Sarah woont nu in een ander district, ze zei altijd dat Emma's gebedsmuts te strak zat.'

Carrie wist nog steeds niet wat Abels plan was, maar ze kon niet ontkennen dat ze hoopte dat hij zou blijven, al was de oogst al binnen. Hij bracht zijn dagen door op Honor Mansion, waar hij timmerwerk deed, maar had nog tijd over om klussen te doen op Cider Mill Farm, en dat waren er genoeg. Hij had ergens een oude vriezer voor de cider gevonden, die hij gratis mee mocht nemen als hij hem kwam halen. De vriezer deed het niet, maar Abel zei dat het niet uitmaakte. Hij repareerde hem en met behulp van een generator kreeg hij hem weer aan de praat.

Abel trok Schtarms staldeur dicht en deed de grendel erop. 'Zo, oma vertelde dat je er niet zo happig op bent dat de kleinzoon van de bisschop je het hof maakt. Klopt dat?'

Carrie knikte, maar ze had geen idee waar hij naartoe wilde.

'Gisteravond zei ze dat ze dacht dat Emma en John een goed stel zouden vormen.'

Carries ogen werden groot van verbazing. 'Probeert ze hem te koppelen? Aan Emma?'

'Oma heeft verstand van dit soort dingen.' Abel grinnikte. 'Wat denk jij?'

Ze voelde een trage glimlach over haar gezicht glijden. 'Emma zou het geweldig vinden om te trouwen. En John zou het geweldig vinden als er iemand was die van hem hield.' Het leek ineens zo grappig dat die twee aan elkaar werden gekoppeld, dat Carrie een giechelbui kreeg. Ze zag helemaal voor zich hoe de verontruste Emma naast John Graber, die lange, magere, hoekige en serieuze man, in een rijtuigje zat. Ze moest zo hard lachen, dat ze dubbel klapte en dat gaf haar zo'n goed gevoel. Carrie had niet meer zo gelachen sinds... geen idee, ze kon zich niet meer herinneren hoe lang het geleden was. Toen ze eindelijk klaar was met lachen, veegde ze de tranen weg die over haar gezicht stroomden.

'Hier,' zei Abel met een brede glimlach op zijn gezicht en hij haalde zijn zakdoek tevoorschijn. Hij legde haar achterhoofd in zijn ene hand en depte haar gezicht droog met de zakdoek. Ze stonden heel dicht bij elkaar, dichter dan ooit tevoren. Ineens stopte Abel met vegen, alles stond stil. Zijn blik gleed over Carries gezicht, van haar gesteven gebedsmuts naar haar lippen. Carries hart bonsde in haar keel.

Plotseling klonk Emma's luide roep uit de boerderij. 'Carrie? Joehoe! Carrie? Waar ben je? Andy weigert zijn havermoutpap op te eten.'

Abel draaide zijn hoofd iets in de richting van de boerderij, maar zijn ogen bleven op Carrie gericht. 'Emma's havermoutpap? Wie kan hem dat kwalijk nemen? Ze kookt prima, maar haar havermoutpap is net stijfsel.'

Carrie sprong achteruit en haastte zich langs hem heen het huis in.

Ze moest de hele dag denken aan die blik in zijn ogen.

Sinds Veronica McCall Abel had ingehuurd om op Honor Mansion te werken, stopte ze elke dag als ze naar haar werk ging bij Carries boerderij om hem een lift te geven. Op een vroege zaterdagochtend kwam Veronica langs Carrie, die bij de deur stond, de keuken binnengestormd, op zoek naar Abel.

'Hij is in de schuur. Ik weet zeker dat hij je al heeft horen toeteren en zo naar het huis komt,' zei Emma met gefronste wenkbrauwen, terwijl ze een lucifer bij haar gasstrijkijzer hield. 'Je was twee districten verderop te horen,' mopperde ze. Emma had niet zo veel op met Veronica's manieren.

Zonder acht te slaan op de minachting in Emma's stem, schonk Veronica zichzelf eerst een kop koffie in en ging toen aan de keukentafel zitten, dicht bij de strijkplank. 'Wat ben je aan het strijken?' vroeg ze.

'Mijn jurk die ik aanheb als ik naar de kerk ga. Dan is hij vast klaar voor het zingen op zondag.' Emma hield een organza gebedsmuts omhoog. 'En deze ook.' Ze streek dat de stukken ervan afvlogen, zorgde ervoor dat elk plooitje in haar kap helder en stijf gestreken was. Haar witte gebedsmutsen stonden als een stelletje geroosterde kippen in een rijtje op de keukentafel.

'Wat houdt dat zingen in?' vroeg Veronica en pakte intussen een appel uit de schaal. Ze inspecteerde hem, legde hem weer neer en pakte een andere.

'Dat zingen is iets wonderlijks,' antwoordde oma. 'Alle jonge mensen gaan ernaartoe. Ze zeggen dat ze komen om geestelijke liederen te zingen, maar waar het werkelijk om draait, is dat ze elkaar steelse blikken toewerpen wanneer ze denken dat niemand het ziet.'

'Uitgaan op zijn Amish, dus?' vroeg Veronica geamuseerd. 'Klinkt logisch. Het lijkt erop dat naar de kerk gaan de nationale sport van de Amish is.'

Emma deed haar mond open om iets van deze godslastering te zeggen, maar Veronica snoerde haar de mond door te zeggen: 'Misschien ga ik wel mee. Hoe laat moet ik er zijn?'

Carries ogen werden groot van verbazing. 'Waarom?'

'Ik wil graag wat meer weten over de Amish.'

'Maar… waarom?' vroeg Carrie nog eens.

Veronica keek haar aan alsof ze wel erg traag van begrip was. 'Ik woon en werk in de buurt van de Amish en zou wat meer over hen moeten weten.'

Juist op dat moment kwam Abel door de keukendeur naar binnen. In de keuken viel een ongemakkelijke stilte.

'Waar hadden de dames het over?' vroeg hij, terwijl hij naar het aanrecht liep om zich op te frissen.

'Veronica wil samen met ons naar het zingen op zondag,' antwoordde Emma en het klonk bezorgd.

Hij draaide zich vlug om, zeepsop druppelde van zijn handen op het zwarte deel van de vloer waar het linoleum weg was gesleten. 'Waarom?'

'Ik dacht dat ik er gewoon naartoe kon! Waarom is het zo'n probleem?' vroeg Veronica licht teleurgesteld.

'Het is niet... gebruikelijk... dat er *Englische* mensen naartoe gaan,' probeerde Carrie haar uit te leggen. 'We zingen geestelijke liederen.'

'Ik houd van muziek,' zei Veronica en ze legde de appel neer.

'*Ausbund*,' zei Abel. 'Dat is het gezangenboek van de Amish; het is al honderden jaren oud. Er staat geen muziek in. De liederen worden in het Hoogduits gezongen en een lied kan wel een kwartier tot twintig minuten duren.'

Veronica's wenkbrauwen schoten omhoog.

'Maar sommige liederen zijn nogal levendig,' zei Emma nog, terwijl ze Veronica met toegeknepen ogen aankeek. 'Wat eigenlijk gewoon betekent: luidruchtig en onordelijk.'

Veronica trok achteloos een van haar schouders op. 'Je moet alles een keer uitproberen.'

Abel keek bezorgd, als een dier dat in de val zat. Hij draaide zich weer om naar de wasbak en waste zijn handen verder schoon.

'Hoe laat moet ik er zijn?' vroeg Veronica.

Abel kromp ineen. 'Morgenavond zes uur.'

Veronica keek hem starend aan, maar hij hield zijn ogen strak op zijn ingezeepte handen gericht. 'Mooi zo. Zes uur.'

'Trek wel iets bedekkends aan,' zei Emma, terwijl ze naar Veronica's lange benen gluurde. 'En doe die knopen dicht, niet iedereen hoeft van Gods goede gaven te genieten.' Ze zwaaide met een opgestoken vingertje in de richting van Veronica's blouse.

Abel verstijfde bij het aanrecht. Carrie was de tafel aan het dekken en bleef staan, de vorken in de hand. In de impasse die ontstond, plantten beide koppige vrouwen hun handen stevig in hun zij en keken elkaar strak aan.

'Best,' beet Veronica Emma toe, waarna ze haar tasje weggriste en door de keukendeur naar buiten rende.

'Mooi zo,' zei Emma triomfantelijk.

Maar Abel zag er niet zo best uit, zag Carrie.

Toen Carrie zich die avond klaarmaakte om naar bed te gaan, haalde ze Daniels brieven tevoorschijn. Om de paar dagen dwong ze zichzelf een brief te lezen. Vanavond de laatste paar brieven.

8 juli

Beste Abel,

Je kunt het beste even gaan zitten.

Ik heb Carrie, de dochter van Jacob Weaver, gevraagd met me te trouwen en ze heeft ja gezegd. Ik ben nog steeds een beetje verbaasd. Het is allemaal nogal snel gegaan. Pa heeft me vanaf het moment dat we bij de familie Weaver aankwamen, aangemoedigd

– zeg maar gerust druk op me uitgeoefend – belangstelling te tonen voor Carrie. En meer dan dat. Ze is een heel knap meisje – begrijp me niet verkeerd – maar ik draag Katie nog steeds in mijn hart. Jacob Weaver stierf plotsklaps en Carrie had zo'n verdriet, dat ik voordat ik het zelf goed en wel besefte haar vroeg met me te trouwen. Dat gaat in september gebeuren. Carrie wilde snel trouwen en weg uit het huis van haar stiefmoeder. (Als je Esther Weaver ontmoet, zul je begrijpen waarom.) Zo, dat was het. Op sommige momenten vraag ik me af wat ik gedaan heb… maar ik kan je wel vertellen dat het een grote opluchting is dat vader tevreden is. Wat Carrie betreft: ik denk dat ze beter verdient.

Groet, Daniel

7 oktober

Beste Abel,

Ik schrijf deze brief midden in een hevige storm. Bliksemschichten schieten door de donkere lucht en het dondert zo luid, dat het lijkt alsof de lucht openscheurt en de regen naar buiten stroomt.
Carrie en ik zijn vandaag vier weken getrouwd. Vreemd hoe je leven op een dag voorgoed kan veranderen. Getrouwd zijn is een kwestie van je aanpassen, hoewel ik denk dat Carrie dat beter kan dan ik. Ze heeft ineens de zorg voor een Miller-huishouden – oma, pa en mij. En haar broertje Andy. Ze blijft maar vriendelijk. Pa noemt haar 'mijn grote zegen'. Ik denk dat hij gelijk heeft.
Maar wat mijn eigen leven betreft, ik heb geen idee waaraan ik dit heb verdiend.
Je vroeg me of Carrie wist van het ongeluk in Ohio. Ik wilde het haar meteen vertellen, maar vader adviseerde me dat niet te doen. 'Sommige dingen kun je beter achter je laten,' zei hij tegen mij

en ik wist daar niet echt iets tegenin te brengen. Ik aarzelde of ik het haar zou vertellen en daarna had het geen zin meer.
Je vroeg me ook of ik mezelf al heb vergeven. Hoe doe ik dat, Abel? Als pa niet in de gaten heeft dat ik naar hem zit te kijken, zie ik de eenzaamheid in zijn gezicht gegrift staan. Ma zou naast hem moeten staan. Dan denk ik aan Katie en het gelukkige leven dat ze door mijn toedoen misloopt. Dan bedenk ik hoe oud de kleine Benjamin Lapp nu zou zijn en vraag ik me af of zijn vader met hem zou zijn gaan vissen of vogels kijken, zoals pa met jou en mij. Dan bedenk ik dat jij in de gevangenis zit, terwijl ik er zou moeten zitten, en dat vader zijn boerderij heeft verkocht om de boete te kunnen betalen. Jullie hebben allebei een te grote prijs betaald voor iets waarvoor ik verantwoordelijk was. Hoe kan ik mijzelf ooit vergeven? Hoe, Abel? En als ik mijzelf niet kan vergeven, hoe kan ik dan ooit verwachten dat God mij vergeeft?

Groet, Daniel

4 februari

Beste Abel,

Het is nu een week geleden dat pa overleed. Het spijt me dat je niet bij de dienst kon zijn. De mensen van de kerk hier waren er wel, al kenden ze hem nauwelijks. Er waren nogal wat mensen per bus uit Ohio gekomen, met name grijze baarden. Hij zou dat geweldig hebben gevonden.
Carrie deed tijdens de dienst iets wat mij diep raakte. Toen de eerste hoopjes aarde zacht op vaders kist vielen, stak ze haar hand uit en pakte de mijne. Het was zoiets simpels, maar het voelde alsof ze haar kracht met mij deelde. Ik voelde me verstijfd, Abel, en Carrie helpt me te ontdooien. Ik wilde dat ik haar kon vertel-

len hoeveel het voor mij betekende. Dat heb ik geprobeerd, maar het is zo'n warboel in mijn hoofd, net als wanneer we gingen vissen bij Black Bottom Pond en we de lijnen niet uit elkaar konden krijgen. Toen de laatste schep aarde vaders aardse lichaam bedekte, kon ik alleen maar hopen dat je gelijk hebt. Dat zes voet onder de grond niet het einde betekent.

Groet, Daniel

Carrie las de brief, en nog eens. Het gedeelte waarin ze haar hand uitstak en die van Daniel vastpakte, brak bijna haar hart. Het geluid van de kluitjes aarde die op Eli's kist vielen, herinnerde haar aan de begrafenis van haar eigen vader. En die van haar moeder. Ze had haar hand naar Daniel uitgestoken om steun van hem te *krijgen*, niet om hem steun te *geven*. Die gedachte bezorgde haar een verpletterend schuldgevoel dat ze Daniel zo tekort had gedaan. De herinneringen aan hem drukten als een stapel rotsblokken op haar borst.

Haar gevoelens voor Daniel waren zo verwarrend, hij was zo onverwachts gestorven, dat het haar gelukt was eventuele gedachten aan hem weg te duwen. In feite was ze er heel goed in haar verdriet te negeren. Alleen midden in de nacht, als ze alleen haar eigen gedachten had om naar te luisteren, lukte het haar niet zich ervoor te verstoppen. Dan weergalmde in haar hart de lege stilte en kwam haar verdriet boven, alsof ze geduldig wachtten tot zij zou erkennen dat ze er waren. Dan kostte het haar moeite ze weg te jagen.

Daniels brieven veranderden dat. Die brachten haar verdriet aan het licht. Ze onthulden een kant van hem waarvan ze wist dat die er was, maar waar ze nooit doorheen leek te kunnen komen. Het was juist die kant van hem die haar de zekerheid had gegeven dat ze ja moest zeggen toen hij haar vroeg met hem te trouwen. Ze voelde zich veilig bij Daniel.

Maar toen hij dan eindelijk de last die hij met zich meedroeg met haar deelde, was ze als een schichtig paard in paniek geraakt. Waarom was ze niet gewoon gebleven en had ze niet naar hem geluisterd?

Ze voelde verdriet om hoe het met Daniel had kunnen zijn. Hij was niet alleen zijn leven kwijt; ze waren een leven samen kwijt.

Van binnen was het één grote warboel, net als de lapjes van oma's *Crazy Quilts* voordat ze een betekenis kregen. Ze bleef hopen dat de stukjes samen een prachtig patroon zouden vormen en alles in orde zou komen.

Maar daarvoor was het te laat. Daniel was er niet meer.

De volgende dag was het zondag. Carrie stond vroeg op om het ontbijt klaar te maken, zodat ze om half acht konden vertrekken. Toen Abel binnenkwam, schonk ze hem een beker koffie in en gaf hem die.

Terwijl hij de dampende beker van haar aanpakte, draaide hij zijn hoofd. 'Alles goed?'

'Natuurlijk,' antwoordde Carrie.

Hij keek haar bezorgd aan. 'Je ziet verschrikkelijk bleek.'

Ze legde haar handen op haar wangen. 'De laatste tijd nogal veel binnen gezeten, denk ik.'

'Hij heeft gelijk,' zei Emma, terwijl ze de trap afkwam. 'Je ziet eruit als verlepte sla.'

Carrie ging naar boven om Andy wakker te maken, maar hield even halt bij haar slaapkamer. Kijkend naar het bed voelde ze de neiging om weer onder de zware quilt te kruipen. Ze keek naar het raam dat de omlijsting vormde van een dreigende grijze lucht en luisterde naar de wind die tegen de muren blies, waardoor het hout kraakte. O, wat was ze moe. Haar hoofd deed zeer, bijna even zeer als haar hart.

Emma liep langs de deur van haar kamer en gluurde naar Carrie. 'Wat is er met je aan de hand? Ben je ziek?'

Langzaam kwam Carrie overeind. 'Ik weet het niet. Misschien. Volgens mij moet ik de kerk vandaag overslaan en kan ik beter proberen wat te rusten.'

Oma stak haar hoofd om Emma heen. 'Ik maak wel sassafrasthee voor je. Voel je je niet lekker, dan ben je na een kop sassafrasthee snel weer zo fit bent een hoentje.'

Er was één helder lichtpuntje, realiseerde Carrie zich terwijl ze de dekens optrok tot haar kin, in een poging warm te blijven: ze had een goed excuus om vanavond niet haar het zingen te gaan. Ze wilde John Grabers belangstelling voor haar niet aanmoedigen. Ze wilde geen enkele man aanmoedigen belangstelling te hebben voor haar.

Later die avond zat Veronica bij Emma in de keuken en hield ze luidruchtig vol dat ze weigerde met het rijtuigje naar het zingen te gaan, met als excuus dat ze dood zou vriezen. Minstens even luid zei Emma tegen Veronica dat de enige reden waarom ze het koud zou hebben, was dat ze niet genoeg kleren aanhad en te veel van haar rondingen toonde. Beledigd stond Veronica erop met haar eigen auto te gaan. Emma en John Graber vertrokken in het rijtuigje, Abel stapte bij Veronica in de auto.

Nadat ze waren vertrokken, kwam Andy naar Carries kamer om met haar te schaken. Twee uur later hoorde Carrie Veronica's auto de oprijlaan opdraaien, een autoportier slaan, waarna de auto wegzoefde. Andy hoorde Abel door de keukendeur naar binnen komen en vloog de trap af om te horen wat er die avond allemaal was gebeurd. Hij kon niet wachten tot hij zelf oud genoeg was om naar het zingen te gaan.

Andy had boven aan de trap haar slaapkamerdeur open laten staan. Omdat ze maar een paar meter van haar vandaan waren, kon Carrie hen horen praten. Abel vertelde dat Veronica vroeg weg wilde. 'Ze was al boos dat ze een uur te vroeg was. Ik had vergeten haar te vertellen dat de Amish niet aan zomertijd doen. En vervolgens klaagde ze dat het naar koeienmest stonk,' zei hij.

'Het was toch in een schuur?' vroeg Andy.

'Ja, maar ze bedoelde de mensen.'

Andy gilde van de lach, waarna oma hem naar boven joeg om zich klaar te maken voor de nacht.

'Hoe gaat het met Carrie?' hoorde ze Abel vragen. 'Enig idee waarom ze zich niet lekker voelt?'

'Het zit in haar hoofd,' antwoordde oma, ze leek wel een dokter. 'Ze mankeert iets.'

'Misschien is het de griep.'

'Nee. Geen koorts, geen buikpijn. Het is haar hart. Ze tobt over iets.'

Carrie voelde een koude rilling door haar lijf gaan. Vreemd dat oma altijd precies wist wat er aan de hand was.

Net toen Andy op maandagochtend naar school was vertrokken, liep Veronica de keuken van Cider Mill Farm binnen. Als ze Abel kwam ophalen, nam ze normaal gesproken niet de moeite binnen te komen. Alleen als ze iets wilde.

Veronica schonk koffie voor zichzelf in en trok een stoel bij de keukentafel vandaan. Intussen kletste ze aan één stuk door hoe koud het wel niet was en dat de modder haar nieuwe leren laarzen bedierf. Carrie keek steeds door het keukenraam naar buiten, in de hoop dat Abel snel uit de schuur naar het huis zou komen en Veronica mee zou nemen.

Veronica was zo boos en praatte zo snel, dat het even duurde voordat ze doorhad dat Carrie niet luisterde. 'Je hebt geen woord gehoord van wat ik heb gezegd! En...' Ineens kapte ze haar zin af. 'Lieve help, je ziet er vreselijk uit! Wat heb jij een kringen onder je ogen. We moeten er een beetje make-up op smeren, zodat je die donkere kringen niet meer ziet.' Ze pakte haar tasje en zocht koortsachtig naar de spullen die ze nodig had. 'Waarom heeft jullie soort mensen geen spiegel in huis?' Ze haalde een zakje met ritssluiting uit haar tasje.

'Omdat een spiegel een teken is van ijdelheid,' antwoordde Emma. Ze liep net met een stapel lakens die in de was moesten de keuken in.

Oma stond voorzichtig op uit haar schommelstoel en liep naar Veronica toe. 'Carrie heeft verdriet om Daniel,' zei ze zachtjes.

Veronica keek naar Carrie. Ze wees naar een stoel.

'Ga zitten, Carrie. Dan doe ik het meteen even.' Ze trok de ritssluiting van het zakje open en haalde er een metalen buisje en een plastic poederdoosje uit.

Ineens ontstak Carrie in woede. Met één hand veegde ze Veronica's make-up van tafel.

Precies op dat moment kwam Abel binnen; hij nam een golf koude lucht mee. Hij hing zijn jas op en draaide zich om, zich bewust van de plotselinge zware stilte. Zijn ogen schoten heen en weer tussen Veronica, Carrie en de make-up op de vloer, en namen snel de situatie op.

In een paar stappen stond hij naast Carrie. 'Veronica, wacht buiten op me.' Veronica aarzelde, waarna hij er ferm aan toevoegde: 'Nu.'

'Ik *probeerde* te helpen,' snauwde Veronica. Ze keek hem chagrijnig aan, pakte haar make-up in, griste haar tasje van de tafel en liep naar buiten.

Abel draaide Carrie om en legde zijn handen op haar schouders. 'Carrie, je moet boven nog even gaan rusten.

Oma en Emma zorgen wel voor Andy. Ik doe de karweitjes.' Hij keek even vluchtig door het keukenraam naar Veronica, die tegen haar auto geleund stond en boos met haar vingers een aantal toetsen van haar zwarte telefoon indrukte. 'Echt, je hebt rust nodig.'

Carrie schudde zijn handen van zich af. 'Houd op me te vertellen wat goed voor mij is! Niemand weet wat ik nodig heb.'

Emma staarde Carrie met wijd open mond aan, als een vis die aan de haak was geslagen.

'Wat heb je dan nodig, Carrie?' Abel keek Carrie zo aandoenlijk bedroefd aan, dat haar boosheid meteen zakte. Zachtjes voegde hij eraan toe: 'Hoe kunnen we je helpen als je het ons niet vertelt?'

Carrie was ineens doodmoe, haar vuisten ontspanden zich, ze draaide zich om en ging naar boven.

Terwijl ze probeerde te slapen, galmden Abels woorden door haar hoofd. Ze vond het vreselijk dat ze zo lomp tegen Veronica was geweest. Het was helemaal niet haar gewoonte – van geen enkele Amish vrouw overigens, behalve van haar stiefmoeder en Emma – om zo tegen iemand uit te vallen, vooral niet tegen een *Englischer*. En toen deed ze ook nog zo lomp tegen Abel, die alleen maar probeerde haar te helpen. *Wat heb ik nodig? Ik weet het antwoord niet. Ik weet het niet. Ik voel me alleen maar moe, eenzaam en bang.* Ze rilde, alsof er een koude wind door de kamer blies.

Wat heb ik nodig? Iets voor mijn ziel wat ik niet lijk te kunnen vinden.

De volgende dag kwam Veronica de oprijlaan op rijden toen Carrie de was ophing om te drogen. Voor het eerst stak ze eens niet meteen van wal zodra ze Carrie zag. Ze pakte gewoon zonder iets te zeggen een paar wasknijpers en hing ook een paar stukken wasgoed aan de lijn.

'Het spijt me dat ik gisteren zo scherp tegen je was,' zei Carrie. 'Je probeerde alleen maar aardig te zijn.'

'Dat klopt en je was inderdaad scherp,' antwoordde Veronica vinnig.

'Je weet dat we geen make-up gebruiken.'

'Misschien moet jullie soort mensen eens wat ruimdenkender worden.'

Carrie besloot het onderwerp maar te laten voor wat het was. 'Zorg je er wel voor dat je hetzelfde soort wasgoed bij elkaar aan de lijn hangt?'

'Waarom?'

'Het is veel ordelijker als alle vaatdoeken naast elkaar in een rijtje hangen, en oma's schorten en Abels broeken ook.'

'Droog is droog, als je het mij vraagt.'

'Zo doen wij dat nu eenmaal.'

'Het gaat sneller als je alles gewoon ophangt.'

Carrie stopte even met de was ophangen en voelde van binnen haar ergernis groeien. 'Ik heb geen haast. Iets kost zo veel tijd als nodig is.'

'Ze hebben voorspeld dat het vanmiddag gaat regenen. Als je niet opschiet, is de was straks even nat als toen je begon.'

Carrie had een paar wasknijpers in haar mond. Ze moest ineens denken aan de winterdag, slechts een paar weken voordat haar moeder stierf bij de geboorte van Andy, dat ze samen met haar de was ophing. De lakens waren zo stijf bevroren, dat ze vanzelf bleven staan toen ze ze van de lijn haalden en naar binnen brachten. Haar moeder pakte een bevroren broek, zette er een bevroren hemd op en daarop haar vaders strohoed, en toen stond er ineens een vogelverschrikker in de keuken. Binnen een paar minuten was de ijzige vogelverschrikker ontdooid en lag hij, als een sneeuwpop op een zonnige dag, op een hoop. Carrie en haar moeder hadden zich een deuk gelachen.

Veronica pakte een wasknijper en Carrie schrok op uit haar overpeinzingen. 'Jullie soort mensen maakt van de meest onnozele dingen een enorm punt.' Ze hing een handdoek aan de derde lijn en zei verder niets meer. Toen ze klaar was, raapte ze een wasknijper op die was gevallen en gaf hem aan Carrie. 'Ik wil graag dat je me alles leert over de Amish.'

Carries ogen werden groot van verbazing. 'Waarom?'

'Dat *heb* ik je al verteld. Ik woon in de buurt van de Amish. Ik moet meer over hen weten.'

Wat Veronica zei, leek zeer oprecht. Toch had Carrie op de een of andere manier het gevoel dat Veronica's plotselinge belangstelling niets te maken had met de Amish, maar wel alles met Abel. Ze had eens een foto in een boek gezien van een leeuw die een gazelle achternajoeg. Dat beeld schoot nu door haar hoofd.

Arme Abel. Hij maakt geen schijn van kans.

10

De kleinzoon van de bisschop verlegde zijn aandacht en begon Emma het hof te maken. Die vond het geweldig dat iemand zo veel moeite voor haar deed. Carrie was dolblij dat ze niet meer het voorwerp van John Grabers affectie was. Hij had Emma op een middag meegenomen voor een ritje met het rijtuigje en haar een andere keer thuisgebracht na het zingen op zondag.

Op een avond was het volle maan en volgens Emma nodigde het warmrode licht uit tot een wandeling. Volgens Carrie zou het wel eens zo kunnen zijn dat John buiten wachtte en nog meer lonkte. Ach, het zou tante Esther in elk geval een groot plezier doen als de kleinzoon van de bisschop deel ging uitmaken van de familie.

Oma, Abel en Carrie zaten in de woonkamer; Andy was naar bed. Abel was zijn timmergereedschap aan het oliën, Carrie repareerde Andy's kuitbroek en oma was zoals altijd in haar schommelstoel in slaap gevallen, terwijl allerlei quiltlapjes die niet bij elkaar hoorden verspreid op haar schoot lagen.

Toen de klok negen sloeg, legden Abel en Carrie hun spullen opzij. Abel pakte zijn Bijbel die hij altijd bij zich had. Carrie was ermee opgehouden zich zorgen te maken over het feit dat Abel uit de verkeerde Bijbel las en hardop bad. Eigenlijk keek ze ernaar uit. Abels zware stem had een geruststellend effect. Hij las net zoals hij bad, alsof God gewoon bij hen in de kamer zat.

'Dit gedeelte is uit het boek Klaagliederen,' zei Abel. 'Jeremia was een profeet, een zeer emotionele man, die tijdens het beleg en de val van Jeruzalem geroepen was om namens God te spreken. Toen hij de verschrikkingen om zich heen zag, voelde Jeremia zich persoonlijk aangevallen, zelfs door God verlaten: "Hij heeft in mijn nieren doen binnendringen de pijlen uit Zijn koker."'

Deze woorden galmden na in Carries hoofd: *Hij heeft in mijn nieren doen binnendringen de pijlen uit Zijn koker.*

Haar hart begon ineens te bonzen. 'Dat is het!' Haar handen schoten naar haar wangen. 'Dat is wat ik nodig heb! God moet niet langer mijn nieren binnendringen met de pijlen uit Zijn koker.'

Oma schrok wakker, maar zakte meteen weer weg in haar slaap.

In verlegenheid gebracht door haar uitbarsting, sprong Carrie op uit haar stoel. Waarom was haar mond altijd sneller dan haar verstand?

Abel sprong ook overeind. 'Carrie, wacht.' Hij fluisterde hardop en wierp een vluchtige blik op oma. 'Wacht, alsjeblieft.' Hij drukte haar weer terug in de stoel en ging op zijn hurken voor haar zitten. Ze beefde en had eigenlijk geen idee waarom. 'Luister naar me, Carrie. Toen Jeremia al die verschrikkingen om zich heen zag, voelde hij zich aangevallen, zelfs door God verlaten. Maar toen hij zijn aandacht richtte op Gods barmhartigheid, voelde hij zich sterk en bemoedigd.' Hij sloeg zijn Bijbel open en zocht naarstig naar de betreffende passage. 'Mijn ziel denkt er onophoudelijk aan, zij buigt zich neer in mij. Dit zal ik ter harte nemen, daarom zal ik hopen: Het is de goedertierenheid van de HEERE dat wij niet omgekomen zijn, dat Zijn barmhartigheid niet opgehouden is! Nieuw zijn ze, elke morgen, groot is Uw trouw! Mijn deel is de HEERE, zegt mijn ziel, daarom zal ik op Hem hopen.'

Abel nam Carries hand in de zijne en op hetzelfde moment voelde ze vrede in haar hart neerdalen, als een blaadje dat langzaam neerdwarrelt op de bodem van een meertje. 'Carrie, Jeremia had het helemaal bij het verkeerde eind. God slingerde geen pijlen naar Jeremia. God hielp hem juist door zijn moeiten heen.'

Carrie tilde haar hoofd op en keek in Abels donkere ogen. Ze wilde hem wanhopig graag geloven.

Buiten het speelseizoen werden de Barnstormers geacht deel te nemen aan activiteiten in de gemeenschap: spreekbeurten op scholen en ontmoetingen met de scouts, linten doorknippen bij de opening van een nieuwe winkel. 'Dat hoort allemaal bij het opbouwen van gemeenschapszin,' zei de manager. 'En Sol, we willen dat je overal bij bent. We denken dat er afgelopen zomer door jou veel meer mensen kwamen kijken. Iedereen vindt dit Amish tintje geweldig.'

Sol was blij dat hij de coaches ook wat dat betreft kon laten zien wat hij waard was. Uiteindelijk was hij er niet in geslaagd de plek in het All-Stars-team te bemachtigen. Eigenlijk was hij een beetje bezorgd dat hij de laatste twee wedstrijden van het seizoen geen laatste werper was. Hij speelde niet eens één slagbeurt. Het rooster wijzigde snel, wist hij. Hij had al diverse spelers zien komen en gaan.

De opmerking van de manager over de fans die geïnteresseerd zouden zijn in Sols Amish opvoeding was juist. Sol werd tijdens het vragenrondje bij elke manifestatie bestookt met vragen hoe het was om op te groeien als Amish. Het verbaasde hem dat de *Englischers* al zolang hij wist tussen de Amish woonden – over dezelfde wegen reden als de rijtuigjes – maar zo weinig over hen wisten. En wat ze wel wisten, klopte meestal niet. Op een bijeenkomst van de scouts had een kind hem zelfs gevraagd of de Amish een sekte waren.

'Nee,' antwoordde Sol, verbaasd over de vraag. 'Waar het om gaat bij de Amish – dat was al zo in de zeventiende eeuw – is dat ze pas worden gedoopt als ze volwassen zijn. Onze kerkleiders willen dat ieder mens zelf voor God kiest. Amish zijn heeft niets van doen met een sekte. Amish zijn betekent dat je probeert eenvoudig te leven, zoals God dat wil. Amish zijn betekent dat je deel uitmaakt van een familie, een grote kerkfamilie. Dat er anderen zijn die voor jou zorgen en naar je omzien, je hele leven lang.'

'Oké,' zei het kind, terwijl het op een groot stuk kauwgum kauwde, 'maar waarom ben je dan weggegaan?'

Sol hakkelde, omdat hij niet wist wat hij moest zeggen en niets kwaads over zijn eigen mensen wilde zeggen. Het verbaasde hem hoe vast hij zat aan zijn opvoeding, zelfs nu nog. De leider van de scouts gebruikte de stilte om de bijeenkomst te sluiten. De conciërge wilde de gymzaal sluiten en naar huis.

Op een middag klom Carrie de trap naar de zolder in de schuur op om een baal hooi naar beneden te gooien. Terwijl ze met één oog keek of er geen muizen waren, sleepte ze uit een verre hoek een zware baal naar voren. Intussen hoorde ze Andy de schuur binnenrennen. Hij zei tegen zichzelf: 'Doos, gevlochten touw, handschoenen. Handschoenen niet vergeten.' Vervolgens geschuifel en het geluid van iets dat naar buiten werd gesleept.

Door het schuurraampje naar buiten kijkend zag Carrie Andy de hooizoldertrap achter op zijn ponywagen leggen en over de oprijlaan naar de straat rijden. Ze riep naar hem, maar hij hoorde haar niet. Carrie duwde de baal hooi over de rand van de zolder en ging op de rand zitten om na te denken over de vraag wat ze nu moest. Ze vroeg zich net af hoe lang ze moest wachten tot Andy weer terugkwam, toen Abel de schuur binnenkwam.

'Eh, Abel?'

Abel draaide in het rond, in een poging erachter te komen waar haar stem vandaan kwam, en keek toen omhoog. 'Wat doe jij daar?' Hij keek om zich heen. 'Waar is de trap gebleven? Hoe ben je boven gekomen?'

'Andy heeft de trap meegenomen.'

Abel knikte. 'Ik hoorde dat ze iets moesten redden.'

Carrie kneep haar ogen tot spleetjes. 'Wat moeten ze redden? Neemt hij weer een of ander zwerfdier mee naar huis?'

Abel krabde op zijn hoofd. 'Hoe denk je naar beneden te komen?'

'Dat weet ik nog niet. Ik heb hulp nodig.'

'Dat is me duidelijk.' Abel liep diep in gedachten verzonken door de schuur, met zijn armen over elkaar. Hij schopte de baal hooi die ze over de rand naar beneden had gegooid op zijn zijkant. 'Ik doe je een voorstel. Ik ga op de baal hooi staan en probeer je op te vangen.'

'Dat is te hoog. Dan breek ik iets! *Jij* breekt iets!'

Abel negeerde haar protesten en sprong op de baal hooi. 'Ik vang je op.'

'Abel, je bent gek! Ik doe je zeer!'

'Nee, dat doe je niet. Spring maar gewoon.'

'Abel, toe, serieus.'

Hij haalde zijn schouders op. 'Je vindt het kennelijk niet erg om te wachten tot Andy terug is.'

Carrie beet op haar lip. Ze wist dat ze misschien wel uren moest wachten, als hij er al aan dacht de trap mee terug te nemen. 'Oké, goed. Maar je moet beloven dat je mijn val zult breken.'

'Vertrouw me maar, Carrie.'

Ze keek naar beneden naar Abel, die een eind beneden haar stond. Ze hield haar adem in en sprong. Zij viel boven op hem en hij viel van de baal hooi. Daarbij brak hij, als beloofd, haar val, maar hij sloeg wel met zijn hoofd tegen een staander.

'Abel, ben je gewond?' Ze klauterde van hem af en ging op haar knieën zitten. Zijn ogen waren dicht en hij reageerde niet. Hij kreunde, alsof hij veel pijn had. Ze leunde over hem heen om te zien of zijn hoofd bloedde. 'Zeg iets.'

Hij kreunde nog een keer en fluisterde zwakjes: 'Ik ben zo... zo... blij dat jij het was die als een zoutzak op me viel en niet Emma.' Waarna er een brede grijns over zijn gezicht gleed.

Carrie ging weer op haar knieën zitten en gooide wat hooi naar hem omdat hij haar plaagde. Hij kwam lachend overeind, maar zweeg ineens abrupt, terwijl hij haar vreemd aankeek. Ze voelde zijn blik bijna als een zacht briesje over haar haar glijden. Haar haar! In haar val was haar hoofddoek van haar hoofd gegleden en had de haarspelden mee uitgetrokken. Haar dikke bos haar hing losjes over haar schouders en rug. Ze zocht om zich heen naar haar hoofddoek en krabbelde er naartoe om hem te pakken. Abel trok zichzelf overeind en ging staan. Carrie probeerde haar haar bij elkaar te pakken en in een knot te binden, maar liet haar hoofddoek vallen. Abel bukte zich, raapte hem op, knielde en bond de hoofddoek voorzichtig om haar hoofd. Hij legde een knoop en streek met zijn knokkels langs haar kaaklijn, waarbij hij zachtjes met zijn vingertoppen langs haar lippen streek. De hele tijd keek hij haar strak aan. Abel bleef roerloos zitten, maar de lucht om hen heen leek te vibreren.

Carrie stond op en deinsde voorzichtig achteruit, eerst één stapje en daarna nog een. De deur ging rommelend open en Andy leidde Strawberry aan de halster de schuur in. Achter in de ponywagen stond een grote doos met drie boze, hongerige jonge uilen. Moeder uil zat naast het nest; ze was boos en haar voeten waren samengebonden met touw. Haar rechtervleugel was gebroken en hing in een vreemde hoek langs haar lichaam. De hooizoldertrap was in geen velden of wegen te bekennen.

'Die kleine uilen zijn in nog geen etmaal twee keer uit hun doos geklommen om mij in mijn tenen te pikken, terwijl ik Hope en Lulu aan het voeren was,' schold Emma bij het ontbijt tegen Andy. 'Vervolgens rende hun moeder op volle snelheid naar mij toe, die gebroken vleugel achter zich aanslepend, om haar jongen te beschermen. Alsof ik erom had gevraagd dat ze mij zouden pikken! En dat gekrijs!' Ze huiverde. 'Ze moeten allemaal weg!'

'Ze horen bij ons gezin! Ze hebben ons nodig!' Andy zocht bij Abel naar steun. Abel had de vleugel van moeder uil met een provisorische spalk gezet en geprobeerd haar aan een van de staanders in de schuur vast te binden, zodat haar vleugel kon genezen, maar ze pikte steeds het touw kapot waarmee haar poten vastgebonden zaten.

'Zodra ze beter is, Andy, moeten we de uilen vrijlaten,' zei Abel. 'Mensen kunnen uilen niet zo goed opvoeden als hun eigen ouders. De grote hoornuil krijgt in de herfst een nest jongen en leert ze jagen en vliegen. Het is niet goed om ze opgesloten te laten zitten in een schuur.'

'Ze kunnen muizen vangen op de hooizolder,' zei Andy. 'Daar zitten er genoeg!'

‘We kunnen een uilenhok bouwen en hopen dat ze in de buurt blijven, maar het zijn geen huisdieren.’ Abel nam een slok koffie en wierp even zijdelings een blik op Andy. ‘Weet jij soms waar mijn handschoenen zijn gebleven?’

Andy zette grote ogen op, in een poging onschuldig te lijken, maar dat mislukte.

‘Over verdwenen spullen gesproken, Andy,’ zei Carrie. ‘Wanneer komt de trap terug?’

Andy’s gezicht betrok. ‘Nou, dat is een probleem. Ik had de trap nodig om het nest uit de boom te krijgen, maar toen ik weer naar beneden ging, gleed hij weg.’

‘Hoe komt het trouwens dat moeder uil een gebroken vleugel heeft?’ vroeg Carrie.

‘Geen idee,’ antwoordde Andy, terwijl hij zich over haar heen boog om de frambozenjam te pakken. ‘Waarschijnlijk die akelige *Englische* treiterkoppen.’

Carrie keek haar broertje aan.

‘Andy Weaver!’ voer Emma tegen hem uit. ‘Je moet medelijden met die jongens hebben dat ze de weg kwijt zijn. Niet hen uitschelden.’

‘Laten we Strawberry en de ponykar nemen en de trap ophalen,’ zei Abel.

‘Nou, dat is nog een probleem,’ zei Andy, terwijl hij zijn mond volpropte met brood.

‘Hoe bedoel je?’ vroeg Carrie.

‘De trap is in het water gevallen en gezonken.’

Carrie sloeg haar handen voor haar gezicht.

Abel schudde zijn hoofd. ‘We gaan naar Blue Lake Pond en dan kun je me laten zien waar hij is gezonken.’ Hij wachtte tot Emma van tafel was en fluisterde toen tegen Andy: ‘Misschien moeten we nog een paar vissen vangen als we daar toch zijn. Onze laatste kans voordat het water te koud wordt. Aan de wind te voelen is het al bijna winter.’ Hardop voegde hij daar nog aan toe: 'Daarna maken we het hok van de ganzen schoon voor de jonge uilen, zodat ze niet meer zullen denken dat Emma hun moeder is.'

Het was al aan het schemeren en bijna donker toen Andy en Abel thuiskwamen, beiden met een tevreden glimlach op hun gezicht. De huid van de wangen van haar broertje was gebarsten door de kou, maar zijn gezicht straalde van geluk. Hij glom van trots, zag Carrie, en haar hart zwol.

'Het kostte de hele dag, maar we hebben de trap,' zei Andy tegen Carrie; het klonk alsof hij een man van de wereld was. 'Hetzelfde geldt voor Abels handschoenen.' Hij overhandigde Emma een paar zalmen aan een touw en liet een modderspoor achter op haar net gedweilde linoleumvloer.

Carrie ging naar de schuur om Abel te helpen met Strawberry. 'Andy zegt dat jullie de hele dag nodig hadden om de trap te vinden en uit het water te halen.' Ze pakte een emmer met haver en goot die leeg in Strawberry's voerbak.

'De trap kostte vijf minuten,' zei Abel, terwijl hij het hoofdstel van het hoofd van de pony haalde. 'Het vissen de hele dag.' Hij bracht de pony naar de stal en pakte haar wateremmer om die te vullen.

Carrie wilde hem zeggen hoe dankbaar ze was voor de tijd die hij had doorgebracht met Andy en dat hij hem had geholpen bij het redden van de vogels. Ze wist dat Andy heel vervelend kon zijn. Hij had tante Esther meer dan eens bijna tot wanhoop gedreven met zijn ondoordachte manier van doen. Ze wilde uitdrukking geven aan haar dankbaarheid voor wat Abel allemaal voor hen deed, maar het enige wat ze wist uit te brengen, was: '*Denki*, Abel.'

Hij grijnsde. 'Een dag als deze is zo *goed*, dan wil je God prijzen voor Zijn goedheid en Hem danken dat Hij je het leven gegeven heeft om ervan te genieten,' zei hij, terwijl hij toekeek hoe Strawberry's hals zich rimpelde terwijl ze dronk. Abel draaide zich om, hij leunde tegen de balken en sloeg zijn armen over elkaar. '*Nicht wahr?*'

Carrie keek hem aan, niet begrijpend wat hij bedoelde.

'Gods goedheid.' Abel trok de staldeur achter zich dicht, deed de grendel erop, draaide zich om en keek haar aan. 'Carrie, geloof jij dat God goed is?'

'Natuurlijk,' antwoordde ze zonder aarzeling, in de hoop daarmee te voorkomen dat ze een preek kreeg. Ze trok haar omslagdoek om haar schouders. 'Ik ga jullie eten warm maken.'

Abel stak een hand uit en hield haar tegen.

O, nee, dacht Carrie. *Te laat. Nu komt er toch een preek.*

'Mijn hele jeugd kende ik alleen de harde kant van God, Zijn toorn en bestraffing. Maar de andere kant van God, de goede kant, kende ik eigenlijk nauwelijks.'

'Als Hij zo goed is, waarom moeten wij dan zo lijden?' Meteen toen ze deze woorden eruitflapte, had Carrie er spijt van, maar het was natuurlijk al te laat. Dat was het riskante van woorden: als je ze eenmaal uitgesproken had, kon je ze niet meer ongedaan maken. Ze sloot beschaamd haar ogen. Hoe durfde ze Gods ondoorgrondelijke wegen te bekritiseren?

'Carrie, God is niet de oorzaak van het lijden. Hij helpt ons het te dragen.' Abel zei het zo vriendelijk, dat het haar bijna pijn deed het te horen. 'In de gevangenis was een geestelijk verzorger die mij liet zien welke kanten van God ik allemaal had gemist. Hij liet me zien hoe ik zelf de Schrift kon bestuderen en over God kon leren.'

Abel liet zijn hand vallen en sloeg zijn armen weer over elkaar. Hij draaide zich om en terwijl hij met zijn ene heup tegen de spijlen van het hek leunde, keek hij haar strak aan. Ze stonden een tijdje zwijgend bij elkaar. 'Daarom ben ik hier. Ik wil dat oma en jij en Andy deze kant van God leren kennen. Ik wil dat jullie het begrijpen.'

'Wat begrijpen?'

Hij legde zijn handen op haar schouders en zei zachtjes: 'Dat het leven moeilijk is, maar dat God goed is en dat jullie die twee niet door elkaar halen.'

Nu Abel zo dicht bij haar stond en haar zo doordringend aankeek, maakte haar hart een sprongetje. Zenuwachtig zei ze het eerste wat in haar hoofd opkwam. 'En Veronica dan?' vroeg ze op beschuldigende toon. 'Wil je dat zij dit ook weet?'

Abel liet zijn handen vallen en tilde zijn hoofd omhoog. Hij keek oprecht verbaasd.

Meteen had Carrie spijt van deze woorden. Wat was er vandaag toch met haar aan de hand, dat ze er steeds maar dingen uitflapte voordat ze er goed over had nagedacht? Wat Abel met Veronica deed, ging haar niets aan. 'Ze was hier vandaag en zocht jou,' zei Carrie, vriendelijker nu. 'Ze was ontzettend boos dat je vandaag niet op je werk was.'

Hij gaf niet meteen antwoord. Uiteindelijk zei hij: 'God zorgt ook voor Veronica, als je dat bedoelt.'

Maar Carrie zag weer die blik over zijn gezicht schieten, die blik die vertelde dat hij iets verborg.

De training voor het begin van het nieuwe seizoen was goed begonnen voor Sol, maar bij de start van het seizoen was hij in een neerwaartse spiraal terechtgekomen. Andere teams hadden zijn snelle worp door en hij was niet meer zo effectief als laatste werper. Hij had drie wedstrijden op een rij niemand uitgegooid. De werpcoach had tegen hem gezegd dat hij te veel vertrouwde op één worp. Het probleem was dat hij geen andere worp had. Hij had niet jaren in de juniorencompetitie en schoolteams gespeeld, zoals de andere spelers. Sol keek goed naar de andere werpers en probeerde de trucjes te weten te komen van de andere worpen, maar als hij vroeg hoe ze het deden, kreeg hij geen antwoord. Hij kon het hun niet echt kwalijk nemen. Ze streden om dezelfde speeltijd.

Rody, de achtervanger, was zijn enige echte vriend en bleef vaak lang na om hem te helpen oefenen. Vanavond gooide Rody aan het einde van de training zijn honkbalhandschoen op de grond en nam zijn masker af. 'Het is mooi geweest voor vandaag. Ik ga douchen. Laten we samen met de jongens een biertje gaan drinken.'

Sol schudde zijn hoofd. 'Nee, dank je.' Toen hij net bij het team zat, was hij na de training met de jongens uit geweest, maar omdat hij de volgende dag tijdens de training heel onvast had gespeeld, ging hij niet meer zo laat uit en dronk hij niet meer zo veel bier. Bovendien werkten de spelers als een magneet op de meisjes... mooie meisjes. Onbeschaamde meisjes in te strakke jurkjes. Een van de meisjes, Alicia, was niet bij hem weg te slaan en belde of sms'te hem een paar keer per dag op zijn mobiele telefoon. Toen hij die maand de rekening kreeg, kon hij zijn ogen niet geloven! Elke keer dat zij hem een berichtje stuurde, moest hij tien dollarcent betalen, of hij het las of niet. Amish meisjes zouden nooit zoiets onbeschaamds doen.

Hij had al snel ontdekt dat de manier waarop de *Englischers* feestvierden niet zo veel verschilde van het *rumschpringe* van de Amish en al snel deed hij niet meer mee. Alles wat een nadelige invloed had op het honkballen, was het hem gewoon niet waard. Hij wist dat hij maar één kans had. De andere jongens hadden een baan waar ze op konden terugvallen als ze het niet redden. Sol had alleen lagere school en één snelle worp. Als hij deze kans miste, moest hij terug naar de boerderij, de stallen uitmesten.

Sol bracht de avond door in zijn spaarzaam gemeubileerde appartement, at koude pizza, legde een ijszak op zijn schouder en las een boek met trainingstips voor werpers. Hij viel in slaap in een stoel, het boek opengeslagen op zijn borst.

Vroeg in de ochtend, het was nog donker, ging Carrie naar beneden en zette de koffiepot op het vuur om te koken. Abel kwam altijd voor het ontbijt even binnen voor een snelle kop koffie, om zijn handen te warmen. Carrie had ontdekt dat ze uitkeek naar deze momenten samen met hem, voordat Andy, Emma en oma naar beneden kwamen en de dag begon. Abel besprak dan met haar wat er op de boerderij moest worden gedaan en vroeg haar naar haar mening voordat hij een beslissing nam. Ze had nooit eerder zo'n relatie met een man gehad, niet met haar vader, niet met Sol en ook niet met Daniel. Maar ze betrapte zichzelf erop dat ze zich terugtrok telkens wanneer ze zich realiseerde dat ze op Abel vertrouwde.

Carrie legde een paar eieren in een schaal en wierp vlug even een blik door het keukenraam naar buiten. Er viel een dik en zwaar pak sneeuw. Ze zag dat Abel de keukentrap opklom en de sneeuw van zijn voeten stampte, zijn wangen en oren rood van de kou. Ze ving hem op bij de deur met een dampende beker zwarte koffie.

'Dank je wel,' zei hij, terwijl hij zijn handschoenen uittrok. Hij sloeg zijn handen om de beker heen en nam een slok. 'Het heeft me zelden zo lekker gesmaakt.'

Carrie pakte drie eieren in haar hand. 'Hoe wil je je eieren?'

Precies op dat moment vloog Andy langs Emma de trap af, liep linea recta naar het toetje van gisteravond en sneed een dikke plak cake af. Met een soepele beweging griste Emma het mes uit zijn hand. Ze sneed een paar boterhammen en roosterde die in de oven. Terwijl ze naar de tafel liep om boter te halen voor het geroosterde brood, stak ze een hand uit om een paar krullen terug te duwen onder Carries muts. 'Het staat niet als je krullen steeds onder je muts vandaan piepen, Carrie.'

'Eigenlijk staat het heel goed.' Abels hoofd werd ineens vuurrood toen hij zich realiseerde wat hij eruit had geflapt.

Carrie kreeg vlinders in haar buik toen hij het zei, hoewel ze wist dat dergelijke gedachten ijdel waren. Een diepe blos verspreidde zich vanuit haar nek over haar wangen. Ze draaide zich daarom snel om naar het fornuis, waarbij ze onhandig haar hand stootte die de eieren vasthield. De eieren vielen een voor een kapot op het linoleum en de dooiers, eiwitten en kapotte eierschalen vormden één vieze massa. Even viel er een verbaasde stilte, waarna Andy hard begon te lachen.

Abel staarde naar de gebroken eieren op de grond en keek toen Carrie aan. 'Doe mij maar een roerei.'

Een paar dagen later werd Carrie zich bewust van een sterke, doordringende geur van rook. Ze was het ontbijt aan het klaarmaken maar zag niet de gebruikelijke tekenen dat Abel in de schuur was: geen lantaarnlicht, geen rookpluim uit de schoorsteen van zijn houtkachel, geen schuurdeur die open of dicht ging, geen zwaai met zijn arm als hij haar door het keukenraam zag.

Heel even dacht ze dat hij weg was gegaan zonder gedag

te zeggen. Dat idee bracht haar zo in paniek, dat haar handen beefden terwijl ze de koffiepot vulde met water. Maar toen zag ze Abel op Schtarm de binnenplaats op rijden en ze slaakte een zucht van verlichting, verbaasd omdat hij zo diep was.

Abel bond het paard met de teugels vast aan de paal en liep meteen de keuken in. 'De schuur van de familie Stoltzfus is vanochtend vroeg afgebrand,' zei hij en hij keek bezorgd. 'Ik rook het en ben gaan kijken of ik kon helpen, maar de schuur was al afgebrand.'

'O, nee! Ze zijn toch in Indiana?' vroeg Emma. 'Ada was hier pas nog en vertelde dat ze ernaartoe zouden gaan. Ze was zo enthousiast dat ze haar nieuwe kleinkind zou zien. Ze gaan er elk jaar rond deze tijd naartoe, zodra aan het einde van het seizoen hun kraam langs de weg dichtgaat.'

'De diaken probeert hen te bereiken,' zei Abel. 'Ik ga terug om te helpen het puin te ruimen.'

'Ik ga mee!' zei Andy. Hij sprong op van de tafel en liep naar de deur.

Carrie stak haar hand uit en pakte hem bij zijn arm. 'Ho, ho. Jij gaat naar school.' Ze glimlachte. 'Abel wil je er misschien wel even heen brengen.'

Andy ging beteuterd weer aan tafel zitten en at diep zuchtend zijn havermoutpap op.

'Enig idee hoe de brand is ontstaan?' vroeg Carrie.

Abel haalde zijn schouders op. 'De politie was er en zocht naar sporen van brandstichting.'

'Wat?' vroeg Emma verontrust. 'Waarom denken ze dat er sprake is van brandstichting?'

Voordat Abel antwoord kon geven, reed er een auto de oprijlaan op. Emma gluurde naar buiten. 'Het zijn twee *Englische* vrouwen, een oude en een jonge.'

'Die komen voor mij,' zei Carrie tegen Emma. 'Ik ga vandaag naar de stad om het meisje te helpen dat... het ongeluk heeft veroorzaakt.' Ze pakte haar zwarte bonnet van de haak aan de muur. 'Haar zaak...' Ze kon niet op het woord komen.

'Komt voor?' vroeg Abel.

Carrie knikte en sloeg haar cape om haar schouders. Ze vond het doodeng om in zo'n volle rechtszaal te zitten; ze wist zeker dat die brutale *Englischers* haar nieuwsgierig zouden aanstaren. Ze voelde zich als een vis op het droge, maar ze had Grace beloofd dat ze zou komen. 'Ik hoop alweer lang en breed terug te zijn als Andy uit school komt,' zei ze tegen Emma.

'Grace vertelde me wat je voor haar hebt gedaan, Carrie,' zei Abel terwijl hij zijn arm uitstak om de keukendeur voor haar open te doen. 'Dat je haar hebt vergeven. Ze vertelde dat je haar leven hebt veranderd.'

Carrie bond de koordjes van haar bonnet vast en hield haar hoofd gebogen.

'Dat heb je goed gedaan.' Hij zei het zachtjes, zodat Emma het niet zou horen.

Carrie bleef naar de grond kijken. 'Het was het enige wat ik kon doen.'

'Het is altijd goed om te vergeven,' zei Abel zachtjes.

Tegen tienen die ochtend namen in de arrondissementsrechtbank van Stoney Ridge Carrie en mevrouw Gingerich, Graces pleegmoeder, plaats vlak achter de tafel van de verdediging. De aanklacht was een routinezaak, een hamerstuk, legde de advocaat de vrouwen uit. Terwijl de ene na de andere gedaagde werd voorgeleid, liep de aanklager haastig door een grote doos met dikke dossiermappen. Carries ogen werden groot van verbazing toen een vrouw werd aangeklaagd voor het stelen van een blender bij warenhuis Wal-Mart. Een jongen werd voorgeleid voor het bezit van drugs.

Carrie huiverde. De jongen was niet veel ouder dan Andy. Nu ze zag hoe slecht de wereld eigenlijk was, verlangde ze terug naar de veiligheid van haar appelboomgaard. Ze was dankbaar voor het feit dat ze een Amish was en voor de vriendelijke manier waarop haar soort mensen met elkaar omging.

Toen Carrie eerder in de auto Grace zag, was ze opgelucht. Iemand – waarschijnlijk mevrouw Gingerich – had ervoor gezorgd dat ze er meer als een normale tiener uitzag. Haar haar was niet meer platinablond, maar had nu een kleur die wel bestond in de natuur. Ze droeg een witte blouse met een donkere rok. Ze had ook geen legerlaarzen meer aan. In plaats daarvan droeg ze eenvoudige donkere schoenen en nylonkousen. Grace voelde zich zelfverzekerd in haar kleding, zag Carrie. Ze krabde steeds aan haar benen, alsof ze jeuk had. Carrie zag alleen de omtrek van Graces gezicht, maar voelde zich bezorgd om haar. Ze zag zo veel pijn in Graces ogen. Het meisje deed haar op een bepaalde manier aan Daniel denken. Die droeg ook een last.

Net toen de gerechtsdienaar het nummer van Graces zaak afriep, schoof tot Carries grote verbazing Abel op de stoel naast haar.

'De kracht van het getal,' fluisterde hij.

De deuren van de rechtszaal gingen opnieuw open, waardoor de voortgang van het proces werd verstoord. Carrie draaide zich om en zag Veronica McCall binnenkomen, gevolgd door Emma. Achter Emma liep Mattie, een arm om oma heengeslagen om haar te ondersteunen.

De rechter keek vlug even op en zijn mond viel open van verbazing bij het zien van het tafereel: een rij Amish vrouwen die in een bank gingen zitten, een aantal zwarte bonnetten op een rijtje als een groepje kraaien op een telefoondraad. Op de kopse kant van de bank zaten een Amish man en een *Englische* vrouw met peenrood haar.

Nadat de rechter van zijn verbazing was bekomen, accepteerde hij deze zichtbare steun voor Grace. 'Maar de beklaagde geeft toe dat ze op die avond te hard reed terwijl het mistig was. Dat was roekeloos en kostte onnodig het leven van een jongeman. Omdat u een verzoek hebt ingediend om clementie te betrachten, mevrouw Miller, krijgt de beklaagde geen gevangenisstraf.' Hij gaf Carrie een knikje. 'Dat was barmhartig van u, gezien het feit dat het uw echtgenoot was die bij dit ongeluk om het leven kwam. De beklaagde krijgt echter wel een taakstraf van driehonderd uur. En haar rijbewijs wordt voor drie jaar ingetrokken.' Hij hamerde af. 'Volgende.'

Grace sprong op achter de tafel en leunde over het hekwerk om Carrie te omhelzen. 'Dank je wel, Carrie. Als jij dit niet had gedaan, had het veel erger kunnen zijn.'

'Je bent niet teleurgesteld?' vroeg Carrie over Graces schouder.

Grace maakte zich los en sloeg haar armen over elkaar. 'Nee. Ik bedoel, dat mijn rijbewijs wordt ingetrokken doet zeer, maar de taakstraf is lichter dan ik had verwacht.' Verlegen voegde ze eraan toe: 'Dank zij jou.' Ze keek naar de rij Amish. 'En jullie allemaal.'

'Graag gedaan,' zei Veronica, daarmee met de eer strijkend. Ze tikte op haar horloge. 'Maar nu moet je aan het werk. De klok loopt. Voor jou ook, Abel.' Ze pakte Grace en Abel bij hun elleboog vast en duwde hen richting de deur.

Carrie zag dat Abel zich probeerde om te draaien naar haar, maar Veronica liet haar hand in die van Abel glijden en trok hem mee, zo ongeveer als iemand die een koe naar de stal leidt.

11

De kerkleiders waren voornemens de nieuwe schuur voor de familie Stoltzfus te bouwen in de periode dat het land nog niet werd bewerkt en de boeren meer tijd hadden, iets waaraan ze normaal gesproken gebrek hadden. Toen het moment daar was – een zachte, zonnige winterdag – was Andy de laatste die na het ontbijt en de dagelijkse karweitjes in het rijtuigje stapte. Hij stapte voorzichtig om Abels gereedschap, de papieren zakken vol spijkers en de manden met eten heen. Ze zwaaiden naar oma, die liever thuisbleef om in de warme keuken te quilten.

Toen Old-Timer de oprijlaan van de familie Stoltzfus op liep, lagen de balken voor de vier muren van de schuur plat op de grond en werden ze in elkaar gezet om later het geraamte te vormen. Nog voordat het rijtuigje stilstond, sprong Andy eruit en rende naar zijn vrienden toe, die op een paar blokken hout hun timmerkunsten aan het oefenen waren. Abel pakte zijn gereedschap, gaf Carrie een kort knikje, sprong van het rijtuigje en haastte zich naar de plek waar de gevelspitsen werden opgebouwd. Emma en Carrie keken toe hoe hij een leeg plekje tussen de mannen zocht. Daarna pakte Emma een van de manden en haastte zich naar de dames in de keuken. Carrie pakte de teugels en leidde Old-Timer naar de plek waar hele rijen rijtuigjes en wagens in het weiland geparkeerd stonden.

'Carrie!'

Ze draaide zich om in de richting waaruit de stem van

de diaken klonk. De man schonk haar een warme grijns en kwam naar haar toe om haar de hand te schudden. Hij floot naar een van de jongens dat hij moest komen en het rijtuigje van haar moest overnemen. 'Zet het paard maar bij de andere in de omheinde wei,' zei hij tegen de jongen. Hij hielp Carrie uit het rijtuigje en pakte de twee resterende manden met eten. 'Elke keer dat ik hem zie, is onze Andy weer groter.'

'Dat is dan waarschijnlijk als hij onrustig is in de kerk.'

De diaken lachte. 'Waarom ook niet? God verwacht van een jongen in de groei niet dat hij urenlang stilzit.'

God misschien niet, maar tante Esther zeker wel. Tijdens de laatste dienst op zondag had ze Carrie vanuit de bank waar ze zat boos aangekeken als Andy onrustig was... en dat was vaak.

'Kijk eens naar die veulens daar.' De diaken knikte met zijn hoofd richting het veld. Daar stond een merrie met haar zware hoofd naar beneden gebogen te grazen, terwijl een veulen springend van vreugde om haar heen danste en de hoeven van de achterbenen in de lucht sloeg. 'God begrijpt de jonge mensen en dieren.' Hij zette de manden op de tafel. 'Zelfs de mensen jong van hart.'

De diaken ging terug naar de bouwplaats. Daar trok hij de hamer en haalde hij de spijkers uit zijn canvas gereedschapsschort. Voordat ze naar binnen ging om zich bij de andere vrouwen te voegen, keek Carrie even naar het kale geraamte van de schuur, dat plat op de grond lag te wachten totdat het tot leven zou worden gewekt.

Een schuur opgetrokken zien worden, was een van de mooiste dingen om te zien, vond zij. Al dat geluid, een symfonie van tientallen kloppende hamers, benam haar de adem. Dat was altijd al zo geweest, ook toen ze nog kind was.

'Hallo, Carrie,' zei een stem achter haar.

Carrie verstijfde, ze herkende hem meteen als de stem

van Solomon Riehl. Ze hield haar blik strak op de schuur gericht. 'Waarom ben jij hier?'

Sol zette een stap naar voren en stond naast haar. 'Ik hoorde dat de schuur van de familie Stoltzfus was afgebrand en wilde helpen.' Hij schopte tegen een steentje op de grond. 'Ze zijn altijd heel goed voor mij geweest.'

'Iedereen is goed voor jou geweest,' zei Carrie, terwijl ze langs hem heen keek. *Misschien wel te goed*, dacht ze. Ze draaide zich om want ze wilde naar de keuken, maar hij versperde haar de doorgang.

'Het spijt me, Carrie. Van Daniel.'

'Gedane zaken nemen geen keer,' zei ze, maar het kwam er hortend en stotend en onzeker uit. Ze voelde de tranen prikken in haar ogen. Ze wilde niet huilen.

Zachtjes zei Sol: 'Alsjeblieft. We moeten praten.'

'Niet hier, niet nu,' fluisterde Carrie, meer tegen zichzelf dan tegen Sol. Ze rechtte haar rug en deed een stap achteruit, waardoor er nog meer afstand tussen hen ontstond.

Zijn ogen keken de hare onderzoekend aan. 'Wanneer dan? Wanneer kunnen we praten?'

Carries hart verzachtte, een klein beetje maar, toen ze de oprechte pijn in zijn ogen zag. Ineens kwam er een luid, doordringend geluid uit zijn zak. Meteen draaide een tiental witte mutsen in Sols richting. Schichtig haalde hij zijn mobiel tevoorschijn. Carrie maakte van de interruptie gebruik om weg te lopen. Ze pakte de manden op de tafel en haastte zich naar de keuken, terwijl ze opkomende tranen achter in haar keel voelde branden. *Gewoon bezig blijven*, zei ze tegen zichzelf, *niet te veel nadenken over hoe het allemaal is gegaan.*

Ze haalde de manden leeg en zette de desserts die ze gisteravond had gemaakt bij de andere op het aanrecht, alsof er niets was gebeurd. Maar in haar hart voelde ze zich bedroefd en eenzaam.

Matties hart bonkte toen ze vanuit haar ooghoek een glimp opving van Solomon Riehl. Ze was de tafel aan het dekken voor de lunch en vastbesloten niet naar hem te kijken. *Ik wil hem niet zien, ik wil hem niet zien, ik wil hem niet zien.*

Ze keek toch.

Ze schold op zichzelf en had weer het gevoel dat zij in groep acht zat en Sol in de tweede klas van de middelbare school, en zij hem de hele dag steelse blikken toewierp.

Mattie zag dat anderen Sol ontliepen. Hij zat in die vreemde positie in hun gemeenschap, verkeerde in twee werelden: die van de Amish en die van de *Englischers*. Hij was niet in de *Bann*, want hij was nog niet gedoopt, maar hij was ook niet meer een van hen. Ze vroeg zich af hoe Sol zich voelde, te midden van zijn eigen volk, maar wel langs het randje. *Wat vreselijk*, dacht ze, *om op het randje te leven, waar je altijd op je hoede moet zijn. Om nooit het gevoel te hebben dat je ergens bij hoort, bij iemand hoort.*

Bij de aankomst van Carries rijtuigje zag Mattie dat Sol zijn hamer neerlegde en onzeker om zich heen keek, op zoek naar een moment waarop hij even met haar alleen kon zijn. Ze probeerde niet naar hen te kijken toen Sol naar Carrie toeliep, maar ze had het idee dat Carrie zich niet erg op haar gemak voelde. Vervolgens ging zijn mobiel af, draaide Carrie zich abrupt om en liep weg. Mattie bleef naar Sol kijken. Een pijnlijke trek gleed over zijn gezicht. Sol draaide zijn hoofd om en zag dat Mattie naar hem keek. Hun ogen ontmoetten elkaar en hielden de blik van de ander vast. Matties hart bonsde zo luid, dat ze zeker wist dat hij het kon horen, al stond hij een eind bij haar vandaan, maar hij liet zijn hoofd zakken en liep naar de bouwplaats.

Toen Sol op een van de balken sprong en rustig op een gevaarlijke plek bleef staan, kon Mattie het niet helpen dat ze hem bewonderde om zijn gratie. Hij deed al van kinds af aan mee als er een schuur werd gebouwd. Ze fluisterde een gebed voor hem: ze vroeg God of Hij Sol wilde laten zien wat hij allemaal miste en of Hij hem terug wilde brengen naar de plek waar hij hoorde.

Toen Carrie schone borden op de lange picknicktafels zette, zag ze dat een van de mannen zijn handen rond zijn mond zette en riep: '*Fix un faerdich!*' Klaar! Bijna meteen hield het hameren op. De vrouwen haastten zich uit de keuken naar buiten, intussen hun handen afvegend aan hun schort. Iemand telde luid roepend af, terwijl een paar mannen één raamwerk beetpakten en overeind trokken. Een paar anderen liepen snel naar de onderkant van het raamwerk en sloegen het met hamers stevig vast in het cement van de fundering van de schuur. De tegenoverliggende muur werd overeind getrokken, vervolgens de twee kopse kanten, waarna de delen aan elkaar werden vastgezet. De jongste mannen, ook Sol en Abel, klommen net zo makkelijk omhoog in het houten geraamte alsof het een ladder was en takelden de balken voor het dak met touwen omhoog. Binnen een paar minuten tekende het geraamte van de schuur, opgebouwd uit ruwe geelhouten balken, zich af tegen de blauwe winterlucht.

Nog voordat het twaalf uur was, werd de lunch geserveerd. De mannen legden ter plekke hun hamers en spijkers neer, deden hun gereedschapsschorten af en lieten het andere gereedschap vallen. Emma en Carrie hadden buiten de keuken een oude wastobbe gevuld met warm water en er zeep en handdoeken bij gelegd. Al stond er een stevige wind, de mannen hadden een rood gezicht en transpireerden hevig. Ze haastten zich om zich te wassen en een lege plek aan tafel te zoeken. Met een bruusk knikje met zijn hoofd gaf bisschop Graber het signaal voor een stil gebed. De mannen lieten automatisch hun kin op hun borst vallen en hadden zwijgend een vertrouwelijk gesprek met God. Daarna kuchte de bisschop, het signaal om het gebed te beëindigen. De mannen pakten hun vork en schoven het eten naar binnen.

Abel liep als een van de laatsten naar de tafel, hij was achtergebleven om op de plek waar hij aan het werk was nog iets te controleren. Hij krabde zich op zijn hoofd en liep rechtstreeks naar de diaken. Die zat aan het einde van de tafel snel te eten zodat de volgende groep, die langs de kant stond, ook kon gaan zitten en eten.

'In Ohio bevestigen we de muren met bouten aan de fundering.'

De diaken keek nieuwsgierig naar hem op.

'De schuur staat steviger wanneer hij met bouten is bevestigd dan wanneer hij is gespijkerd. Als het stormt, en zo,' zei Abel.

Sol zat een paar plaatsen bij hen vandaan en zei luid: 'En hoeveel schuren hebben jullie de afgelopen paar jaar gebouwd?'

Abels hoofd schoot in de richting van Sol, hij keek hem verward aan.

De diaken kwam tussenbeide. 'Mijn neef in Ohio vertelde mij over deze nieuwe manier van bevestigen met bouten. Het helpt vooral bij een tornado.'

'Maar niet als er brand is,' zei Sol, terwijl hij Abel strak aankeek. 'Hoe kun je het beste een brand stoppen?'

Abel keek strak terug.

De diaken schoof van de bank af om plaats te maken voor

Abel. 'Abel, ga alsjeblieft zitten en eet. Ik wil graag het verhaal over de bouten horen.'

Carrie zag dat de mannen van plaats wisselden en haastte zich om voor Abel te dekken. Terwijl ze zich snel omdraaide om terug te gaan naar de keuken en daar een bord te vullen met karbonades, zag ze dat Emma zich vooroverboog naar John Graber om limonade in zijn glas te schenken. John was gulzig een karbonade aan het wegwerken en leek het niet op te merken. Ze vroeg zich af of Abel had gezien dat Emma zo'n overdreven aandacht aan John besteedde, maar hij was in een diep gesprek verwikkeld met de diaken over het vastzetten van de balken met schroeven. Ze voelde dat Sol naar haar keek en was zich ervan bewust dat hij zag dat ze Abels aandacht probeerde te trekken, maar ze zorgde ervoor dat haar blik de zijne niet kruiste.

Zodra de mannen en jongens klaar waren, gingen ze terug en pakten ze hun hamers weer op. Terwijl nu de vrouwen aan tafel gingen om te eten, begon het oorverdovende hameren weer. Carries stiefmoeder zat tegenover Emma en Carrie.

'Waar is oma vandaag?' vroeg tante Esther.

'Ze is thuis bezig met een quilt,' antwoordde Emma.

Tante Esther keek Emma aan. 'Ze zou naar de quiltbijeenkomsten moeten komen.'

'Ze zegt dat ze liever alleen quilt. Dat voelt als bidden, zegt ze,' vertelde Emma, terwijl ze een karbonade nam. Ze veegde haar mond af met haar servet en leunde voorover op de bank, haar ogen glansden. 'Oma leert me alles wat ze weet, alles over de kleurcombinaties. Ze maakt steekjes zo klein als babytandjes. En ze gebruikt niet eens patronen, die maakt ze gewoon uit haar hoofd...'

'De Amish uit Lancaster quilten anders dan de Amish uit Ohio,' zei Esther. 'Het zou goed zijn als je onthoudt dat er verschil is, Emma.'

Haar moeders reprimande had het effect dat het licht in Emma leek te doven. Haar lach verdween van haar gezicht; ze boog het hoofd als een jonge zwaan. Haar opgewektheid was weg en haar mond verstrakte. Carrie kon het niet aanzien.

Ze moest toegeven dat wat haar stiefmoeder zei, klopte. Lancaster was de oudste nederzetting van de Amish en de meeste kerkleiders daar hielden strikt vast aan de tradities. Toen de nederzettingen zich door het Middenwesten verspreidden, ontstond er ook meer bereidheid om te veranderen en zich aan te passen. Haar stiefmoeders quilts waren als de Amish in Lancaster, bedacht Carrie. Ze zagen er allemaal hetzelfde uit. Oma's quilts, nou, daarvan waren er geen twee gelijk. Zij maakte kleurcombinaties en patronen die niemand anders kon bedenken.

Toch vond Carrie het zielig voor Emma. Elke avond als zij, Andy en Abel na het eten bij elkaar zaten – om *The Budget*, de krant van de Amish in Ohio, te lezen of te scrabbelen of te schaken – bogen oma en Emma zich over een quiltraam. Oma leek al haar kennis over te dragen aan Emma. Emma leerde ook snel. De quilt die ze voor Abel aan het maken waren, deed Carrie denken aan de caleidoscoop die Andy eens had gevonden en mee naar huis had genomen.

Andy kwam naar Carrie gerend, trok aan haar elleboog en fluisterde luid genoeg om zijn stiefmoeder een wenkbrauw te laten fronsen: 'Daar heb je die opgedirkte dame met dat rode haar.' Hij wees naar de weg. Een paar tienerjongens die nog niet gedoopt waren, lieten hun hamers vallen en haastten zich naar haar toe om de auto de bekijken.

Carrie stond op van tafel en liep naar Veronica om haar te begroeten. 'Kom je kijken hoe ze de schuur bouwen?'

'Abel heeft me uitgenodigd.'

Carrie fronste haar wenkbrauwen. Volgens haar lag het iets anders.

'Nou, goed dan.' Veronica rolde met haar ogen. 'Ik weet zeker dat hij het gedaan zou hebben als ik het hem had gevraagd. Waar is hij?'

Carrie wees naar Abels gedaante, die schrijlings op het dak zat en een balk naar boven hees.

'Weet je zeker dat hij het is? Ze zien er allemaal hetzelfde uit.'

'Dat is hem.'

Ze liepen iets dichter naar de schuur toe en roken de zoete geur van dennenhout.

'Is het niet een prachtig gezicht?' vroeg Carrie haar. 'Dat ze in één dag een complete schuur bouwen.' Ze wees naar de zijkanten van het dak. 'Voor het middageten is het geraamte klaar. En 's middags wordt het dak geïnstalleerd. Daar werkt Abel nu aan.'

Veronica tuurde in het felle zonlicht. 'Jullie soort mensen doet niets snel. Waarom zou je in vredesnaam in een dag een schuur willen bouwen?'

'Het punt is niet dat het snel moet, Veronica. Als mensen samenwerken, gebeuren er prachtige dingen. Een schuur bouwen is een imposant project van broederliefde.'

'Misschien moet ik hen allemaal inhuren om Honor Mansion af te bouwen.' Veronica liep nog dichter naar de schuur toe. 'Abel! Abel! Joehoe!' Ze zwaaide in de lucht naar Abel.

Het staccato geluid van kloppende hamers overstemde haar geroep, dus liep ze terug naar de auto.

Als in een droom, waarin haar voeten vastzaten in drijfzand, realiseerde Carrie zich langzaam wat er ging gebeuren. Ze probeerde Veronica nog tegen te houden, maar het ging allemaal te snel. Veronica leunde over het portier van haar auto heen en drukte op de claxon. Daarna riep ze Abel nog eens en drukte nog een keer. Abel draaide zich verschrikt om, verloor zijn evenwicht en gleed van het dak.

Zijn val werd eerst gebroken door een balk, daarna door de zolderplanken. Voordat anderen doorhadden wat er gebeurde, rende Carrie de schuur in, klauterde ze een ladder op en stapte ze voorzichtig op de nog niet vastgespijkerde vloer. Abel lag op zijn zij gedraaid te kreunen, zijn ene arm in een vreemde hoek gebogen.

'Hij moet naar het ziekenhuis,' zei de diaken, terwijl hij vanaf de top van de ladder naar Abel gluurde. Hij draaide zich om naar de menigte beneden en zag Veronica tussen de Amish mannen en vrouwen staan. 'Kunt u een ambulance bellen?'

'Ik breng hem zelf wel!' riep Veronica. 'Dat gaat sneller dan met de ambulance!'

Abel legde zijn goede hand op Carries onderarm. '*Komm mit, bitte?*'

Carrie knikte.

De mannen maakten een brancard om Abel naar de grond te laten zakken en droegen hem naar Veronica's auto. Carrie ging op zoek naar Emma, zei tegen haar dat ze wegging en dat Emma Andy mee naar huis moest nemen. Daarna haastte ze zich naar Veronica's auto, maar Sol hield haar tegen. 'Ik ga ook mee, Carrie. Misschien kan ik helpen.'

De woorden waren eruit voordat ze er erg in had. 'Zoals je Daniel hebt geholpen?' Ze schudde zijn hand van haar arm, klom in de passagiersstoel en negeerde de pijn in Sols ogen.

Abels lichaam verstijfde en hij probeerde een kreet van pijn te onderdrukken. Die werd alleen maar erger, omdat Veronica zo wild reed. Het leek alsof ze bewust probeerde elk gat in de weg te raken en elke hobbel te nemen.

Sol keek toe hoe Carrie vertrok met die Abel Miller, die kreunde alsof hij doodging, net een grote baby. Sol vroeg zich af wie die knappe *Englische* vrouw met de sportwagen was. Hij vond het vervelend dat Carrie allemaal mensen kende die hij niet kende. Moedeloos ging hij met de andere mannen weer aan het werk op het dak. Hij timmerde er dakspanen op, totdat de zon onder begon te gaan. Toen de mannen tevreden waren omdat de schuur waterdicht was, pakten ze hun gereedschap in. Sol gaf zijn gereedschap en timmermansgordel aan zijn vader. Hij wilde er snel vandoor, voordat zijn moeder hem klemzette en vroeg wanneer hij weer thuis kwam. Het deed hem pijn, de manier waarop ze het vroeg. Smeekte bijna.

Sol liep de straat uit naar de kruising, om daar de bus te pakken. Hij wilde dat hij met de auto was gekomen. Hij was bang geweest dat hij er problemen mee zou krijgen, maar niemand zou het hebben gezien, stelde hij vast. Met zijn armen over elkaar tegen de wind dreven zijn gedachten af naar Carrie. Toen zijn moeder hem schreef dat de schuur werd gebouwd, had Sol er de hele week naar uitgekeken Carrie te zien. Maar het was allemaal niet gegaan zoals hij had gehoopt. Hij had gedacht dat Carrie hem misschien graag wilde zien, maar dat was niet zo. Toen ze tegen hem praatte, niet meer dan drie of vier woorden, was haar mond vertrokken tot een dunne streep. En toen ging ook nog zijn mobiel af! Hij fronste zijn wenkbrauwen en rolde met zijn ogen. Hij voelde nog steeds de taxerende ogen van de vrouwen toen hij aan de telefoon was. En het was ook nog dat meisje Alicia!

Sol slaakte een moedeloze zucht. Hij dacht dat hij en Carrie terug konden naar waar ze waren gebleven. Toen hij haar vandaag zag, voelde hij een scherpe pijn, omdat hij zich opnieuw realiseerde hoe mooi ze was, hoe prachtig haar grote blauwe ogen waren. Hij verlangde zo naar haar. Maar zijn relatie met Carrie was, als een op hol geslagen paard, een totaal andere kant opgegaan en hij had geen idee hoe hij het weer in het spoor moest krijgen.

Sol dacht terug aan een gesprek van een paar jaar terug met Jacob Weaver. Hij scheen toen met een zaklantaarn op Carries slaapkamerraam en werd betrapt door haar vader.

Hij stond op de veranda en sloeg gade wat Sol aan het doen was. 'Wat ben je van plan, Solomon?'

Bijna niemand noemde hem zo, alleen haar vader. Sol dacht altijd dat het zijn manier was om hem eraan te herinneren waar die naam voor stond. Sol besloot eerlijk tegen hem te zijn. Hij deed de zaklamp uit en liep naar Jacob Weaver toe. 'U weet het toch van Carrie en mij.'

Jacob Weavers mond viel open, zijn volle baard rustte op zijn borst, alsof hij nadacht. Carries vader was niet groot van postuur, maar door zijn manier van doen gaf hij Sol het gevoel hij maar een nietig mannetje was. 'Het spijt me, jongen. Je kunt er beter niet op rekenen dat je mijn zegen krijgt.'

Sol keek Carries vader geschokt aan. 'Waarom niet? U kent mij al vanaf dat ik klein was. Waarom ben ik niet goed genoeg voor uw dochter Carrie?'

Jacob Weaver leunde met zijn handen op het hekwerk van de veranda en dacht langzaam na. Uiteindelijk was het antwoord: 'Ik ken je al heel lang. Daarom vind ik het niet goed.'

'Wat?!'

'Zolang ik je ken, heb ik je in de kerk, tijdens het bouwen van schuren en andere bijeenkomsten altijd als eerste zien eten, samen met de oudere mannen.'

Sol haalde zijn schouders op. 'Ik werkte hard. Ik had honger.'

'Ja, ja, dat geloof ik graag. De andere jongens ook. Maar zij wachtten wel, uit respect voor de ouderen. Het lijkt een heel onbeduidend iets, ik weet het, maar dat is het niet alleen. Het gaat om het achterliggende idee. Jij denkt altijd eerst aan jezelf.' Jacob Weaver schudde zijn hoofd. 'Ik laat mijn dochter niet trouwen met een man die eerst aan zichzelf denkt.'

Sol keek Carries vader recht in het gezicht aan en zei: 'Ik zal heel goed voor haar zorgen.'

Jacob Weaver liet zijn ogen afdwalen. 'Het spijt me, Solomon.' Even later keek hij op. 'Maar ik denk van niet.' Hij draaide zich om en wilde weglopen.

'Wie dan?' vroeg Sol hem. 'Wie, meneer Weaver? Wie is er wel goed genoeg voor Carrie?'

Jacob bleef even staan, maar liep toen naar binnen. Deze keer liet Sol hem gaan. De manier waarop hij zijn rug rechtte, vertelde Sol dat Jacob Weaver iemand anders voor Carrie in gedachten had. Hij realiseerde zich ook dat zijn besluit vastlag.

Dat was de eerste keer dat Sol erover dacht om samen met Carrie te vertrekken.

Ineens realiseerde hij zich dat hij vandaag tijdens de bouw van de schuur tegelijk met de eerste ploeg van oudere mannen had gegeten. Hij had er niet eens over nagedacht, was gewoon op een lege plek gaan zitten. Hij sloeg met zijn hand tegen zijn voorhoofd, alsof dit bewees dat Carries vader gelijk had. Maar meteen voelde hij weer de drang haar terug te winnen.

Om te bewijzen dat haar vader het bij het verkeerde eind had.

Een rijtuigje kwam met ratelende wielen langsgereden, waarna het naar de kant van de weg stuurde en stopte. Een hoofd met een witte muts kwam door het raampje naar buiten. 'Hulp nodig, Sol?' riep Mattie.

O, je weet niet half hoe veel! dacht hij, terwijl hij het op een holletje zette om met haar mee te rijden.

Bij het ziekenhuis aangekomen hielp Carrie Abel naar de eerste hulp, terwijl Veronica haar kleine rode cabrio parkeerde. Een verpleegster zag hoe hij met een van pijn verwrongen gezicht krampachtig zijn arm vasthield en wees op een bed achter een gordijn. Abel ging voorzichtig languit op het bed liggen, pakte Carries hand beet en wilde niet loslaten. Hij hield haar hand zo stevig vast, dat deze witte vlekken kreeg.

'Abel, ze moeten je onderzoeken,' zei Carrie tegen hem. 'Je moet me loslaten. Ik wacht in de wachtkamer tot je klaar bent.' Maar hij wilde haar niet loslaten.

'Blijf maar gewoon hier,' zei de verpleegster, terwijl ze het gordijn dichtsjorde rond het bed. 'Mannen vinden het fijn als hun vrouw naast hun bed staat.'

Carrie schudde haar hoofd. 'Ik ben niet...'

De verpleegster onderbrak Carrie en stelde haar een paar vragen over het ongeluk. Daarna knipte ze Abels hemd kapot. Carrie voelde haar wangen rood worden bij het zien van zijn ontblote borst, maar wilde nog liever weg omdat Abels arm helemaal scheef stond. Hij wilde haar hand nog steeds niet loslaten.

Veronica kwam vanuit de hal luid ruziënd met een van de verpleegsters de kamer binnenzeilen. 'Wat bedoelt u daarmee, dat alleen familie bij hem mag? Ik ben zijn vriendin!'

Carrie boog zich voorover en fluisterde tegen Abel: 'Ik denk dat Veronica graag bij je blijft.' Ze hoopte dat dit hem ervan zou overtuigen haar hand los te laten.

'*Nee*,' fluisterde hij terug en hij kromp ineen, omdat er een pijnscheut door zijn lichaam trok.

'Sinds wanneer spreek jij ons dialect?' vroeg Carrie, terwijl ze met haar vrije hand het haar uit zijn ogen streek om hem te troosten. Net zoals ze bij Andy deed als hij ziek was of zich niet lekker voelde.

Hij probeerde te lachen, maar gaf het op.

'Oké, vriend,' zei de verpleegster en ze wikkelde de band van de bloeddrukmeter om Abels goede arm. 'Laat haar hand maar los. Ik moet je bloeddruk meten.'

Opgelucht wurmde Carrie haar hand uit de greep van de zijne.

Nadat ze Abels bloeddruk had opgenomen, nam de verpleegster zijn pols. Fronsend vroeg ze: 'Waarom gaat je pols zo snel?' Ze gluurde naar hem en vervolgens naar Carrie, die zijn haar streelde. 'Hé, maat, stop even met naar haar te kijken en kijk eens naar mij.'

Abel draaide zijn hoofd naar de verpleegster en keek haar vragend aan, terwijl zij twee vingers op zijn pols hield.

'Dat dacht ik al. Nu gaat ie naar beneden.' Ze rolde met haar ogen. 'We rijden je naar de röntgenafdeling, daarna vertelt de dokter je wat voor puinhoop je van je arm hebt gemaakt.' Ze snoof. 'Alsof wij dat niet allang hebben gezien.' Ze sjorde het gordijn weer open en gaf een ruk aan de brancard, waarna ze hem de gang op reed om naar de röntgenafdeling te gaan.

Abel keek smekend achterom naar Carrie. '*Bleib do!*' Blijf hier!

'*Druwwelt nix, Abel,*' zei ze geruststellend. 'Er blijft iemand hier.'

Carrie hoorde de verpleegster tegen Abel mompelen: 'Ongelofelijk, vriend. Jij hebt het te pakken.'

Carrie liep handenwrijvend de wachtkamer in, in een poging weer gevoel te krijgen in de hand die Abel het afgelopen uur had afgeknepen.

'*Sis Schaade! Sei Dod waar ganz unverhofft!*' riep iemand luid, omdat hij haar gebaar opvatte als een blijk van diep verdriet.

Carrie keek verbaasd op en zag een stuk of zes Amish mannen en vrouwen staan die hadden geholpen bij het bouwen van de schuur. Ze wachtten geduldig op nieuws over Abel. Onder hen ook de diaken en de bisschop.

'O, nee! Hij is niet dood,' stelde ze hen gerust, intussen nog steeds met haar vingers wriemelend. 'Hij heeft een gebroken arm, hij is niet dood.'

'Atlee, misschien moet jij Carrie thuisbrengen. Jullie kunnen allemaal naar huis,' zei de diaken, terwijl hij de kamer rondkeek. 'Ik blijf hier.'

'Zou u dat willen doen? Hij wil dat er iemand blijft, maar ik...' *Ik wil naar huis*, dacht Carrie. Het was een lange dag geweest.

'Ik blijf wel bij hem,' zei Veronica, die net met een bekertje koffie uit de koffieautomaat in haar hand de hoek om kwam lopen. Ze wierp Carrie een afgemeten blik toe.

'Dank je wel,' zei Carrie dankbaar en ze meende het.

De diaken belde een mennonitische taxichauffeur die een busje had, om hen allemaal naar huis te brengen. Het was inmiddels donker en Carrie was even nieuwsgierig naar de nieuwe schuur van de familie Stoltzfus, maar meteen daarna schoten haar gedachten door naar Sol. Toen het busje stilhield bij Cider Mill Farm, dankte ze iedereen voor zijn of haar hulp.

Zelfs de bisschop, niet bekend om zijn fijngevoeligheid, zag dat Carrie zich zorgen maakte. 'Alles komt goed met die jongen, Carrie. Hij is een jonge vent. Die zijn snel beter.'

Carrie knikte.

'Die *Englische* vrouw. Zij is degene die zich ellendig moet voelen. Zij heeft dit allemaal veroorzaakt,' zei de diaken.

Carrie haalde haar schouders op. Veronica McCall kon haar op dit moment geen zier schelen. Zelfs Abels gebroken arm niet.

Het sneeuwde licht toen Veronica terugkwam op Cider Mill Farm. Abel zat naast haar op de passagiersstoel, zijn arm verpakt in net aangebracht stijf gips, hangend in een blauwe mitella. Emma en Carrie gingen naar buiten om hem te helpen, maar hij leek helemaal geen pijn te hebben. Zijn wijd opengesperde ogen staarden in het niets.

Carrie legde een arm om Abels middel en Emma deed hetzelfde aan de andere kant. 'Emma, hij moet niet naar die koude werkplaats. Ik denk dat hij voorlopig even in jouw kamer moet slapen. Jij kunt bij mij slapen.'

Abel begon heel hard te zingen, een gek liedje over dat hij zijn hart op een busstation had achtergelaten.

'Hij zit zwaar onder de pijnstillers,' zei Veronica. 'Dit zijn de medicijnen die de dokter hem heeft voorgeschreven.' Ze gaf Carrie een witte papieren zak. 'Hij moest maar een van die roze pillen, maar ik heb hem er twee gegeven, zodat hij kon slapen.' Ze keek op haar horloge.

'Ik moet er gauw vandoor. Ik heb morgenochtend een videoconferentie. Zeg Abel maar toedeloe van mij!'

'Toedeloe?' vroeg Emma zeer verbaasd. 'Je wilt dat we "toedeloe" tegen hem zeggen? Wat zou je denken van: "Het spijt me dat ik zo nodig op de toeter moest drukken, waardoor jij van het dak van de schuur viel?"'

Veronica's ogen vernauwden zich tot spleetjes, zoals bij een kat. 'Het was een ongeluk. Ongelukken gebeuren.'

Carrie hielp samen met Emma Abel in bed. Hij bleef maar zingen, het ene liedje na het andere, totdat Emma tegen hem schreeuwde: 'Als je niet stil bent, Abel Miller, stop ik een sok in je mond! Je maakt oma en Andy wakker!'

Omdat ze zo boos tegen hem deed, begon Abel te huilen. Emma gooide haar handen in de lucht en verliet de kamer.

Carrie trok zijn schoenen uit en trok de deken over hem heen. Voorzichtig, zodat er niet te veel gewicht op zijn gips lag. 'Goed dat je niet drinkt, Abel Miller. Wat zie je eruit!'

'Waarom ben je niet bij me gebleven, Carrie?' vroeg hij korzelig fluisterend.

'Och, Abel, je hebt bijna mijn hand gebroken. Ik ben zo lang gebleven als ik kon. Er waren daar zo veel mensen. De hele wachtkamer zat vol.' Ze rechtte haar rug. 'Bovendien had je haar. Je had mij niet nodig.'

'Maar ik wilde *jou*,' zei hij, waarna zijn ogen dichtvielen.

Carrie raakte hem met de topjes van haar vingers zachtjes aan op zijn wang. 'Stil nou maar met dat dwaze geklets en ga slapen.' Ze zag dat zijn ademhaling regelmatiger werd en uiteindelijk sliep hij. Ze haalde het pillendoosje uit de zak van haar schort en zette het op zijn nachtkastje. Twee pillen tegen de pijn had ze hem gegeven, zei Veronica, terwijl er op het label een waarschuwing stond dat hij niet meer dan één pil in de zes uur mocht hebben. Wat dacht ze wel niet?! De logica van die vrouw ontging haar volledig.

Ze leunde voorover om de gaslamp naast zijn bed uit te doen, waarna het pikdonker werd in de kamer.

Toen Carrie haar slaapkamer binnenliep, was Emma haar lange haar aan het kammen en vlechten. 'Slaapt hij?' vroeg Emma.

'Volgens mij wel,' antwoordde Carrie. Ze hing haar schort aan de haak en pakte haar nachthemd.

Emma legde haar borstel neer, zette haar handen onder haar kin en leunde op haar ellebogen. 'Moeder vertelde dat John Graber nu van Alva is.'

'Alva Brenner?'

Emma knikte bedroefd.

Carrie liep naar het bed en ging naast haar zitten, haar nachthemd op haar schoot. 'O, Emma. Wat weet je moeder nu van dat soort dingen?'

Met gebogen hoofd antwoordde Emma: 'Hij komt tegenwoordig nooit meer langs.'

Nu Carrie erover nadacht, had Emma gelijk. John Graber was de afgelopen paar weken niet meer op Cider Mill Farm geweest. Hoe kon haar dat zijn ontgaan? Pas nog vroeg Abel haar of er iets met Emma was. Toen ze vroeg waarom hij dat dacht, zei hij: 'Ze kijkt zorgelijker dan anders.'

Ging ze zo op in haar eigen problemen, dat ze blind was voor die van Emma? vroeg ze zich af, terwijl ze de haarspelden uit haar knotje trok en in haar schoot legde. 'Ben je erg teleurgesteld?'

Emma knikte vlug. 'Oma had me beloofd...' Ze perste haar lippen op elkaar.

'Had je wat beloofd?'

'Oma heeft een speciale thee gemaakt en die aan John gegeven, zodat hij altijd van me zou blijven houden.' Ze keek vanuit haar ooghoeken naar Carrie. 'Kijk niet zo naar me, Carrie.' Emma's ogen vulden zich met tranen. 'Ik wil alleen maar...'

Carrie gaf Emma een zakdoek om haar tranen te drogen. 'Wat wil je?'

Emma snoot luidruchtig haar neus. 'Ik wil iemand die, nou ja, net zo naar mij kijkt als Abel naar jou.'

'Wat?' vroeg Carrie stomverbaasd. 'Houd op met die onzin.'

Emma was klaar met vlechten. 'Het is geen onzin, Carrie. Hij is verkikkerd op jou.'

'Emma, Abel heeft alleen maar belangstelling voor Veronica McCall.'

Emma schudde haar hoofd. 'Ik heb het hem recht op de man af gevraagd. Ik zei tegen hem: "Waar ben je mee bezig, dat je naar de hand dingt van die opgedirkte *Englische* vrouw?" Ik zei tegen hem dat het absoluut verkeerd was – allebei uit een totaal ander nest en zo – en dat die vrouw eruitzag alsof ze alleen maar problemen zou veroorzaken. Hij zei tegen me: "Emma, ik hoef haar niet!" Hij zei dat hij alleen maar voor haar werkte omdat ze hulp nodig had en hij werk moest hebben en dat hij probeerde haar uit de Bijbel te leren." Ze stak waarschuwend haar vinger op naar Carrie. 'Maar zij aast op hem als een hen op een pier.'

'Nou ja, zij mag dan misschien het initiatief nemen, maar als je het mij vraagt, doet hij niets om eraan te ontkomen.' Emma wist niet van al die keren dat Carrie Veronica en Abel in de cabrio had gesnapt en de ramen helemaal beslagen waren. Toen Carrie een keer 's avonds laat niet kon slapen, zag ze Veronica zelfs bij Abel uit de werkplaats komen. Carrie stond op en maakte de knopen van haar jurk los, maar halverwege stopte ze. 'Je hebt oma's rare remedies niet nodig om ervoor te zorgen dat een man van je houdt, Emma.'

'Wat moet ik dan doen?' vroeg Emma verloren. 'Ik wil niet net zo worden als Maedel. Ik word oud. Mijn rimpels lijken wel koeienvliegen, het worden er steeds meer. Ik wil een man en een eigen gezin.'

Carrie liep naar haar toe en vlocht intussen het laatste stukje van haar vlecht. 'Je kunt dat beter aan God voorleggen dan aan oma.'

Emma glimlachte flauwtjes naar haar. 'Nu ben je net onze Abel als hij in de stemming is voor een preek.'

Eigenlijk vond Carrie die opmerking meer klinken als Mattie. Abel haalde Bijbelverzen aan en spuide allerlei theologische verhalen, Mattie had het over vertrouwen in God voor alles. Beiden hielden met heel hun hart van God. Carrie geeuwde en probeerde comfortabel te gaan liggen. Ze lag helemaal tegen de rand aan gedrukt, omdat Emma het hele bed in bezit had genomen.

Het duurde heel lang voordat Carrie in slaap viel. Ze wilde dat ze deze dag nog eens kon overdoen. Het was een vervelende dag geweest en ze voelde zich akelig. Wanneer kon ze nu eens bij Sol zijn zonder dat binnen in haar alles heftig in beroering was?

Emma's ademhaling ging over in een luid gesnurk, waarna Carrie een kussen tegen haar oren drukte.

Welke pillen Veronica Abel ook had gegeven, hij was volkomen gevloerd. Tegen lunchtijd was Carrie inmiddels zeer bezorgd dat hij die nacht misschien was overleden. Ze liep op haar tenen naar de rand van zijn bed en legde haar hand op zijn voorhoofd. Bij het voelen van haar aanraking kwam hij overeind. Hij opende zijn ogen en knipperde een paar keer.

'Hallo,' zei ze. 'Hoe voel je je?'

'Weet het niet.' Hij deed zijn ogen weer dicht. 'Ben net wakker.'

'Denk je dat je iets kunt eten?'

Hij haalde diep adem. 'Die koffie ruikt heerlijk.'

'Ik breng je een beker.'

'Carrie, wacht...'

Ze legde een hand op de deurklink en draaide zich weer om naar hem. 'Ik kan beter die koffie voor je gaan halen. Je keel doet ongetwijfeld heel erg zeer, je hebt gisteravond zitten janken als een prairiewolf met liefdesverdriet.' Bij het zien van de verschrikte blik in zijn ogen, vervolgde ze: 'Rare *Englische* liedjes. Nog vals ook. Het was vreselijk.'

Beneden waren oma en Emma bezig met de afwas.

'Hoe gaat het met onze Abel?' vroeg oma.

'Hij overleeft het wel, denk ik,'antwoordde Carrie. 'Hij wil graag koffie, als dat er nog is.'

'Dat is een goed teken,' zei Emma.'Denk je dat hij honger heeft? Er is nog een restje pannenkoekbeslag.'

Om redenen die Carrie niet kon uitleggen, voelde ze zich ineens beschroomd wat betreft Abel. Ze gaf de dampende beker koffie aan Emma. 'Waarom breng jij deze niet naar hem en vraag je het hem zelf niet?'

Zodra ze klaar was met haar huishoudelijke karweitjes, sloeg Carrie haar omslagdoek om en ging naar de boomgaard. Daar liep ze door de papperige sneeuw en modder heen en weer tussen de bomenrijen. Ze was nog steeds van slag door het weerzien met Sol en wist dat ze haar gedachten op iets anders moest concentreren. Ze controleerde de stakerige takken van de appelbomen en stelde vast dat het tijd werd om te snoeien. De winter was nu half voorbij.Voorbij of niet, het voorjaar lag om de hoek.

Carrie liep de schuur in en zocht de zagen bij elkaar die ze nodig had om de bomen te snoeien. Ze probeerde zich te herinneren welke Daniel en zijn vader altijd hadden gebruikt. Ze was dankbaar dat de mannen de bomen een jaar geleden zo goed hadden gesnoeid dat ze nu alleen maar de sporen hoefde te volgen die zij hadden achtergelaten.

Carrie had nooit eerder zelf een zaag geslepen, maar had vaak genoeg gezien hoe haar vader het deed. Ze stak een gaslamp aan, ging aan de slijpsteen zitten en trapte met haar voeten op de pedalen, waardoor het wiel ging draaien.

Plotseling gleed de schuurdeur open. 'Wat krijgen we nou?' vroeg Abel aan Carrie, terwijl hij naar de slijpsteen toeliep.

Haar voeten stopten met trappen.'Jij hoort in bed.'

'Ik ben niet ziek. Ik heb alleen een zere arm.'

'Dat zou ik zeggen.' Ze richtte haar aandacht weer op het zaagblad.

'Carrie, wat ben je aan het doen?'

'Ik slijp de zaagbladen, zodat ik de appelbomen kan snoeien.'

Zijn mond viel open. 'Jij?'

'Als ik het niet doe, gebeurt het niet.'

'Ik doe het voor je. Geef me alleen even wat tijd om er weer bovenop te komen.'

'Niet met die gebroken arm, Abel. Zo lang kan het niet wachten.'

Abels gefronste blik veranderde in ergernis. 'Carrie, een paar dagen later maakt echt niet uit.'

Carries voeten stopten opnieuw en ze keek hem strak aan. 'Abel, deze boomgaard is mijn verantwoordelijkheid. Ik moet dit doen. De boerderij moet verzorgd.'

Hij keek weer zo vreemd, alsof hij iets te verbergen had. 'Ik kan de onderste takken afzagen.'

Carrie vond het idioot dat hij het zelfs maar voorstelde, nu zijn ene arm stevig in het gips zat. 'Doe wat je niet laten kunt. Maar morgen ga ik aan de slag.'

'Nou, je slijpt die bladen anders aan de verkeerde kant, dus als je me je niet laat helpen, wordt het nog een hele zware klus.'

Ze sprong van de kruk en maakte een gebaar van 'ga je gang'.

De volgende morgen bij het ontbijt zei Carrie tegen Emma dat zij en Abel de bomen gingen snoeien. Emma perste haar lippen stevig op elkaar, waarna ze achter elkaar opsomde waarom dit een dwaas idee was. Abel zat in zijn stoel een roerei te eten en keek zelfvoldaan.

Emma wees met een vinger naar Abel. 'Wat denk je überhaupt aan hem te hebben? Hij is een vogel die maar één vleugel heeft om te vliegen.'

Abel sloeg zijn donkere ogen op, maar zei niets.

Carrie zuchtte. 'Emma, kun jij het huishoudelijke werk doen als ik die bomen aan het snoeien ben?' Ze stond op en bracht de gebruikte borden naar het aanrecht.

'Als mama wist...'

Carrie draaide zich vliegensvlug om. 'Ze weet het niet en ze hoeft het niet te weten. Dit is mijn huis, Emma, niet dat van je moeder.'

Emma perste haar lippen op elkaar.

Carrie sloeg een cape om. Nadat ze Old-Timer voor de wagen had gespannen, haastte ze zich naar de schuur en sleepte ze de zoldertrap naar buiten naar de wagen. Abel tilde het achtereind op en hielp haar de trap op de bodem van de wagen te schuiven. Hij dacht aan de gereedschapskist en schoof die naast de trap. Carrie klom op de wagen, zelf hees hij zich op de bok. Bij de verst weg gelegen bomengroep liet ze het paard halt houden. Ze nam niet de moeite de teugels aan een boom vast te binden. Old-Timer was te oud om te bedenken dat hij ervandoor wilde.

Abel bekeek vanaf de bok de eindeloze rij bomen. 'De vorm van die bomen is prima. Genoeg ruimte voor het licht. We moeten alleen de nieuwe aangroei terugsnoeien.'

Carrie klom van de wagen, sjorde de trap eraf en sleepte hem naar de dichtstbijzijnde boom.

Abel klom langzaam en voorzichtig als een oude man van de wagen. 'Luister, Carrie...'

Ze hoorde aan zijn stem, dat hij haar wilde vertellen dat ze niet besefte waar ze aan begon. Ze sloeg haar armen over elkaar, gooide haar hoofd in haar nek en keek hem strak aan. 'Wat is er, Abel?'

Hij keek Carrie even aan en gaf toen een zacht duwtje tegen de rand van zijn hoed. 'Ik heb ook een paar snoeitangen meegenomen. Gebruik jij die, dan gebruik ik de zagen.'

Carrie vond het heerlijk om buiten te werken, dat deed ze veel liever dan schoonmaken, koken en het huis bijhouden. Emma deed liever het vrouwenwerk. *Slavenwerk*, dacht Carrie en vervolgens verontschuldigde ze zich, naar gewoonte, fluisterend tegenover God voor haar hoogmoedige hart. In de ogen van God was al het werk heilig.

Na een uur had Carrie echter alleen nog maar de bovenste takken van één boom gesnoeid. Op haar handpalm had zich een blaar gevormd en haar tenen waren verstijfd van de kou. Het was zwaarder werk dan ze ooit had gedacht. De spieren in haar schouders en armen deden al zeer als ze tegen de trap leunde om de tak te snoeien. Ze pauzeerde even en keek langs de lange, evenwijdige rijen bomen. Gisteravond had ze er een rekensommetje op losgelaten: ongeveer honderd bomen per halve hectare en het was acht hectare. Ze zuchtte. Er kwam geen eind aan deze klus.

Abel ging ook langzaam. Hij had geprobeerd de onderste takken te snoeien, maar dat wilde niet met zijn arm in een mitella. Bovendien stond hij uit balans. Hoewel het een koude morgen was, zag Carrie de zweetdruppels op zijn voorhoofd staan. Hij zag er ook bleek uit. Ze wist zeker dat zijn gebroken arm zeer deed, maar hij was te koppig om het toe te geven.

'Laten we even rusten,' zei Carrie, nadat hij even gestopt was om zijn gezicht met een zakdoek af te vegen.

Ze klom van de trap af, ging op een deken tegen een boomstam zitten en trok haar knieën op om warm te blijven. Ze legde haar voorhoofd op haar knieën. 'Dit lukt me niet,' zei ze hardop. 'Ik kan dit niet in mijn eentje.'

Abel leunde tegen de wagen. 'Nou, dank je hartelijk.'

Carrie tilde haar hoofd op en keek hem aan. 'Zo bedoelde

ik het niet.' Ze zuchtte en boog haar hoofd weer naar beneden.

'Het beheer van een boomgaard is zwaar werk, Carrie,' zei hij.

Haar hoofd schoot omhoog. 'Je wilt dus dat ik het gewoon opgeef?'

'Nee, dat niet...'

Toen ze het eindelijk aandurfde Abel aan te kijken, keek hij haar strak aan, met die schuldige blik in zijn ogen. Hij richtte zijn ogen op de bomen verderop in de rij, alsof hij niet wilde dat ze zag dat hij naar haar keek.

Carrie stond op en rekte zich uit. 'Mag ik je iets vragen?'

'Ga je gang,' antwoordde hij, terwijl hij een oude doek achter uit de wagen graaide.

'Wat is er met je ouders gebeurd? Hoe ben je bij de familie Miller terechtgekomen?'

Abel keek haar verbaasd aan, alsof dat het laatste was wat hij verwacht had dat ze zou vragen. Hij pakte de doek en veegde er de boomzaag mee schoon. 'Oom Eli was mijn moeders oudere broer. Mijn moeder is uit de kerk gestapt en ervandoor gegaan met mijn vader, een *Englischer.* Ze zijn nooit getrouwd, daarom draag ik mijn moeders achternaam.' Hij legde de zaag neer en pakte Carries snoeitangen. 'Ze stierf bij een auto-ongeluk toen ik vijf was.'

'En je vader?'

Abel haalde zijn schouders op. 'Ach ja, de politie had er niet zo veel mee op dat mijn vader drugs verkocht. Ze gooiden hem in de gevangenis en ik kwam terecht bij de pleegzorg.'

Carrie kon moeilijk geloven dat er zulke ouders waren, ouders die zich ontdeden van hun verantwoordelijkheden ten opzichte van hun kinderen, alsof ze een stel oude kleren waren. Voor de Amish draait alles in het leven om het gezin.

Kinderen hebben is een grote zegen van God.

Abel pakte de waterfles en gaf hem aan Carrie. Ze schudde haar hoofd, dus nam hij zelf een slok.

'Wat is er daarna met jou gebeurd?' vroeg Carrie.

Abel veegde zijn mond af met de achterkant van zijn mouw. 'Toen ik in het systeem zat, kwam ik een paar keer in een lastige situatie terecht en dus in het JPC.'

'Wat is dat?' vroeg ze.

'JPC? Een Justitieel Pedagogisch Centrum. Dat is, nou ja, een soort jeugdgevangenis.'

Zijn ogen keken haar lachend aan bij het zien van haar geschokte gezicht. Haar wangen gloeiden, ze was zich bewust hoe naïef ze leek.

'De laatste keer dat ik uit de jeugdgevangenis kwam, kreeg ik te horen dat een familielid bereid was me in huis te nemen. Een oom bij de Amish.' Abel glimlachte. 'Het enige wat ik op dat moment wist, was dat de Amish in rijtuigjes reden en een baard droegen.'

'Hoe oud was je toen?'

'Dertien.' Abel wreef met zijn hand over de plek in zijn nek waar de mitella langs schuurde. 'Daniel was twee jaar ouder. We konden het van meet af aan goed met elkaar vinden.' Hij grinnikte. 'Al was niet iedereen daar blij mee. Ik heb Daniel vaak overgehaald kattenkwaad uit te halen. Heel vaak.'

Carries ogen gleden langs de lange rij appelbomen, daarna keek ze op naar Abel. 'Je dacht er zelfs toen dus niet over na om je te laten dopen en lid te worden van de kerk?'

Abel keek haar scherp aan. 'Toen deed ik al het mogelijke om te bewijzen dat ik niets of niemand nodig had.' Hij raapte een droge, verschrompelde appel van vorig jaar van de grond en gooide hem zo ver weg als hij kon. 'Zoals ik al zei, ik was een rotte appel.'

Het moet verschrikkelijk zijn om nooit ergens bij te horen, dacht Carrie. Als je een Amish was, hoorde je altijd ergens bij, maakte je altijd deel uit van een geheel. Ze vroeg zich af of Abel het vol zou houden altijd alleen te blijven. Zij vond dat maar niets. Zij had anderen nodig, behoefte aan die plek aan tafel. Ze realiseerde zich dat als ze met Sol vertrokken was, ze misschien nooit het gevoel had gehad ergens bij te horen. Even liet ze daar stilzwijgend haar gedachten over gaan. Langzaam gleden haar ogen omhoog en ontmoetten die van Abel. 'Als jij zo'n rotte appel was, waarom ging je dan de gevangenis in voor Daniel?'

'Carrie, je kent Daniel. Je weet hoe gevoelig hij was. Denk je echt dat hij het had overleefd in de gevangenis?'

Verbaasd besefte Carrie dat Abel gelijk had. Daniel was niet... zo'n flinke kerel.

Abel trok zijn wenkbrauwen op. 'Denk nu niet dat ik een heilige was. Daniel leek nog het meest op de broer die ik anders nooit had gehad.' Hij schopte met zijn voet tegen de grond. 'Ik zou alles voor hem hebben gedaan.'

Carrie keek naar zijn silhouet dat zich aftekende tegen de diepe, eindeloos blauwe lucht boven hun hoofd. 'Abel Miller, soms denk ik dat je meer een Amish bent dan de rest van ons.'

De volgende morgen vroeg kleedde Carrie zich aan en liep naar de keuken. Ze vroeg zich af hoeveel dagen en weken het zou duren tot ze de bomen had gesnoeid. Haar lichaam deed pijn, spieren waarvan ze niet wist dat ze die had, voelden stijf. Vandaag zou Andy hen in elk geval helpen, omdat het zaterdag was.

Net toen ze koffie in een thermoskan schonk om mee

te nemen naar de boomgaard, hoorde ze een rijtuigje de oprijlaan oprijden. Omdat het nog donker was, zag ze alleen een lantaarn, maar toen zag ze er nog een. En nog een. Ze gooide haar cape om haar schouders en liep naar buiten. Abel hoorde de rijtuigjes ook en kwam de schuur uit. In zijn goede hand droeg hij een emmer, tot de rand toe gevuld met Hopes verse, geurig dampende melk.

Terwijl hij van het eerste rijtuigje sprong, groette de diaken hen. '*Wie geht's!*'

Abel en Carrie liepen verbaasd naar het rijtuigje om hem te begroeten.

'Denk je dat we, nu Abel zijn arm gebroken heeft, zouden vergeten dat je hulp nodig hebt met die appelbomen?' vroeg de diaken lachend. 'Hoe is het met je gebroken arm, Abel?'

Terwijl Abel de vraag van de diaken beantwoordde, kwam Emma achter hen staan. Carrie keek haar achterdochtig aan. 'Heb jij je moeder verteld dat ik zelf geprobeerd heb die bomen te snoeien?'

'Nee! Echt niet.' Ze leek net zo verrast als Carrie.

Op de een of andere manier wisten ze gewoon dat ze hulp nodig had, realiseerde Carrie zich. 'Oké, Emma, dan gaan we maar koffie bijzetten,' zei ze, nauwelijks in staat te verhullen hoe opgelucht ze was.

De buren werkten één dag samen en snoeiden alle appelbomen. Ze stapelden de takken en het aanmaakhout op in de schuur, zodat het kon drogen en de volgende winter kon worden gebruikt. Toen Carrie het laatste rijtuigje uitzwaaide, was haar hart tot de rand toe gevuld met dankbaarheid. Mensen van Eenvoud hielpen hun buren als dat nodig was, dat *wist* ze. Maar voor het eerst *ondervond* ze het ook. *Dit is wat het betekent om tot de groep van mensen van Eenvoud te behoren*, dacht ze. *Dit veilige gevoel van ergens bijhoren*. Ze had zich geen zorgen hoeven maken. Ze had haar buren.

Carrie liep naar de eerste rij bomen in de boomgaard. Ze legde haar hoofd in haar nek en keek naar de diepblauwe avondlucht. Terwijl het duister neerdaalde, piepten de sterren tevoorschijn en vormden zo een kaart aan het firmament. De lange, evenwijdige rijen bomen zouden spoedig uit hun winterslaap ontwaken, ze wachtten op de roep van het voorjaar. Ze kon niet wachten op die eerste roze bloesems. Het voorjaar was haar favoriete jaargetijde, vanwege de opwarmende aarde en de uitbundige kleurenpracht. Ze kon zich niet anders herinneren dan dat ze het allemaal prachtig vond. Cider Mill Farm was het eerste huis dat ooit van haar was. Ze was ervan gaan houden, van elke steen en elke boom. Het voelde alsof haar leven net opnieuw begon.

Later die week bracht Carrie een zojuist bezorgde brief voor Abel en een stapel fris gestreken wasgoed naar de werkplaats. Ze trok een la open om zijn hemden erin te leggen en deed hem weer dicht, maar er zat iets tussen. De la wilde niet dicht. Ze trok hem open en voelde met haar hand achterin wat ertussen zat. Het was een grote gele envelop geadresseerd aan Abel Miller, met als afzender het bedrijf van Veronica McCall. Carrie streek de envelop glad, legde hem plat in de la en deed de la goed dicht.

Wat zat er in die envelop? Deze gedachte liet haar niet los, ze was net een splinter in haar vinger. Voordat Abel terugkwam van Honor Mansion ging Carrie nog een keer naar de schuur en ze deed de la weer open. Ze haalde er de envelop uit, in de wetenschap dat wat ze deed, fout was en zondig. Toch maakte ze hem open en las ze wat er in de papieren stond. Ze las wat er stond en nog eens. Haar knieën werden week en haar hart bonsde in haar keel. Het was een contract van een bouwbedrijf, met daarin een bod op Cider Mill Farm.

Mijn huis. Mijn boomgaard.

Een rilling schoot door haar lijf en ze stopte met lezen. Met bevende handen stopte ze de papieren terug in de envelop. 'Ik geloof het niet,' mompelde ze. 'Ik kan gewoon niet geloven dat Abel me zo zou bedriegen.' Maar terwijl ze de woorden uitsprak, flakkerde in haar achterhoofd de twijfel, als vuurvliegjes die dansten in de nacht.

Het kostte haar die avond moeite om in slaap te komen, tot ze er uiteindelijk in slaagde de knop in haar hoofd om te zetten. Het lukte haar zich te ontspannen. Ze moest zelfs glimlachen. Eigenlijk stond Abel voor schut. Ze was verbaasd dat ze er niet eerder aan had gedacht. Hij kon Cider Mill Farm helemaal niet verkopen.

Wat niet van jou is, kun je ook niet verkopen.

12

Op een rustige zondag eind februari, er was geen kerk, klonk er luid geraas op de oprijlaan – zo luid, dat het leek of er een trein arriveerde. Abel en Andy zaten in de woonkamer en sprongen op om te zien wat er zo veel herrie maakte. Emma stond naast Carrie in de buurt van de keukendeur en veegde haar handen af aan de vaatdoek.

Abel kwam achter Carrie staan en keek over haar schouder. 'O, nee!' Hij duwde de keukendeur open en vloog het trapje af. Een boom van een kerel, met een grote zilveren helm op zijn hoofd en gekleed in een zwartleren jack, stapte van een motor.

'Abel!' riep de man toen hij zag dat deze naar hem toe kwam en hij omhelsde hem stevig. 'Hé, man… je hebt je arm gebroken!'

Hoestend omdat de man hem bijna fijn had geknepen, keek Abel om naar het huis en zwaaide. 'Het is Steelhead!'

Emma, Carrie en Andy liepen met grote ogen van verbazing de trap van de keuken af.

De man zette zijn helm af, waardoor een groot, glimmend kaal hoofd tevoorschijn kwam. Hij liep een rondje en nam het huis en de boomgaard in zich op. 'Het lijkt wel of ik een kerstkaart ben binnengelopen.' Toen draaide hij zich snel om en keek Carrie en Emma taxerend aan. Hij floot. 'Wauw. Wat een schatje!'

'Een schatje?' vroeg Abel, terwijl hij vluchtig omkeek naar het huis. 'O, dat is Carrie. Ik heb je over haar geschreven.'

'Die grote vrouw?'

'Emma?!' Abels ogen werden groot van verbazing. 'Een schatje?'

'Ik val op vrouwen met vlees op de botten,' zei Steelhead. 'Man, ze is echt een schatje.'

Emma hoorde het, draaide zich vol afkeer vliegensvlug om en sloeg de keukendeur achter zich dicht.

Tijdens het warme middageten kon Andy zijn ogen niet afhouden van de tatoeage van een adelaar op Steelheads rechterarm. Toen Steelhead het zag, spande hij de spieren in zijn arm, waardoor het leek alsof de adelaar ging vliegen. Hij brak een knapperig stuk brood af, doopte het in zijn soep en propte het in zijn mond. Hij grijnsde en knipoogde naar Andy.

Carrie vroeg zich af of de tatoeage er als Steelhead ouder werd niet uit zou zien als een vervaagde, leeggelopen en slaphangende ballon. Emma was in het geheel niet onder de indruk van Steelheads tatoeage of wat dan ook aan hem. Steelhead leek er geen acht op te slaan. Hij vertelde Abel verhalen of maakte grappen en keek dan even vluchtig naar Emma of ze luisterde. Emma negeerde hem en concentreerde zich op haar eten.

Andy was gefascineerd door Steelhead. 'Hoe komt het dat je zo kaal bent?' flapte hij eruit.

Carries adem stokte in haar keel, maar Steelhead grijnsde slechts. 'Ik zie het liever zo: ik ben bevrijd van de last van het hebben van haar,' zei hij tegen Andy en hij gaf de jongen vriendschappelijk een zachte por met zijn elleboog.

Andy dacht even na over dit antwoord en klapte toen dubbel van het lachen. Carrie schoot ook in de lach, alleen al omdat ze het zag. Het voelde zo goed dat Andy weer eens lachte.

'Zo, meneer Steelhead, waarom bent u naar Stoney Ridge

gekomen?' vroeg oma. Ze leek een beetje overrompeld door Steelhead, net als Carrie overigens.

'Nou, ik zal u vertellen, mevrouw, Abe en ik hadden het er altijd over dat we ooit nog eens samen een bedrijf zouden beginnen en het leek er niet op dat hij terug zou komen naar Ohio.' Steelhead gaf Abel zo'n harde klap op zijn rug, dat deze ineenkromp van de pijn. 'Toen de ambtenaar die ging over mijn voorwaardelijke vrijlating, mij toestemming gaf om de staat Ohio te verlaten, dacht ik: waarom zoek ik niet mijn vriendje op, om erachter te komen waarom het allemaal zo lang duurt?'

Abel beet op de hoek van zijn lip en tuurde naar zijn bord.

'Is iedereen klaar?' vroeg Emma met een ijskoude stem.

Abel gaf het signaal om de maaltijd te beëindigen met stil gebed, waarna Emma opsprong en de tafel begon af te ruimen. Met een klap zette ze de borden op het aanrecht. Ze maakte zo'n herrie en smeet zo met de potten en pannen, dat Steelhead bezorgd leek of ze dingen naar hem zou gooien.

'Bent u boos op mij, mevrouw?' vroeg hij haar.

Emma keek niet eens naar hem.

'Zo doet ze altijd,' fluisterde Andy tegen hem. Hij draaide met zijn vinger naast zijn hoofd, om aan te geven dat ze malende was. 'Ze spoort niet helemaal.'

'Praat ik te veel naar je zin, Miss Emma?' vroeg Steelhead haar.

Terwijl ze heet water in de gootsteen goot, antwoordde Emma stijfjes: 'Mensen van Eenvoud geloven dat onnodig geklets God onwelgevallig is.'

'O, dat meen je niet, Emma,' zei Carrie. 'Steelhead is onze gast.'

'Nee, ze heeft helemaal gelijk,' zei Steelhead. 'Ik sta erom bekend dat ik van een kort verhaal een lang maak.' Hij lachte, stond op en rekte zich uit. 'Zo, ik ga. Ik logeer in de stad.' Hij liep naar Emma toe en nam haar hand voorzichtig in de zijne. 'Dank je wel voor het eten, Miss Emma.'

Emma's wangen werden rood, maar ze gaf een kort knikje met haar hoofd en trok haar hand uit de zijne.

Nadat Abel samen met Steelhead naar buiten was gelopen, draaide Carrie zich om naar Emma. 'Waarom deed je zo onbeleefd tegen hem?'

Emma keek haar stuurs aan en stak haar vinger op naar Carrie. 'Dat zou jij ook moeten doen! Hij pakt onze Abel van ons af.'

'Doe niet zo belachelijk, Emma.' Maar ze keek door het raam naar buiten en zag de twee mannen bij de motor staan praten en lachen. Hoewel Abel er, nu hij zijn haar liet groeien, steeds meer uitzag als een man van Eenvoud, leek hij nog steeds *Englisch*.

'Let op mijn woorden,' zei Emma achter haar, 'dat soort mannen slaagt erin iedereen alles te laten doen.'

Carrie rolde met haar ogen, wat een eigenwijze aanstellerij.

Plotseling schreeuwde Andy vanuit de andere kamer: 'Carrie! Kom snel! Oma! Ze is dood!'

Oma lag bewusteloos op de vloer bij haar quiltraam. Ze ademde, maar had een zeer hoge polsslag. Emma riep door de keukendeur naar buiten dat Abel snel moest komen.

'Bel het alarmnummer,' zei Steelhead.

'Dat kan niet,' zei Abel, terwijl hij boven oma hing. 'Geen telefoon.'

'Wat?!' Steelhead keek vol ongeloof rond in de keuken. 'Ik ga hulp halen. Ik neem dat ventje mee.'

Voordat Steelhead uitgesproken was, was Andy al buiten en zat hij achterop de motor. Een paar minuten later kwamen ze terug met in hun kielzog Veronica McCall. Ze liep de keuken binnen als een footballcoach die voor de wedstrijd zijn spelers ging toespreken.

'Iedereen kalm blijven. Ik heb een ambulance gebeld,' zei ze en ze wees naar de zwarte knijper aan haar oor.

Emma en Andy bleven thuis, terwijl Abel met oma meereed in de ambulance. Veronica en Carrie volgden daarachter in de auto. Carrie was zo met haar gedachten ergens anders, dat ze Steelhead niet eens gedag had gezegd. Ze hoopte dat Emma hem niet te snel zou afpoeieren. Hij was een vreemde vent, maar hij had iets charmants over zich.

Abel, Carrie en Veronica zaten in het ziekenhuis lange tijd in de wachtkamer bij de eerste hulp. Intussen deed de dokter allerlei onderzoeken bij oma, om te proberen vast te stellen waarom ze bewusteloos was. Omdat ze toch bij elkaar zaten, meende Veronica dat dit het juiste moment was om te praten over de verkoop van het huis en de boomgaard.

'Niet nu, Veronica,' zei Abel waarschuwend tegen haar, in een poging het gesprek af te kappen.

'Waarom niet nu? We hebben tijd...'

'Niet nu,' zei hij en hij wierp haar een boze blik toe.

Een donkere wolk trok over Veronica's gezicht. Het was duidelijk dat ze het niet op prijs stelde dat iemand anders haar vertelde wat ze moest doen.

Juist op dat moment kwam de verpleegster binnen en zei tegen hen dat ze naar oma toe mochten. 'De dokter komt zo meteen. Hij bekijkt de uitslagen van de eerste onderzoeken.'

Oma was soms bij kennis en gleed dan weer weg. Ze lag in bed en zag er heel iel en breekbaar uit. Carrie leunde voorover om een paar sliertige grijze haren onder haar gebedsmuts te duwen. Abel stond aan de andere kant van haar bed en hield met een bezorgd gezicht haar gerimpelde hand vast. Ze was het laatste blaadje aan zijn stamboom.

Dokter Zimmerman kwam al lezend in oma' status door

de deur naar binnen. Hij keek op en zei: 'Kijk eens aan! Mijn favoriete Amish familie! Tjonge, jullie zijn ook vaak op de eerste hulp.' Hij wees naar Abels gips en vroeg hem of zijn arm goed genas.

'Niet snel genoeg naar mijn zin,' antwoordde Abel.

'Het was een gemene breuk, Abel. Het duurt even voordat botten genezen.' Dokter Zimmerman richtte zijn aandacht op oma. Hij stelde Abel een paar vragen over oma's medische geschiedenis. 'Ze is stabiel, maar ik wil haar graag laten opnemen en nog een paar onderzoeken doen.'

Veronica, Abel en Carrie liepen de lift in, achter de zaalhulpen aan die oma's bed naar de afdeling duwden waar ze die nacht zou verblijven. Dokter Zimmerman liep mee om hun vragen te beantwoorden.

Net toen de liftdeuren dichtgingen, werd er een hand naar binnen gestoken. De deuren gingen weer open en Solomon Riehl stapte naar binnen. Zijn ogen gleden over de mensen die in de lift stonden en bleven rusten op Carrie, alsof hij wist dat ze in de lift stond. Carrie voelde het zweet in haar handen en haar hart ging bonzend tekeer omdat hij het was, maar geen van de anderen in de lift had enig idee hoe ongemakkelijk ze zich voelde.

Vervelend genoeg schoof Sol ook nog naast Carrie. 'Carrie? Hoe gaat het met je?' vroeg hij haar vriendelijk.

'Heel goed,' antwoordde ze, terwijl ze haar kin iets optilde.

'Fijn. Dat is mooi.'

Ineens riep Veronica, snakkend naar adem: 'Solomon Riehl! De werper van de Barnstormers!'

Veronica's gezicht lichtte op als een vuurvliegje op een zomeravond. Carrie nam het haar niet echt kwalijk. Nog niet zo lang geleden had Sol hetzelfde effect gehad op haar. Veronica zocht naarstig in haar tasje naar een pen en papier en duwde ze hem onder de neus voor een handtekening.

Dokter Zimmerman werd aangestoken door Veronica's enthousiasme en deed een greep in zijn zak naar zijn receptenblokje om ook een handtekening van Sol te bemachtigen.

'Waar ken jij Carrie van?' vroeg Veronica aan Sol, terwijl hij zijn handtekening op haar papiertje zette.

Sol draaide zich om en keek Carrie strak aan. 'Van lang geleden. Heel, heel lang geleden.'

Veronica keek van Sol naar Carrie en toen weer naar Sol. 'Nou ja, de wereld is klein.'

Carrie probeerde een eindje van Sol af te gaan staan, tegen de muur. Haar ogen waren nog steeds naar beneden gericht, op oma, maar ze wist dat Abel haar recht aankeek. Dat was iets – eigenlijk het enige – aan Abel wat haar aan Daniel herinnerde, realiseerde ze zich. Niets ontging hem.

Zodra de deur openging, perste Carrie zich langs Sol naar buiten, achter de zaalhulpen aan. Zij en Veronica wachtten in de gang, terwijl Abel samen met de dokter oma's kamer binnenging. Een van de verpleegsters zag dat Veronica haar mobieltje gebruikte en sommeerde haar naar de binnentuin te gaan. 'Het is ijskoud buiten!' klaagde Veronica, maar de verpleegster hield voet bij stuk. Uiteindelijk gaf ze toe en liet Carrie alleen.

Carrie wist dat Sol bij de lift stond te wachten tot hij de kans kreeg. Toen hij naar haar toe kwam lopen, rechtte ze haar rug en sloeg haar armen over elkaar. 'Jij maakt er ook een gewoonte van om onverwachts op te duiken.'

'Ik ben hier met het team voor een handtekeningensessie op de kinderafdeling,' zei Sol. 'Een paar van onze spelers zijn op de afdeling en signeren honkballen, foto's en nog wat van die dingen. Om de zieke kindertjes op te vrolijken.'

'Wat aardig,' zei Carrie afgemeten.

Sol kwam een stap dichter bij haar staan. 'Carrie, we moeten praten.'

Ze wendde haar hoofd af.

'Ik wist niet dat Daniel gestorven was nadat ik jouw schuur binnenkwam met die… informatie. Ik vind het heel erg, Carrie. Pas toen Mattie de datum noemde… Ik wist het niet…'

Carrie hield haar ogen neergeslagen. 'Het is niet jouw schuld dat hij dood is, als dat is wat je bedoelt.' *Wel de mijne*, dacht ze bij zichzelf. Niettemin verbaasde het haar dat één enkele actie tot zo'n reeks gebeurtenissen kon leiden.

Sol boog zich naar haar toe. 'Heb je iets met die vent? Die vent die wel dezelfde kleren aanheeft als de mensen van Eenvoud, maar zich verder gedraagt als een *Englischer*?'

Haar ogen schoten omhoog en ontmoetten de zijne. 'Ik neem aan dat Mattie je ook over Abel heeft verteld?'

Sol knikte.

Heel eventjes vroeg Carrie zich af wanneer Mattie met Sol gesproken had. Toen hernam ze zich en liet ze de gedachte varen; zij kon geen rechten laten gelden op Sol. 'Dat gaat je niets aan.'

'Maar je *weet* wat hij gedaan heeft, daar in Ohio. Waarom zou je jezelf inlaten met een kerel zoals hij? Ik maak me zorgen om je.'

'Je weet helemaal niets over de familie Miller, behalve dat oude stukje uit de krant.'

'Ik weet genoeg. Ik weet dat Jacob Weaver jou nooit in zijn buurt zou laten komen als hij wist wat ze hadden gedaan.'

'Mijn vader wist het,' zei ze koeltjes.

Geschokt zweeg Sol. Hij legde zijn handen op haar bovenarmen en fluisterde: 'Carrie, zie je het dan niet? We hebben een tweede kans gekregen. Om het weer goed te maken.'

Carries wenkbrauwen gingen omhoog. 'Zo werkt het niet.'

Hij slaakte een zucht. 'Eén beslissing? Eén verkeerde beslissing? Is dat het enige waar het om draait?'

Carrie wendde haar hoofd af.

Sol liet zijn armen vallen. 'Sinds wanneer ben jij zo *hot harzfich*?' Zo stijfkoppig? Zijn stem brak toen hij vroeg: 'Heeft het feit dat ik ben weggegaan daar iets mee te maken?'

Ineens stond Abel op de drempel van de openstaande deur van oma's kamer en precies op hetzelfde moment kwam Veronica vanuit de patio weer naar binnen. Ze kwamen bij Carrie en Sol staan en keken hen nieuwsgierig aan. Carrie was zich bewust dat ze konden horen wat ze zei en het bloed schoot naar haar wangen. Sol leek het niet te zien; hij keek haar nog steeds strak aan.

'Gaat oma dood?' vroeg Veronica aan Abel.

'Wiens oma?' vroeg Sol fluisterend aan Carrie.

Abel keek Sol geïrriteerd aan. 'Wie ben *jij*? En waarom ben je hier?'

'Abels oma,' antwoordde Veronica op Sols vraag. 'Ze is minstens negentig.' Veronica draaide zich om naar Abel. 'Ooit houdt het leven op.'

Abel keek haar fronsend aan. 'Ze is nog maar eenentachtig. En wie is deze vent?'

'Solomon Riehl, de beroemde honkballer.' Tevreden dat ze hem op de juiste manier had voorgesteld, draaide Veronica zich om naar dokter Zimmerman, die naar hen toe kwam lopen. 'En, gaat ze dood?'

Abel gooide zijn armen in de lucht in een gebaar van *O, dat meen je niet!*

Zelfs dokter Zimmerman leek verrast door Veronica's botte vraag. 'Dat hoop ik niet. Niet als ik dienst heb.' Hij draaide zich om naar Abel. 'We bellen zodra er enige verandering is in haar toestand.'

'Bel mij maar,' zei Veronica met een zelfvoldane glimlach.

'Deze mensen,' ze knikte met haar hoofd naar Carrie, 'hebben geen telefoon.' Ze volgde dokter Zimmerman naar de verpleegsterskamer om hem haar telefoonnummer te geven en kletste aan een stuk door.

De liftdeur ging open en er stapte een lange man in een jack van de Barnstormers naar buiten. Zodra hij Sol in het vizier kreeg, riep hij met een zware, schorre stem: 'Riehl! Waar was je? De coach zoekt je!'

Sol keek even opgelaten naar Carrie. 'Ik kan maar beter gaan.' Zachtjes voegde hij eraan toe: 'Ik zie je gauw. Denk na over wat ik heb gezegd. Denk er gewoon eens over na, oké?' Hij drukte haar arm en haastte zich naar de lift voordat de deuren dichtgingen.

Abel keek haar een moment strak aan met die intense blik van hem. 'Wat had *dat* te betekenen?'

Carrie hield haar ogen strak op de grond gericht. 'Wat had wat te betekenen?'

'Wat is dat met die vent Sol?'

'Zoals Veronica zei. Hij is honkballer.'

Abel sloeg zijn armen over elkaar. 'Dat zei ze inderdaad. En verder?'

'Niets,' zei ze en ze tilde haar hoofd op om hem aan te kijken. Maar ze kon zijn strakke blik niet verdragen.

'Nou, laten we eens kijken. Een ding is duidelijk, hij is een Amish.'

'Waarom zeg je dat?' Sol zag er helemaal niet uit als een Amish, dacht ze, niet meer. Niet alleen vanwege zijn opgeknipte haar en spijkerbroek. Hij had nooit de tred gehad van een Amish, langzaam en behoedzaam. Hij liep altijd snel, had de zekere tred van een sportman.

'Waarom ik denk dat hij een Amish is? Ten eerste: zijn accent. Ten tweede: zijn naam. Ten derde: de manier waarop hij naar jou keek.'

Carrie zag Veronica door de gang naar hen toe komen lopen. 'Misschien kan Veronica ons naar huis brengen. Emma maakt Andy waarschijnlijk gek met haar zorgen om oma.'

'Gaan jullie maar. Ik blijf hier vannacht slapen.'

Carrie keek naar de deur van oma' s kamer. 'Zeg je tegen haar dat ik morgen bij haar op bezoek kom?'

Abel knikte afwezig, draaide zich om en liep oma's kamer in.

Veronica bracht Carrie naar huis, de hele weg pratend in de zwarte wasknijper. Vlak voordat ze bij Cider Mill Farm waren, zei ze: 'Ik bel je terug. Ik heb nog een telefoontje. Ja, ja. Wacht even.' Ze gaf Carrie de wasknijper. 'Hier, Carrie. Abel wil met je praten.'

Veronica wees haar met één hand in welk deel Carrie moest luisteren.

Onhandig bracht Carrie dat deel omhoog naar haar oor. 'Carrie?' hoorde ze Abel vragen. 'Oma is nu bij kennis.'

Carrie aarzelde even voordat ze antwoordde, omdat ze niet goed wist in welk deel van de wasknijper ze moest praten. Geïrriteerd wees Veronica naar de speaker. 'Hoe gaat het met haar?'

'Beter. Ze praat zelfs een beetje. Dokter Zimmerman denkt dat ze een kleine beroerte heeft gehad. Ze krijgt een antistollingsmiddel om haar bloed te verdunnen. Hij denkt dat het in orde komt. Hij zei dat hij haar waarschijnlijk morgen gaat ontslaan, dan blijf ik vannacht nog hier en huur ik morgen iemand in om haar naar huis te brengen.'

'Zeg tegen hem dat ik hen kom ophalen,' onderbrak Veronica het gesprek, want ze had meegeluisterd.

'O. Oké,' zei Abel op vlakke toon, toen hij hoorde wat Veronica zei. Even was het stil. 'Carrie, alles in orde met je?'

'Alles in orde,' zei ze kordaat, omdat ze het niet over Sol wilde hebben. Ze gaf Veronica haar zwarte knijper terug.

Toen ze de oprijlaan op reden, bedankte Carrie Veronica dat ze was komen helpen. Met één hand op de hendel van het portier draaide Carrie zich naar haar om. 'Ik ben je dankbaar voor je hulp vandaag. Maar ik ga je nog steeds niet mijn huis en boomgaard verkopen.'

'*Jouw* huis en boomgaard?' vroeg Veronica met één smalle opgetrokken wenkbrauw. 'Abel is de rechtmatige eigenaar.'

Carrie schudde haar hoofd. 'Daniels vader heeft het huis aan Daniel nagelaten. Aan mij en Andy.'

Veronica rekte zich zittend in haar stoel uit als een kat. 'Het is een kwestie van officiële stukken, Carrie. Kijk het maar na bij het kadaster. De eigendomsakte staat op naam van Abel.'

'Dat kan niet.' Maar meteen toen ze het zei, begon de twijfel aan haar te knagen.

'Vraag Abel maar van wie het huis en de boomgaard zijn, als je me niet gelooft.'

Carrie voelde langzaam een schrijnend gevoel van pijn opkomen. 'Abel weet het dus?'

'Natuurlijk weet hij het,' mompelde Veronica zachtjes met een aanstellerig lachje. 'Hij weet het al de hele tijd. Vorige week nog heeft hij de onroerendezaakbelasting voor het huis en de boomgaard betaald.' Carrie keek haar verbijsterd aan en Veronica glimlachte alsof ze wist wat Carrie niet wist. 'Waarom denk je dat hij hier blijft? Waarom denk je dat hij überhaupt hier is?'

Net toen de ambulance wegreed, reed Samuel Zook, Matties broer, in zijn rijtuigje langs Cider Mill Farm. Hij hield even halt om van Emma te horen wat er allemaal met oma was gebeurd. Bij thuiskomst vertelde hij Mattie het nieuws en bood haar aan haar naar het ziekenhuis te brengen. 'Maar dan moet je wel met de bus naar huis, want papa vilt me levend als ik er 's middags niet ben om te melken,' zei hij tegen haar.

Mattie griste haar bonnet en cape mee en sprong in zijn rijtuigje, voordat hij van gedachten zou veranderen.

Meteen na binnenkomst in het ziekenhuis ging ze op zoek naar iemand die haar kon vertellen waar oma lag. Een ziekenhuisvrijwilliger bracht haar naar de verdieping waar oma lag en wees haar in de gang de kamer. Mattie klopte zachtjes op de deur, ze had geen idee wat ze moest verwachten. Ze was verbaasd oma rechtop in bed te zien zitten, terwijl ze met Abel praatte. Zijn gezicht klaarde op en hij sprong overeind toen hij haar zag.

'Mattie! Van wie heb jij het nieuws gehoord? Wat doe je hier? Is Carrie er ook?' Hij keek teleurgesteld toen hij zag dat Mattie alleen was.

Heel even maar was Mattie niet in staat te antwoorden. *Hoe bestaat het, hij is verliefd op Carrie! Lieve help, je ziet het al van een kilometer afstand.* Abel vroeg haar nog eens waarom ze in het ziekenhuis was. 'Om te kijken hoe het met je oma is,' antwoordde ze.

'De dokter denkt dat oma morgen ontslagen kan worden,' zei Abel, terwijl hij een liefhebbende blik op haar wierp.

Mattie pakte oma's gerimpelde handen beet. 'Dat is geweldig nieuws, oma!' Ze draaide zich om naar Abel. 'Mijn vader heeft voor morgenmiddag iemand ingehuurd die kan rijden. Hij heeft een afspraak bij de dokter aan de overkant van de straat. Ik weet zeker dat hij jullie wel mee naar huis wil nemen, als je daar iets aan hebt.'

Abel slaakte opgelucht een zucht. 'Dat zou betekenen dat Veronica ons niet hoeft op te halen.' Hij huiverde. 'Ze belt elk kwartier de verpleegsterskamer. Het scheelt niet veel meer of ze trekken de stekker eruit.'

Sol stond buiten het ziekenhuis, geschokt door het nieuws dat zijn werpcoach hem na de handtekeningensessie op de kinderafdeling had verteld. Zijn contract zou het komende seizoen niet worden verlengd.

'Het spijt me, Sol,' zei de coach tegen hem. 'We hebben een andere werper gevonden die net zo hard gooit als jij, maar hij heeft nog wat meer trucjes achter de hand.' De coach gaf hem een klap op zijn rug, alsof dat maakte dat het allemaal in orde was. 'Ik mag je graag. Je hebt een grote werklust. Het is niets persoonlijks. Honkbal is business, harde business. Het was goed zolang het duurde.' Hij zei verder dat hij om zich heen zou kijken of er misschien een team in de dubbele A-klasse was dat een werper nodig had, maar hij wist dat er in de Atlantic League geen belangstelling was. 'En weet je, Sol, je blijft tegen hetzelfde probleem aanlopen. Ik heb zelfs nagedacht of ik je niet zou laten helpen met het coachen van het jeugdteam van de Barnstormers, omdat ik denk dat je goed bent met kinderen, maar wat heb je te bieden? Je hebt geen werp-, slag- of vangtechnieken geleerd. Je houdt momenteel net de statistieken bij. Je hebt met één snelle worp een paar keer gewonnen.'

Sol zat op de bank, zijn hoofd in zijn handen. Een paar keer gewonnen. Goed zolang het duurde. En nu? Hij had zulke grootse plannen. Hij zou de wereld afschuimen en nu zat hij hier vast in Stoney Ridge.

Sol had geen idee wat hij nu moest doen. Zijn honkbaldroom was zojuist uiteengespat. Carrie was nog steeds boos op hem; ze zou het ook blijven. Zijn ouders hadden tegen hem gezegd dat hij niet meer moest komen. Hij wist dat het niet zijn moeders idee was; toen zijn vader het zei, zag ze er heel verdrietig uit. Maar ze vonden dat het hoog tijd werd dat Sol terugkwam naar de kudde. Hij dacht dat een van de ouderlingen, of Esther Weaver misschien, bij hen langs was geweest.

Het punt was dat hij niet echt meer een Amish was. Maar hij was ook niet echt een *Englischer*. Hij voelde zich nietig en heel, heel erg eenzaam.

Afwezig keek hij naar een jonge vrouw in kleren van Eenvoud, die naar de bus liep. Sol sprong overeind en liep op een holletje naar haar toe. 'Mattie?'

Mattie draaide zich snel geschrokken om, om te zien wie haar riep. Een glimlach gleed over haar gezicht.

Sol was blij dat hij een vriendelijk gezicht zag, het maakte niet uit van wie. 'Wat doe je hier? Heb je even tijd? Wil je misschien een kop koffie?'

'Ik hoorde het nieuws over oma Miller, dus ben ik gekomen om te kijken of ik kon helpen. En om je vragen te beantwoorden: ja en ja.'

Zittend tegenover Mattie aan het tafeltje in het restaurant vertelde Sol het verhaal over zijn ontslag uit het team. Hij wilde niet zo heel veel kwijt, maar Mattie kon heel goed luisteren en wist precies wanneer ze wat moest zeggen. Toen hij haar vertelde dat de coach wilde dat hij terug zou komen voor de 'Salute to Whoopie Pie Day' – een eerbetoon aan de beroemde Amish lekkernij, omdat er dan meer Amish fans zouden komen kijken – moest ze zo hard lachen dat hij ook in de lach schoot. Zo gezegd, klonk het belachelijk.

Toen Sol klaar was met zijn verhaal, vroeg hij: 'Enig idee wat ik nu zou moeten doen?' Hij staarde haar aan, alsof zij het antwoord wist op alles wat hem kwelde.

Mattie stond op, liep naar het raam dat uitkeek over de parkeerplaats en draaide zich weer om naar Sol. Ze vertelde de waarheid zoals haar hart die kende, omdat dat het richtsnoer was waarnaar zij leefde. 'Als je het niet meer weet, Sol, is God er om je te helpen.'

'Waarom heb je me niet verteld dat Daniels vader jou de boomgaard heeft nagelaten, Abel?' vroeg Carrie. Ze zette haar handen in haar zij en zweeg even, zodat hij begreep dat ze een verklaring van hem verwachtte.

Ze hadden net na terugkomst uit het ziekenhuis oma in haar bed geïnstalleerd. Emma hing om oma heen als een bij om bloeiende lavendel en Andy was naar school, dus liep Carrie achter Abel aan door de deur naar buiten, naar zijn werkplaats in de schuur. Ze had sinds Veronica McCall verteld had wat er in de eigendomsakte stond, op dit moment gewacht.

Abel draaide zich snel en verward om. Hij zag er afgemat uit, nadat hij de nacht zittend op een stoel in het ziekenhuis had doorgebracht. 'Wie heeft je dat verteld?'

Carrie vertelde hem wat Veronica allemaal tegen haar had gezegd.

Zijn ogen werden groot van verbazing, maar Carrie wist dat het de waarheid was. 'Zo is het niet gegaan... Ik heb niet... Ik zou nooit...'

Carrie gaf geen duimbreed toe en keek hem boos aan.

'Kun je niet ophouden zo naar mij te kijken? Ik word haast bang van je.'

Ze keek nog steeds boos.

Abel harkte met zijn hand door zijn haar, op zoek naar een manier om te zeggen wat hij moest zeggen. 'Het huis en de boomgaard zijn mij nagelaten na het overlijden van Daniel, Carrie. Voordat ik uit de gevangenis werd ontslagen, kreeg ik een brief van oom Eli's advocaat. Hij is degene die me vertelde dat Daniel dood was.' Hij wreef met zijn handen over zijn gezicht. 'Mijn oom Eli heeft jou niet opgenomen in zijn testament.'

Ze voelde de boosheid in zich opborrelen als het water in een ketel op een heet fornuis. 'Andy ook niet?'

'Andy ook niet.'

'En jij wist dat, de *hele* tijd al.'

Abel knikte langzaam, hij zag er ellendig uit.

Carrie was zo ontdaan, dat ze stond te trillen op haar benen. 'Ik heb de hele winter gewerkt om de volgende aanslag voor de onroerendezaakbelasting te kunnen betalen. We betalen eerst de ene rekening voor het voedsel voor de dieren en het gas en dan de volgende, als er geld is. Allemensen, zelfs oma draagt bij met haar quilts! We doen het al zo sinds Daniels dood.' Ze liep een paar passen naar de openstaande deur van de werkplaats en maakte een wijds armgebaar richting de appelbomen. 'Heb je enig idee wat dit land voor mij betekent? Het is de bedoeling dat Andy op een dag eigenaar wordt van deze boomgaard. Jij komt hier zomaar binnenvallen, denk je nu echt dat je er zomaar mee vandoor kunt gaan? De boel verkopen en dan hup, weg?'

Abel was perplex. 'Maar ik wist niet... waarom heb je me niet verteld dat je geld nodig had? Dan had ik je kunnen helpen. Ik wil je helpen. Jij moet daar niet de verantwoording voor dragen.'

'Dat moet ik *wel*! Ik heb de hele tijd gedacht dat het huis en de boomgaard van mij waren! Van mij en mijn broertje!' Carrie draaide zich snel om en wilde weglopen.

Abel greep haar met zijn goede hand bij haar arm en dwong haar zich om te draaien en hem aan te kijken. 'Ik geef toe dat ik hiernaartoe ben gekomen met het idee de boel te verkopen. Ik dacht dat je liever bij je eigen familie wilde wonen en dan zou oma met mij mee teruggaan naar

Ohio. Steelhead en ik hadden plannen om samen een zaak op te zetten. Maar toen ontmoette ik jou en ik zag hoeveel je van deze plek hield. Ik zie je ogen schitteren en hoe hard je werkt. Ik heb die papieren nooit *getekend*, Carrie. Dat kon ik je niet aandoen.'

'Waarom zou ik je geloven?'

'Waarom niet?'

'Voor iemand die steeds maar oreert dat de waarheid ons zal vrijmaken, vertel je wel erg weinig de waarheid. Je hebt meer dan genoeg kansen gehad, Abel Miller.'

Als door een wesp gestoken liet Abel zijn hand naast zijn lichaam naar beneden vallen. Zachtjes zei hij: 'Dat weet ik. Ik zocht steeds het juiste moment om het je te vertellen, maar dat leek maar niet te komen. En toen werd het steeds moeilijker om het je te vertellen. Toen vorige week de aanslag voor de onroerendezaakbelasting bij de post zat, met mijn naam erop, en jij die in de werkplaats in mijn lade legde, ben ik die gewoon gaan betalen. Ik dacht je daarmee te helpen, maar de waarheid is dat ik gewoon niet wist hoe ik het je moest vertellen. Het was al zo lang geleden.' Hij wreef met zijn hand over zijn kaak. 'Oom Eli heeft het huis en de boomgaard aan mij nagelaten, omdat hij probeerde de zaken goed te regelen. Voor mij. Hij wilde je geen pijn doen. En ik ook niet.'

Op dat moment kwam Andy de werkplaats in gerend om Abel het vogelnest van een kolibri te laten zien, dat hij gevonden had op weg naar huis van school. Abel boog zich voorover om het te bekijken.

'Sjonge, Andy, wat een vondst!' zei hij en er klonk zo veel liefde door in zijn stem, dat het pijn deed in Carries hart.

Carrie keek toe hoe de twee hoofden zich over het nest bogen. Tranen prikten achter haar ogen. Ze draaide zich snel om en liep terug naar het huis.

13

Sol reed naar de markt zo ongeveer rond de tijd dat hij dacht dat Mattie klaar zou zijn met haar werk voor die dag. Haar familie had juist deze week de kraam weer geopend om er hun eerste groente van dit jaar te verkopen: asperges en lente-uien. Hij zag hoe blij ze was hem te zien en glimlachte. Zijn verpletterende glimlach, die hij alleen gebruikte als er meisjes in de buurt waren. 'Hallo, daar, Mathilda Zook.'

Mattie wierp hem op haar beurt een strenge blik toe, zoals alleen zij dat kon doen. 'Sol, haal alsjeblieft die honingzoete glimlach van je gezicht. Ik ken je goed genoeg om te weten wanneer je indruk op me probeert te maken. Houd maar op met die spelletjes en vertel me gewoon wat je wilt.'

Sols glimlach verflauwde. 'Ik kan wel iemand gebruiken die mijn vriend wil zijn, Mattie.'

Mattie deed de kraam dicht en sloot hem af; ze deed het geld in haar zak en draaide zich om naar Sol. 'Laten we een eindje gaan rijden.'

Sol reed naar Blue Lake Pond. Het was zo koud in de late namiddagzon, dat ze besloten in de auto te blijven. Met zijn blik op de zilveren glinstering van het meer vertelde Sol alles over de verwarring die hij het afgelopen jaar had gevoeld. Hij kon zijn verhaal goed kwijt aan Mattie, beter dan aan Carrie, besefte hij. Eigenlijk was hij niet helemaal verbaasd dat Carrie hem niet wilde vergeven. Hij had altijd het gevoel dat hij haar teleur zou stellen, als ze eenmaal wist wie hij was. Misschien ging hij daarom wel altijd gewoon zijn gang en stelde hij haar teleur. Hij kon niet ontkennen dat hij min of meer opgelucht was dat hij het in het honkballen ging proberen, in plaats van zich zorgen te maken over een vrouw. Maar in zijn achterhoofd had hij altijd gedacht dat hij en Carrie hun problemen zouden oplossen, dat ze voor elkaar bestemd waren. Hij had onderschat hoe koppig ze was.

Sol keek naar Mattie, die naast hem in de auto zat. Ze had, als een bloem, haar hoofd naar de lucht gekeerd en glimlachte zacht terwijl het zonlicht haar gezicht streelde. Hij voelde zich zo op zijn gemak bij Mattie. Hij begreep zelf niet waarom, maar op de een of andere manier kende ze hem beter dan hij zichzelf kende.

'Het punt is, dat ik altijd elk meisje kon krijgen dat ik wilde.' Sol knipte met zijn vingers. 'Zomaar. Amish of *Englisch*. Carrie weet dat.'

Mattie knikte, ze ging enigszins verzitten zodat ze hem kon aankijken. 'Tot nu toe.'

Sol fronste zijn wenkbrauwen. Hij meende te weten wat ze dacht, net als zijn moeder en zijn zussen: dat hij gestraft werd omdat hij de kudde had verlaten. 'Ik begrijp niet dat je kunt leven met al die regels, Mattie. Ik werd er zo moe van om, steeds als ik me omdraaide, tegen de een of andere regel aan te lopen.'

'Ik heb niet het idee dat de regels mij iets ontnemen. Ik zie het meer zo: dat ze me iets schenken.'

Sol keek haar verbaasd aan. Hoe moest hij aan iemand die was opgegroeid in een kooi uitleggen wat het betekende vrij te zijn? 'Probeer je me duidelijk te maken dat je echt denkt dat God je een hopeloze zondaar vindt als...' hij trok aan een van de touwtjes van haar gebedsmuts, 'als je één plooi meer hebt in je muts? Of één minder?' Het knaagde even aan hem dat hij dit hardop zei omdat hij twijfel wilde zaaien bij Mattie, zoals hij dat ook altijd bij Carrie had gedaan.

Maar Mattie leek geen last te hebben van twijfels. Eigenlijk leek het er meer op dat ze probeerde een glimlach te onderdrukken. 'Sol, je begrijpt het niet. Mijn kleren en de gebedsmuts, zoals ik eruitzie, maken mij niet *aanvaardbaar* voor God. Ze herinneren me er elke dag aan dat ik *bij* Hem *hoor*.'

Sol keek haar verbaasd aan, alsof hij haar voor het eerst zag. Voor hem zat een jonge vrouw met een paar kalme, grijze ogen en brede jukbeenderen. Haar wangen versmalden zich tot een sierlijke kin, waardoor ze een hartvormig gezicht kreeg. Ze had een roomzachte huid en haar in de kleur van een zacht winterzonnetje. Mattie had, net als de meeste Amish meisjes, een onschuldige verlegenheid over zich. Toch moest Sol concluderen dat niets wat hij zei, haar leek te schokken. Hoewel hij haar al jaren kende, had hij haar nooit echt zien staan. Hij moest toegeven dat de reden waarom hij nu wel tijd doorbracht met Mattie, was omdat ze Carries beste vriendin was en dit de manier was waarop hij het dichtst bij Carrie kon zijn.

Sol schudde zijn hoofd. 'Het verbaast me dat Carrie en jij zulke goede vriendinnen zijn. Zij voelde zich altijd heel erg aangetrokken tot wereldse zaken. Ze wil meer keuzemogelijkheden.' Hij hield zijn mond. *Of was ik dat?* Hij wist dat Carrie meer wilde, maar plotseling realiseerde hij zich dat hij haar wensen misschien verward had met de zijne. Sol schudde even snel het hoofd. 'Wilde. Ze wilde meer keuzemogelijkheden. Ik weet niet precies wat ze nu wil.' Hij wierp van opzij even een vluchtige blik op Mattie, in de hoop dat ze meer over Carrie zou vertellen.

Matties ogen waren strak op de vijver gericht. 'Ik heb één regel, Sol. Ik praat niet met jou over Carrie.'

Zij wond er in elk geval geen doekjes om, bedacht Sol toen hij Mattie aan het einde van haar straat had afgezet, ver genoeg bij haar huis vandaan, zodat haar ouders zijn auto niet zouden zien. Het feit dat Mattie altijd deed wat ze zelf goed achtte, verbaasde hem. Zijn zussen richtten zich altijd naar hem, zoals zijn moeder zich richtte naar zijn vader. Zo werkte dat toch in de wereld van de Amish? Hij wist niet zeker of hij de verandering op prijs stelde.

Een paar weken later was Carrie de tafel aan het dekken voor het avondeten toen het rijtuigje van haar stiefmoeder de oprijlaan van Cider Mill Farm opreed. Ze was bij Ada Stoltzfus op bezoek geweest, zei tante Esther, en dat had langer geduurd dan gepland. Onderweg naar huis had ze gemerkt dat een van de wielen van het rijtuigje loszat. Abel haalde zijn gereedschap om het wiel te repareren en Emma nodigde haar moeder uit binnen te komen en te blijven eten. Esther leek in een zeldzaam goede bui en nam de uitnodiging aan. Ze vroeg zelfs of ze oma's quilts mocht zien. Niettemin had Carrie een angstig voorgevoel, een gevoel alsof er storm op komst was. Nou, het zou interessant worden, dacht ze, terwijl ze extra voor haar stiefmoeder dekte. Want of ze het nu leuk vond of niet, de kans bestond dat tante Esther Steelhead zou ontmoeten.

De middag dat oma een beroerte had gekregen, was Carrie thuisgekomen in de veronderstelling dat Emma Steelhead al uren daarvoor het huis uit zou hebben gejaagd. In plaats daarvan trof ze de twee zittend aan de keukentafel aan. Ze waren aan het scrabbelen en hadden grote lol om de woorden die ze hadden verzonnen. Andy vertelde dat ze al uren het spel aan het spelen waren. Sinds die dag kwam Steelhead elke dag langs om Abel te bezoeken, zei hij, maar meestentijds zat hij aan de keukentafel met Emma te kletsen terwijl zij aan het koken of strijken was. Vandaag had Andy

Steelhead overgehaald op de motor naar Blue Lake Pond te gaan om naar een reiger te kijken.

Toen de twee met veel geraas terugkwamen van hun avontuur, was het tijd voor het avondeten. Carrie beet op haar lip. Ze kreeg niet de kans om Steelhead in te seinen dat hij moest vertrekken. Hij en Andy kwamen luidruchtig de keuken binnenvallen. Andy praatte honderduit, totdat hij ineens zijn stiefmoeder aan tafel zag zitten. Zijn mond klapte dicht. Maar Steelhead, zich zoals gewoonlijk nergens van bewust, doorbrak de plotselinge stilte en liep meteen naar Esther om haar een warm welkom te geven. Terwijl Esther zijn grote hand schudde, verdampte haar goede humeur als de stoomslierten boven een kop hete thee.

Het was zo stil tijdens het eten, dat Carrie haar stiefmoeder kon horen kauwen en slikken. Uiteindelijk was het Steelhead die de stilte doorbrak.

'Kun je me alsjeblieft nog wat van die *shepherd's pie* geven, Miss Emma? Hij smaakt heerlijk.'

Carrie zag dat Emma hem niet de schaal kon doorgeven zonder een kleur als een biet te krijgen.

Steelhead draaide zich om naar tante Esther. 'Emma kan goed koken. Uitstekend zelfs. Ik ken niemand die zo goed kan koken als Emma.'

Esther zei niets. Ze keek Steelhead strak aan, hij zag eruit als een vogeltje dat opgesloten zat in zijn kooi.

'Ze is misschien wel de beste kok van heel Pennsylvania,' vervolgde hij, 'ze kookt zeker beter dan die mafketel in de gevangenis die zichzelf kok noemde. Waar of niet, maatje?'

Steelhead gaf Abel een por dat hij hem te hulp moest schieten, maar Abel was wel zo wijs niet in die valkuil te trappen. Hij probeerde weg te kijken naar de verste hoek van de kamer, terwijl Steelhead onverstoorbaar doorging.

'Sjonge!' ging Steelhead verder en zijn hoofd begon te

glanzen. 'Ik wil nooit meer één hap gevangenisvoer eten. Ik heb het er wel gezien. Begrijpen jullie wat ik bedoel?'

Esther keek dodelijk verschrikt en tuitte haar lippen alsof ze zojuist een zure augurk had gegeten. Emma sloeg haar handen voor haar ogen. Carrie probeerde Steelhead onder de tafel te schoppen, maar miste. Abel slikte en probeerde Steelhead te laten zwijgen, maar Steelhead voelde zich in een hoek gedreven. Zijn hoofd tolde, hij kwam bijna niet uit zijn woorden en gooide er alles uit wat in hem opkwam. Toen hij precies had beschreven hoe het leven in de gevangenis was, was hij uitgepraat.

Esther stond langzaam op. 'Ik moet gaan.'

Carrie deed de keukendeur achter haar dicht en leunde vermoeid met haar voorhoofd tegen de deurpost. Tante Esther had het stil gebed na de maaltijd niet eens afgewacht, *zo* over haar toeren was ze.

'Jammer dat Esther niet is gebleven voor mijn kaneelkoekjes met suiker,' zei oma, die nog aan tafel zat. 'Ze kan wel een beetje suiker gebruiken.'

Steelhead proestte, en nog eens. Andy's ogen werden groot van verbazing. Langzaam gleed er een glimlach over Abels gezicht. Emma's ogen schoten heen en weer tussen de twee mannen, die hard begonnen te lachen en niet meer bijkwamen. Tot Carries grote verbazing, begon ook Emma te giechelen.

Carrie leunde met haar rug tegen de keukendeur en keek naar hen. Emma leek absoluut... blij.

Op een middag had Sol Mattie afgezet in de buurt van haar huis en besloot hij de omweg te nemen naar zijn eigen huis. Die liep langs de boerderij van Carrie. Tot zijn vreugde zag hij Carrie net op dat moment de post uit de bus halen. Hij reed naar haar toe en draaide zijn raampje naar beneden. 'Alsjeblieft, Carrie?' vroeg hij. 'Ik moet je iets vertellen.'

Ze aarzelde, maar stapte in. 'Het verbaast me dat die oude roestbak het nog steeds doet.'

'Mijn honkbalcontract is niet verlengd. Het is voorbij.'

'Dat spijt me,' zei Carrie flauwtjes. 'Ik weet hoeveel het voor je betekent: alles.'

Sol probeerde haar blik te vangen, maar ze keek weg. 'Nee,' zei hij resoluut. 'Jij betekent alles voor mij.' Hij strekte zijn hand uit, pakte de hare en bracht hem naar zijn kaak. Carrie kromde haar handpalm en legde haar hand tegen zijn wang; Sol gaf zich over aan deze liefkozing. Hij kreeg weer hoop toen hij de boosheid uit haar ogen zag verdwijnen. 'Carrie, hoe kunnen we de weg naar elkaar weer terugvinden? Wil je dat ik lid word van de kerk? Als jij dat wilt, doe ik het. Ik zal alles doen wat jij wilt.'

Carrie schudde haar hoofd. 'Ik wil niet dat je voor mij lid wordt van de kerk. Als je lid wordt van de kerk, doe je het voor jezelf.' Maar al klonk het nog zo overtuigd, hij zag haar gezicht verzachten en haar stijve schouders zich ontspannen. Uiteindelijk liet ze haar onverzettelijkheid varen.

Zachtjes zei Sol: 'We zouden de draad weer kunnen oppakken daar waar we de afgelopen zomer zijn gestopt.'

'Ik ben niet meer dezelfde persoon als vorige zomer.'

'Kom op, Carrie,' zei hij vriendelijk. 'Dat weet ik. Ik weet alles over jou en Daniel.'

'Hoe bedoel je?' Ze trok haar hand terug uit de zijne.

'Ik weet dat jullie huwelijk niet echt was. Ik weet dat hij op de vloer sliep.'

Carrie deinsde achteruit, alsof ze een klap in haar gezicht kreeg.

'Ik zag onlangs die opgedirkte dame met dat rode haar

in de stad. Zij vertelde het me. Ze had het weer van Andy. Toen ik dat hoorde, wist ik het. Ik wist zeker dat je nog van me hield.' Het was eerder een verklaring dan een vraag, maar zijn ogen keken haar smekend aan.

Carrie keek hem aan met een blik van volslagen ongeloof. 'Je verdraait mijn huwelijk met Daniel zo, dat het uiteindelijk alleen maar om jou gaat.' Haar handen balden zich tot vuisten. 'Daniel en ik zochten de weg naar elkaar. Hoe en of dat lukte, had niets met jou te maken. Niets!'

'Het had alles met mij te maken! Ik dacht: waarom stemt een normale man van vlees en bloed ermee in om op de grond te slapen? Als er vlak bij hem een meisje als jij ligt te slapen? Toen begon het me te dagen… dat hij ook wist dat je van mij hield.'

'Nu gaat het weer om jou! Alsof de hele wereld om jou draait.'

Nu raakte Sol gepikeerd. 'Jij vindt een man dwingen op de vloer te slapen dus niet egoïstisch?'

Een rode gloed van kwaadheid schoot over Carries wangen.

'Geef het maar toe, Carrie. Ben je zelfs niet een beetje opgelucht dat hij dood is?'

Even was het doodstil. Toen draaide Carrie zich naar hem om, met een blik in haar ogen die zei dat iets haar zojuist helemaal duidelijk was geworden. 'Nee. Ik ben helemaal niet opgelucht.' Ze stapte uit de auto en rende de lange oprijlaan naar haar huis op.

Sol bonkte een paar keer gefrustreerd met zijn hoofd op het stuur en vroeg zich af waarom alles wat hij de laatste tijd zei, zo slecht viel. Zijn gedachten waren juist, het klonk allemaal zo aannemelijk als hij ze uitwerkte in zijn hoofd. Maar als hij ze uitsprak, klonk het zelfvoldaan en hovaardig.

Carrie liep de schuur in en trof daar Andy aan, die Hope aan het melken was. 'Heb jij tegen Veronica gezegd dat Daniel op de grond sliep?'

'Waar maak je je druk om?' vroeg Andy, verbaasd dat ze zo boos was. 'Ik zag dat wel eens als ik naar gedroomd had en naar jou toe kwam. Ik vond het geweldig dat hij op de grond sliep. Alsof hij een indiaan was of zoiets.'

De volgende dag pakte Abel het rijtuigje en ging boodschappen doen in de stad. Bij terugkomst spande hij Old-Timer uit, maar liet het paard aan de paal staan om het later te verzorgen. Hij trof Carrie aan in de groentetuin, waar ze de eerste oogst doperwten in haar schortzak stopte. Hij had een grote gele envelop onder zijn arm. 'Carrie...'

Carrie keek naar de envelop, pakte de punten van haar schort bijeen en liep snel langs hem heen.

Abel liep achter haar aan. 'Ik weet dat je verdrietig en boos bent. Je hebt de hele week nauwelijks een woord tegen me gezegd. Luister, wat deze akte betreft...'

Carrie was woedend en er knapte iets in haar. '*Nemme dich die Baamgaarde! Nemme dich das Haus!*' schreeuwde ze, snakkend naar adem. '*Nemme dich alles!*' Ze rende weg en de erwten uit haar schortzak vielen overal op de grond. Toen ze Old-Timer aan de paal zag staan, maakte ze de teugels los en sprong op zijn rug. Ze reed zo hard ze kon weg, wat gezien Old-Timers gevorderde leeftijd niet harder was dan een stevige draf.

Bij het meer aangekomen liet Carrie zich van Old-Timers

rug glijden, waarna ze hem meenam naar de rand van het water om te drinken. Tijdens het drinken bewoog zijn strottenhoofd op en neer. Toen hij genoeg had gedronken, tilde Old-Timer zijn hoofd op en haalde diep adem, zijn neusvleugels trilden. Ze ging zitten, liet haar armen losjes over haar gebogen knieën hangen en staarde naar het kalme water. Haar ene hand speelde met de teugels van het paard. Het verbaasde haar altijd dat ze met die dunne leren riemen het instinct van zo'n machtig beest in bedwang kon houden. Bestuurde God zo ook deze vreemde, treurige wereld? vroeg ze zich af.

Carrie sloeg haar armen om haar benen, legde haar kin op haar knieën en keek naar een prachtige adelaar die boven het stille meer zweefde. Een wielewaal kwinkeleerde zijn lied, dichtbij hoorde ze een specht hameren. Dit was de plek waar ze naartoe ging in de moeilijke periode meteen na het overlijden van haar vader en het vertrek van Sol. Hier speelde ze jaren geleden met Mattie, scheerden ze stenen over het wateroppervlak van het meer. Op deze plek zat ze en luisterde ze naar de muziek van de wilde vogels. Hier lukte het haar altijd vrede te vinden.

Ze had geen idee hoe lang ze er al zat toen Abel buiten adem naast haar op de grond neerzakte. 'Duurde even voordat ik je had gevonden.'

Carrie keek hem fronsend aan. 'Ik heb je niet gevraagd me te komen zoeken.'

Abel negeerde haar opmerking. 'Waar heb jij zo leren rijden?'

Carrie haalde haar schouders op en keek strak voor zich uit. 'Ik reed heel vaak zonder zadel. Tante Esther vond dat helemaal niets.'

Abel glimlachte, leunde achterover op zijn ellebogen en kruiste zijn enkels. 'Hoe kan het dat je ooit bent gedoopt? Het klinkt alsof je in je jeugd alle regels schond die er waren.'

Carrie tilde haar hoofd omhoog en keek hem aan. 'Ik weet heel goed dat ik regels nodig heb.'

Na die opmerking zaten ze nog een tijdje zwijgend naast elkaar en keken naar de adelaar die als een vlieger boven hen in de lucht hing. 'Wat je probleem ook is, ik kan je helpen,' zei Abel zachtjes.

Carrie draaide haar hoofd een eindje in zijn richting en vroeg hem ijskoud en boos: 'Voordat je mijn huis onder me vandaan verkoopt of erna?'

Abel zuchtte. 'Ik pik je huis niet in. Ik pik ook je boomgaard niet in. Ik pik niets in. Als je me nu eens liet uitpraten als ik je iets probeer te vertellen, dan zou je dat weten.' Hij gaf haar de grote gele envelop. 'Dit is de nieuwe eigendomsakte, hij is overgezet op jouw naam. Die van jou en die van Andy. Het is allemaal officieel. Ik ben ervoor bij de notaris geweest.'

Carrie nam de envelop van hem aan en wist niet wat ze moest zeggen. Langzaam maakte ze hem open en haalde er de papieren uit. Precies in het midden van de akte stonden in vetgedrukte letters haar naam en die van Andy. Een gevoel van dankbaarheid welde in Carrie op, ze wist niet wat ze moest zeggen. Ze moest hem laten weten hoeveel dit voor haar betekende. Zij en Andy hadden zich altijd een gast gevoeld in het huis van hun stiefmoeder, nooit familie. Nooit echt geaccepteerd. Ze moest hem vertellen hoe zeer ze dit gebaar waardeerde en dat ze zich realiseerde hoeveel dit hem moest kosten, maar het enige wat ze wist uit te brengen was: '*Denki, Abel.*'

Abels blik verzachtte, alsof hij begreep wat ze hem probeerde duidelijk te maken. 'Ik heb tegen Veronica gezegd dat de akte op jullie naam is gezet. Ze was daar niet zo blij mee.' Hij lachte even. 'Ooit zag ik in de gevangenis op de televisie een documentaire over vulkaanuitbarstingen. Daar deed haar reactie me aan denken.' Abel grinnikte. 'Ze ontsloeg me ook. Zei dat ze niets had aan een timmerman die maar één arm kon gebruiken.'

'Wat vervelend,' zei Carrie.

Abel haalde onverschillig zijn ene schouder op. 'Ik vind wel ergens werk. Er is vast iemand die *wel* een timmerman met één arm kan gebruiken.' Hij deed een greep in zijn jaszak en haalde er een dunne envelop uit. 'Dan nog iets. Ik heb nog een brief van Daniel. Ik was er niet zeker van of je iets aan deze brief zou hebben of... nou ja... ik denk dat je moet weten wat erin staat.' Abel aarzelde en gaf haar de brief.

Carries hart bonsde toen ze het poststempel zag. De brief was gepost de dag waarop Daniel stierf. Voorzichtig, alsof hij van heel dun papier was, vouwde ze de brief open.

18 maart

Beste Abel,

Het is laat voorjaar dit jaar. Gisteren waaide en sneeuwde het heel hard. Alleen de slimme specht leek het niet te deren. Hij bleef in de buurt van het rundiervet dat Andy en ik buiten op de voedertafel voor de vogels hadden neergelegd. Hij bleef er maar in pikken en kreeg zo genoeg energie binnen voor weer een koude winternacht.

Over genoeg energie krijgen gesproken, er gebeurde vandaag iets heel vreemds. Na een moeizame bevalling bracht Andy's koe nog voor het ochtendgloren een kalfje ter wereld. Carrie hielp zonder paniek of klagen bij alles. Nadien was ik zo blij dat ze me had geholpen. Ik had niet gedacht dat ik ooit nog iets voor een vrouw zou voelen, niet na Katie. Ik ben met Carrie getrouwd omdat vader dat graag wilde en ik wilde dat hij geen verdriet meer had. Eerlijk gezegd kon het me allemaal niet veel schelen. Maar op

een gegeven moment kreeg ik toch gevoelens voor haar, een soort genegenheid. Ik denk dat de simpele waarheid gewoon is dat ik haar nodig had. En toen werd het liefde. Ik houd van haar, Abel. Ik weet dat je me in je volgende brief een preek zult geven. Ik hoor het nu al, hij gaat over Romeinen 8:28, jouw mooiste Bijbeltekst, over het feit dat God ervoor zorgt dat alles goed komt, ook de dingen die minder goed begonnen.
Misschien heb je gelijk, Abel. Misschien is er hoop voor een zondaar als ik.
Ik zie dat de postbode eraan komt, dus tot ziens en ik hoop dat je deze brief krijgt.

Groet, Daniel

Er knapte iets in Carrie en ze voelde zich ineens heel schuldig en verdrietig. Tranen stroomden over haar wangen. 'Ik heb Daniel heel veel verdriet bezorgd. Net zoals tante Esther mijn vader veel verdriet bezorgde en later letterlijk liet doodbloeden. Daniel vertelde me die bewuste dag over de petroleumbranden, waarschijnlijk heeft hij slechts een paar uur later deze brief gepost. En ik heb me omgedraaid en ben weggerend. Ik was zo overstuur dat hij me er niets over had verteld en dat ik uitgerekend van Sol over die branden moest horen. Ik was zo boos en moest gewoon... ik moest gewoon weg bij hem... maar hoe had ik ooit kunnen denken dat hij die nacht dood zou gaan?' Carrie snakte naar adem. 'Ik heb hem ontzettend tekort gedaan. Ik ben net als tante Esther.'

Ze gebruikte eerst haar eigen zakdoek en maakte toen die van Abel helemaal nat. Ten slotte klopte hij haar niet langer geruststellend op haar rug, maar sloeg hij zijn armen om haar heen en zei tegen haar dat ze maar eens goed moest huilen. Abel hield haar alleen maar vast, net zolang tot ze geen tranen meer overhad om te huilen. Ze huilde om de dood van haar vader, het leven van Daniel dat zo plotseling was afgebroken en om het feit dat ze er zo'n armzalige puinhoop van had gemaakt. Tussen het snikken door vertelde ze Abel over Sol die was weggegaan en dat ze daarom Daniels aanbod om met haar te trouwen met beide handen had aangegrepen.

'Ik hield niet van Daniel,' snikte ze. 'Niet op de manier die hij verdiende.'

Abel liet zijn kin op de stijve plooien van haar gebedsmuts rusten en drukte haar nog steviger tegen zich aan. Toen ze uiteindelijk in staat was naar hem op te kijken, zag ze dat ook bij hem de tranen over de wangen liepen.

'Carrie, misschien had jij Daniel wel even hard nodig als hij jou. Ik weet niet waarom hij stierf. Dat is gewoon een van de raadselen die God op ons pad stuurt. Maar God herstelt de puinhoop die wij maken en zorgt ervoor dat er iets goeds uit voortkomt.' Hij tikte tegen de onderkant van haar kin, zodat ze hem zou aankijken. 'Ik weet zeker dat Daniel nooit zou willen dat je het gevoel hebt dat je hem tekort hebt gedaan. Dat heb je niet. Eén ding wist niet al het andere uit wat wel goed was.'

Carrie veegde haar gezicht af met haar handen. 'Maar wat als dat gebeurde op het laatste moment?'

'Zelfs dan.' Abel stond op en liep naar de waterkant. Hij raapte een steen op en scheerde hem over het water van het meer.

Carrie keek zwijgend toe hoe de steen een paar keer het glazige oppervlak raakte en vervolgens in de diepte zonk. 'Ik zou graag helemaal zeker willen weten dat hij me heeft vergeven.'

Abel draaide zich om en keek haar aan. 'Je kende Daniel goed genoeg om te weten wat het antwoord is op die vraag.'

In de lucht klonk een hard, schor gekwaak. Carrie tilde haar hoofd op om te zien waar het vandaan kwam.

'Hoor je die wilde eend kwaken?' vroeg Abel zachtjes, terwijl hij keek naar de groep eenden die in V-formatie over kwam vliegen. 'Drie keer kwaken betekent voor de andere eenden dat alles in orde is en dat ze veilig kunnen landen.' Hij stak zijn hand uit en hielp Carrie overeind. '*Es is alles in Addning.*' Alles is in orde.

Sol zat op een grijze plastic stoel in de wasserette een paar oude tijdschriften door te bladeren en wachtte tot de wasdroger zou piepen ten teken dat zijn kleren droog waren. Het verbaasde hem altijd als hij mannen hun eigen was zag doen. Amish mannen deden niet de was. En ze kookten niet en maakten ook niet schoon. Soms had hij het gevoel dat hij van een andere planeet kwam, zo veel moest hij leren. Hij keek hoe een man zijn was sorteerde in een stapel lichte en een stapel donkere was en vroeg zich af waar hij al die moeite voor deed. Ineens begon het hem te dagen. *Daarom zijn mijn witte T-shirts altijd grijs!*

De *Englischers* hadden veel dingen waar Sol zich zorgen om maakte, hun obsessie met televisie bijvoorbeeld. Maar één ding bewonderde Sol echt aan hen. Ze gunden zichzelf vaak genoeg een tweede kans. Een aantal jongens uit zijn team was begonnen aan een vervolgopleiding, maar ermee gestopt om profhonkballer te worden. Als die carrière voorbij was, konden ze weer terug. Mensen verhuisden van het ene huis naar het andere. Zelfs een huwelijk was makkelijk te ontbinden. Twee jongens uit de teams waren gescheiden en inmiddels opnieuw getrouwd, maar niemand maakte daar een groot probleem van. Maar als hij eenmaal op zijn knieën was gegaan en van gedachten veranderde, zou dat harde consequenties hebben. Hij was nog niet eens gedoopt en had al het gevoel dat hij in de *Bann* was.

Sol vond de *Englischers* een stuk milder als het erom ging mensen een tweede kans te geven, zij mochten fouten maken. Als de Amish erom bekend stonden dat ze zo vergevingsgezind waren, waarom waren ze dan zo onbuigzaam als iemand van gedachten veranderde? Hij moest het eens aan Mattie vragen. Sol merkte dat zijn gedachten vaak ineens naar Mattie schoten en dat hij zich afvroeg wat zij ervan zou vinden. Het leek wel alsof zijn gedachten de laatste tijd vaker bij Mattie waren dan bij Carrie. Hij schudde zijn hoofd, alsof hij het leeg wilde maken.

De volgende dag toen ze klaar was met haar werk, keek Mattie of ze de auto van Sol zag. Ze was wel zo voorzichtig ervoor te zorgen dat haar verwachtingen niet te hoog gespannen waren. Mattie ging er nooit van uit dat hij haar zou ophalen… ze *hoopte* het alleen maar. Toen ze zijn auto zag, kon ze nauwelijks een glimlach onderdrukken. Sol opende het portier voor haar en had nauwelijks de motor gestart, of hij vertelde haar over zijn theorie van de *Englischers* en hun tweede kans.

Mattie hoorde stilzwijgend zijn verhaal aan, maar vroeg zich af wat hij eigenlijk wilde weten. Het leek alsof Sol de laatste tijd dingen aan het uitzoeken was, zichzelf ervan probeerde te overtuigen dat hij het juiste deed. Hij had haar honderduit gevraagd over hoe het was om Amish te zijn. Ze had erom gebeden en vervolgens geconcludeerd dat het niet aan haar was om hem ervan te overtuigen dat hij lid moest worden van de kerk. Dat was uitsluitend voorbehouden aan God.

'Nou, wat vind jij ervan?' vroeg hij, beschuldigend haast, toen hij klaar was met zijn verhaal. 'Dat de *Englischers* mensen de mogelijkheid geven fouten te maken? Dat de Amish soms zo onverzoenlijk kunnen zijn?'

'De Amish zijn niet perfect. En onze cultuur heeft zeker zijn gebreken, maar die van de *Englischers* ook.' Mattie keek Sol aan. 'Je kent de gebreken van de mensen van Eenvoud, daar heb je over nagedacht. Maar wat zijn hun goede kanten, Sol?'

Overdag werkte Sol op de bouwplaats waar hij een jaar geleden was aangenomen, voordat hij vertrok om bij de Barnstormers te gaan spelen. Nadat hij uit het team ontslagen was, had hij met de voorman gesproken en die had gezegd dat hij hem graag weer in dienst wilde hebben. Toen hij vandaag gereedschap aan het wegleggen was in de truck van de voorman, hoorde hij iemand roepen: 'Einde werktijd.' Hij gooide de rest erbij en haastte zich naar zijn auto; Mattie wachtte waarschijnlijk op hem.

Sol pikte de laatste paar weken steeds Mattie op als ze klaar was met haar werk op de markt. Dat bespaarde haar een ritje met de bus en zo hadden ze wat extra tijd samen voordat haar ouders haar thuis verwachtten. Hij had geen idee wat Matties ouders ervan zouden vinden dat ze tijd doorbracht met hem, maar hij vertrouwde op haar oordeel. Als zij zich geen zorgen maakte, deed hij het ook niet. Hij wist alleen dat hij uitkeek naar de tijd die ze samen hadden. Ze praatten over van alles en nog wat, belangrijke zaken, en hij vond het niet echt leuk als ze zei dat ze moest gaan.

Sinds Mattie hem had gevraagd wat de goede dingen waren van de Amish, kwamen er allerlei herinneringen bij hem boven. Maar op het moment zelf had hij haar slechts aangekeken, niet wetende wat hij moest antwoorden.

Tot slot had ze gezegd: 'Maar je weet toch wat echt goed is, Sol. Onze families en de kerk.'

Wat kon hij antwoorden... dat ze niet goed waren? Hij wist dat ze het wel waren.

Maar haar eenvoudige woorden waren van een doordringende wijsheid. Sol moest steeds denken aan zijn familie, de maaltijden, hoe ze met zijn allen een schuur bouwden, samen met de buren hooiden, zelfs aan de bijeenkomsten op zondag. Het maakte diep in hem iets wakker; hij voelde dat er iets heel belangrijks ontbrak. Hij was niet meer helemaal zichzelf, het voelde alsof hij een hand miste of een arm. Maar hij voelde zich altijd beter als hij bij Mattie was.

De laatste keer dat hij haar afzette, vroeg hij haar half plagend, half serieus: 'Mattie, waarom doe je zo veel moeite voor mij?'

Ze keek hem aan zoals ze dat altijd deed: oprecht serieus. 'Ik denk dat je heel wat in je mars hebt.'

Sol moest even lachen. 'Volgens mij ben je momenteel de enige die dat denkt. Ik denk dat mijn vader mij nog niet eens de mestverspreider in een rechte lijn over het veld ziet trekken.'

Toen zei ze iets wat hem de adem benam. 'Dat bedoelde ik niet, Sol. Niet als boer. Zelfs niet als honkballer. Dit bedoel ik.' Ze klopte op haar borst. 'Daar ben je goed in. In de zaken van het hart.'

Omdat ze eerder dan gebruikelijk klaar was met haar ochtendklusjes, haastte Carrie zich naar Mattie om de familie Zook te helpen met de voorbereidingen voor de zondagse dienst. Elk gezin bood één keer per jaar onderdak aan de zondagse dienst en de gezamenlijke bijeenkomst daarna. Alle vrouwelijke familieleden en buren kwamen een paar dagen van tevoren om te poetsen, vegen, stoffen en boenen en te koken en te bakken.

Carrie trof Mattie alleen in de keuken aan. Ze was alles aan het klaarzetten voor als de vrouwen arriveerden, zodat ze het zondagse middagmaal konden voorbereiden. Mattie probeerde een grote pot honing op te warmen in warm water. De honing was gekristalliseerd en ze had hem nodig om taart te bakken.

Carrie liep naar het fornuis en keek in de pot. De lepel stond rechtovereind. 'Hij zit hopeloos vast,' zei ze.

Mattie lachte. 'Ik bedacht net hoe het zou gaan als mensen, net als deze lepel in de honing, vast komen te zitten.'

'Wat?' vroeg Carrie, terwijl ze de spoelbak vulde met warm water, om de stapel borden af te wassen die Mattie erin had gezet. Ze luisterde maar half.

'Stel je voor,' Mattie probeerde de lepel los te trekken uit de honingpot, 'mensen denken dat ze op de juiste weg zitten en dan ineens kunnen ze niet verder omdat er iets gebeurt... iets belangrijks: ze maken een fout of begaan een zonde. Ze voelen zich heel schuldig, maar blijven gewoon vastzitten.'

Carrie pakte de zeephouder en klopte er een paar keer mee in het hete water, totdat het begon te schuimen.

Zachtjes zei Mattie: 'Zo was het met Daniel, Carrie. Daniel zat vast.'

Carrie hield op met kloppen en draaide zich langzaam om naar Mattie, zich niet bewust van het feit dat er schuim van haar handen op de grond drupte.

'Zijn vader probeerde hem weer op gang te helpen en Abel ook. Zonder het zelf te weten, jij ook. Maar hij bleef gewoon vastzitten.' Mattie zweeg even en zei toen: 'Sol is ook zo iemand. Hij zit gewoon vast in zijn spoor.' De lepel kwam een beetje los. Mattie draaide zich om van het fornuis en keek Carrie aan. 'Neem me niet kwalijk dat ik het zeg, Carrie, maar soms denk ik dat jij ook vastzit. Je kunt niet vooruit, omdat je vol spijt bent over het verleden. Over dingen die je niet kunt veranderen.'

Tranen prikten achter Carries ogen en ze draaide zich weer om naar het aanrecht.

'Ik denk niet dat God dit van ons verlangt. Ik denk dat Hij wil dat we verder gaan met ons leven.' Mattie keek door het raam naar buiten naar Abel en Andy, die net waren aangekomen om te helpen het meubilair van beneden weg te halen, zodat de banken uit de wagen konden worden neergezet. 'Neem Abel. Dat is een man die niet vast is komen te zitten. Hij heeft het een paar keer heel moeilijk gehad, maar gaat gewoon verder, of niet soms?'

Mattie stak haar hand uit naar de honingpot en trok de lepel eruit. 'Nou, zie je wel!' zei ze triomfantelijk en hield hem in de lucht.

'Niemand wil me daar hebben,' zei Sol tegen Mattie nadat ze hem had aangemoedigd naar de kerkdienst te komen, die komende zondag bij haar thuis werd gehouden.

'Dat is niet waar.'

'Nee, Mattie. Ik mag alleen komen als dat betekent dat ik weer thuiskom.'

'De kerk is je familie, Sol. Ze willen alleen het beste voor jou.'

Sol keek haar fronsend aan. 'Zoals jij het zegt, klinkt het zo simpel. Maar je weet dat het dat niet is.'

Om de een of andere reden stemde hij er toch mee in te komen. Nadien vond hij dat het slechtste plan waartoe hij zich ooit door een vrouw had laten overhalen. De enige plek waar hij kon zitten, was op het hoekje in de achterste rij, als toeschouwer. Vanaf daar zag hij dat de ogen van Abel Miller tijdens de dienst steeds afdwaalden naar Carrie. Zij op haar beurt wierp zelfs niet één keer een vluchtige blik in Sols richting. Dat wist hij zeker, want hij zat voortdurend zo gedraaid dat hij haar kon zien. De meeste andere mensen keken wel even naar hem en fronsten vol ongeloof hun wenkbrauwen. Waarom keken ze niet zo naar die Abel Miller? vroeg hij zich af. *Hij is de nieuwe vogel in de kooi. Hij is degene over wie ze hun wenkbrauwen zouden moeten fronsen.*

Sols gedachten dwaalden af naar de eerste keer dat hij Carrie had gezien, toen Jacob Weaver met zijn kinderen naar Stoney Ridge was verhuisd omdat hij ging trouwen met de vormelijke Esther Blank. Carrie was toen nog maar twaalf, maar haar aanblik benam hem de adem. Haar rug was kaarsrecht, ze hield haar kin iets omhoog. Het was een van de redenen waarom haar stiefmoeder Carrie ervan beschuldigde hovaardig te zijn, maar dat was ze niet. Ze was gewoon Carrie.

Toen Carrie eindelijk zestien was, moest Sol het haar twee jaar lang vragen en toen stemde ze er eindelijk mee in zich door hem in zijn rijtuigje naar huis te laten brengen. Ze zei tegen hem dat hij een flirt was en dat hij haar pas mocht lastigvallen als hij zijn ogen van andere meisjes kon afhouden. Sol kon het niet helpen dat hij flirtte met andere meisjes, hij vond dat gewoon zo leuk. Maar eigenlijk had hij nooit aan iemand anders gedacht dan aan Carrie, niet echt serieus tenminste.

Vandaag zat Carrie naast Mattie, aan de kant van de vrouwen, kin op de borst, alsof ze goed luisterde naar de preek van de voorganger. Eén keer stak ze haar hand omhoog en duwde ze een honingblonde lok terug onder haar gebedsmuts. Sol had het haar honderden keren zien doen, het gebaar gaf hem een bitterzoet gevoel van pijn. De enige keer dat hij haar in de richting van de mannen zag kijken, was toen Andy zijn gezangenboek liet vallen omdat hij was ingedut. Het viel met een harde klap op de grond. Geërgerd keek Carrie haar broertje fronsend aan. Vervolgens wierp ze een vluchtige blik op tante Esther, die Andy boos aankeek. Mattie, zag hij, beet op haar lip om niet te lachen.

Aan de andere kant van Mattie zat Carries vrijgezelle stiefzus Emma, de borst flink vooruit, alsof ze net diep adem had gehaald en niet durfde uitademen. Sols blik gleed naar Mattie. Hij had Mattie nooit eerder in de kerk gezien, hoewel ze er natuurlijk wel altijd was. Ze liet bijna nooit verstek gaan. Mattie bewoog met gesloten ogen en opgeheven hoofd haar lippen, alsof ze onhoorbaar een gebed fluisterde. Sol verwonderde zich over haar grote geloof, hij was er bijna jaloers op. Terwijl hij naar haar keek, vroeg hij zich af hoe hij ooit had kunnen denken dat ze maar een gewoon meisje was. De blijdschap en de glorie van God spatten van haar gezicht.

Zodra de dienst voorbij was, stroomde iedereen naar buiten om te helpen alles klaar te zetten voor de lunch. Sol zag dat Abel Miller recht op Carrie afliep. Ze vouwde een tafellaken uit om het over de tafel te spreiden en zag Abel pas toen hij nog maar een paar stappen bij haar vandaan was. Toen ze Abel aankeek, voelde Sol een steek van jaloezie in zijn maag.

Zoals ze naar hem kijkt, keek ze altijd naar mij.

Bijna iedereen negeerde Sol of hield het gesprek met hem kort en zakelijk, zelfs zijn vrienden. Zijn moeder vroeg wanneer hij naar huis kwam, maar toen hij aarzelend zei dat hij dat nog niet wist, draaide ze zich verdrietig om.

Het irriteerde hem dat Mattie hem had overgehaald te komen. Ze begreep niet hoe het voelde als alle mensen die je al je hele leven kent en van wie je houdt, je zo afstandelijk benaderen. Ze wisten dat hij er was, hij voelde hun nieuwsgierige blikken. De meesten deden echter alsof hij een vreemde was die ze wel eens hadden ontmoet maar zich niet meer konden herinneren, laat staan dat ze wisten waarom hij hier was.

En hij was niet eens in de *Bann*.

Later realiseerde hij zich dat dit misschien wel de reden was waarom Mattie hem had gevraagd te komen.

14

Op een middag bracht Carrie hun laatste ingevroren cider naar de familie Zook, zodat ze die in hun kraam op de markt konden verkopen, en kwam ze laat terug op de boerderij. Ze bond Strawberry en haar kar vast aan de paal en haastte zich naar binnen om te zien of Emma al aan het eten was begonnen. Ze vond een briefje van Emma op de keukentafel, waarin stond dat ze een boodschap ging doen en ze zich geen zorgen moesten maken als ze niet op tijd terug was voor het eten.

'Ik vraag me af waarom ze zo laat op de middag nog naar de stad gaat,' zei Carrie tegen oma nadat ze het briefje had verfrommeld. 'Emma gaat normaal gesproken alleen 's ochtends naar de stad. Ze zegt altijd dat die dronken *Englischers* die een kater hebben van de vorige avond, 's ochtends nog op bed liggen en dan tenminste niet op straat zijn.'

Oma glimlachte flauwtjes. 'Onze Emma zou dat inderdaad zo zeggen.'

Carrie begon aan het deeg voor de chocoladekoekjes met nootjes, die Andy at als hij uit school kwam. 'Enig idee waar Abel naartoe is?'

Oma keek zeer verbaasd. 'Ik kan me niet heugen dat hij heeft gezegd waar hij naartoe ging. Of zelfs dat hij wegging.' Ze drukte met haar vuist tegen haar mond, alsof het haar op die manier wel zou lukken. 'Ik denk dat Veronica is komen binnenvallen. Misschien zijn ze samen vertrokken. Ik denk dat ik in slaap ben gesukkeld.'

Carrie wierp enigszins bezorgd een vluchtige blik op haar. Oma sliep de laatste tijd wel erg veel. Carrie had gezien hoe dik en gezwollen haar enkels waren. Soms leek ze net een klok die steeds langzamer liep. Carrie keek rond in de keuken om te zien wat Emma klaargezet had voor het eten, maar er stond niets. 'Oma, wat heeft Emma vandaag gedaan?'

Oma keek naar het plafond, alsof het antwoord daarop geschreven stond. 'Ze heeft haar muts gestreken.'

'O, Emma en haar plooien,' grinnikte Carrie. Het was vandaag haar beurt om eten te koken. Ze liep naar de koelkast, deed hem open en laadde haar armen vol met sla, kaas en vlees voor hamburgers. Terwijl ze zich snel omdraaide om de spullen op het aanrecht te zetten, zag ze toevallig een zwarte sliert rook achter uit de schuur komen, waar Abel zijn werkplaats had. Haar hart bonkte. In een poging kalm te lijken, zei ze: 'Oma, ik ben zo terug.'

Carrie vloog het huis uit naar de achterkant van de schuur. Ze probeerde Abels werkplaats binnen te gaan, maar de deurklink was te heet. Vervolgens rende ze naar de schuurdeur en trok hem open. Op hetzelfde moment kringelde de rook naar buiten. Binnen hoorde Carrie vreselijke geluiden, geluiden die voor altijd in haar hoofd gegrift zouden staan: het angstige gehinnik van Schtarm en het panische geloei van Hope en het kalfje. Ze maakte Hope los uit de halsbeugel, duwde haar naar achteren en bracht haar door de deur naar buiten. Het kalfje was zo verstandig erachteraan te lopen.

'*Geh!*' riep Carrie toen ze Schtarms staldeur openmaakte. Ze deed een stap achteruit toen het paard naar voren stormde en de schuur uit galoppeerde. De andere stallen waren leeg. Carrie zag de vlammen aan de opgestapelde hooibalen likken en wist dat ze eruit moest. Ze struikelde over een touw en probeerde overeind te komen, maar boog hoestend en hijgend voorover vanwege de dikke rook. Haar ogen deden pijn. Ze kwam op de tast de schuur uit en eenmaal buiten hapte ze naar frisse lucht.

Al snel kwam de ene buur na de andere, gealarmeerd door de geur van rook. De mannen en jongens vormden vanaf de waterpomp twee rijen om emmers water door te geven. Carrie pompte zich de blaren op haar handen. De brandweer draaide de oprit op en nam het over met zijn lange slangen. Binnen een uur was het vuur geblust, maar het enige wat restte, waren een paar rokende planken, zwartgeblakerde balken, steen en metaal. Tot haar grote verwondering had het waterrad geen enkele schade.

Carrie stond erbij en ze keek ernaar, totaal verbaasd dat vuur zo veel kracht had.

De diaken kwam naast haar staan. 'Ga maar naar binnen, Carrie. Zeg maar tegen oma dat alles in orde is. Een aantal van ons blijft om er zeker van te zijn dat het vuur uit is.' Hij duwde haar met zachte hand weg. 'Toe maar, en smeer wat zalf op je handen.'

Terwijl ze zich omdraaide om naar binnen te gaan, kwam Andy op zijn step de oprijlaan opgestormd, zijn ogen groot van angst. 'Waar zijn de paarden? En Hope en Lulu?' vroeg hij, terwijl hij naar de brandweerauto staarde.

'Strawberry is daar,' antwoordde Carrie en ze wees naar de bange pony, die nog steeds voor de kar aan de paal stond. 'De andere zijn er vandoor, Andy, maar ze zijn niet gewond. Hope en Lulu zijn misschien in de boomgaard. Emma kan je misschien helpen zoeken, als ze weer terug is.' Waar was Emma eigenlijk? En waar was Abel?

'Ik help hem wel,' zei de diaken.

Carrie ging naar binnen om oma te vertellen dat het vuur geblust was. Het prikkelde nog steeds in haar neus en keel en ze bleef maar hoesten. Ten slotte liep ze de trap op om lekker in bad te gaan, de as uit haar haar en de geur van rook van haar lichaam te wassen. Het was donker toen ze op de oprit Old-Timer en het rijtuigje hoorde aankomen, op de hielen gevolgd door de motor van Steelhead. Ze zag door het badkamerraam Emma langzaam uit het rijtuigje stappen en naar het zwarte gat staren waar eens de schuur stond. '*Die Scheier is ganz verbrennt*,' bleef Emma maar herhalen, alsof ze haar ogen niet kon geloven.

Steelhead keek zoals Carrie zich voelde: verbijsterd. Ook hij staarde naar de smeulende plek waar eens de schuur stond.

De diaken liep naar hen toe. Carrie zag het en deed het raam dicht. Ze ging naar haar kamer en ging op bed liggen; ze was doodmoe en wilde haar pijnlijke ogen even dichtdoen. Een natte doek op haar ogen zorgde ervoor dat het brandende gevoel iets minder werd. Eerst dacht ze dat ze droomde toen ze Schtarms hoefgetrappel op de oprit hoorde. Even later werd ze opnieuw wakker. Nu hoorde ze Abel tegen de mannen die bij het zwartgeblakerde gebouw waren achtergebleven, schreeuwen waar Carrie, Andy en zijn oma waren en of er aan alle dieren was gedacht. Tevreden over het feit dat iedereen in veiligheid was, hoorde ze hem roepen: 'Wat is er in vredesnaam met de schuur gebeurd?' Terwijl ze weer wegdoezelde, viel het haar ineens op dat hij niet naar Emma had gevraagd.

De volgende morgen werd Carrie gewekt door een straal zonlicht die door haar raam naar binnen viel. Ze stapte voorzichtig uit bed en pakte een schone jurk van de haak, maar hield in toen haar gevoelige handen vol blaren haar herinnerden aan de brand van gisteren. Terwijl ze zo snel ze kon haar jurk dichtknoopte, gluurde ze door het raam naar buiten. Daar zag ze Abel en de diaken het koetshuis leeghalen. Abel had zijn mitella niet om, zag ze. Carrie was blij te zien dat Hope en Lulu aan de paal hooi stonden te kauwen. Haar ogen gleden naar de verkoolde resten van de schuur. Ze huiverde bij de aanblik.

Tegen de tijd dat Carrie naar beneden ging, waren er bijna dertig Amish mannen gearriveerd. Ze liepen voorzichtig rond het zwartgeblakerde bouwwerk, klopten op het hout om te zien of er nog wat gered kon worden en harkten door de as. Mattie was in de keuken, ze was al vroeg met haar vader en broers meegekomen om te helpen. Zij en Emma hadden warme koffie gezet en kaneelbroodjes gebakken, omdat ze wisten dat de buren zo zouden komen. Zelfs tante Esther was gekomen; ze roerde in een grote schaal gehakte selderij, stukjes kip en mayonaise door elkaar, voor op de broodjes tijdens de lunch.

Toen Emma haar zag, draaide ze Carries handen om, keek ernaar en kakelde als een moederkip: '*Wie entsetzlich!* Laat me er een verband om doen.' Emma zag eruit alsof ze niet goed geslapen had, ze keek bezorgd.

'Laat mij maar,' zei oma. 'Ik heb een speciale zalf.'

'Zo'n zeer doen ze niet. Ik was gisteravond zo moe, dat ik het nauwelijks heb gemerkt,' zei Carrie en ze hield haar handpalmen omhoog, terwijl oma zalf op de blaren smeerde.

'Schtarm kwam gisteravond helemaal uit zichzelf terug,' zei Emma. 'En Andy heeft Hope en Lulu in de boomgaard gevonden.'

'De diaken heeft besloten dat het beter is te wachten met het neerzetten van een nieuwe schuur totdat in het voorjaar de boel is ingezaaid,' zei Mattie, terwijl ze beslag roerde voor koekjes, 'daarom dacht hij dat de mannen het koetshuis wel konden ombouwen voor de beesten. Daarom zijn we allemaal hier vandaag.'

Carrie vond het hartverwarmend om te horen. Haar buren hielpen haar nu al verder. Het leven diende te worden geleefd zoals het kwam. Het was niet hun manier om lang te blijven stilstaan bij tegenspoed. Integendeel, ze gingen verder.

Terwijl oma het laatste eindje gaas om Carries handen wikkelde, vroeg Carrie: 'Emma? Waar was jij gistermiddag? En waar was Abel?'

Emma's hoofd schoot omhoog. Ze wierp een vlugge blik op haar moeder en keek vervolgens uit het raam naar Abel. 'Hij zei dat ik moest zeggen dat het hem vreselijk speet dat hij er niet was.'

Carrie keek door het keukenraam naar buiten. Abel trok net een stuk timmerhout van een van de wagens. Andy stond naast hem en kletste aan een stuk door. 'Ja, Emma, maar waar waren...'

Precies op dat moment riep oma: '*Gottes willes, Gottes willes.*'

Carrie draaide zich vlug om, keek naar oma en zag dat ze haar armen om haar middel had geslagen. Carrie werd bang. Ze voelde dat er problemen op komst waren, maar wist niet waarvandaan.

Nog geen minuut later kwam er een politieauto aanrijden. Carrie haastte zich door de keukendeur naar buiten, de trap af, naar de auto. Emma en Mattie renden achter haar aan. Twee mannen in uniform stapten uit de auto. Ze staarden naar de restanten van de schuur.

'Iemand gewond geraakt door het vuur?' vroeg de stevige van de twee aan Carrie. Aan zijn riem rinkelde een bos sleutels.

Carrie herkende de man. Het was commissaris Beamer, de man die haar had verteld dat Daniel een ongeluk had gehad. Ze betwijfelde of hij zich haar kon herinneren. Voor de *Englischers* zagen de Amish er allemaal hetzelfde uit. 'Nee. Mijn buren zijn gekomen en hebben me geholpen het te blussen.'

'Enig idee hoe de brand is ontstaan?' vroeg hij haar.

Carrie haalde haar schouders op. 'Door de bliksem, misschien.'

Op het gezicht van de commissaris stond twijfel te lezen. 'Ik kan me niet herinneren dat het gisteren heeft gebliksemd. Jij wel, Jim?'

De agent die Jim heette, schudde zijn hoofd. 'Vindt u het goed als we even rondkijken?'

Carrie spitste haar oren. 'Waarom?'

De twee politiemannen keken elkaar even aan. 'Dit is de tweede brand in dit gebied de laatste paar maanden,' antwoordde de commissaris. 'We denken dat hij misschien is aangestoken.'

'Waarom denkt u dat?'

'Brandstichting verloopt meestal volgens een bepaald patroon. Dan zijn er sporen van brandbare vloeistoffen en diverse brandhaarden.' Hij plantte zijn handen in zijn zij. 'Je moet gewoon weten waar je naar moet zoeken.'

De twee mannen liepen naar de afgebrande schuur en eromheen, ze onderzochten het gebied waar de brand was ontstaan. Ze pakten allebei een grote hooivork, waarmee ze de as en rokende puinhoop doorwoelden.

'Gevonden,' schreeuwde commissaris Beamer naar de agent. Hij hield een uitgebrand benzineblik omhoog. Terwijl hij langs Carrie naar de politieauto liep, zei hij: 'We hebben bij die andere brand eenzelfde blik gevonden.'

Carries verbonden handen schoten naar haar wangen, ze was geschokt. 'Wie zou zoiets doen? Waarom doet iemand dit?'

Commissaris Beamer wierp een vluchtige blik op de aanwezige mannen. 'Is een van die mannen toevallig Abel Miller?'

'Wat wilt u van hem?' vroeg Carrie met bonkend hart.

'Is hij een van die mannen?' vroeg hij haar nog eens, terwijl hij naar de groep mannen wees die rond de schuur stond.

Carrie weigerde nog steeds te antwoorden.

De commissaris keek haar aan alsof hij wist dat ze niet ging meewerken, liep toen de binnenplaats op en riep: 'Abel Miller? Heet een van jullie Abel Miller?'

Dertig Amish mannen stopten met hun werkzaamheden en keken naar de commissaris. Vervolgens keken ze elkaar stilzwijgend aan, totdat de diaken, die voor het koetshuis stond, een kort knikje gaf.

Een man die hem een stuk timmerhout wilde geven, liet het vallen en zei: 'Ik ben William Abel Miller.'

Een andere man legde zijn hamer neer. 'Ik ben Abe met het ene oog. Mijn achternaam is niet Miller, maar mijn vrouw is een Miller. De mensen gebruiken steeds de verkeerde naam als ze mij bedoelen.'

Nog twee mannen stapten naar voren en allebei beweerden ze dat hun naam een variant was op 'Abel Miller'. Dat was niet gelogen. Het was hun doopnaam. Maar Carrie wist waarom ze het deden. Zo beschermden ze hun eigen soort mensen.

De commissaris en de andere agent leken in de war gebracht. 'Nou, kijk...'

Abel had het hele gebeuren gadegeslagen. Hij schoof een plank terug op de wagen en liep naar de commissaris. 'Ik denk dat ik de Abel Miller ben die u zoekt.'

Commissaris Beamer slaakte een zucht van verlichting. 'Kunt u ons vertellen waar u gistermiddag was?'

Abel keek even vluchtig naar Steelhead, die vlak bij hem stond. 'Vogels kijken.'

De commissaris leek niet precies te begrijpen wat hij bedoelde. 'U was op vogeljacht?'

Abel schudde zijn hoofd. 'Nee. Ik was onderweg naar huis en ben gestopt om naar een zwerm zwarte eenden te kijken die over Blue Lake Pond richting het zuiden vloog. De lucht is in deze tijd van het jaar net een snelweg, al die vogels die richting het noorden trekken. Een luchtweg, zogezegd'

'Zwarte eenden?' vroeg de diaken en hij stapte duidelijk geïnteresseerd uit de groep Amish mannen naar voren. 'Maar die tref je hier in januari net zo weinig aan als zonnebloemen.'

De commissaris keek de diaken fronsend aan. 'Heeft iemand u gezien?'

'U bedoelt of ik het kan bewijzen?' vroeg Abel.

'Ja,' antwoordde de commissaris.

Abel draaide zijn hoofd om naar tante Esther, die haar armen stevig over elkaar had geslagen. Naast haar stond Emma, haar handen gevouwen alsof ze aan het bidden was. Vervolgens gleed zijn blik naar Carrie. Toen Abels ogen die van Carrie ontmoetten, was er even sprake van elektrisch contact tussen hen. Abel aarzelde net iets te lang. 'Nee. Ik denk het niet.'

Carrie wist meteen dat Abel loog. Ze voelde het.

Commissaris Beamer zette een stap in Abels richting. 'Dan moet u met ons mee naar het politiebureau.'

'Wat is de aanklacht?' vroeg Abel, zijn kin hoog in de lucht.

'Die is er nog niet. We willen u alleen een paar vragen stellen.'

'Alleen omdat ik niet hier was?'

'We kregen een tip dat u wel eens vaker iets met een brand te maken hebt gehad,' antwoordde commissaris Beamer. 'En een akkefietje hebt gehad met justitie.'

Carrie hoorde achter zich een snik uit Emma's mond ontsnappen. De agent die Jim heette, legde een hand op Abels schouder en bracht hem naar de achterbank van de auto.

'Nee!' riep Andy. 'Dat kunt u onze Abel niet aandoen!'

De diaken legde zijn handen op Andy's armen en duwde

hem zachtjes in Carries richting. Andy sloeg zijn armen stevig om Carries middel. De auto met daarin Abel, met opgeheven hoofd, reed langs. Samen keken ze hem na.

Bij de trap naar de keuken liep Emma naar Carrie toe. 'Hij heeft het niet gedaan, Carrie. Hij zou nooit iets doen wat ons zou schaden.'

Carrie liep rakelings langs haar heen de keuken in.

Emma liep achter haar aan. 'Carrie, hoor je wat ik zeg?'

Carrie pakte een doekje en begon het aanrecht schoon te maken, dat onder het meel zat omdat Emma daar haar kaneelbroodjes had gemaakt. 'Ik heb gehoord wat je zei.'

Emma greep Carrie bij haar schouders. 'Je weet toch dat hij onschuldig is?'

Carrie keek haar recht in het gezicht aan. 'Ja, dat weet ik.'

Emma liet haar armen langs haar lichaam vallen en keek Carrie verbluft aan.

'Maar ik weet ook dat hij liegt. Zoals ik Abel ken, betekent dat waarschijnlijk dat hij iemand in bescherming neemt.' Carrie legde het doekje neer op het aanrecht en sloeg haar armen over elkaar. 'Wie dan, Emma? En waarom?'

'Wat ik graag wil weten,' zei Mattie, terwijl ze met haar armen over elkaar tegen de post van de keukendeur leunde, 'is wie de politie die tip heeft gegeven.'

Sol had die ochtend op zijn werk in de krant gelezen dat Carries schuur was afgebrand, maar toen hij laat die middag een afspraak met Mattie had om bij het meer te wandelen, vertelde hij haar niet dat hij het wist. Hij luisterde goed toen ze hem de details vertelde over de brand.

Toen gaf ze een klein stukje informatie dat hij nog niet had: de feitelijke dag van de brand. Om de een of andere reden dacht hij dat het al een paar dagen geleden was gebeurd, maar Mattie zei dat het gisteren was gebeurd. Hij had dat artikel in de krant beter moeten lezen, realiseerde hij zich. Zijn maag draaide zich een keer langzaam om, hij werd er misselijk van.

'Is er iets, Sol?' vroeg Mattie terwijl ze langs de rand van het meer liepen. 'Je bent ontzettend stil.'

Sol keek in Matties zachte, vriendelijke ogen en draaide zich toen weer om naar het nog steeds spiegelgladde meer. Hij wist dat wanneer hij iets zou zeggen, zijn woorden – net als een steen die in het meer werd gegooid – een golfbeweging in gang zouden zetten die hij niet meer zou kunnen stoppen. Mattie had hem altijd heel hoog zitten, maar nu zou dat veranderen.

Sol zuchtte eens diep. 'Ik heb de politie verteld dat Abel Miller die schuurbranden heeft aangestoken.'

Hij huiverde en zette zich schrap, omdat haar toorn nu over hem zou komen, maar er was geen enkele onrust zichtbaar in haar lichtgrijze ogen.

Ineens voelde hij een schok door zijn lichaam gaan.

Mattie wist het! Ze wist wat hij had gedaan.

'Het was geen leugen, Mattie,' zei hij snel. 'Ik had informatie over hem. Iets wat jij niet weet. Hij heeft in Ohio in de gevangenis gezeten omdat er bij een van die branden mensen waren omgekomen. Ik dacht dat hij misschien zou proberen Carrie kwaad te doen.'

Gistermiddag had de bouwopzichter hem naar het gemeentehuis gestuurd om een paar bouwvergunningen op te halen. Toen Sol het gemeentehuis uitliep, met de vergunningen in de hand, zag hij Abel Miller de trap op rennen, alsof hij te laat was voor iets. Toen Sol vanochtend vroeg in de krant las over de brand, was hij ervan overtuigd dat Abel het gedaan had. Sol werd woedend bij de gedachte dat deze man zijn mensen iets zou aandoen, vooral Carrie. Hij vroeg zijn baas of hij eerder met pauze kon en ging direct naar het politiebureau met een kopie van het krantenartikeltje dat hij in zijn portefeuille bewaarde.

Maar Mattie vertelde hem net dat de brand was ontstaan ongeveer op hetzelfde moment dat hij Abel Miller bij het gemeentehuis had gezien. Ze zei ook dat de politie al langs was geweest om Abel op te pakken. Toen kreeg hij een heel vervelend gevoel in zijn maag. Hoezeer Sol Abel ook wantrouwde, zelfs hij wist dat de man op geen enkele wijze op twee plaatsen tegelijk had kunnen zijn.

Matties grijze ogen vormden de weerspiegeling van haar teleurstelling in hem. Ze keek hem somber aan en haar ogen leken van kleur te veranderen. Dat gebeurde wel vaker, had hij gemerkt. Ze waren een graadmeter voor haar gevoelens.

'Abel heeft niemand gedood. En Daniel ook niet. Niet opzettelijk. Die branden in Ohio waren gewoon een vreselijk ongeluk. Carrie heeft me er alles over verteld.' Ze vertelde Sol het verhaal van de vaten petroleum waar benzine in terecht was gekomen.

Sol voelde een gloeiende pijn in zijn borst en ogen. Wat had hij gedaan? Wat voor verschrikkelijke blunder had hij begaan? 'Ik dacht het juiste te doen, Mattie. Alles wees in de richting van Abel Miller. Ik probeerde te helpen. Jij zegt altijd dat als we van iemand houden, we het beste willen voor die persoon. Ik wil alleen het beste voor Carrie.'

Een rode gloed gleed over Matties blanke huid. 'Ik heb ook gezegd dat alleen God weet wat het beste voor iemand is.' Ze keek naar een eend, die over het water van het meer gleed. 'Soms denk ik dat winnen belangrijker voor je is dan Carrie.' Ze liep met ruisende rokken naar de weg en zei over haar schouder: 'Het is gewoon een spelletje voor jou om te proberen haar terug te winnen.'

Sol nam een paar flinke passen en haalde haar in. 'Dat is niet waar, Mattie!'

Mattie stond stil. 'Sinds wanneer heeft ons soort mensen ooit, *ooit* een oordeel over anderen?' Ze stampte met haar voet. 'Jij denkt dat je iemand kunt wegpoetsen die niet in jouw systeem past... zoals Daniel.' Ze schudde walgend haar hoofd. 'En nu Abel.'

Die opmerking voelde voor Sol alsof ze hem een dreun in zijn maag had verkocht. Carrie had haar dus *wel* verteld over zijn bezoek op de dag dat Daniel overleed. Hij was er nooit over begonnen tegen Mattie, in de hoop dat ze het niet wist. In haar ogen glinsterde een gevoel van pijn. Ineens raakte Sol in paniek. O God, zou hij haar ook nog kwijtraken? Hij stak zijn hand naar haar uit, maar Mattie deinsde achteruit en sloeg haar armen over elkaar.

'Sol, je zit op het randje, je bent geen Amish maar ook geen *Englischer*, en je denkt nog steeds dat je alles kunt krijgen wat je wilt hebben.' Ze zwaaide als een boze moeder met haar vinger heen en weer. 'Nou, dat kan niet!'

Sols ogen werden groot van verbazing. 'Mattie...'

'Niks Mattie!'

'Alsjeblieft, Mattie. Kalmeer. Niet boos zijn. Ik ben niet zoals jij, Mattie. Jij... jij bent een kaarsrechte, diep geploegde voor. Jij hebt altijd precies geweten welke kant je op moest, hoe je wilde zijn. Dat probeer ik ook, maar zo werkt het niet voor mij. Ik ben niet... sterk, net als jij.' Hij zei het zonder erover na te denken of zonder vooropgezet plan en schrok ervan, maar wist dat het waar was. Ineens realiseerde hij waar die gloeiende pijn in zijn borst vandaan kwam. Hij was bang. Dat was hij nooit eerder geweest. Hij voelde dat hij bang was, dat hij het nooit meer goed kon maken met de mensen van wie hij hield. Hij was bang dat hij Mattie kwijt zou raken. Hij was bang dat God hem de rug zou toekeren.

Hij wierp een vluchtige blik op Mattie en zag dat haar ogen zich vulden met een zacht medelijden. Dat knaagde aan zijn trots, maar hij zag dat ze haar verzet langzaam liet varen.

'O, Sol,' zei ze ten slotte. Ze liep naar hem toe, kwam dicht bij hem staan en veegde met haar handpalm de tranen van zijn wangen. Ze schonk hem opnieuw een glimlach. Sol voelde de warmte ervan neerdalen in zijn gemoed. 'Begrijp je het dan niet? Het is nooit te laat om de man te worden die je bedoeld bent te zijn.'

Je moet weten waar je naar moet zoeken.

Deze woorden van commissaris Beamer bleven maar door Carries hoofd galmen. Ze pookte de hele middag in de puinhoop van de schuur.

Emma kwam haar helpen. 'Waar zijn we naar op zoek?'

'Maakt niet uit. Alles wat ons kan vertellen hoe de brand is begonnen.'

'Carrie,' zei Emma en ze keek bezorgd, 'kunnen we dit niet beter overlaten aan de politie?'

Carrie keek op. 'Volgens mij was jij ervan overtuigd dat Abel deze brand niet heeft aangestoken. De politie leek er nogal zeker van te zijn dat hij het wel heeft gedaan.'

Emma beet op haar lip, knikte kort met haar bemutste hoofd, pakte een stok en begon te zoeken.

Carrie zat inmiddels helemaal onder de grijze as en haar handen waren zwart van het roet. Ze stond op het punt haar zoektocht op te geven, toen ze ineens iets vond. Iets wat haar hart in tweeën spleet.

Steelhead kwam aangereden, maar nog voordat hij van zijn motor kon stappen, haastte Emma zich naar hem toe om hem te vertellen dat Abel zijn hulp nodig had. Ze legde snel uit wat er was gebeurd en waar Abel nu was.

Steelhead knipoogde naar haar. 'Maak je geen zorgen, moppie. Ik ga kijken wat ik kan doen.'

De buren waren klaar met het werk in het koetshuis en gingen naar huis om hun eigen klusjes te doen, maar tante Esther en de diaken bleven nog even hangen en stemden erin toe mee te eten. Toen het eten klaar was, trof Carrie haar stiefmoeder en de diaken aan in het koetshuis. Daar gaf zij hem – de man die bekend stond om zijn timmervakmanschap – aanwijzingen hoe hij de laatste scharnieren aan de deuren moest vastspijkeren.

'U hebt een engelengeduld,' fluisterde Carrie buiten gehoorsafstand van haar stiefmoeder tegen de diaken terwijl hij zijn gereedschapskist inpakte.

Glimlachend zei hij: 'Altijd goed als iemand het nog eens controleert.'

De manier waarop hij het zei, herinnerde Carrie zo sterk aan wat haar vader altijd zei, dat ze een pijnscheut door haar lichaam voelde trekken. Haar vader was altijd zo makkelijk geweest en nooit beledigd. Heel anders dan Abel, realiseerde ze zich ineens.

Net toen iedereen aan de keukentafel zat en de diaken het teken gaf voor stil gebed voor het eten, kwam Steelhead terug. Vlak achter hem zat Abel. Andy sprong als een jonge hond op om hem te begroeten, hij deed de deur open en bonkte de trap naar de keuken af. Abel sloeg een arm om Andy's schouders en liep de trap op, waarna hij iedereen een onhandig knikje gaf.

'Ik wilde graag even zeggen dat ik vrij ben gelaten. Er komt geen aanklacht.' Hij en Steelhead stonden aarzelend bij de deur, alsof ze niet zeker wisten of ze welkom waren.

'Dat is geweldig,' zei de diaken met een warme glimlach.

'Ik begreep toch al niet waarom ze dachten dat je je eigen schuur in brand zou steken.'

'Carries schuur,' zei Abel en hij keek even vluchtig naar Carrie. 'En die van Andy.'

'Onze schuur,' onderbrak oma hem. 'Deze boomgaard is van ons allemaal.'

'Ga zitten,' zei de diaken en hij wees naar de lege stoelen. 'Eet met ons mee.'

Emma en Carrie stonden op om voor Abel en Steelhead te dekken. Emma schepte twee borden vol, terwijl Carrie het bestek klaar legde. Abel liep naar de gootsteen om zich op te frissen. Hij keek Carrie vragend aan, maar ze draaide zich om.

Abel en Steelhead gingen aan de tafel zitten en bogen automatisch hun hoofd. 'Dank U wel, Heere Jezus,' zei Steelhead. Emma en Carrie verstijfden. 'Dank U wel, dat U mijn broeder Abel hebt vrijgelaten. Dank U wel voor dit heerlijke eten dat door deze twee geweldige vrouwen is klaargemaakt.'

Carrie liet haar hoofd in haar handpalmen vallen.

'Dank U wel, Heere Jezus. We houden van U, God. Amen. Amen. Halleluja.' Zijn hoofd schoot omhoog en er verscheen een brede grijns op zijn gezicht. Hij gaf Abel een klopje op zijn rug. 'Schranzen, makker.'

Tante Esther keek met een stalen gezicht naar Steelhead. Vanavond zag Carrie dat ze diepe lijnen rond haar mond en ogen had en dat het haar dat onder haar gebedsmuts vandaan piepte, zo grijs was als een muis. Ze was nog steeds een knappe vrouw, bedacht Carrie, zich bewust van het feit dat haar vader dat ook altijd had gevonden. Emma, die naast haar moeder zat, was heel anders, stevig en gewoontjes als oma's boterkoekjes.

De diaken glimlachte breed. 'Zo, Abel, vertel eens waarom ze je hebben vrijgelaten.'

Abel keek op en wisselde even vluchtig een blik met

Steelhead. 'Steelhead bleek me tijdens een van die branden te hebben gezien. Ik had uiteindelijk dus toch een alibi.'

'Het is echt waar dat ik hem heb gezien,' zei Steelhead, waarna hij een volle vork eten naar binnen schoof.

'Dat hadden jullie die politiemannen toch ook kunnen vertellen toen ze ernaar vroegen?' vroeg Esther aan Abel.

Datzelfde dacht Carrie ook.

'Is het niet geweldig dat Abel niets met die onzin te maken heeft?' vroeg Emma.

'Net toen Steelhead aankwam, liep er een andere vent binnen die vertelde dat hij me gistermiddag in de stad had gezien. Jullie kennen hem vast wel.' Abel wierp een zijdelingse blik op Carrie. 'Hij heet Solomon Riehl.'

Er viel een stilte. Uiteindelijk schraapte de diaken zijn keel. 'Emma, mag ik nog wat van die heerlijke kippenpastei van je?' Hij reikte haar zijn lege bord aan. 'En over een maand gaan we een nieuwe schuur bouwen. Een boerderij zonder schuur is geen boerderij.'

'Nou, Abel, waar ga je wonen nu er geen werkplaats meer is?' vroeg Esther fronsend.

'Hier, natuurlijk, bij ons,' antwoordde oma, terwijl ze eveneens fronsend naar Esther keek.

Carrie stak waarschuwend haar hand in de lucht. 'Eigenlijk gaat hij liever een tijdje bij Steelhead wonen.'

Abel hield zijn ogen strak op zijn bord gericht.

'Mooi zo,' zei Esther tevreden. 'We moeten gaan. Abraham, het is tijd om te bidden.' Ze boog haar hoofd.

'Nog niet, Esther,' zei de diaken.

Gedwee tilde Esther haar hoofd op.

De diaken gaf Esther de braadpan. 'Neem nog een stuk van die heerlijke kippenpastei van je dochter. Hij is heerlijk.'

'Dat is hij zeker,' zei Steelhead, terwijl een rode blos over Emma's gezicht schoot.

Tante Esther en de diaken vertrokken al snel na het eten. Carrie zei tegen Andy dat hij in bad moest omdat hij de hele dag buiten was geweest en helemaal vies was van de as en het roet. Overal hing de stank van vieze rook. Terwijl ze zijn vieze kleren verzamelde voor de was, hoorde ze oma met krakende knieën de trap oplopen en haar deur zachtjes achter haar dichtgaan. Carrie wachtte tot ze Steelhead zijn motor hoorde starten en ging toen pas naar beneden, om er zeker van te zijn dat Abel ook weg was. Maar hij was er nog en stond bij het keukenraam te kijken naar de plek waar de schuur had gestaan. Toen hij haar hoorde, draaide hij zich vlug om.

Carrie verstijfde. 'Ik meende dat ik Steelhead hoorde wegrijden.'

Abels glimlach verflauwde. 'Klopt. Hij, eh, heeft Emma meegenomen voor een ritje op de motor.'

Carries ogen werden groot van verbazing. Ze begon zich een beetje zorgen te maken om Emma.

Abel liep naar haar toe. 'Carrie, het spijt me dat ik er gisteren niet was. Als ik er wel was geweest, was er geen brand geweest.' Hij keek naar haar in verband gewikkelde handen. 'Doen je handen erg zeer?'

Carrie stopte haar handen achter haar rug. 'Niet zo erg. Oma heeft er zalf op gedaan en dat helpt.'

'Je gelooft me, toch?' Hij kwam een stap dichter bij haar staan en keek haar vragend aan. 'Je weet dat ik de brand nooit zou hebben aangestoken.'

Ze haastte zich langs hem heen en begon de borden op te ruimen die Emma had afgewassen.

'Carrie, kijk me aan!'

Ze hield op met opruimen. 'Ik weet dat jij de brand niet hebt aangestoken, Abel.' Ze zette de borden neer en viste iets uit de zak van haar schort. Ze opende haar hand... met daarin de oorknijper van Veronica McCalls mobieltje.

Abel keek verbaasd. Hij stak zijn hand uit en pakte het ding aan. 'Waar heb je die gevonden?'

'Ik heb de hele middag met een riek tussen de resten van de schuur gezocht.'

Abel draaide het ding om in zijn hand. 'Weet je wat dit betekent?'

'Ja.' Carries kin schoot een eindje omhoog. 'Ik weet *precies* wat dit betekent. Jij neemt Veronica in bescherming. Net zoals je Daniel in bescherming nam.'

Abel keek minstens even verbaasd als wanneer Carrie hem met een stuk hout op zijn achterhoofd had geslagen. 'Ik neem haar in bescherming?' Hij beende een paar passen door de keuken, wreef over zijn kin en dacht goed na. 'Jij denkt dat ik Veronica *in bescherming neem*?' Abel gooide zijn handen in de lucht. 'Waarom, denk je dat ik verkikkerd op haar ben?'

'Ik heb gezien dat je bij haar in de auto zat en haar kuste!'

'Eén keertje, Carrie.' Hij stak één vinger in de lucht. 'Ze probeerde me op dat moment te kussen en ik heb ervoor gezorgd dat ze daarmee ophield!' Abel schudde zijn hoofd, alsof hij zijn oren niet kon geloven. 'Ik heb de hele tijd geprobeerd haar aan het verstand te peuteren wat het inhoudt als je gelovig bent!'

Carrie rolde met haar ogen en sloeg haar armen stevig over elkaar. 'Ik heb haar een paar keer 's avonds laat uit je werkplaats zien komen.'

'Omdat mijn Bijbel en boeken daar liggen.' Abel krabde zich op zijn hoofd. 'Dat wil zeggen, tot de brand.' Hij kwam een stap dichter bij haar staan en legde zijn handen op haar bovenarmen. 'Waarom lijkt iedereen behalve jij te weten dat ik...'

Een klop op de deur onderbrak hem. Abel zuchtte, liet

zijn armen langs zijn lichaam vallen en ging kijken wie het was.

Heel even was Carrie bang dat het Veronica was, maar het was Grace die bij de deur stond. Ze kwam achter Abel aan de keuken binnen.

Carrie hapte naar lucht toen ze haar zag. 'Je haar!' Deze keer was het paars.

Graces hand vloog naar haar haar. 'Wat? Is het te?'

'Nee, nee,' antwoordde Abel geruststellend, terwijl hij een stoel voor haar onder de tafel vandaan trok. 'Het staat je heel goed.' Hij keek Carrie waarschuwend aan, dat ze niet zo moest staren naar Graces paarse haar. 'Carrie, waarom ga je niet zitten? Grace zei dat ze ons iets wilde vertellen.'

Grace gooide haar uitpuilende rugzak op de keukentafel. 'Poe, dat ding is zwaar. Ik heb niet veel tijd. Maar ik moest jullie iets laten zien.'

'Ben je hiernaartoe komen fietsen met dat ding op je rug?' vroeg Carrie.

'Ja,' antwoordde Grace een en al zakelijkheid. Ze trok een grote metalen koker en een stapel papier uit haar rugzak.

'Wat is dat allemaal?' vroeg Carrie.

'Toen ik hoorde over de brand,' antwoordde Grace, 'was er iets wat me maar bleef dwarszitten... alsof er iets niet klopte. Gistermiddag kwam Veronica haar kantoor in gerend. Ze deed zo vreemd – ik bedoel, ze is altijd druk-drukker-drukst en heel neurotisch, maar dit was erger, het leek wel alsof ze te veel suiker had gegeten – ze praatte zo hard en zei iedereen gedag. Alsof ze wilde dat iedereen wist dat ze er was. Ze vroeg me hoe laat het was. Dat deed ze twee keer, alsof ze wilde dat ik het me later zou herinneren. Vervolgens deed ze haar deur dicht omdat ze met iemand wilde bellen, maar in alle opwinding vergat ze de achterste deur dicht te doen. Haar kantoor heeft twee deuren. Ik hoorde haar tegen iemand zeggen dat er brand was. Ik weet zo goed als zeker dat ze Carries adres opgaf. Toen pleegde ze nog een telefoontje... ik hoorde haar iets zeggen over iemand die veroordeeld was voor brandstichting, ene Abel Miller, die voorwaardelijk vrij was en weer in de fout was gegaan. Vanmiddag ben ik achter de computer gaan zitten en heb de rekening uitgeprint van het nummer waarmee gisteren is gebeld. Gesnapt!' Ze wuifde met de rekening in de lucht. 'Ze heeft de brandweer gebeld om de brand te melden en het politiebureau om het verhaal over Abel te vertellen.' Ze overhandigde de rekeningen aan Carrie.

Carrie en Abel wisselden een vluchtige blik.

'Dat is niet het enige.' Grace wees naar de metalen koker. 'Dit zijn de percelen naast Honor Mansion, Veronica kan er nauwelijks op wachten die te kopen.' Ze trok de dop van de koker, hield hem op zijn kop en schudde er een paar ontwerpbouwtekeningen uit. 'Deze moeten jullie zien.' Ze rolde de blauwdrukken uit op de tafel: het waren plannen voor een golfbaan van Bonnatt Company.

'Carrie,' zei Abel en hij wees op één bepaalde sectie. 'Kijk eens, ze hebben land van de familie Stoltzfus opgekocht.'

'Het stuk land waar hun schuur op stond, voordat die afbrandde,' zei Carrie.

'Ja,' zei Grace. 'De familie Stoltzfus heeft die hectare aan Veronica verkocht.'

Carrie en Abel keken elkaar nog eens aan. Toen er een nieuwe schuur voor de familie Stoltzfus werd gebouwd, kwam die dichter bij het huis te staan, maar dat was slim bedacht. In feite was het een heel geschikt moment om hem te verhuizen. De originele schuur stond zo ver weg van het huis, dat er een straat tussen het huis en de schuur lag. Abner en Ada Stoltzfus hadden altijd geklaagd over de plek waar hun schuur stond.

'De familie Stoltzfus wist niet dat er een golfbaan zou komen,' legde Grace uit. 'Veronica bood hen twee keer de waarde en zij wilden hun zoon helpen een boerderij te kopen in Indiana.' Een blos gleed over haar wangen. 'Dat, eh, hoorde ik toevallig toen ze bij Veronica op kantoor waren.' Ze wees een ander gebied op de blauwdrukken aan. 'Kijk hier eens.'

Grace wees omliggende percelen aan, van buren van Cider Mill Farm. 'Ze hebben nog een paar stukken land van andere Amish boeren nodig.' Ze legde haar vinger op het stuk grond van Cider Mill Farm. 'Kijk nu eens naar jullie boerderij.'

De golfbaan besloeg ook *heel* Cider Mill Farm. Klaar als een klontje.

'Grace, heb je deze tekeningen uit Veronica's kantoor meegenomen?' vroeg Abel.

'Ja, en ze moeten weer terug zijn voordat ze straks weer op kantoor is. Ze heeft vanavond een etentje met Bonnatt.' Grace rolde de papieren weer op. 'Ik weet niet wat jullie met deze informatie willen doen, maar ik wist dat ik ervoor moest zorgen dat jullie het wisten.'

'Dank je wel, Grace,' zei Carrie.

Grace beet op haar lip. 'Er is nog iets.' Het klonk zo bezorgd, dat Carrie en Abel meteen opkeken. 'Als ik mijn baan verlies, ben ik helemaal verloren. Ik moet de gerechtelijke kosten van het ongeluk nog betalen en ik zit nog in mijn proeftijd, en als ik ontslagen word, dan...'

'Maak je geen zorgen,' zei Abel. 'We zullen ervoor zorgen dat je er niet bij betrokken raakt.'

Na het vertrek van Grace kwam Abel terug de keuken in en schudde zijn hoofd.

Carrie zat aan de keukentafel, leunend op haar ellebogen. 'Zou dit waar zijn? Zou Veronica zoiets doen?'

'Ze is ertoe in staat en ze doet het.' Abel ging op een van de stoelen tegenover haar zitten. 'Wat de diaken vanavond zei, maakt een en ander helemaal duidelijk. Hij zei: "Een boerderij zonder schuur is geen boerderij." Zorg ervoor dat je de schuren kwijt bent, dan is het makkelijker om van de boeren af te komen.' Hij leunde achterover in zijn stoel. 'Ze wist genoeg over de Amish om daar zeker van te zijn.'

Diep in gedachten verzonken trommelde Abel met zijn vingers op het tafelblad. Ineens hield hij daarmee op. 'En iemand had de politie getipt dat ik in de gevangenis had gezeten voor brandstichting. Het lijkt erop dat Veronica net genoeg informatie had om ervoor te zorgen dat ik werd beschuldigd van de branden. De politie vertelde me dat ze me 48 uur wilden vasthouden… en contact zouden opnemen met de ambtenaar in Ohio die over mijn voorwaardelijke vrijlating ging, omdat ik weer de fout in was gegaan, ook al was er geen aanklacht. Meteen daarop kwam Steelhead binnen, maar ze waren niet zo onder de indruk van een alibi dat door een andere ex-gevangene werd verstrekt. Toen vervolgens Solomon Riehl en Mattie binnenkwamen, stelde de politie vast dat er twee getuigen waren die mij vrijpleitten.'

Mattie samen met Sol? Carrie voelde dat ze een droge mond kreeg. Emma had Carrie verteld dat ze had gezien dat Sol de laatste tijd bijna elke dag dat Mattie op de markt werkte, bij haar marktkraam rondhing.

Abel trommelde opnieuw met zijn vingers op het tafelblad. 'Maar hoe weet Veronica waarvoor ik in de gevangenis heb gezeten? Ik heb het haar nooit verteld. Ik heb haar niet eens verteld *dat* ik in de gevangenis heb gezeten.'

Carrie luisterde maar half, ze was in verwarring. Ineens drong de volle betekenis van wat Abel zojuist had gezegd tot haar door. 'O, Abel, ik heb het haar verteld!' Ze slikte moeilijk en vertelde hem over de dag in Veronica's kantoor, toen ze haar vroeg Abel Miller op te zoeken op de computer. 'Het spijt me. Ik had er een heel slecht gevoel over toen ik haar kantoor verliet.'

Abel fronste al luisterend een wenkbrauw en schudde toen licht zijn hoofd. 'Het was geen geheim. Ze kon heel gemakkelijk informatie over mij vinden.'

Abel en Carrie verschilden van mening over wat ze nu moesten doen. Ze bekeken de zaak van alle kanten, maar Carrie wilde niet toegeven. 'Ik doe het niet, Abel. Ons soort mensen is niet uit op wraak.'

'Ik heb het over gerechtigheid, niet over wraak.'

'Bidden wij niet altijd: "Niet mijn wil maar Uw wil geschiede"?'

Abel gooide zijn handen in de lucht. Zijn stem klonk ietwat ongeduldig. 'Carrie, als we haar niet stoppen, doet ze het gewoon weer. Je hebt die blauwdrukken gezien. Ze wil steeds meer land. Hoeveel mensen moeten hun schuur nog in rook zien opgaan?'

Carrie wist dat hij gelijk had; Veronica McCall zou niet stoppen. Ze stond op en keek door het keukenraam naar buiten, haar armen over elkaar geslagen. 'Zo doen wij dat niet, Abel. Wij bepalen niet en kiezen niet zelf hoe en wanneer we op God vertrouwen. We doen het of we doen het niet.' Ze verbaasde zich over haar eigen woorden, maar wist dat ze voor haar waarheid waren.

Abel leunde voorover en maakte stevige wrijvende bewegingen met zijn handen. Een volle minuut was hij stil, daarna wreef hij met zijn hand over zijn gezicht. Hij ging rechtop staan, deed een paar passen in haar richting en zette zijn handen in zijn zij. '*Du machst mich ferhoodled.*'

Haar ogen ontmoetten de zijne, net even iets te lang. Voordat ze het besefte, boog hij zich voorover en vonden zijn lippen, zacht en warm, de hare. Ze dacht dat ze droomde, al voelde ze zijn stevige armen rond haar middel glijden. Hij kuste haar zo teder dat het bijna ondraaglijk was, een kus die eeuwig leek te duren maar te snel weer voorbij was.

Abel trok zich als eerste terug, keek haar diep in de ogen en fluisterde: 'Voordat Grace kwam, probeerde ik je iets te vertellen: Waarom lijkt iedereen te weten wat ik voor jou voel... behalve jij?'

Net toen hij haar weer wilde kussen, hoorde ze Steelheads motor. Tegen de tijd dat Emma van de motor was geklommen en de trap naar de keukendeur opliep, deed Abel al voor haar open. Emma's ogen schoten van die van Abel naar die van Carrie, ze voelde de spanning in de lucht hangen, alsof ze boos waren.

'Wat is er gebeurd? Wat heeft Abel gezegd?'

Abel klemde zijn lippen op elkaar. Hij streek de rand van zijn zwarte vilthoed glad. 'Niets. Helemaal niets.' Hij bleef even bij de deur staan en gaf Carrie een knikje. 'Het was een lange dag. Welterusten, Carrie.'

Carrie deed de deur achter hem dicht. Ze voelde nog steeds Abels lippen op de hare, zijn armen die haar stevig vasthielden. Langzaam draaide ze zich om, waarna ze twee keer goed moest kijken, zo verbaasd was ze.

'Emma? *Wu is dei Kapp?*'

15

Een paar dagen na de brand nam Carrie Andy en oma in het rijtuigje mee naar de familie Stoltzfus. Het was een warme lentedag en Andy wilde graag hun veulentje zien, dat de dag daarvoor geboren was. Na de lunch stuurde Ada Stoltzfus Carrie naar huis.

'Ga jij maar naar huis. Ik weet zeker dat je nog een hoop te doen hebt. Ik zal Abner vragen oma en Andy straks naar huis te brengen.' Ze gaf Carrie een paar potten eigengemaakte frambozenjam. Carrie aanvaardde glimlachend dit vriendelijke gebaar.

Carrie wilde maar al te graag naar huis, er lagen thuis nog genoeg klusjes op haar te wachten. Ze zag dat Abel aan het werk was in het koetshuis, dus bond ze Old-Timer vast aan de paal, liet hem daar staan en haastte zich naar binnen om aan het avondeten te beginnen. Sinds die kus in de keuken had ze hard geprobeerd zo min mogelijk alleen te zijn met Abel. Toen ze haar bonnet aan de haak hing, hoorde ze een vreemd geluid in de kamer van Emma. Ze liep zachtjes op haar tenen de trap op en deed de deur van Emma's kamer open. Emma lag samen met Steelhead in bed. Carrie deinsde achteruit en sloeg tegen de muur. Steelhead en Emma keken geschokt op.

Carrie rende naar beneden, naar buiten en stormde het koetshuis binnen, intussen luid om Abel roepend.

Abel liet Old-Timers wateremmer vallen en draaide zich vliegensvlug om. 'Wat is er gebeurd?'

Carrie snakte naar adem en was niet in staat iets te zeggen, wat Abel nog ongeruster maakte.

'Wat is er aan de hand?'

Ze legde de palm van haar hand op haar bonzende hart, alsof ze het op die manier tot kalmte kon manen. Ze was niet in staat te bewegen en snakte nog steeds naar adem. 'Hij... hij... Steelhead ligt in... bed!'

Abel keek haar aan alsof ze Chinees sprak.

Carrie haalde diep adem. 'Met Emma!'

De keukendeur knalde open en Steelhead rende naar buiten, naar het koetshuis. Hij had zich haastig aangekleed maar was vergeten zijn hemd en sokken aan te trekken. Intussen probeerde hij zijn ene arm in de mouw van zijn jas te proppen.

'Carrie!' riep Steelhead, dansend op het grind van de oprit alsof het hete kolen waren. 'Het is niet wat je denkt!'

Ze draaide zich snel om, zodat ze Steelheads harige borst niet hoefde te zien, ook al versierd met zo'n grote tatoeage. 'Steelhead, wat heb je gedaan?' vroeg ze met gebroken stem. 'Hoe kon je dat doen?'

'Ik kon er niets aan doen,' sputterde Steelhead. 'Emma is, nou ja, ik heb nog nooit een vrouw ontmoet zoals zij.'

Carrie draaide zich terug en legde haar handen op haar ogen. 'Doe die jas dicht!' Vanachter haar handen vroeg ze op gedempte toon: 'Hoe kon je... zo'n misbruik maken... van Emma?'

Steelhead stak vermanend zijn handen omhoog. 'Dat heb ik niet gedaan! Ik zou Emma nooit kwaad doen.' Hij haalde diep adem. 'Wat ik deed, was toegestaan. We zijn getrouwd. We hebben pas geleden ons boterbriefje gehaald bij de districtsrechtbank.' Steelhead keek schuldbewust naar Abel. 'We hebben, zoals de wet het voorschrijft, drie dagen gewacht en zijn vanmorgen naar de Amish dominee in de stad gegaan om te trouwen. Zoals het hoort. In de ogen van God.'

Carrie strekte haar hand uit naar de balk, ze had het gevoel dat ze ging flauwvallen. Abel sloeg zijn arm om haar middel en steunde haar, terwijl hij haar naar een hooibaal bracht om te gaan zitten.

Steelhead kwam dichterbij. 'Ik houd van haar, Carrie. Vanaf het eerste ogenblik dat ik haar zag, wist ik het. Zij is de enige voor mij in de hele wereld.'

Carrie keek Abel aan. 'Heeft oma hem haar thee te drinken gegeven?'

Abel schudde zijn hoofd. 'Ik denk het niet. Wat hij zegt, is waar. Al vanaf de eerste dag dat hij haar zag, is hij gek op haar.'

Carrie liet haar schouders zakken. 'Steelhead, Emma is... ze is Amish!'

Steelhead knikte. 'Dat hoef je mij niet te vertellen. We moeten het wel over een paar dingen eens zien te worden.'

'Jullie moeten het over een paar dingen eens zien te worden?' Carrie sloeg haar handen voor haar gezicht, ze kon haar oren niet geloven. 'Ze heeft haar gelofte aan de kerk verbroken. Ze raakt alles kwijt.'

Steelhead leek niet op zijn gemak, maar ook niet overtuigd. 'We komen er wel uit.' Hij sloeg zijn stevige armen over elkaar. 'Ik heb nooit het gevoel gehad ergens bij te horen, totdat ik Emma ontmoette. De keren dat ik in jouw keuken met haar heb zitten praten, toen ik haar leerde kennen... toen wist ik – wisten we – dat we bij elkaar hoorden.'

Carrie stond op en keek Steelhead ontzet aan. 'Als je echt van haar houdt, *waarom* heb je dan... hoe *kon* je... alles wat belangrijk voor haar is, van haar afnemen?'

Steelhead leek verdoofd, wist niet wat hij moest zeggen. Hij krabde zich op zijn hoofd, alsof hij in lange tijd niet zo diep had nagedacht. Hij draaide zich langzaam om en liep naar het huis, maar ineens bleef hij staan. 'We zouden het je gaan vertellen, Carrie. Eigenlijk zou Emma naar je toegaan om je te vertellen wat we hadden gedaan, maar door die brand in de schuur wisten we niet meer wat we moesten doen. Emma wilde het je niet vertellen, vanwege dat probleempje van Abel met de politie en toen was je stiefmoeder hier...' Steelhead snoof verachtelijk. 'En ze is een beetje bang. Zelfs voor mij.' Hij ritste zijn jas dicht, alsof hij zich ineens realiseerde dat hij in zijn blote bast stond. 'We zijn vandaag teruggekomen om het je te vertellen, maar toen we hier aankwamen, was er niemand en toen... nou ja, toen konden we onze hartstocht niet meer bedwingen.'

Carrie sloeg haar handen voor haar oren en Abel maakte een waarschuwend gebaar met zijn hand bij zijn keel dat Steelhead niets meer moest zeggen.

Steelhead liet zijn hoofd zakken. 'Wil je in elk geval even meekomen om met Emma te praten? Ze is totaal van streek nu je ons zo hebt aangetroffen. Je bent heel belangrijk voor haar, Carrie.'

Terwijl Steelhead zich omdraaide en wegliep, liet Carrie zich terugvallen op de hooibaal. 'Abel Miller, wist jij hiervan?'

Abel keek haar onbeholpen aan. Ze wist dat die schuldige blik in zijn ogen betekende dat hij iets te verbergen had. Carrie keek hem strak aan en meteen begon hij te vertellen.

'Ik ben naar het gemeentehuis gegaan om hen tegen te houden, Carrie. Ik wist dat ze het van plan waren en ik voelde me verantwoordelijk, omdat ik Steelhead hier mee naartoe heb genomen. Ze waren vastbesloten het toch te doen. Emma evenzeer als Steelhead. Maar ik was niet in de positie om het je te vertellen.' Abel zweeg even. 'Daarom kon ik je ook niet vertellen waar ik was.'

Carrie sloeg haar armen over elkaar en keek hem nog steeds boos aan. 'Wat voor geheimen heb je nog meer?'

Abel verstijfde. 'Geen verwijten, Carrie. Je weet net als iedereen hoe een geheim ontstaat.'

Ze keek hem verbluft aan.

'Dat je van plan was om samen met Solomon Riehl te vertrekken, was nogal een geheim.'

Haar wangen werden rood, zo'n pijn deed het wat hij zei. Maar hij had gelijk. Hoe vaak had ze Andy niet voorgehouden dat bedrog begon bij het niet vertellen van de waarheid? Hoe vaak had ze hem er niet aan herinnerd dat onwaarheid heel snel uitgroeit tot een leugen?

Ze zwegen allebei een flinke poos. Toen kwam Abel naast haar op de hooibaal zitten. Zo dichtbij, dat ze de vage geur van wasmiddel in zijn kleren rook. 'O, Carrie, ze houdt van hem. En hij van haar.'

'Haar manier van leven verschilt zo ontzettend van die van hem. Het is niet gewoon maar een kwestie van verliefd worden, Abel.'

'Misschien wel,' zei hij. 'Misschien zou het dat wel moeten zijn.'

Ineens schoot er een gedachte, een hoopvolle gedachte, door de mist in haar hoofd. 'Misschien... misschien kan Steelhead Amish worden.'

Abel keek haar aan alsof ze haar verstand verloren had. 'En zijn motor opgeven?'

'Je motor opgeven is makkelijker dan je familie.' Toen op fluistertoon: 'Zou het echt zo erg zijn om Amish te worden?'

Abel haalde zijn schouders op. 'Van een *Englischer*, vooral iemand als Steelhead, verwachten dat hij Amish wordt, is bij wijze van spreken hetzelfde als van Schtarm te vragen dat hij voor een rijtuigje gaat staan.'

Carrie sloeg haar handen voor haar gezicht.

Abel schoof haar handen opzij. 'Is het echt zo erg om geen Amish meer te zijn?'

Carrie keek hem recht in de ogen. 'Je weet het antwoord op die vraag. Ze verliest alles wat haar dierbaar is. Ze gaat in de *Bann*, alsof ze niet meer bestaat.' Carrie huiverde.

'Het is dus beter dat ze alleen overblijft of eindigt met een Amish vent van wie ze niet houdt, dan dat ze trouwt met de man van wie ze houdt? Ze delen het geloof, Carrie, dezelfde opvattingen. Ze geven er alleen elk hun eigen invulling aan.'

Carrie wist dat het niet meer over Emma en Steelhead ging, maar dat specifieke terrein wilde ze niet betreden. Ze had nog steeds niet alles op een rijtje. Elke keer dat haar gedachten afdreven naar die kus, en dat was nogal eens… o, die heerlijke, zachte kus… werd ze licht in haar hoofd en kreeg ze een draaierig gevoel in haar maag, net als toen ze als meisje te hoog ging met de schommel aan de boom.

Carrie trok haar handen uit de zijne, stond op en maakte aanstalten om weg te gaan. 'Misschien heeft God dat wel voor haar in gedachten.'

Abel ging ook staan en keek haar aan. 'Denk je dat echt?'

'Voor de Amish geldt dat nu eenmaal zo.'

Even ontstond er een impasse en keken ze elkaar strak aan. De stilte tussen hen was om te snijden.

'Ze is nog niet alles kwijt.' Abel tilde Old-Timers wateremmer op. 'Ze heeft hem.'

Het knerpende geluid van wielen op het grind deed hen beiden het hoofd richting de weg draaien. Tante Esther en de diaken reden de oprit op in een wagen. Naast hen zat oma. Andy zat achterin op een baal hooi.

'De diaken heeft wat hooi meegebracht voor je dieren. Op weg hiernaartoe stopten we om bij de kraam van de familie Stoltzfus een pecannotentaart te kopen en we zagen dat oma en Andy er waren, dus hebben we hun een lift gegeven,' zei tante Esther, terwijl ze oma hielp uitstappen. 'Ada stond erop dat we ook een taart voor jullie meenamen.'

Carrie keek even vluchtig naar het huis en zag dat Emma door het keukenraam naar buiten gluurde, een aangeslagen blik in haar ogen. Toen kwam Steelhead achter haar staan. Een koude rilling schoot door Carries lichaam.

De volgende dag trof Abel Carrie aan bij de waslijn, waar ze lakens aan het ophangen was. Hij pakte een paar wasknijpers en gaf die aan haar. 'Carrie, we moeten het nog steeds over dat ene probleem hebben.'

Ze wierp hem een vluchtige blik toe en pakte een wasknijper uit haar mond, zodat ze kon praten. '*Welk* probleem, Abel? Mijn zus die met jouw *Englische* vriend is getrouwd? Of mijn afgebrande schuur?'

Abel negeerde deze woorden en gaf haar een nat laken. 'Ik denk dat we naar de politie moeten om te vertellen dat je Veronica's headset op de plek van de brand hebt gevonden.'

Carrie bevestigde het laken aan de waslijn. 'Nee.'

'Waarom niet? Wat is er verkeerd aan om het hun gewoon te vertellen?'

'Wraak komt alleen God toe, niet de mens.'

'Wie heeft het over wraak? Ik heb het over gerechtigheid.'

'Ik ga niet over iemand anders oordelen. Dat doen wij niet.'

'Carrie, ik heb het alleen maar over de waarheid vertellen.' Abel wreef geërgerd over zijn gezicht. Toen liet hij zijn handen vallen en zette ze in zijn zij. Hij keek haar aan alsof hij niet wist wat hij van haar moest denken. 'Is het zo verkeerd dat ik wil voorkomen dat ze dit nog eens bij iemand anders doet?' Hij kwam een stap dichter bij haar staan en tilde haar kin op, zodat ze hem wel moest aankijken. 'Nou, Carrie?'

Het knaagde aan haar wat Abel had gezegd. Toen Carrie aan haar dagelijkse karweitjes begon, bad ze tot God wat ze met Veronica moest doen. Tegen het begin van de middag kreeg ze een idee. Ze voelde in haar hart dat dit het juiste was om te doen, dat God haar dit plan gegeven had, maar ze wist ook dat ze het alleen moest doen. Ze wilde Abel erbuiten houden. Dit was iets tussen Veronica McCall en haar. Dus wachtte ze tot het moment dat Abel met Andy vertrokken was om vogels te kijken. Ze sloeg haar cape om haar schouders, stopte de zwarte oorknijper in de zak van haar schort en reed met het rijtuigje naar Honor Mansion.

Daar aangekomen bleef ze in de openstaande deur van Veronica's kantoor staan. 'Een boerderij zonder schuur is geen boerderij,' zei Carrie zo kalm, dat ze moeilijk kon geloven dat zij het was die het zei.

Veronica's ogen lichtten op. 'Je wilt dus verkopen?'

Carrie ging zitten in de stoel tegenover Veronica. 'Nee, dat bedoelde ik niet. Kun je je nog die Amish spreuk herinneren, de allereerste keer dat wij elkaar ontmoetten?' Ze legde de zwarte headset van het mobieltje voor Veronica op het bureau.

Veronica's ogen werden groot van schrik. Ze stond op en deed de deur van haar kantoor dicht. 'Waar heb je die gevonden?'

'Tussen de restanten van de schuur op Cider Mill Farm. Ik heb de hele dag met een riek door de as geharkt. Net toen ik ermee wilde stoppen, vond ik dit.'

Veronica reikte met haar hand over het bureau om hem te pakken, maar Carrie klemde hem in haar vuist. 'Ik moet hem daar hebben laten liggen toen ik bij Abel op bezoek was.'

Carry keek haar strak aan.

'Wat?' vroeg Veronica. Ze snoof verachtelijk. 'Je wilt toch niet beweren dat ik die brand heb aangestoken?'

Carrie bleef haar aankijken, waarop Veronica haar ogen neersloeg. 'Je kunt niets bewijzen. Dat ik mijn headset heb verloren, wil nog niet zeggen dat ik het heb gedaan.'

'Nee, dat feit op zich niet, maar een aantal dingen bij elkaar opgeteld wel.' Carrie viste uit de zak van haar schort de uitdraai op van het artikeltje over Abels arrestatie, die Veronica maanden geleden voor Carrie had gemaakt. Ze vouwde het papier open en legde het voor Veronica neer. 'De printdatum staat er zelfs op.' Carrie wees naar de bovenrand van het blad.

'Dat is geen maatstaf.'

'De informatie over je belgedrag geeft aan dat je ongeveer een kwartier na het begin van de brand bij de familie Stoltzfus met de brandweer belde en nog een keer ongeveer een kwartier na het begin van de brand op Cider Mill Farm.'

Een rode gloed gleed over Veronica's scherpe jukbeenderen. 'Schandelijk! Hoe durf je me van zulke leugens te betichten!'

'Het zijn geen leugens.' Carrie trok uit haar schort de uitdraaien van de twee telefoonrekeningen die Grace haar had gegeven tevoorschijn, één van Veronica's telefoonaanbieder en de andere van de telefoonaanbieder van Honor Mansion.

'Waar heb je die vandaan?' vroeg Veronica, terwijl ze haar ogen wantrouwend dichtkneep tot spleetjes.

Carrie besloot niet in te gaan op die vraag. 'Nog iets anders. Oma zag rond een uur of drie jouw auto in de buurt van ons huis. Ze was in de keuken en zag je de schuur inlopen. Daarna is ze in slaap gevallen, ze heeft je niet zien weggaan.' Carrie keek Veronica aan. 'Maar ze heeft je wel precies op het juiste tijdstip op de plaats delict gezien. En de politie zei dat een vrouw een anonieme tip over de brand had gegeven en dat Abel Miller hem zou hebben aangestoken. Dus al zegt één bewijs niet veel, als je alles combineert, krijg je een overtuigend beeld. Net een puzzel, alle stukjes passen.'

Veronica keek Carrie woedend en verslagen aan. 'Wat wil je?'

Carrie pakte de uitdraaien en vouwde ze weer op. 'Niets.'

Veronica trok wantrouwend een wenkbrauw op.

'Het is niet aan mij om over jou te oordelen, Veronica McCall. Ik heb zelf ook genoeg fouten gemaakt.' Carrie haalde diep adem en keek Veronica strak aan. 'Ik vergeef het je. Dat je mijn schuur hebt platgebrand.'

Het enige bewijs dat Veronica nerveus was, was haar gefriemel met een potlood. De rest van haar lichaam bewoog niet.

'Maar gebeurt er nog eens iets, dan ga ik naar de politie. Het zou niet goed zijn als ik toeliet dat je mensen blijft schaden. Onschuldige mensen.' Carrie liet de uitdraaien weer veilig terugglijden in haar schort, sloeg haar ogen op en keek Veronica aan. 'Ik vergeef het je, maar dat wil niet zeggen dat ik je vertrouw.'

Veronica stond op en liep naar het raam, haar armen strak over elkaar geslagen.

Carrie stond op en wilde weggaan. Ze was bijna bij de deur, maar draaide zich nog even om. 'Het enige wat ik niet begrijp, is waarom je Abel iets zou willen aandoen. Hij is zo goed voor je geweest.'

'Natuurlijk begrijp je dat wel.' Veronica draaide zich razendsnel om. 'Je bent niet van gisteren, Carrie.'

Terwijl Carries hand de deurknop omdraaide, fluisterde Veronica bijna sissend: 'Hij pakt je met fluwelen handschoenen aan.'

Met haar hand nog op de deurknop tilde Carrie haar kin een klein eindje omhoog. 'Dat weet ik.'

Veronica's blik verhardde. 'Ik denk dat ik niet genoeg geloof aan je heb gehecht.'

Ik misschien wel te veel aan jou, dacht Carrie terwijl ze de deur achter zich dichtdeed.

Toen Carrie na haar bezoek aan Honor Mansion terugkwam op de boerderij, trof ze daar Emma en Steelhead aan, zittend aan de keukentafel, ernstig kijkend. Emma's koffer stond naast haar.

Carrie haalde diep adem. 'Waar zijn Andy en Abel?' vroeg ze, in de hoop tijd te rekken, omdat ze wist wat er ging komen.

Steelhead gaf antwoord. 'Abel is samen met het kleine joch in het koetshuis.'

Carrie keek naar Emma's handen, die zenuwachtig in haar zakdoek knepen. 'Heb je het oma verteld?'

Emma veegde haar ogen af met haar zakdoek. 'Ze ligt boven te slapen. Ze zei dat ze me zou missen, maar dat ze niet met een lange stakige vinger naar me zou wijzen en me niet veroordeelde. Ze zei dat zij ook zondig is, heel erg zelfs, en dat ze te oud is om zich zorgen te maken over de *Bann*. Ze zei... dat anderen dat genoeg zouden doen.'

Tante Esther, bedoelde oma. Carrie hing haar cape en bonnet aan de haak. 'Weet Abel dat je vandaag vertrekt?'

Steelhead knikte. 'Ter informatie, Abel heeft geprobeerd ons ervan af te houden.'

'Zo.' Carrie trok een stoel onder de tafel vandaan en ging zitten.

'Vanochtend hebben we een kamertje achter in het koetshuis ingericht waar Abel kan wonen.'

'Waar gaan jij en Emma wonen?'

Emma snoot luid haar neus. 'In de stad. Ik ga een quiltwinkel beginnen met het geld dat ik gespaard heb met mijn werk op de markt.' Ze keek Carrie smekend aan. 'Kom een keer langs. Oma zei dat ze zou komen.'

Carrie sloeg haar ogen neer en keek naar haar schoot. Ze wist niet wat ze moest zeggen. Ze had tijd nodig om de boel op een rijtje te krijgen.

Tranen gleden over Emma's wangen. 'En Seymour,' ze knikte met haar hoofd naar Stealhead, 'heeft een baan gevonden als technicus bij de rioolwaterzuivering.'

'Seymour?' vroeg Carrie, ondanks de ernst van het moment kostte het haar moeite een grijns te onderdrukken. Ze keek Steelhead aan. 'Je heet Seymour?'

Steelhead keek schaapachtig. 'Ja.' Hij kneep in Emma's hand. 'Carrie, ik wil dat je weet dat ik van Emma houd en dat ik gewoon wil dat ze gelukkig is.'

Carrie drukte met haar handen tegen haar slapen. 'Als je zo veel van haar houdt, waarom word je dan niet Amish?'

Emma en Steelhead keken elkaar even aan.

'Dat heb ik aangeboden,' antwoordde Steelhead. 'Ze weigerde.'

Carrie keek haar stomverbaasd aan. 'Emma?'

'Je weet dat het voor een *Englischer* bijna onmogelijk is om Amish te worden, Carrie. Steelhead zou zich vreselijk voelen als man van Eenvoud. Kijk eens hoeveel moeite het Abel kost. Hij heeft jarenlang dan wel, dan niet bij de mensen van Eenvoud gewoond en het lukt hem nauwelijks twee woorden dialect te spreken die ergens op slaan. Dat kan ik Seymour niet aandoen.' Emma snoot haar neus. 'O, Carrie, dit is mijn kans op liefde. Ware liefde, in vuur en vlam staan voor iemand. Je weet wel wat ik bedoel.'

Dat wist Carrie zeker.

Emma kneep haar handen samen. 'Ik hoop dat je me zult

vergeven. Ik weet dat ik je teleurgesteld heb, maar het voelt goed dat ik God niet teleurgesteld heb.' Emma haalde een brief uit de zak van haar schort en gaf die aan Carrie. 'Wil je deze aan mijn moeder geven?'

Carrie sloot haar ogen. 'Nee, Emma.'

'Alsjeblieft, Carrie, alsjeblieft.' Emma smeekte het haar bijna, haar stem vol tranen.

Carrie schudde haar hoofd. 'Dat kan ik niet doen. Je moeder moet dit van jou horen. Dat verdient ze.'

'Ze heeft gelijk, snoepje,' zei Steelhead. 'Dat heb ik ook tegen je gezegd. We gaan naar haar toe en vertellen het haar samen.'

Emma keek alsof ze voor het vuurpeloton werd gezet. Terwijl Carrie haar de envelop teruggaf, pakte Emma haar beet en omhelsde haar. Daarna sloeg Steelhead zijn stevige armen om beide vrouwen heen, perste de lucht uit hun longen en liet hen weer los.

'We kunnen maar beter gaan, honnepon,' zei hij tegen Emma.

Toen ze op de motor klommen, kwamen Abel en Andy de schuur uit gelopen om gedag te zeggen. Net toen Steelhead de motor wilde starten, trok Abel Andy aan zijn schouders achteruit, zodat hij niet in de weg zou staan. Emma deed haar gebedsmuts en haar schort af en gaf ze aan Carrie.

Met haar ogen vol tranen zei Carrie: 'Ik bewaar ze voor je, Emma, voor het geval je van gedachten verandert. Je kunt *altijd* van gedachten veranderen, berouw tonen en vergeving krijgen van de kerk. Onthoud dat.' Ze omhelsde Emma nog een laatste keer.

Carrie, Abel en Andy keken de motor na terwijl die de oprit afreed, de weg opscheurde en ten slotte uit het zicht verdween.

'Alles in orde?' vroeg Abel aan Carrie.

Carrie keek naar de muts en het schort in haar handen. 'Ze is mijn favoriete stiefzus.'

Abel glimlachte. 'Dat weet ik,' zei hij en hij gaf haar een zakdoek.

Ineens schoot er een gedachte door Carries hoofd en ze hield op met huilen. Al was ze verward en bedroefd omdat haar eigen stiefzus in de *Bann* ging, ze wist dat haar stiefmoeder zich geen moment zou bedenken. 'Ik denk dat mijn stiefmoeder nog voor het avond is hier de hoek om rijdt met een nieuw iemand die mij komt helpen.'

Alle kleur trok weg uit Abels gezicht. Carrie had hetzelfde gevoel.

Andy, die het vertrek van Emma gelaten leek te accepteren, keek Abel boos en beschuldigend aan. 'Ik neem aan dat jij de volgende bent die vertrekt.'

Abel leek geschrokken. 'Waarom zeg je dat?'

'Emma vertelde me, dat je hebt geregeld dat het huis van Carrie en mij is.'

Abel en Carrie wisselden een blik van verstandhouding.

'Oké. Dat dacht ik al,' zei Andy en voordat Abel kon antwoorden, rende Andy weg.

Een paar uur nadat Emma Cider Mill Farm had verlaten, kwam tante Esthers rijtuigje knerpend de oprit op. Naast haar zat Clara, een achternicht, een magere, rijzige vrouw met een ongelukkig gezicht. 'Clara gaat je helpen,' zei haar stiefmoeder met een zure ondertoon in haar stem.

Er kon nog net een knikje vanaf richting Carrie. Clara nam haar tas mee naar de lege kamer van Emma en ging uitpakken.

'Zij is toch degene die overal allergisch voor is, of niet?'

vroeg Carrie ongemakkelijk. 'Misschien moet ik op zoek naar iemand anders.'

'Voorlopig blijft ze,' zei haar stiefmoeder, terwijl ze Abel een vijandige blik toewierp.

Carrie haalde diep adem. 'Ik heb het net van Emma gehoord, net als u.'

Tante Esther verstijfde bij het horen van Emma's naam. Volgens de *Ordnung* mocht ze nooit meer haar naam noemen. 'Maar hij wist het wel.' Ze gaf een kort knikje in Abels richting.

'Ja, mevrouw, ik wist het wel,' zei Abel.

Met haar handen in de zij keek tante Esther Abel boos aan. 'Dit komt allemaal door jou. Jij met je *Englische* Bijbel, jij met je gepraat over God, dat Hij belangrijker is dan Amish zijn. Emma...' ze huiverde '... ze vertelde me over de dingen die je zei. Jij hebt haar het hoofd op hol gebracht.'

Carrie wist dat het niet waar was. Abel keek gekwetst, maar verdedigde zich niet en liep ook niet weg. Hij liet tante Esther gewoon zeggen wat ze te zeggen had.

'En hoelang duurt het nog voordat je onze Carrie ervan overtuigd hebt dat ze ook weg moet?' Tante Esther keek vluchtig naar Andy, die naast Abel stond. 'En dat ze onze Andy moet meenemen?' Toen, tot Carries grote schrik, liepen tante Esthers ogen vol tranen. In verlegenheid gebracht draaide ze zich om en liep weg.

Carrie voelde een onverwacht mededogen met haar stiefmoeder opwellen in haar hart. Op haar eigen afstandelijke manier, realiseerde ze zich, hield tante Esther toch van hen. Ze had zich haar leven lang aan de strenge regels gehouden en wist niet wat ze moest doen als die regels niet bleken te werken.

Carrie rende naar het rijtuigje om haar tegen te houden. 'Andy en ik gaan niet weg, tante Esther. We blijven gewoon hier. Ik neem hem u niet af. Daar kunt u op rekenen.'

Tante Esther bleef met één been op het trapje van het rijtuigje staan en gaf Carrie een kort knikje. Ze stak haar hand uit, pakte die van Carrie en gaf haar een zachte handdruk. Daarna klom ze op het bankje van het rijtuigje, haar gezicht weer helemaal streng en in de plooi, en klapte met de teugels van het paard.

Carrie keek haar na terwijl ze wegreed en besefte dat ze zojuist een definitieve beslissing had genomen. Ze draaide zich om naar Abel. Haar ogen rustten op hem en de zijne op haar, vol onuitgesproken gedachten, daarna keek hij weg van haar en liep hij terug naar de schuur.

Een week na Emma's vertrek kwam oma niet naar beneden voor het ontbijt, wat ze normaal gesproken wel deed. Carrie zette een kop van haar lievelingsthee en stuurde Andy naar boven om hem te brengen. Nog geen minuut later hoorde ze hem schreeuwen.

Carrie haastte zich naar boven naar oma's bed en zag dat ze het moeilijk had. Ze ademde zwaar, reutelend en krampachtig. Haar huid was bleek en asgrauw. Carrie pakte haar hand, de huid was dun en doorschijnend als perkament.

Oma greep Carries hand vast. 'Abel... moet komen.' Haar gezicht was bleek, ze zag er vermoeid en gespannen uit.

Carrie maakte zich de meeste zorgen om de spanning op haar gezicht. Ze wist dat oma stervende was; ze herkende de tekenen. Maar ze had nog nooit een Amish zien sterven met een vermoeide en gespannen blik in de ogen, wel een vredige.

'Ga Abel halen,' zei Carrie tegen Andy. 'Hij is in het koetshuis.' Ze draaide zich om naar oma. 'Stil maar. Niet praten. Spaar uw krachten. Hij komt zo.'

Oma's ademhaling bleef zwaar en Carrie wachtte in de donkere kamer op wat komen ging. Ineens hoorde ze een deur slaan en Abel rende de trap op, twee treden tegelijk. Hij bleef zo abrupt in de deuropening staan dat Andy, die vlak achter hem aan kwam, bijna tegen hem op botste.

'Moet ik een ambulance laten komen?' vroeg Abel aan Carrie.

'Nee, nee,' fluisterde oma. 'Niet naar het ziekenhuis. Ik moet nog iets rechtzetten voordat ik sterf.'

Omdat Carrie zag hoe angstig Andy keek, zei ze zachtjes tegen hem: 'Ga de koe melken.'

Andy's angstige blik schoot naar het raam dat uitkeek op het koetshuis en toen weer terug naar Carrie. 'Maar dat heb ik al gedaan.'

'Ga maar,' zei Carrie vastberaden en ze wees naar de deur. 'En neem Clara mee.' Ze deed heel zachtjes de deur achter hem dicht, terwijl Abel naast oma's bed neerknielde en haar handen in de zijne nam.

Oma praatte met horten en stoten. 'Mijn zonde... heeft zich als een kankergezwel door onze familie verspreid en haar verstikt.'

Abel kuste zacht haar handen. 'Oma, alstublieft...'

'Laat me vertellen wat er is gebeurd.' Ze sloot haar ogen, alsof ze zo kracht kon verzamelen.

'De petroleum waar benzine bij was gekomen. Dat was niet Daniels schuld. Dat dacht hij wel, maar het was niet zijn schuld.' Ze haalde diep adem. 'Het was mijn schuld.'

Geschrokken keek Abel op. 'Uw schuld? Hoezo?'

Tranen drupten uit oma's ooghoeken. 'Ik had benzine nodig voor de wasmachine.'

Abel staarde haar zonder te knipperen met grote ogen van verbazing aan. 'Oma, wat wilt u daarmee zeggen?'

'Ik vond een rode benzinetank in de schuur, er zat nog

wat benzine in. Ik liep terug naar het huis en hoorde de telefoon in de schuur overgaan.' Ze haalde nog een keer diep adem en had genoeg kracht om verder te praten. 'Het was nicht Miriam, ze belde over de bruiloft van Daniel en Katie. We hebben een hele tijd staan kletsen.'

Abel keek haar heel kalm aan.

'Ik moet de tank boven op de kannen hebben gezet toen ik de telefoon opnam. Toen ik ophing, zag ik dat de container op zijn zij lag. Maar er was niets uit. O, Abel, ik was er zeker van dat er niets uit was.'

Abel zweeg even en zei toen zachtjes: 'De gemorste benzine zou zijn verdampt.'

Oma hijgde en snakte naar adem, alsof ze verdronk. Ze drukte haar handen tegen haar wangen. '*Lieber Gott*, ik had geen idee wat ik had gedaan. Dat wist ik pas later, toen Daniel terugkwam en de petroleum naar de buren bracht. En de boel in de brand ging.' Oma huiverde. 'Tegen de tijd dat ik besefte wat er was gebeurd, was er overal politie op de boerderij. Ik was zo bang. Ik heb die avond geprobeerd het Eli te vertellen. Ik heb het geprobeerd, maar ik kon het niet. En toen was het te laat.'

'Oma...'

Ze stak moeizaam haar hand op, die gezwollen was bij de knokkels, om Abel het zwijgen op te leggen. 'Het ging allemaal zo snel. Er was geen tijd om na te denken. O, dat Eli zijn Lena kwijt was en Daniel zijn Kate, allebei in één keer. Vier begrafenissen in één week. En voordat ik het wist, stonden jij, Daniel en Eli voor de rechter. Hoe langer ik wachtte, hoe moeilijker het werd de waarheid te vertellen.' Ze haalde diep adem. 'En toen zorgde jij ervoor dat jij degene was die de gevangenis indraaide. En nog vertelde ik het niet. Ik liet die lieve Daniel in de waan dat het zijn schuld was.' Oma snikte, alsof ze grote pijn had. 'O, Abel, de grootste zondaar, dat ben ik. God zal mij straffen.'

Abel liet zijn hoofd vallen. Hij balde zijn vuisten, maar zei niets. Carrie zag aan de gezwollen slagader in zijn nek dat zijn hart als een razende tekeerging.

'Zeg het tegen haar, Abel,' zei Carrie zachtjes maar vastberaden. Ze knielde naast hem neer en legde haar hand op zijn rug. 'Zeg tegen haar dat je haar vergeeft. Je moet haar dat zeggen.'

Er was niet veel tijd meer. Oma's bekentenis had haar al haar energie gekost en nu zakte ze weg. Carrie zag de tekenen van de naderende dood: haar perkamenten huid, haar oppervlakkige ademhaling, haar langzamer wordende pols.

'Abel, jij en ik weten hoe een geheim ontstaat. Je hebt het zelf gezegd... dat het geen zin heeft om te oordelen. Laat haar niet in de steek, zoals...' Carries stem brak terwijl ze het zei, '... laat haar niet in de steek, zoals ik Daniel in de steek heb gelaten. Zeg tegen haar dat je haar vergeeft.'

Daarop volgde een diepe stilte. Abel tilde langzaam zijn hoofd omhoog en Carrie dacht dat hij iets wilde zeggen, maar hij liet zijn kin op zijn borst vallen.

Iemand moest *iets* doen. Het enige gebed dat Carrie ooit hardop had gebeden, was het Onze Vader, maar ze voelde dat ze moest zeggen wat er op haar hart lag. Zoals Abel dat altijd deed, alsof God Zelf naast haar stond.

Carrie legde haar ene hand op die van oma en haar andere op die van Abel.

'Vader in de hemel, niemand van ons verdient vergeving, maar toch vragen wij U daarom. We hopen dat U die wilt schenken. Ontferm U over oma. Ze heeft een fout gemaakt, een vreselijke fout, en het spijt haar. Het spijt haar zo erg. Alstublieft, God, wees haar genadig. Amen.'

Op het moment dat Carrie klaar was, haalde oma diep

adem, alsof ze haar longen probeerde te vullen. Daarna ademde ze uit, een zucht van grote verlichting.

Het ene moment was oma er nog, het andere moment niet meer.

Abel liet zich op oma's bewegingloze bovenlichaam vallen en huilde om alles wat met haar stierf. Zijn verdriet was hartverscheurend, maar Carrie wist dat het hem uiteindelijk zou helen.

Had Daniel deze waarheid maar kunnen horen, dacht ze, terwijl ze Abels rug streelde. *Had hij maar kunnen huilen zoals Abel nu huilt. Had Daniel maar geweten dat verdriet er was om te helen.*

16

’s Middags gingen Abel en Andy, stil en beheerst, vogels kijken. Zodra de begrafenisondernemer er was om oma’s lichaam op te halen, zei Carrie tegen Clara dat ze een hele tijd weg zou zijn en ging ze rechtstreeks naar het huis van Mattie. Als het overlijden van oma haar iets had geleerd, was het dat belangrijke zaken niet konden wachten.

Een van de jongens Zook zag haar aankomen en deed de keukendeur open.

‘Als je Mattie zoekt, die is boven,’ zei hij, waarna hij een hap van zijn boterham nam.

Carrie liep met twee treden tegelijk de trap op, net als toen ze nog meisjes waren. Ze trof Mattie aan in haar slaapkamer, terwijl ze een laken in de lucht gooide en het op het bed liet neerdalen. Carrie ging aan de andere kant van het bed staan, trok het laken strak en stopte het in bij de hoeken.

‘Oma is vanochtend overleden.’

Mattie verstijfde. Haar ogen werden groot van schrik. Langzaam liet ze zich op het bed zakken.

Carrie ging naast haar zitten en vertelde haar over de bekentenis van oma, dat ze naar adem snakte toen het over Daniel ging. Mattie luisterde heel nauwgezet, intussen veegde ze haar tranen weg met haar zakdoek.

‘Ik moet gaan, Mattie, er moet nog zo veel worden gedaan voor de condoleance. Maar eerst moet ik je nog iets vragen.’

‘Vraag maar,’ zei Mattie. ‘Wat kan ik doen?’

‘Ik moet Sol vinden. Waar kan ik hem bereiken?’

Mattie sloot haar ogen en bewoog haar lippen, alsof ze onhoorbaar een gebed fluisterde, waarna ze haar ogen weer opende en van het bed gleed. 'Ik geef je zijn adres.'

Carrie nam de bus naar Lancaster naar Sols appartement. Ze was nooit in dat deel van de stad geweest en had een angstig voorgevoel, maar ze wist dat ze hem moest zien. Op het briefje waar Mattie het adres op had geschreven, stond waar ze moest zijn: nummer 13B. Ze klopte op de deur en deed een stap achteruit. Sol deed open. Hij zag eruit alsof hij net uit zijn werk kwam, hij had zijn blauwe spijkerbroek, vieze T-shirt en werkschoenen nog aan.

Sol keek haar strak aan en knipperde een paar keer met zijn ogen, alsof hij dacht dat hij droomde. Toen slikte hij en deed de deur wijd open. 'Carrie, kom binnen.'

Carrie keek rond in het groezelige appartement. Ze meende een paar kakkerlakken uit een lege pizzadoos te zien wegrennen.

'Wil je niet even zitten?' vroeg Sol aarzelend, terwijl hij zijn hemd in zijn spijkerbroek propte en rondkeek of er een plek vrij was waar ze kon zitten.

Carrie schudde haar hoofd. 'Nee. Ik moet zo weer terug. Ik kwam je alleen iets vertellen.'

Zijn ogen vlogen naar de hare en ze keken elkaar aan.

'Je hebt me gevraagd je te vergeven,' zei Carrie met bevende stem. 'Een paar keer. Het spijt me dat ik dat niet wilde.' Ze vouwde haar handen en drukte ze tegen haar maag. 'Het was verkeerd van me dat ik boos bleef. Daarmee heb ik jou pijn gedaan en mezelf en het was niet eerlijk tegenover Daniel. En bovendien… is het geen manier van leven.' Carrie keek op naar hem. 'Ik vergeef het je. Ik ben niet meer boos op je. Dat is alles. Ik ben alleen gekomen om je dat te vertellen.'

Sols ogen schoten vol tranen. 'Ik weet niet wat ik moet

doen, Carrie. Zeg het me. Zeg me welke kant ik op moet.' Hij keek alsof zijn hart pijn deed, alsof hij helemaal aan het eind van zijn latijn was.

In al de jaren waarin ze Sol kende, had ze hem nooit zo hulpeloos gezien. In haar herinneringen zag ze steeds zijn zelfverzekerde glimlach en manier van doen, wat er ook op zijn pad kwam. Hij leek zo gewond, zo bang en gebroken, ze kon het niet aanzien. Ze voelde dat er iets in haar veranderde.

'Het enige wat ik je kan zeggen, is dat ik niet meer bang ben voor God. Ik heb vrede in mijn hart. God wijst niet met Zijn vinger naar mij. Ik wist niet meer of ik God wel kende. Maar het verleden is het verleden. Wat gebeurd is, is gebeurd. Ik wil niet dat je daar een slecht gevoel over hebt. Ik ben dankbaar voor het leven dat God mij gegeven heeft.' Ze keek hem diep in de ogen, in de hoop dat hij begreep wat ze bedoelde.

Sol stak zijn hand uit naar haar. Carrie glimlachte, een gebaar van verzoening, en legde haar hand in de zijne.

Een paar dagen later was de begrafenisdienst voor oma. Emma en Steelhead kwamen naar de begraafplaats en stonden langs de rand, op een afstandje. Carrie zag dat Emma nog steeds kleren van Eenvoud droeg, maar geen gebedsmuts. Ze glimlachte naar haar en Emma glimlachte terug, maar Carrie liep niet bij het graf vandaan om met haar te praten, zoals Abel. Emma was gelukkig, zei Abel. Ze wilde dat Carrie wist dat ze gelukkig was. Haar zien deed Carrie pijn in het hart; ze miste haar heel erg.

Toen ze weer thuis waren, bracht Carrie een lege schaal naar de keuken om er nieuwe koekjes op te leggen. Ze dacht aan oma, die koekjes at als ontbijt, en voelde een golf van verdriet door haar lichaam gaan. Carrie miste haar eigenzinnige manier van doen. Het bedroefde haar dat oma er zo lang mee had gewacht de zaak recht te zetten. Misschien was het uiteindelijk heel belangrijk dat mensen de waarheid wisten. Abel had gelijk, als ze de waarheid wisten, voelden mensen zich bevrijd. Maar had oma het maar eerder gedaan, dan had Daniel zich ook bevrijd kunnen voelen. Doordat oma haar verhaal geheim had gehouden, had Daniel toch in een soort gevangenis gezeten.

Nadat de anderen al naar hun boerderij terug waren om hun klusjes te doen, bleef de diaken nog even hangen. 'Heb je even, Carrie?' vroeg hij haar toen ze hem zijn jas overhandigde en hij schonk haar een warme glimlach.

Carrie sloeg haar omslagdoek om en de twee liepen naar buiten.

'Zullen we naar de boomgaard gaan? Die staat in bloei, toch?' vroeg hij, hoewel hij heel goed wist dat dit zo was. 'De lente getuigt van de goedheid van de Heere. Hij maakt alle dingen nieuw.' De diaken vouwde al lopende zijn handen achter zijn rug ineen en zag er heel tevreden uit. 'Het is inmiddels meer dan een jaar geleden dat Daniel stierf.'

Carrie knikte. 'Op 18 maart was het een jaar geleden.'

'Moeilijk te begrijpen waarom God zo'n jonge man als hij tot zich nam, maar Gods wegen zijn ondoorgrondelijk, zo is het toch?'

'Ja.'

Er waaide een stevige bries door de takken, waardoor een regen aan appelbloesemblaadjes op hen viel. De diaken stond stil en zette zijn hand aan zijn oor. 'Hoor je die duif weeklagend koeren, Carrie?'

Ze luisterde naar het vertrouwde roekoegeluid.

'Wist je dat bepaalde vogels het nest gebruiken van een

andere soort? Een treurende duif gebruikt meestal het verlaten nest van een roodborstje om haar gezin in groot te brengen... dat nest is veel steviger en veiliger dan haar eigen.'

De diaken liep langzaam en bedachtzaam door. 'De grote ransuil pakt zelfs een kraaiennest. God heeft de natuur een sterk instinct gegeven, om ervoor te zorgen dat het leven doorgaat.'

Hij bleef staan en keek naar de zee aan bloesemblaadjes die aan de bomen hingen en zei een hele tijd niets.

Ineens realiseerde Carrie zich dat hij al lopende de hele tijd had gebeden, zijn hoofd naar boven gericht, alsof hij God in zijn gesprek betrok.

'Hij heeft het de mens ook geschonken. De mogelijkheid om opnieuw lief te hebben. Niet zo vastgebonden te zitten aan het verleden dat we niet verder kunnen met ons leven.'

Hij liep terug in de richting van de boerderij. 'Gisteren kwam er iemand bij mij op bezoek. Een jongeman. Hij zei dat hij klaar was voor de instructieperiode, zodat hij in de herfst kon worden gedoopt.' De diaken viste zijn zakdoek uit zijn broekzak en snoot luidruchtig zijn neus, waarna hij de zakdoek terugstopte. 'Ik voel de blijdschap van God als een jongeman klaar is voor deze beslissing.' Hij nam zijn hoed af en wreef over de richel in zijn haar die zijn hoed daar had achtergelaten. 'Natuurlijk vraag ik die jongens – ik vraag het ze allemaal – "zeg, jongen, je neemt die beslissing toch niet omdat je je oog hebt laten vallen op een Amish meisje, of wel soms?"' Hij zette zijn hoed weer op. 'Waarom denk je dat ik dat die jongens vraag, Carrie?'

Ze wist dat het heel belangrijk was om pure motieven te hebben voor de doop. Ze had er zelf heel erg mee geworsteld. 'Anders krijgen ze op een dag misschien spijt van hun beslissing. En nemen ze het misschien het meisje kwalijk.'

De diaken knikte. 'Juist. Ik vroeg het hem dus, recht op de man af. Weet je wat hij zei?'

Ze tilde nieuwsgierig haar hoofd op.

'Hij zei dat hij heel lang, echt heel lang had lopen worstelen of hij zich zou laten dopen in de kerk van de Amish.' De diaken gniffelde. 'Hij zei dat hij met heel zijn hart, hoofd en ziel van God hield. Amish zijn kwam pas daarna. Maar ik moest wel weten dat hij van een Amish meisje hield. Hij had erover gebeden en God had hem uiteindelijk vrede geschonken. Hij dacht dat God het begreep.'

Ineens begreep Carrie om wie het ging. Haar hart zwol en het voelde alsof het niet meer in haar borstkas paste.

De diaken knikte. 'Dus heb ik tegen die jongeman gezegd dat ik, zolang hij maar wist dat God boven alles op de eerste plaats kwam, goedkeuring zou geven voor zijn doop. Omdat dat het allerbelangrijkste is: weten dat God op de eerste plaats komt.' Hij liep een paar passen verder en wachtte tot Carrie zou volgen, een stralende glimlach in zijn ogen. 'Dat is precies wat ik tegen hem heb gezegd.'

Terwijl ze terugliepen naar het huis, maakten ze hun gesprek af. Het was een belangrijk gesprek.

De week daarop arriveerden er bij het eerste ochtendgloren groepjes mannen bij Carries boerderij. Ze brachten allemaal balken, planken en houten pennen mee. Halverwege de ochtend arriveerden de wagens met vrouwen en kinderen, volgeladen met grote manden met eten. Toen Carrie het rijtuigje van haar stiefmoeder zag, haastte ze zich haar te begroeten en te helpen met uitstappen. Tante Esther schonk haar stijfjes een mager glimlachje, omdat ze niet gewend was dat te doen.

Terwijl Carrie toekeek hoe iedereen voor haar aan het werk was, voelde ze zich intens dankbaar. Zien dat de schuur voor haar ogen werd opgetrokken, raakte haar in haar hart. Dit waren de mensen bij wie ze hoorde, dit was haar familie. Ze kon bijna voelen hoe blij haar vader zou zijn geweest, het was een even warm gevoel als de zon die scheen. Haar gedachten gingen ook naar Daniel en ze vroeg zich af wat hij van deze prachtige nieuwe schuur zou hebben gevonden. De gedachte aan hem deed niet meer zo'n pijn als eerst. Ze dankte God dat Hij Daniel bij haar had gebracht en haar bij Daniel.

In de late namiddag waren de overgebleven spijkers verzameld in bruine papieren zakken en lagen de hamers onder de bankjes in de rijtuigjes. Carrie liet haar stiefmoeder en Clara achter in de keuken, waar ze de plastic bakjes schoonmaakten die terug moesten naar de vrouwen die eten hadden meegenomen.

Ze staarde naar de nieuwe schuur. Hij stak groot en trots af tegen de azuurblauwe lucht, de versgezaagde planken waren nog ruw en geel van kleur. Binnen controleerden Abel en Andy de staanders en dakspanten. Carrie stond in het midden, ze tuurde naar de dikke balken boven haar hoofd en snoof de geur van vers hout op.

Andy klom naar de zolder en gooide een handjevol zaagsel op Abels hoofd. Carrie lachte… het leek net of er een laagje sneeuw op zijn haar lag. Grijnzend veegde hij het weg.

'Waar denk je aan?' vroeg hij haar toen ze in een cirkel ronddraaide om de aanblik van de nieuwe schuur in zich op te nemen.

'Ik bedacht dat iedereen die ik ken, heeft meegeholpen met deze schuur. De vrouwen namen eten mee, de mannen hout en benodigdheden, al mijn buren hebben hard gewerkt. Iedereen heeft hier een stukje aan bijgedragen.' Intens tevreden sloeg ze haar armen over elkaar. 'Het is een prachtige schuur, Abel.'

Andy klauterde de trap af, maar besloot halverwege eraf te springen. Toen hij op de vloer terechtkwam, kromp hij ineen van de pijn en greep naar zijn voet. Hij was op een hamer terechtgekomen die iemand had laten liggen en de klauw sneed in zijn hiel.

Carrie knielde neer en haalde een zakdoek tevoorschijn om het bloed te deppen dat uit de wond spoot. 'Waarom loop je op blote voeten, Andy? Je weet toch beter!'

Abel boog zich voorover om de snee te inspecteren. 'Die is knap diep. Hij moet worden gehecht.'

Carrie pakte Andy's hand en drukte hem op de wond. Terwijl ze opstond, vroeg ze: 'Abel, wil je alsjeblieft het rijtuigje klaarmaken? Ik moet met hem naar de eerste hulp.' Ze wreef met haar handen over haar gezicht. 'Ik bedacht pas nog dat Andy al maanden geen infuus met factor IX nodig heeft gehad.'

'Ik ga met je mee,' zei Abel.

'Ik ook,' zei tante Esther, die in de opening van de schuurdeur stond.

De diaken gluurde om haar schouder heen. 'Ik ga ook mee.'

Carrie keek stomverbaasd naar haar stiefmoeder. Tante Esther was nooit met haar vader of Andy mee geweest naar het ziekenhuis, als dat nodig was. Nooit.

Abel glimlachte. 'Dat is aardig van u, mevrouw Weaver.'

Andy's ogen werden groot van schrik. 'Maar als zij meegaat, kan ik geen televisie kijken,' fluisterde hij tegen Carrie, die hem aankeek met een blik van 'jammer dan'.

Abel ging naar het koetshuis om het paard te halen. Carrie hielp hem het paard voor het rijtuig te spannen. Toen Abel het paard achteruit tussen de strengen zette, keek Carrie verbaasd op.

'*Abel Miller, bist du narrisch?*' Hij leek wel gek. 'Je hebt het verkeerde paard.'

Abel schudde zijn hoofd en hield zijn ogen strak op Schtarms hoofdstel gericht, waar hij de gespen aan vastmaakte. 'Ik heb met Schtarm geoefend. Volgens mij is hij er nu eindelijk klaar voor om voor een rijtuig te staan.

Carrie fronste haar wenkbrauwen. 'Denk je dat? Of weet je het zeker? Ik ga niet in een rijtuigje zitten waar een paard voor staat dat op hol slaat.'

Abel maakte de laatste gesp vast en draaide zich om naar Carrie. 'Ik weet het zeker. Hij is er klaar voor.'

Terwijl Abel naar de schuur ging om Andy op te halen, kwam de diaken naar Carrie toegelopen, die bij het rijtuigje stond te wachten. 'Abel is de laatste paar weken met Schtarm bij mij op de boerderij geweest. We hebben de draad opgepakt waar Daniel was gebleven en hebben het paard getraind zodat hij voor het rijtuigje kan.' Hij hielp Carrie instappen. 'Ik denk dat Schtarm nu al zijn problemen heeft overwonnen.' De diaken legde zijn grote warme handen op die van Carrie en gaf haar een zacht kneepje. 'Je weet wat het is om een tuigpaard te zijn.'

Carrie knikte, ze wist precies wat hij bedoelde.

Op de eerste hulp van het ziekenhuis werd Andy's hiel gehecht en kreeg hij opnieuw een infuus met factor IX. De diaken amuseerde Andy intussen met verhalen over zijn jeugd. Tante Esther leek er ook plezier in te hebben, zag Carrie, en ze vroeg zich af of er iets moois tussen de diaken en haar stiefmoeder aan het opbloeien was. Abel bood aan voor iedereen koffie te halen, dus liep Carrie met hem mee naar het restaurant.

Abel haalde koffie en wees op een lege tafel in de volle ruimte. 'Laten we daar even gaan zitten, Andy heeft toch gezelschap.'

'Ik begrijp nog steeds niet dat mijn stiefmoeder hier is,' zei Carrie, terwijl ze een stoel onder de tafel vandaan trok.

Abel knikte instemmend. 'God is altijd bezig om mensen bij elkaar te brengen.'

Hij moest echt dominee worden, dacht ze. Hij had een vriendelijke manier om mensen opnieuw bij God te bepalen. 'Schtarm deed het prima, Abel. We hadden maar half zo veel tijd nodig als anders om hier te komen.' Ze roerde de melk en de suiker door de koffie. 'Oma had gelijk wat betreft jou.'

Hij nam een slok van zijn koffie en trok vragend zijn wenkbrauwen op.

'Ze zei dat je alles fikste. Motoren, motorfietsen, paarden.' Carrie blies over het piepschuimbekertje om de koffie af te koelen. 'En zo goed met mensen kon omgaan.' Hij had haar ook geholpen weer orde op zaken te stellen.

Abel haalde zijn schouders op, alsof het niet zo veel voorstelde, maar leek tevreden. 'Grace kwam vanmiddag na het middageten langs op de fiets, toen jij aan het afruimen was. Ze had pauze en moest weer aan het werk, maar vertelde dat Honor Mansion een nieuwe manager heeft. Veronica heeft promotie gekregen en gaat naar New York. Feitelijk was ze al weg, zei Grace.' Abel nam nog een slok koffie. 'Grace vertelde ook dat je onlangs op Honor Mansion bent geweest.'

Carrie zette grote ogen op in een poging onschuldig te kijken. Zoals Andy, als hij haar wilde doen geloven dat hij niet wist waar ze het over had.

'En, was je van plan me binnenkort nog te vertellen waarom je daar was?'

Carrie haalde adem, alsof ze iets wilde gaan zeggen, maar schudde toen haar hoofd.

Abel leunde voorover op de tafel. 'Laten we iets afspreken. Geen geheimen meer.' Hij stak zijn hand uit naar haar. 'Afgesproken?'

Carrie glimlachte, ze pakte zijn hand vast en drukte hem één keer, zoals de Amish dat doen. 'Goed, nu we geen geheimen meer voor elkaar hebben, denk ik dat ik je iets moet vertellen. Mattie had een nieuwtje toen ze kwam helpen bij het bouwen van de schuur. Sol komt terug naar huis. Komende zomer begint hij met het dooponderricht.'

'Deze zomer? Gaat hij deze zomer naar de voorbereidingsbijeenkomsten voor de doop?' Abel keek vreemd, het leek alsof hij zich onpasselijk voelde.

Carrie knikte. 'Dat vertelde Mattie.' Ze sloeg haar ogen neer en keek naar de koffie. 'In november gaan ze trouwen.'

'Wat?' Abel haalde diep adem en leunde achterover in zijn stoel. Hij floot tussen zijn tanden. 'Dat heb ik niet zien aankomen.'

'Mijn vader zei altijd dat mensen allerlei redenen hebben om te trouwen.'

Abel keek Carrie strak aan, hij had een donkere, onpeilbare blik in zijn ogen. 'Wat vind jij daarvan?'

'Ik vind het geweldig voor Mattie en Sol. Echt waar.' Zij en Mattie hadden vandaag tijdens de afwas na het middageten tijd voor een lang gesprek van vrouw tot vrouw. Carrie had Mattie bekend dat ze een tijdje ontzettend veel van Sol had gehouden en dat ze dat op een bepaalde manier ook wel zou blijven doen. 'Maar jij was niet degene die tussen ons in stond, Mattie,' had ze haar eerlijk verteld. 'God zelf heeft daar de hand in gehad.' Mattie en Sol waren voor elkaar bestemd. En één ding wist Carrie zeker: geen andere vrouw dan Mattie kon Sol beter helpen zichzelf te zijn.

Abel reageerde niet. Carrie wierp een snelle blik op hem en zag dat hij snel wegkeek. Hij had zijn hoed in zijn handen en pakte hem handje voor handje vast bij de rand, waardoor hij rondjes draaide. Na een poosje keek hij haar aan, zijn gezicht stond ernstig. 'Het is niet helemaal gegaan zoals je dacht dat het zou gaan, of wel soms? Het is niet precies waar je om had gevraagd.'

Carrie liet in haar gedachten die prachtige dag waarop de schuur werd gebouwd en iedereen met elkaar bezig was nog eens de revue passeren. Het was een dag vol hoop geweest. 'Nee. Dat is het niet. Het is meer. Mijn leven is meer dan ik ooit had durven vragen.'

Hun ogen ontmoetten elkaar en ze hielden elkaars blik gevangen. Deze keer wisten ze dat geen van beiden los zou laten. Abel stak zijn hand uit, de palm naar voren gericht, en Carrie legde de hare ertegenaan, waarna hun vingers zich verstrengelden. Haar maag maakte een salto; ze had sinds haar wandeling met de diaken vorige week op dit gesprek gewacht. Ze wist dat Abel zijn woorden zorgvuldig woog. Ze zag hem stevig slikken.

'Carrie, ik kan me niet voorstellen dat ik het de rest van mijn leven zonder jou moet doen. Ik houd van je. Ik wil dat je mijn vrouw wordt.' Hij grijnsde zijn scheve grijns. 'Ik wil dat je mijn Amish vrouw wordt.'

Carrie keek hem even vorsend aan. De uiteinden van zijn bruine haar krulden langs zijn kraag, hij had prachtige bruine ogen, een kuiltje in zijn kin. Ineens besefte ze dat datgene waarvan we denken dat het een probleem is, uiteindelijk Gods manier blijkt te zijn om ons te beschermen. Toen Sol haar verliet om te gaan honkballen, dacht ze dat haar hart voor altijd gebroken was. Maar God had een ander plan met haar, een beter plan. God bracht haar naar Daniel en via hem naar Abel.

Carrie tilde haar hoofd op. 'Zo simpel is het? Jij houdt van mij, ik houd van jou.'

'Zo simpel is het.'

Ze keken elkaar glimlachend aan, intens en innig als een kus.

Woord van dank

In de eerste en laatste plaats altijd aan God, die mij de mogelijkheid biedt te schrijven in Zijn naam.

Een speciaal woord van dank aan het honkbalteam van de Lancaster Barnstormers, die Solomon Riehl zijn snelle worp lieten uitvoeren voor hun team. En die hun tijd en kennis met mij wilden delen, mijn vragen beantwoordden en het script lazen om het te helpen verbeteren.

Dank ook aan mijn proeflezers die zo goed waren de eerste versie te lezen en bekritiseren: Lindsey Ciraulo en Wendy How. Jullie scherpe inzichten en opbouwende kritiek ('Heb je wel gezien dat Carrie in die scène drie armen heeft?') zijn van onschatbare waarde!

Dank aan mijn 'dreamteam': agente Joyce Hart van de Hartline Literary Agency en de mensen bij Revell: Andrea Doering, Barb Barnes, Janelle Mahlmann, Twila Brothers Bennett, Claudia Marsh, Deonne Beron, Carmen Pease, Sheila Ingram, Donna Hausler en iedereen die namens mij heel hard heeft gewerkt.

Heel veel dank aan de Amish families die ik heb ontmoet, die zo vriendelijk waren hun huis en hart open te stellen en mij een tijdje in hun wereld te laten delen.

En, natuurlijk, dank aan mijn familie voor hun steun tijdens deze schrijfklus: Steve, Lindsey en Josh, Gary, Meredith en Tad.